KB262554

누구나 한번쯤
화끈한 연애를
꿈꾼다

누구나 한번쯤
화끈한 연애를
꿈꾼다

누구나 한번쯤 화끈한 연애를 꿈꾼다

초판 1쇄 찍은 날 | 2010년 7월 13일
초판 1쇄 펴낸 날 | 2010년 7월 19일

지은이 | 이혜선
펴낸이 | 서경석

편집책임 | 유경화
편집 | 조수희

펴낸곳 | 도서출판 청어람
등록번호 | 제1081-1-89호
등록일자 | 1999. 5. 31
어람번호 | 제5-0264호

주소 | 경기도 부천시 원미구 심곡동 163-2 서경B/D 3F (우) 420-010
전화 | 032-656-4452 팩스 | 032-656-4453
http://www.chungeoram.com
E-mail | chungeoram@chungeoram.com

ⓒ 이혜선, 2010

ISBN 978-89-251-2226-7 03810

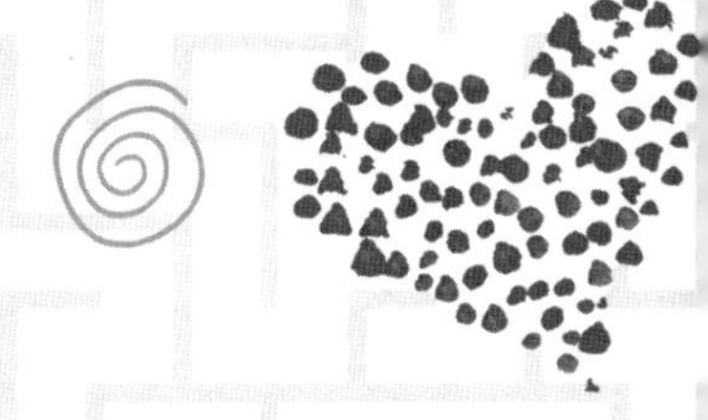

누구나 한번쯤
화끈한 연애를
꿈꾼다

이혜선 장편 소설

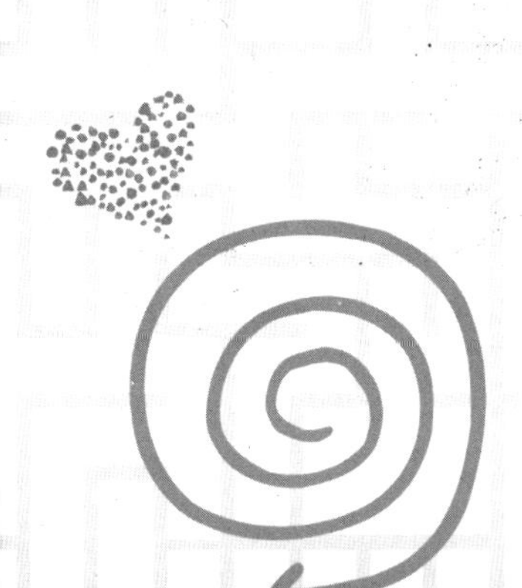
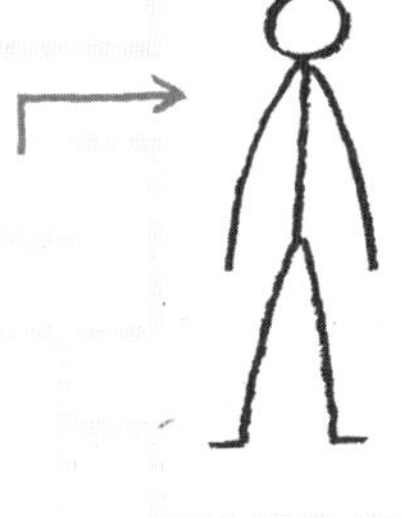

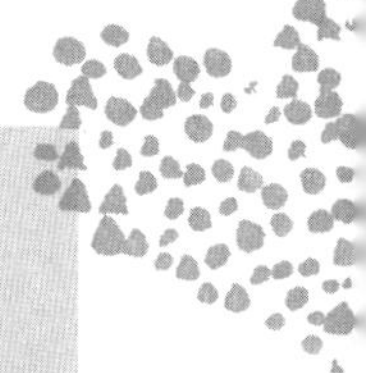

| 차례 |

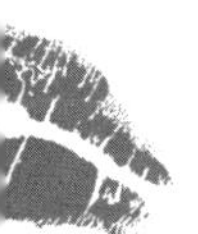

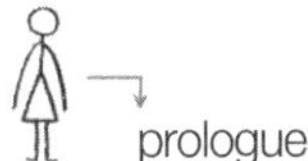

"어흐윽! 흐어엉! 우허어엉!"

38년 왕십리 포장마차를 쩌렁쩌렁 울리는 젊은 여인의 통곡에 사람들의 시선이 쏠렸다. 하지만 38년 동안 왕십리에서 살아서 이름을 그렇게 지었다는, 아이러니하게도 장사는 수서 언저리에서 하고 있는 주인은 울고 있는 여자를 쳐다보지도 않았다.

"패행! 크어어억! 으허엉!"

코 풀다가 숨이 막혔는지 잠시 컥컥대던 여자는 이내 다시 울음을 터트렸다. 지치지도 않는지 들어와서 소주 딱 두 잔 마시고 난 뒤부터 그 상태를 유지하고 있었다.

"안 지치냐."

턱을 괴고 앉아서 여자의 행패(?)를 지켜보던 준서는 그야말로 담담하게 물었다.

"허으으윽! 우엉!"

"그래, 안 지치는구나. 알았다."

고개를 끄덕인 준서는 몸을 틀어 '왕 사장'이라고 불리는 포장마차 주인을 쳐다보았다.

"아저씨, 저 제육볶음 하나만 해주세요. 술도 한 병 더 주시구요."

엄지와 검지로 오케이 사인을 만든 왕 사장이 분주하게 움직였다. 얼마 지나지 않아 준서가 깨끗하게 비운 안주 접시들이 사라지고 그 자리에 김이 모락모락 나는 시뻘건 제육볶음이 올려졌다.

"밥 더 주랴?"

준서는 제육볶음 옆에 수북이 쌓여 있는 하얀 쌀밥을 힐끗 쳐다보고는 고개를 저었다. 저녁도 못 먹고 불려 나와 안주만 씹어댔지만 한 공기를 훌쩍 넘기고도 남을 양이면 충분했다.

"오늘은 어째 오래간다?"

준서의 일행이자 포장마차가 들썩거리게 통곡하고 있는 여자에게 시선을 던진 왕 사장이 묻자 준서는 얕은 한숨을 내쉬었다.

"스펙이 괜찮은 놈이었답니다."

"요즘 그 스펙, 그거 하나도 쓸모없다 하더만. 스펙은 너도 좋잖냐. 둘이 연애하라니까 왜 자꾸 엄한 놈만 들이쑤셔 대면서 이 난리여?"

"아저씨."

포장마차의 단골 중, 유일하게 왕 사장을 아저씨라고 부르는 준서가 눈을 부릅떴다.

"아, 뭘 그렇게 째려봐?"

흠칫, 한 걸음 뒤로 물러선 왕 사장이 괜스레 헛기침을 뱉어낸다.

"차.라.리. 독.수.공.방.하.라.고. 하.세.요."

무섭도록 정색을 하고 내뱉는 말에 스타카토가 붙었다. 어설프게나마 준서에게 눈웃음을 보낸 왕 사장은 다른 손님들을 챙기러 걸음을 옮겼다.

제육볶음에 서비스로 얹어진 밥을 석석 비벼 입안에 넣은 준서는 마치 일행이 없는 사람처럼 모든 행동이 자연스러웠다. 밥 두어 숟갈에 소주 한 잔씩. 그리고 다 먹은 후에는 물로 입안을 헹구고 휴지로 입가를 닦아냈다. 그때까지도 통곡은 지속되고 있었지만 준서는 개의치 않았다. 아니, 아예 관심이 없었다.

인간은 적응이 빠른 생명체고 그 인간들 중에서도 도준서는 단연 돋보이는 적응력을 소유하고 있었다. 그러니 자그마치 14년이나 친구로 지내왔고 근 8년간 석 달에 한 번 꼴로 이별의 아픔을 쏟아내는 양여린에게 적응하지 못했다면 그건 도준서에게 수치로 남을 일이 아니겠는가.

준서는 반주(飯酒)로 마시다가 남은 술을 빈 잔에 따랐다. 그리고 잔을 들어 입가로 가져가려는데, 눈 깜짝할 사이에 준서의 손이 홀로 허공을 맴돌고 있었다.

"캬아!"

탕! 플라스틱 테이블에 소주잔을 내려놓은 여린이 손등으로 스윽 입 주변을 닦아냈다.

"한 병 더?"

어느새 울음을 그친 여린에게 물으며 준서는 팔짱을 끼었다.

"콜."

준서가 소주 추가를 외치기도 전에 왕 사장이 기다리고 있었다는 듯 이슬이 맺힌 찬 소주병을 내어주고 돌아갔다.

"아아, 더러운 세사앙."

자작하던 여린이 코맹맹이 소리로 혼잣말을 중얼거렸다.

"네 눈이 더러운 거겠지."

담백하게 정곡을 찌르는 준서를 응시하며 여린이 배시시 웃어 보인다.

"위로 한 번 참 더럽게 하신다."

"미쳤냐, 널 위로하게. 수준 좀 높이라는 소리였다."

"더 이상 어떻게 수준을 높이냐. 억 소리 나는 차에 억억 소리 나게 돈 벌어들이는 개인 병원에 억억억 소리 나게 잘생겼었는데."

"헉 소리 나게 됨됨이가 괜찮은 놈을 고르라는 말을 넌, 아……미안하다. 네 이해력을 과대평가했다."

"정말 정 떨어지는 놈."

"피장파장, 도낀개낀이다."

전혀 화기애애하지 않은 분위기 속에서도 여린과 준서는 서로를 마주 보며 피식, 피식, 웃고 있었다.

준서가 석 달에 한 번 꼴로 여린의 행패를 받아주는 이유는 여기에 있었다. 여린은 시답잖게 슬픔을 토로하거나 이별의 아픔을 구구절절 털어놓지 않았다. 가만히 내버려 두면 헤어진 남자가 아까운 만큼만 울어 젖히고 끝이었다. 그리고 여린에게 준서가 필요한 까닭은, 단순명쾌했다. 나잇살 먹은 여자가 혼자 포장마차에서 소주 빨아대며 통곡하면 찌질해 보이니까.

"도준서."

잔 한 번 부딪히지 않고 자기 페이스에 맞춰 술을 마시던 준서는 여린에게 시선을 고정했다.

"나한테 무슨 문제가 있는 거 같냐."

준서는 술잔을 내려놓고 손끝으로 테이블을 두드리며 고개를 푹 숙이고 있는 여린을 응시했다.

"좌절한 척, 쇼하지 마."

원래대로라면, 도준서의 친구 양여린이라면 이쯤에서 썩소를 날리며 '재수없게 눈치 빠른 놈' 정도의 말을 뱉어내며 히죽대야 했다. 그런데 여린은 여전히 고개를 숙이고 있다. 그러니까 지금 이건 '좌절한 척'이 아니라 정말 좌절한 것이다. 어울리지 않게. 양여린답지 않게. 불쾌할 만치 적응 안 되게.

준서는 여린이 이렇게 반응할 정도로 이번에 헤어진 남자가 아까운 사내였는지를 머릿속으로 계산해 보기 시작했다. 배경 든든하고 돈 있고 능력있고 외모까지 갖춘, 소위 엄친아라고 불릴 만한 남자이기는 했다. 헌데.

"여린이가 만난다는 남자 말이다. 명성이 자자하다, 여자 쪽으로. 여린이한테 말이라도 던져 봐."

여린의 남자가 카사노바가 존경할 만큼 대단한 놈이라는 정보를 입수한 형 준휘의 말을 고스란히 전해주었지만 그녀는 믿지 않았다. 절대적인 신뢰. 그것이 양여린의 연애법칙에서 가장 먼저 없어져야 할 쓸모없는 규칙이었다.

'오빠, 보고 싶어' 라는 문자를 보낸 여자가 장난기 많은 대학 후배라는 남자의 말을 믿었고 '자기, 사랑해' 라는 문자를 보낸 건 사촌 동생이 장난친 거라고 변명하는 남자를 믿은 여린이었다. 조선시대에도 통하지 않을 것 같은 거짓말들을 믿은 여린은 준서의 기준에서 보면 무형문화재였다. 바보 천치계의 일인자.

"네 문제는 눈이 발바닥에 달렸다는 거다."

이번엔 여린의 어깨까지 축 처져 버린다. 좁은 어깨가 구부정하게 굽어 처져 있으니 이상하게도 심술이 난다.

"앞뒤 분간 못하고 아무나 만나니까 그런 놈들이 꼬이는……."

"도준서."

고개를 숙인 채로 눈만 치켜뜬 여린에게서 냉기가 폴폴 풍겨진다.

"너 말이야, 그렇게 잘나서 치질 걸린 거야."

"너, 너……!"

자신의 치부를 가지고 빈정대는 여린 때문에 준서의 얼굴이 시뻘겋게 달아올랐다. 빌어먹을 치질! 빌어먹을 도준휘! 세상천지에 제 동생이 치질 수술 받았다고 동네방네 소문내고 다니는 형은 도준휘밖에 없을 것이다.

“나 있잖냐, 헤어지잔 말 듣고서 복장만 터졌었는데 너하고 있으니까 울화통까지 터진다. 계산은 니가 해라.”

쿨하게 정색을 하고 일어선 여린이 왕 사장에게 손을 흔들고 포장마차 밖으로 나가 버렸다. 한 번도 먼저 자리를 뜬 적이 없던 여린이기에 당황스러워진 준서는 눈만 껌벅였다.

“작작 긁지. 내가 봐도 이번엔 꽤나 심각해 보이더만. 넌 다 좋은데 눈치가 없어서 이때껏 연애 한번 못하는 거야, 녀석아. 쯧쯧!”

“아저씨!”

괜한 사람에게 소리를 지르며 신경질을 부린 준서가 콧김을 뿜어댔다. 하지만 왕 사장은 개의치 않고 연신 혀를 차댔다.

“주변 한번 둘러봐라. 요즘 세상에 여린이 같은 애가 어딨어? 얼굴 예뻐, 몸매 예뻐, 머리 좋아, 성격 좋아, 게다가 제 남자한테는 좀 잘해? 엄한 놈한테 뺏기지 말고 얼른 낚아채라, 엉?”

눈동자에 ‘못난 놈’이라고 써놓고 저를 쳐다보는 왕 사장을 일별한 준서는 남은 소주를 벌컥벌컥 들이켰다.

도준서와 양여린. 교복 입고 같이 떡볶이 먹으러 다니던 때부터 대학에 입학해서도 붙어 다니는 것이 당연하게 여겨지던 사이. 그들의 우정은 유별났고 유난스러웠다. 그래서 준서는 여린을 여자로 생각할 수 없었다. 동성 친구 같은 이성 친구. 그 이상도 이하도 아니었다. 그래서 준서는 왕 사장의 말을 소주로 지워냈다.

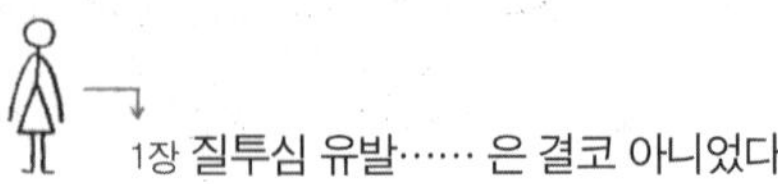

"할머니, 나 아프리카 갈까?"

한가로운 토요일의 늦은 오후. 여린을 키울 때보다 더 정성스레 가꾸는 화초에 영양제를 꽂고 있던 최 여사가 담담한 시선으로 손녀를 응시했다.

"요즘 국제결혼 알아보냐?"

차분한 베이지 색감의 널찍한 가죽 소파에 널브러져 시체놀이를 하고 있던 여린은 데록데록 눈동자만 굴려 할머니와 시선을 맞췄다.

"왠지 아프리카 남자들은 때 묻지 않았을 것 같아."

"니가 때 묻어서 문제지."

꿈을 꾸는 사람처럼 나른하게 말하는 손녀에게 최 여사는 코웃음을 쳤다. 그러면서도 아프리카까지 가서 신랑감을 구해오려는 손녀가 코딱지만큼 걱정이 된다.

저거 키울 때 뭘 잘못 먹였나. 아니지, 내가 해서 먹인 적도 별로 없는데. 수원댁이 나한테 앙심을 품고 저거한테 독약을 타 먹였나?

20년간 집안일을 봐주다가 몇 해 전에 재혼해서 일을 그만둔 수원댁은 귀가 간지러울 것이다. 그리고 억울하기도 할 것이다. 여린을 친딸처럼 키웠으니.

"아프리카를 가야겠어. 할머니, 손녀사위가 좀 까매도 상관없지?"

열 손가락이 모자랄 정도로 많은 화초에 하나하나 영양제를 선사한 최 여사가 베란다에서 거실로 몸을 들였다.

"아프리카 가서 살 자신 있으면 그렇게 하던가."

덤덤하게 대꾸하는 최 여사를 언짢은 표정으로 흘겨보던 여린이 벌떡 상체를 일으켰다.

"할머니, 나 할머니 손녀야."

"누가 뭐라냐?"

"할머니 큰아드님이 남기고 가신 유일한 핏줄이라구."

"내가 알기로도 그래."

"그런데 안 말려? 내가 아프리카 남자하고 결혼하겠다는데?"

"아프리카 남자가 너하고 결혼은 해준대?"

오만상을 찌푸린 여린이 씩씩거리며 콧김을 내뿜는다.

"할머니는 왜 나를 무시해? 내가 아프리카 남자를 유혹 못할 것

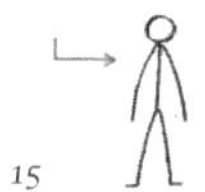

같아?”

“나라마다 미의 기준이 다르잖니.”

“할머니이!”

“오냐.”

엉덩이가 뜨거운 소처럼 흥분하는 여린에 비해 최 여사의 반응은 담백하기 그지없었다.

“할머니, 백 년 뒤에 아빠를 어떻게 보려고 그래? 내가 아프리카 남자하고 결혼한다는데 어쩜 말리지도 않아?”

주말에 집에서 뒹굴며 신선놀음하다가 심심파적 농담 삼아 던져 본 ‘아프리카 신랑’ 이 점점 기정사실로 변해가고 있었다.

“니가 말린다고 들을 기집애야? 난 너한테 할 만큼 했으니 애비한테 미안할 거 없고, 지가 좋다는데 어쩔 거야? 그리고 뭐, 백년? 너 지금 이 할미한테 딱 백 년만 살다가 가라는 소리냐?”

여린이 콕 집어 백 년이라 정한 기간이 최 여사를 노하게 만든 모양이다. 작은아들과 막내딸이 때마다 챙겨주는 보톡스 시술 덕택에 여든의 연세에도 나름대로 탱탱한 피부를 유지하고 있는 최옥희 여사의 눈이 세모꼴로 변한다.

뒤에서 보면 할머니와 손녀가 아니라 이모와 조카로 볼 정도로 맵시나는 몸매를 유지하고 있는 최 여사를 여린은 멍하니 쳐다보았다.

“할머니, 내년에 여든하나 되셔.”

여린은 최 여사의 나이를 상기시켰다. 아무래도 80년을 사신 분이다 보니 올해 연세가 몇이신지, 내년엔 몇이 되시는지 숫자

가늠이 잘 안 되시는 것 같다.

할머니와 반대로 여린의 할아버지 양두만 옹은 백 년만 더 사시라는 손녀의 말에 질색팔색하셨더랬다. 악담도 그런 악담이 없다고. 자고로 인생은 적당히 길고 굵어야 하는 법이거늘 할애비한테 몹쓸 소리 한다고 말이다. 여린이 보기에는 할머니나 할아버지나 앞으로 백 년까지는 거뜬하실 만큼 원기 왕성하셨지만.

"이 할미는 너보다 오래 살 거다. 고얀 녀석 같으니."

눈을 가늘게 뜨고 한참이나 여린을 노려보던 최 여사가 주방으로 쏙 들어가 버린다.

"……헐. 할머니 대박."

확실하지는 않지만 왜인지 스물여덟인 저보다 힙이 업돼 있는 것 같은 할머니의 뒤태를 여린은 물끄러미 쳐다보고만 있었다.

언젠가부터 홍삼진액이니 비타민제니 한약이니, 몸에 좋은 것들만 챙겨 드시는 할머니셨다. 처음에는 장손이 남기고 간 손녀가 결혼하는 것도 보고 증손주까지 봐야 한다는 일념 때문에 그러시나 했었다. 하지만 쭉 그렇게 믿기에는…… 엷은 주름 하나 생길 때마다 보톡스를 맞으시고 일주일에 한 번씩은 손톱을 붉은색으로 칠하시며 세 번의 외출 중 한 번은 킬힐을 신으시는 할머니의 소녀 같은 감성을 무시하는 것만 같다.

하긴 애초부터 손녀의 결혼이나 증손주에 욕심내는 분이 아니셨다. 그런 분이셨으면 나이트클럽에서 신나게 놀아 젖히다가 새벽 4시가 되어서야 기어들어 오는 손녀를 가만히 두실 리도, 스물여덟이나 된 손녀에게 혼자 사는 게 속 편하다는 말씀을 하실 리도 없잖은가.

이런저런 생각을 하고 있자니 괜스레 서러움이 복받친다. 부모님이 살아 계셨다면 더 살뜰한 애정을 받았을 수도 있었을 거라는, 촌스럽게 자주색 바탕에 초록색 줄을 쳐났던 교복을 입고 다닐 때도 하지 않던 원망까지 생긴다. 나이 먹을 대로 먹어서 이게 웬 얼토당토않은 원망인가 싶지만 그래도 서러운 건 서러운 거다.

소파에서 튕겨지듯 일어선 여린은 쿵쾅거리며 주방으로 향했다. 그리고 달짝지근하면서도 고소한 향을 풍기는 게장을 나눠 담고 있는 할머니의 등 뒤에 대고 먹히지도 않을 협박을 날린다.

"나 이제 할머니하고 안 놀아."

"배은망덕하기는. 니가 나하고 놀았냐? 내가 억지로 너하고 놀아줬지."

여린을 쳐다보지도 않고 계속 등을 보인 채 게장만 옮겨 담는 최 여사의 말에 마음 여린 손녀의 가슴에 삼지창이 박혔다.

"할머니 미워!"

"오냐. 이거 준서한테 가져다줘라."

게장 국물이 묻은 검지를 쪽쪽 빠는 최 여사의 말씀에 여린은 뒷목이 뻐근해져 왔다. 손녀가 할머니 밉다는데. 이제 할머니하고 안 놀겠다는데. 그런 손녀에게 하신다는 말씀이 고작 준서한테 게장을 가져다주라는 거라니. 원통하고 원통하도다!

"할머니가 가져다줘! 난 할아버지 손녀 할 거야! 할머니 손녀 안 해!"

"이거 가져다주라니깐!"

눈물까지 어른거리는 얼굴로 냅다 소리 지르고 제 방으로 뛰어 들어 가버린 여린이다. 최 여사가 준서 저녁때 먹을 수 있게 냉큼 가져다주지 못하겠냐고 불호령을 내렸지만 여린은 제 방 공주침대에 엎드려 베개로 귀를 막았다.

아아, 서럽다.

이번엔 정말 내 짝이라고 믿어 의심치 않던 남자한테는 네 사랑이 무섭다는 이유로 버림받고, 한 분밖에 안 계시는 친할머니는 손녀가 아프리카 남자와 결혼한대도 말릴 생각조차 안 한다.

예전 같았으면 밤놀이 약속을 잡아놓고 바쁘게 외출 준비를 하고 있었을 텐데 고작 7에서 8로 숫자 하나 늘었다고 만사가 귀찮아진 것도 서럽다.

회사에서는 히스테리 좀 부렸더니 직원들이 슬슬 피해 다니면서 귀가 간지러워질 정도로 뒷담화를 해대는 것 같아 그것도 서럽고, 할머니께 당하고 있는데 지원군이 되어주어야 마땅할 할아버지가 이집트로 여행을 가신 상황도 서럽다.

그중에서도 여린을 가장 서럽게 만드는 건, 포장마차에서 버리고 왔다고 한 달씩이나 연락을 끊어버린 준서 놈이다.

아무리 심하게 싸워도 일주일 이상은 가지 않았던 '무소식 희소식 상황'이 한 달이나 이어지고 있었다. 그래서 여린은 준서가 괘씸했다. 치질 얘기 한 번 했다고 사내자식이 쪼잔하게 한 달이나 삐쳐 있다니.

"그게 욕이야? 잘난 놈이라 덩이 굵어서 치질 걸렸다는 게 어떻게 욕이야? 칭찬이지!"

베개를 집어 던지고 몸을 일으켜 무릎을 꿇고 앉은 여린의 눈썹이 모아져 일자가 되었다.

"에이씨! 되는 일이 하나도 없어!"

허리까지 내려오는 찰랑이는 긴 생머리를 얇은 손가락으로 거침없이 헤집어놓은 여린이 침대에 대자로 드러누웠다.

왜 이렇게 되었을까. 그저 연애를 하고 싶었을 뿐인데. 진실되면서도 화끈하게.

여린의 새까만 홍채에 퀘스천 마크가 찍혔다. 마음 주고 정 주고 몸 주고, 뭐 어쨌건 내가 가진 모든 걸 탈탈 털어주는 것이 진정한 사랑이라 믿었다. 그 믿음에 조금씩 금이 가기 시작한 게 언제인지는 모르겠지만 여린은 끝까지 제 믿음을 고수하려고 노력했다. 준서는 그 노력이 하등 쓸모없고 불필요한, 제대로 삽질하는 짓거리라고 했지만.

그러고 보면 도준서가 현명한 놈이기는 했다. 치질 걸릴 만큼 잘난 그놈은 여자에게 이용당하지도 않았고 간이고 쓸개고 다 내어주고선 통곡하지도 않았다. 여린을 제외한 모든 사람들은 도준서가 연애 경험 한 번 없는 숙맥이라고 믿고 있지만 그건 사실이 아니었다.

그렇다. 도준서는 무서운 놈이었다. 아무도 모르게 제 실속 차려가며 절대 손해 보지 않는 연애만 해온 것이다. 그놈이 스무 살이 되자마자 총각 딱지를 떼었다는 정보를 입수했을 때는 여린조차 뒤로 넘어갈 정도로 충격받았으니 말 다 한 거다.

"흥! 치질 걸린 능구렁이 같은 쉐이. 에라, 뿡이다!"

옅은 분홍빛이 감도는 천장에 준서의 얼굴이 그려져 있기라도 한 듯, 여린은 눈알이 빠지도록 천장만 노려본다.

두 주먹까지 불끈 쥐고서 연락 없는 준서에게 저주를 퍼붓던 여린은 그조차 재미가 없어지자 침대 위에서 뒹굴뒹굴 몸을 굴렸다.

오른쪽, 왼쪽, 다시 오른쪽, 왼쪽. 한참을 뒹굴면서 이제껏 만나왔던 사내들과 자신의 연애 스타일에 대한 고찰을 하게 된 여린의 앵두 같은 입술 틈으로 한숨이 새어 나왔다.

도준서의 말이 영 틀린 건 아니다. 치질 걸릴 만큼 잘나고 손해 보지 않을 만큼 현명한 도준서의 말처럼 여린은 남자 보는 눈이 참 더럽게 없었다.

외로워서 그랬지 뭐.

남자들을 제대로 살펴보지도 않고 되는대로 만나왔던 여린이 고개를 주억거리며 스스로를 위로했다.

외로운 건 죄가 아니다. 남들보다 외로움을 많이 타고 일찍이 나만의 가족을 만들고 싶었던 게 죄는 아니지 않은가.

아무리 그렇게 위로를 해봐도 발바닥에 달렸다는 눈을 살포시 복사뼈 부근으로 옮길 수도 없었다.

바람둥이 아니면 돈을 노리고 접근했던 남자. 몸만 원했던 남자도 있었고 애인이 아닌 가정부가 필요했던 남자도 있었다.

'썩을! 어떻게 된 게 진실되게 연애에 임했던 놈들이 한 명도 없어!'

억울하고 원통한 마음에 발딱 몸을 일으킨 여린의 얼굴은 흉하게 구겨져 있었다. 이래 가지고서야 시집이나 가겠나 싶다. 시집.

시집 한 번 가기가 뭐 이리 어려운지.

사랑만 남겨놓고 떠나가느냐. 헤이! 얄미우운 사아라암~

입지 않는 옷들을 조각조각 잘라 이어 붙여 만든 작은 테이블보 위에서 휴대폰이 반짝인다. 여린은 언젠가 준서를 노래방에 끌고 가서 저가 부른 노래를 녹음해 휴대폰 벨소리로 다운받은 곡을 흥얼거리며 전화를 받았다.

"와썹."

[헤이, 양 여사! 너 또 차였다며?]

이런 지랄 맞을. 이래서 인기가 너무 좋아도 탈이라더니. 여린은 도대체 누가, 언제, 왜, 무엇 때문에 자신의 헤어짐을 공공연히 퍼트리고 다녔는지 알고 싶었다. 잡으면 다리몽둥이를 부러트려 놔야 하니까.

[도준서, 고생 좀 했겠는데? 깔깔깔!]

이게 새 신을 사 신었나. 웃음소리가 하늘까지 닿겠다, 이 기집애야.

수많은 친구들 중에서 가장 친하다고 입증되어 있는 대학 동창 기집애의 웃음소리에 여린의 기분은 한없이 추락하고야 만다.

"닥치고 용건이나 말해."

[나이트 가자고. 몸 안 근질거려?]

"어제 찜질방 가서 때 밀었다."

[그래? 잘됐네. 때 빼고 광냈으니 고 예쁜 얼굴 자랑하러 가야지.]

여린과는 다르게 전화하자마자 총알을 날려대던 친구의 기분은 퍽이나 좋은 듯했다. 그러고 보니 나이트클럽을 안 간 지 꽤 되긴 했다.

애인이 될 만한 소지가 있는 남자를 만나고 있을 때나 임자 있는 몸이 되었을 때는 나이트클럽 간판도 쳐다보지 않는 여린이다. 남들이야 어떻든, 술 마시고 춤추라고 만든 나이트클럽이지만 부킹이 주목적이 된 지 오랜데 그곳에 간다는 것은 연인에 대한 배신이라 여겼으니까.

[야, 20대라고 우길 수 있을 때 실컷 놀아야 되는 거야. 갈 거지?]

고민 중인 게 보였던 겐가. 너하고 같이 가야 재미있다느니, 오늘 어디 나이트클럽 물이 끝내준다는 신빙성있는 소문을 들었다느니, 친구의 설득을 빙자한 꼬드김이 이어지고 여린은 결국 결정을 내렸다.

"콜. 세 시간 뒤에 항상 보던 데서."

[콜!]

전화를 끊은 여린은 방에서 나가 욕실로 걸어갔다. 피부가 따끔거리도록 때를 밀었다 한들 나이트클럽을 가주시는데 샤워 정도는 해주는 게 예의 아니겠는가.

"이봐, 손녀."

"컥!"

막 욕실로 다리 한 짝을 들이밀던 여린은 숨이 막혀 컥컥댔다. 하지만 산소가 부족해진 손녀의 얼굴이 시뻘겋게 달아오르도록 최 여사는 꽉 틀어쥔 목덜미를 놓지 않았다.

"할미 말이 말같이 안 들리나 보지?"

"하, 할머, 컥!"

"준서네 게장 가져다주라니까 어딜 기어나가누?"

"커억! 하, 할! 커헉!"

꼼짝없이 붙잡힌 여린이 양팔을 허공에 대고 휘저었다. 이래서야 제대로 된 대답을 들을 수 없을 거라 판단한 최 여사가 여린의 목덜미를 놓아주고 손을 탁탁 털었다.

"준서네 가려고?"

아아! 망할 놈의 도준서. 지겨워 죽겠다.

다정하기 짝이 없는 자애로운 최 여사의 음성에 여린이 눈물 맺힌 눈에 미소를 매달며 배시시 웃었다.

"할머니, 내가 게장 가져다주는 것보다 훨씬 좋은 거 해줄게."

"뭔데?"

"할머니 증손주 만들어줄게, 내가."

"뭐?"

"내가 나이트클럽 가서 실한 종자 하나 잡아올게. 그럼 아프리카 안 가도 되잖어. 할머니, 나 되게 똑똑하지!"

표정 없이 여린을 쳐다보던 최 여사가 느릿하게 팔소매를 걷어올려 팔꿈치 부분에 단단히 고정시켰다.

"하, 할머니?"

심상치 않은 기운을 느낀 여린이 주춤거리며 뒷걸음질 쳤지만 그래 봐야 집이요 욕실일지니.

"내가 널 그렇게 키웠더냐아!"

"악! 할머니! 솔직히 할머니가 안 키웠잖아! 수원 할머니가 키웠지! 아악! 아아악!"

나른한 토요일 오후. 여린의 등짝은 농염하게 익어간다.

한 블록에 적어도 2, 3개씩은 자리 잡은 로고만 다른 커피전문점들. 로고만 다른 게 아니라 저마다 구별되는 컬러를 가지고 있는 그곳들 중에서도 여린은 브라운 계열의 커피전문점을 선호했다.

"어서 오세요, 커피X입니다!"

한창 바쁜 와중에도 들어오는 손님을 놓치지 않은 아르바이트생의 활기찬 인사를 뒤로하고 여린은 친구들을 찾았다.

"다중인격 양여린! 헤이!"

한발 늦었다. 그녀를 먼저 발견한 친구들이 한쪽 구석에서 손을 흔들어댄다. 음침한 것들. 꼭 구석진 자리에만 앉지.

여린은 빗발치는 남자들의 시선에도 아랑곳 않고 친구들이 있는 곳으로 걸음을 옮겼다. 또각또각, 무려 12㎝의 높이를 자랑하는 부츠 굽이 바닥에 닿을 때마다 남자들의 시선이 여린의 다리를 훑고 지나간다.

여린에게 전화를 걸어 불러내는 임무를 맡았던 리안은 새치름한 시선으로 제 친구가 걸어오는 모습을 관찰했다.

윤기가 좔좔 흐르는 결 좋은 생머리를 평범한 검은색 헤어밴드로 넘겼고 화장도 절대 과하지 않다. 하지만 몸에 쫙 달라붙는, 깊이 파인 브이라인 미니 니트 원피스 하나만 달랑 입고 다리 짧은 애들은 결코 소화해 내지 못할 싸이하이부츠까지 신은 여린은 다분히 도발적이었다.

한쪽 팔에 걸고 있는 얇은 트렌치코트는 절대적으로 폼이다. 그저 구색 맞추기 정도? 양여린은 지금 같은 겨울 같지 않은 초겨울이 아니라 눈발 날리는 겨울에도 추위를 감수하고 멋 내고 다닐 수 있는 인간이니까.

발끝에서 목까지는 섹시, 얼굴만 보자면 묘하게 청순한 여린은 남자들의 시선을 붙잡기 충분했다. 성형의 힘을 빌리지 않았는데도 쌍꺼풀이 예쁘게 진 동그란 눈과 콧방울이 귀여운 코, 적당한 크기의 도톰한 입술은 짜증날 만큼 조화가 잘 어우러져 있었다.

'저런 년이 싸가지도 있으니…… 신은 없는 거지.'

여린만큼은 아니더라도 예쁘장하단 소리를 듣고 사는 리안조차 질투심이 솟아난다. 오늘의 여린은 그 정도로 예뻤다.

"누구 맘대로 다중인격이래?"

빈 의자에 핸드백을 내려놓고 앉은 여린이 눈을 가늘게 뜨곤 리안을 흘겨봤다.

"너 다중인격인 거, 모르는 사람만 빼고 다 알거든요."

리안의 대꾸에 함께 모인 두 명의 다른 친구들도 동의한다는 듯 고개를 끄덕인다. 오로지 여린 본인만 인정 못하는 그녀의 별명은 '다중인격 양여린' 이다. 리안으로서는 '애정결핍 양여린' 이라 부르고 싶었지만 그랬다간 여린의 저주에 3대가 재수없을지도 모른다.

"난 지극히 정상이야."

리안의 아메리카노를 빼앗아 마시는 여린을 보곤 그녀의 친구
들이 피싯, 피싯 웃음을 흘렸다. 양여린을 모르는 자, 영원히 모를
지니.

사실 여린은, 모르는 사람이 다가가기엔 약간 어려운 여자였다.
접근이 쉬울 것 같은 청순미 넘치는—넋 놓고 있으면 백치미도 느껴
지는—외모지만 의외로 날카로운 가시를 세우고 있는 여자.

낯선 이에게는 절대로 말을 길게 하는 법이 없고 사근사근하게
굴지도 않는다. 여린이 제 본모습을 보여주는 건 그녀가 정해놓은
선 안에 발을 들여놓은 이들뿐이었다.

리안은 처음 여린의 집에 갔었을 때를 회상했다. 심장마비가 오
지는 않을까 염려될 정도로 충격적이었던 그날을 리안은 절대 잊
지 못한다.

대학교와 집의 거리가 상당히 멀었던 여린은 작은아버지께 선
물 받았다는 차를 끌고 다녔었다. 차를 끌고 다녀도 길이 막힐 때
면 왕복 세 시간도 거뜬한 거리였으니 멀기는 참 멀었다. 그러던
어느 날, 여린에게 가벼운 접촉사고가 일어났다. 그래서 여린의
차가 센터에 맡겨지고 그나마 사는 곳이 가까웠던 리안이 강의가
있을 때마다 집으로 모시러 가곤 했었다.

그날, 비가 내렸던가? 준비가 끝나지 않았으니 잠시 올라오라
는 여린의 말에 현관문을 열었을 때의 충격이란.

'할머니! 그걸 버리면 어떡해에!'

순간 리안은 제 귀를 의심했었더랬다. 비음 섞인 칭얼거림. 그
건 양여린이 할 만한 것이 못 되었기 때문에.

'아무거나 입고 나가! 기집애가 옷을 싸 짊어지고 살면서 아침부터 앵앵대기는!'

'내가 언제 앵앵댔어? 할머니 나빠!'

'지 옷 하나 간수 못하는 니가 더 나빠! 아, 얼른 옷 입고 못 나가?'

'밥 먹고 나갈 거야! 밥 줘!'

'아까 니 할아버지 드시다 남은 거 있다. 가서 먹던가. 어, 리안이 왔냐? 나도 밥 남겼으니 네가 먹을 거도 있다.'

'할머니이이!'

리안은 현관문 앞에 선 채로 말 한마디 못하고 얼어 있었다. 자신이 본 것이 현실인지, 꿈인지 분간이 되질 않았다.

그때 여린은 졸업반이었다. 그런데 여린이 할머님께 보이는 행동과 말투는 절대 대학 졸업반의 지성이 넘치는 여인이 할 만한 게 아니었다. 아니, 그렇게 할 수 있다고 쳐도 양여린은 아니다. 고작 몇 살 위의 조교에게도 꼬박꼬박 허리를 숙여 인사하며 후배에게조차 예의 바르게 구는 양여린은 그렇게 행동하면 안 되는 거였다.

애교인지 철없음인지 구별하기 힘든 여린의 전혀 다른 모습을 목격한 리안이 제 차 조수석에 탄 그녀를 보고 물었었다.

'넌, 누구냐.'

친구들 사이에서 유행처럼 써먹곤 했던 영화 대사를 던지며 의심이 가득한 눈빛으로 쳐다봤었다. 무슨 헛소리냐고 시니컬하게 묻는 여린은 리안이 알고 있는 그 양여린이 맞았다.

'너, 집에서 하고 밖에서가 달라도 너무 다르다?'

여린의 집에 처음 가본 리안의 말에 그녀는 웃었었다. 그런데 그 웃음이…… 슬펐다. 여린의 웃음은 매서운 파도가 되어 아무렇지도 않게 물은 리안의 가슴을 아프게 때리고 갔었다.

'그러려니 해.'

그렇게 알 수 없는 짧막한 대답만 남기고 여린은 잔다면서 눈을 감아버렸다. 그래서 리안은 물을 수 없었다. 너 왜 슬프게 웃느냐고. 난 가볍게 물었는데 그런 내 마음을 왜 무겁게 만드느냐고.

대학을 졸업하고도 리안은 여린과 떨어지지 않았다. 그래서 여린이 말하는 '잘난 도준서' 자식과도 자주 부딪혔지만 딱히 친하다고 할 만한 사이라고는 할 수 없다. 여린의 잘난 도준서는 여린이 아닌 여자에게는 접근 금지 스티커를 붙이고 다니는 사람인 양 굴었으니까. 언젠가 그 잘난 도준서가 그랬었다. 여자친구는 양여린 하나로 족하다고. '여자친구'라는 단어의 의미를 해석하느라 리안은 몇 달을 끙끙 앓다가 결국엔 포기했다.

"여린아, 너 오늘 누구 하나 잡아먹을 기세다. 오늘 우리, 집에 가기 전에 만날 수는 있는 거냐? 풋!"

리안이 회상에 잠겨 있는 사이, 동글동글하니 귀엽게 생긴―입이 가벼운 게 탈인―수정이 스트로를 쪽쪽 빨면서 웃음을 흘린다.

"흠……. 나 증손주 만들려면 바빠야 해."

핸드백에서 챕스틱을 꺼내 입술에 바른 여린의 말에 리안이 식겁한다.

"증손주?"

"응. 나 우리 할머니 증손주 만들어 드릴 거야. 아니면 아프리카로 시집가던가."

"도대체 뭔 소리야?"

"나도 몰라."

씨익 웃으면서 이번엔 다른 친구의 커피로 손을 뻗는 여린을 보며 리안은 인상을 구겼다. 저거, 바람둥이 놈하고 헤어진 지 얼마나 됐다고 또 외로움증이 도진 거다. 저 애정결핍증을 하루빨리 없애야 하는데. 쯧!

리안은 남이 보기에 충분히 사랑받고 자랐다고 여겨지는 이도 애정결핍에 걸릴 수 있다는 사실을 여린을 보면서 알게 됐다. 사랑해 주길 원하는 사람은 이미 세상에 없으니 어디 그 허한 마음이 채워지겠는가.

'잘난 도준서. 고생깨나 하겠네.'

굵게 웨이브 진 머리카락을 손가락으로 배배 꼬아가면서 리안은 은근슬쩍 제 휴대폰을 꺼냈다.

「양여린 상태가 심상치 않음. 오늘의 목적지 큐피트. 11시쯤 입성.」

문자메시지를 입력하고 받는 이의 전화번호를 검색해서 찾아낸 리안은 망설임없이 전송 버튼을 눌렀다.

「'잘난 도준서' 님께 메시지가 전송되었습니다.」

반짝이는 액정을 가리며 도로 핸드백에 휴대폰을 집어넣는 리안의 입가에 의미 모를 미소가 지어졌다. 모르긴 몰라도 잘난 도준서는 초겨울 찬바람보다 더 싸한 기운을 날리며 달려오실 것이다. 리안의 촉이 그리 알려주고 있었다.

＊

콰당쾅쾅!

12시를 훌쩍 넘긴 이른 새벽. 여유있게 차 한 잔을 마시며 사랑을 속삭이던 준휘와 우한은 소음이 들려옴과 동시에 준서의 방을 쳐다보았다.

"젠장! 빌어먹을!"

욕설과 함께 거칠게 방문을 열어젖히는 준서를 보고 준휘가 쯧! 혀를 찼다.

"도준서, 티셔츠 뒤집어 입었다."

티셔츠의 라벨이 준서의 목울대 아래서 달랑거린다. 오만상을 구기고 있던 준서는 형 준휘의 말에 턱을 내려 라벨을 확인했다. 그리곤 짜증나서 미치겠다는 얼굴로 그 자리에서 티셔츠를 훌렁 벗어젖힌다.

티셔츠를 뒤집어 제대로 입는 준서를 보면서 준휘가 손에 들고 있던 찻잔을 내려놓았다.

"너, 몸 다 나았냐? 신종플루 걸려서 끙끙대던 녀석이 반팔 입고 잘하는 짓이다."

눈살을 찌푸리는 준휘였지만 준서는 신경도 쓰지 않았다. 그래서 할 수 없이 우한이 재빠르게 준서의 방에서 꽤 두툼한 가을 외투를 들고 나왔다.

"걸치고 나가. 여린이 어디 있다는데?"

우한의 다정한 음성에 준서의 눈썹이 크게 휘었다. 양여린 데리러 가는 줄 어떻게 알았냐는 뜻이다.

"너 보면 딱 알지 뭐. 훗."

어깨를 으쓱해 보이는 우한을 일별한 준서는 신발장 위에 놓인 차 키를 먼지 쓸어내듯 낚아채고 현관문을 열어젖혔다.

"마스크 쓰고 나가! 여린이한테 플루 옮기면 죽을 줄 알아!"

으르렁대는 준휘의 외침이 사정없이 뒤통수를 후려쳤지만 지금 마스크 따위나 챙기고 있을 때가 아니다.

차 어딘가에 비상용으로 놔둔 마스크가 한 개쯤 있겠지, 생각하며 준서는 엘리베이터에 몸을 실었다.

자면서 땀을 흘렸는지 혀로 마른 입술을 핥으니 짭조름한 맛이 난다. 준서는 엘리베이터에 부착되어 있는 거울에 비친 제 모습을 보며 후욱 깊은 한숨을 쉬었다.

까치들이 파티를 해도 좋을 만큼 엉망으로 헝클어진 머리에 턱 끝까지 내려온 다크서클. 퀭한 눈자위와 시뻘겋게 충혈된 눈은 하루 꼬박 잠만 잔 사람의 몰골이라고 보기엔 어려움이 있었다.

그러거나 말거나 엘리베이터에서 땡! 하는 소리가 들리자마자 준서는 누가 등을 밀기라도 한 듯 열린 문 사이로 튕겨져 나왔다.

벌써 새벽 2시. 오리안이 말로는 11시쯤 입성한다고 했으니 양여린의 상태는 둘 중 하나다. 사람의 성별을 구별하지 못할 정도로 취했거나 그렇게 되려는 중이거나. 빌어먹게도 오리안마저 같은 상태인지 전화도 씹고 메시지를 보내도 답이 없다.

어쩐지 꿈자리가 사납더라니.

손바닥에 축축하게 배인 땀 때문에 자꾸만 손에서 미끄러지는 키를 다부지게 움켜쥐며 준서는 시동을 걸었다. 익숙하게 후진을 하고 가차없이 액셀을 밟는 준서의 얼굴에 걱정과 후회의 기운이 교차한다.

차라리 알릴 걸 그랬다. 자존심 싸움하느라 일주일간 연락을 끊고 나서 곧바로 신종플루 확진 판정을 받았다고.

어지간해서는 가벼운 감기 한번 걸리지 않는 준서였지만 한 번 아프기 시작하면 병원 신세를 져야 할 정도로 심각한 상태에 빠지곤 했다. 이번에도 마찬가지였다. 남들은 신종플루라고 해도 치료만 빨리 받으면 감기보다 덜 아프게 지나간다는데 준서는 이 주를 병원에서 보내야 했다. 퇴원하고서도 혹여 남아 있을 플루 기운이 여린에게 옮겨갈까 봐 상태를 지켜보자 했던 게 다시 일주일.

양여린이 알게 되면 곧장 병원으로 달려오던가 약 올린다는 빌미로 찾아와 간호사 흉내를 낼 게 뻔했다. 그래서 주변인들에게 여린에게만은 절대 알리지 말라고 신신당부했었다. 감기를 달고 살 정도로 면역력이 약한 여린에게 신종플루를 옮기게 될까 봐. 그런데 그게 잘못이었나 보다. 양여린이 보란 듯 심상치 않은 기운을 뿜어내며 나이트클럽에 행차하셨다니.

여린이 구슬프게 눈물만 흘리는 꿈을 꾸다가 깼던 준서의 등줄기에 식은땀이 흘러내렸다.

'병신 같은 자식. 자존심이 뭐라고 연락도 안 하고. 젠장!'

신호에 걸려 기어를 중립에 놓은 준서가 주먹으로 핸들을 내려쳤다. 따지고 보면 자존심이 아니라 여린이 다시는 헛된 연애에 눈물 흘리지 않길 바라는 마음에서 연락을 끊었던 거지만 그래도 후회는 부풀어 오르기만 한다.

여린이 이별을 할 때마다 못된 소리만 골라 해대며 다친 마음을 헤집어놓는 준서였지만 뱉어내는 말과 속마음은 천양지차였다.

늘 외로워하고 늘 애정을 갈구하는 여린. 언제나 깨어지지 않을, 영원히 함께 할 저만의 가정을 만들고 싶어하는 여린을 가장 잘 알고 있는 사람이 준서였다.

고작 초등학교를 졸업할 무렵에 부모님을 여읜 여린이다. 지금과는 전혀 달랐던 여린의 시간들을 기억하고 있는 준서에게 그녀는 친구이자 보살펴 주어야 할 동생 같은 존재였다. 그리고 준서에게도 여린은 가끔 기대거나 의지할 수 있는 누나 같은 존재이기도 했다.

'제발 얌전히 있어라, 양여린. 허튼짓하면 신종플루든 뭐든 아낌없이 옮겨 버릴 테니까.'

리안에게조차 연락이 없는 제 휴대폰을 흘낏 노려보며 준서는 액셀을 밟고 있는 발에 힘을 주었다.

기분 나쁘도록 시끄러운 음악 소리가 준서의 고막을 고문한다. 어렵게 연락이 닿은 리안과 클럽 입구에서 만나 안으로 들어간 준서의 눈이 번뜩이고 있었다.

"연락, 왔어?"

이를 갈며 묻는 준서에게 리안은 불안하게 흔들리는 눈동자로 고개를 저었다. 젠장! 어디 있는 거냐, 양여린.

리안과 급박함이 느껴지는 그녀의 메시지를 보고서 달려온 여린의 또 다른 친구들. 그들은 준서와 함께 웨이터들을 닦달해 가며 여린의 행적을 쫓았다. 하지만 나이트클럽에서 술 취한 채로 부킹을 다니는 여자에게 신경을 써줄 웨이터는 단 한 명도 없었다.

룸만 백 개가 넘는다는 나이트클럽 안에서 준서는 패닉 상태에 빠졌다. 불현듯 세상이 험해졌다는 사실을 상기시켜 주려는 것처럼 연일 뉴스며 신문에 깔렸었던 기사들이 머릿속을 헤집는다.

[나이트클럽인가 마약 소굴인가.]

[약에 취한 여자를 끌고 가 인증 샷을 찍는다는 남자들.]

[부킹. 지옥으로의 초대.]

꿈속에서 울고 있던 여린의 영상과 신문 기사가 합해져 준서는 아뜩해졌다. 하지만 이내 세차게 고개를 젓는다. 양여린이 누군데. 바보처럼 약에 취해 끌려 나가거나 험한 일을 당하지는 않을 것이다. 결단코 그런 일은 없다.

준서는 더욱 빨라진 걸음으로 수많은 룸들의 문을 하나씩 열어 젖히며 여린을 찾아다녔다. 하지만 여린의 모습은 어디에서도 찾아볼 수 없었다. 그의 등 뒤에서 '어떡해, 어떡해!'를 연발하는 여자들의 새된 음성에 짜증이 치밀어 오른다.

나이트클럽에 오면 절대로 휴대폰을 손에서 놓지 않기로 약속을 한다고 했다. 취하는 것도 좋고 마음에 드는 남자를 만나 자리에 돌아오지 않는 것도 좋지만 집에 갈 때는 모두 함께여야 한다는 규칙도 있다고 했다. 적어도 30분에 한 번씩은 전화나 문자를 통해서 서로서로 재미있게, 안전하게 놀고 있다는 사실을 알려준다고 했다. 그런데 여린이 두 시간쯤 전부터 연락이 안 된다고 한다. 두 시간. 누군가에는 빌어먹게 짧지만 또 누군가에게는 잔인하게 긴 시간.

이미 전원이 꺼져 있는 여린의 휴대폰으로 전화를 해봐야 소용없는 일. 준서는 위험한 상상을 머릿속에서 지워내 버리고 확인을 마친 룸들이 즐비한 복도에서 빠져나왔다.

"도, 도준서! 저, 저기!"

그나마 조용했던 복도를 벗어나 다시 시끄러운 스테이지 쪽으로 걸어나오는데 리안이 준서의 소매를 잡아끈다.

"저기! 저기 여린이 아니야?"

소매 단을 쭉쭉 잡아당기는 리안이 힘주어 편 검지로 어딘가를 가리킨다. 이내 준서의 눈에도 휘청거리며 걷고 있는 여린의 뒷모습이 들어온다.

"야! 도준서!"

전광석화처럼 제 옆을 스쳐 지나 멀어지는 준서를 뒤따라 뛰어가지만 남은 여자들에겐 애초에 그를 따라잡는 게 불가능하다. 아아, 저주받을 킬힐이여.

"어디가 좋을까? 아는 데 있어?"

"우웅……."

이름이 여린이라고 밝힌 여자의 허리를 감싸 안고 있던 남자의 손이 탱탱한 엉덩이로 슬쩍 움직였다. 고거 참, 맛나게도 생겼다.

취하기 전에는 도도하게만 보였던 여자가 취하고 나니 순한 양이 따로 없었다. 남자는 오늘 횡재했다고 생각했다. 누군가 어깨를 움켜잡아 뒤돌려 세우기 전까지는.

퍽!

준서는 여린을 데리고 나가던 남자의 얼굴에 다짜고짜 주먹을 날렸다. 남자의 품에서 떨어져 나온 여린이 휘청거리며 벽에 기대선다. 하지만 서 있는 것도 버거운지 주르륵 미끄러져 주저앉아 버린다.

눈을 감은 여린이 쌕쌕, 거친 숨소리를 흘리는 소리가 준서의 심장을 강타한다. 눈에 비치는 살결들이 벌겋게 달아올라 있는 여린의 모습에 준서는 이를 악물고 바닥에 나뒹굴고 있는 남자를 서늘하게 노려본다.

"너, 죽여 버린다."

성큼성큼 다가오는 준서가 뿌려대는 분노의 아우라에 넘어져 있던 남자가 엉덩이를 질질 끌며 주춤주춤 물러난다.

"할 짓이 없어서. 이런 데 와서. 여자한테. 약을 먹여?"

"아, 아니야! 야, 약이라니!"

"약. 안 먹였으면. 쟤가. 저렇게. 인사불성이. 될 리가. 없지."

남자는 곧 죽어도 아니라고 손사래를 치고 고개를 휘젓는다. 하지만 이미 머릿속에 '이 새끼가 여린이한테 약을 먹였다' 라는 확신이 박혀 있는 준서가 남자의 말을 믿어줄 리 없다.

세차게 이어지는 남자의 묵중한 비명 소리에도 개의치 않고 주먹을 휘두르던 준서는 상황을 발견한 웨이터들이 달려와 뜯어말릴 때가 되어서야 거칠어진 숨을 가다듬었다.

"부모 망신시키는 새끼."

갈아 마셔도 시원찮다는 눈빛을 하곤 남자를 쳐다보던 준서가 아드득 이를 갈고선 여린을 안아 올렸다. 그렇게 험악한 상황이 시작되고 종결되기까지 여린은 인사불성 상태 그대로다.

여린을 데리고 나온 준서는 그녀를 조수석에 앉히고 차를 몰았다. 시원한 강바람이 불어대는 한강 둔치에 도착해서야 준서는 여린의 친구들에게 집에 들어가라는 문자를 날리고 안도의 숨을 내쉬었다.

까딱 잘못했으면 자신이 했던 맹세를 제 손으로 깨부술 뻔했다. 남자로 불리기에는 어려움이 많았던 그 어렸던 나이에 맹세했었는데. 여린이 다시 예쁘게 웃을 수 있게 만들겠다고. 그렇게 웃을 수 있게 지켜주겠다고.

사춘기를 맞이했던 어린 소년의 치기가 아니었다. 준서는 여린이 참 좋았었다. 사내 녀석들보다 마음이 맞는 친구였고 제 형의 치부를 알면서도 이상하게 보지 않았던 여린이다. 아예 말을 꺼내지 않는 것이 준서에게 큰 위로가 된다는 걸 알고 있었던 녀석. 형에 대한 배신감으로 비뚤어지려던 사춘기 시절을 지켜주었던 녀석.

준서가 가출을 감행했을 때도 그를 찾아 나선 사람은 가족이 아니라 여린이었다. 3일째 아무것도 못 먹고 길바닥에서 자느라 야위고 더러워진 저를 부둥켜안고 서럽게 울던…… 그런 여린이다. 그래서 준서는 여린을 지켜주어야 했다. 그건 의무나 책임감이 아니라 너무 당연한 일이었다.

창문을 활짝 열어 강바람을 피하게 할 수 없게 만들어놨기 때문인지 한참이나 단잠에 빠져 있던 여린이 몸을 뒤척이다 눈꺼풀을 들어 올린다.

"어…… 라."

착 가라앉고 갈라진 여린의 음성에 준서가 인상을 쓴다.

"잘하는 짓이다."

끔벅, 끔벅. 창밖을 쳐다보며 초점을 맞추던 여린이 고개를 홱 돌려 준서를 쳐다본다.

"얼…… 래?"

"그래, 그 남자가 그렇게 괜찮아 보이디? 정신없이 따라나설 정도로?"

아직 채 정신도 차리지 못한 여린에게 준서는 신경질을 냈다. 아, 정말…… 양여린의 눈높이는 어떻게 높여야 하는가. 어디 그 맹구만도 못한 놈한테. 쯧!

"니가 왜 여기 있냐?"

편하게 자세를 잡으며 느릿하게 묻는 여린을 보며 준서는 또다시 깊은 한숨을 내쉬었다.

"아, 씨. 나 증손주 만들어야 되는데."

"양여린. 너, 남자가 그렇게 고프냐?"

말 같지도 않은 여린의 말에 울컥 화가 치민 준서가 꽤나 험하게 말을 내뱉는다. 여린이 이제야 말똥말똥한 눈으로 준서를 쳐다보다가 다시 눈을 감았다.

"남자가 아니라 사랑이 고프다."

"나이트클럽에서 만난 남자가 사랑을 준대? 그건 무슨 개뼈다귀 같은 착각이야?"

"그만 하자."

길게 숨을 내쉰 여린이 귀찮다는 듯 손을 휘젓는다. 하긴 양여린이라고 모든 사람이 아는 그걸 몰라서 그런 말을 할까. 그저 외로운 것뿐이다, 여린은. 아무리 제 가족이 끔찍하게 사랑해 준다고 해도, 아무리 준서네 가족이 친딸처럼 어여뻐해 준다고 해도 충족되지 않는 허한 마음에 그녀도 괴로운 것이다.

"집에 좀 데려다 주라. 우리 최옥희 여사 진짜 증손주 기다릴……."

"자자."

힘없이 중얼거리던 여린이 자신의 말을 끊은 준서 때문에 감은 눈을 떴다.

"그러니까 집에 가서 잔……."

"나하고 자자고."

늘어져 있던 몸을 추스른 여린이 준서 쪽으로 몸을 틀었다.

"……뭐?"

이건 또 무슨 새로운 장난인가. 장난치고는 너무 과하게 도발적이다.

"술 취해서 그깟 놈한테 바칠 바엔 나한테 달라고, 네 몸."

장난기라고는 눈을 씻고 찾아봐도 없는 준서의 진지함에 놀란 여린의 입술이 슬쩍 벌어졌다. 하지만 그녀는 생각을 정리하고 가볍게 고개를 끄덕였다.

"알았어. 앞으로는 안 그럴게. 됐지?"

"안 됐어. 양여린, 잘 들어. 나 장난치는 거 아니야. 나한테 줘, 너."

장난이 아니란다. 여린은 훅! 숨을 들이마셨다. 아부지, 어무이. 이걸 어째요. 제가 결국…… 도준서를 미치게 만들었나 봐요.

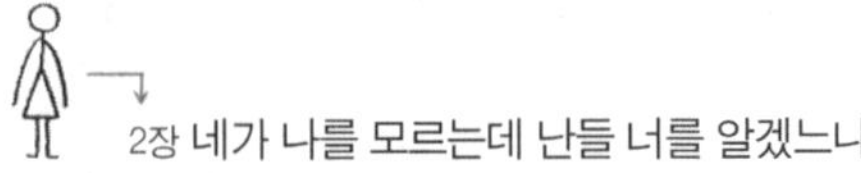

컴컴한 차 안. 준서와 여린은 서로의 얼굴이 뚫어져라 쳐다보고만 있었다. 여린은 준서의 자자는 말에 패닉상태에 빠졌고 준서는 여린의 대답을 기다린다는 듯 꿋꿋하게 진지한 표정을 고수하고 있다.

'이것…… 봐라? 얘, 진심인갑다.'

꿀꺽. 굵은 침이 목구멍을 타고 내려간다. 여린은 울상을 지었다가, 표정을 없애려 노력했다가, 이젠 놀란 마음을 들키지 않으려 눈만 껌벅이고 있었다.

이게 아닌데. 여린의 작은 머리통 속에서는 그 생각만 요란하게 굴러다녔다. 정말 이건 아닌데.

죽을죄를 지었다고 해도 진심으로 사과하면 받아주는 쿨한 놈이 도준서였다. 다른 사람에게도 그러는지는 모르겠지만 여린에게는 그랬다. 그런데 잘못했다고 말했는데도 준서는 꿈쩍도 않는다. 그러니 미치고 팔짝 뛸 일이다.

여린도 저가 잘못했다는 걸 잘 알고 있었다. 사실 말만 증손주니 어쩌니 위험천만하게 내뱉었지 정말 그럴 생각은 없었다. 미쳤다고 나이트클럽에서 만난 남자 애를 덜컥 가질까. 그런 일을 해서는 안 된다는 개념 정도는 탑재하고 있었다.

그냥…… 이번에 헤어지게 된 남자가 너무 아까워서, 제대로 잡아서 결혼에 골인하고 말리라 결심했던 차여서, 그렇게 바보 같았던 자신을 잊고 싶어서 놀았을 뿐이었다. 신나게 놀고 양여린, 아직 건재하다는 걸 보여주고 싶었다. 내 진가도 모르고 축구공 차버리듯 뻥 차버린 너 아니어도 나 좋다는 남자 많다고, 스스로에게 상기시켜 우울함을 지우기 위해서였다.

'게임을 하는 게 아니었는데. 젠장!'

후회만 백만 번은 곱씹은 것 같다. 가볍게 시작된 게임에서 연거푸 져버렸다. 아니, 도대체 그 쉬운 3,6,9를 왜 못하냔 말이다! 3,6,9뿐만이 아니었다. 그 게임에서 내리 지는 바람에 폭탄주 세 잔을 원샷한 여린이 계속 게임을 하자고 우겼더랬다. 순전히 오기 때문에.

여린을 위해준답시고 남자들이 게임을 바꿔주었지만 소용없었다. 베스킨라빈스, 경마장게임, 후라이팬 놀이 등등. 여린은 계속 졌고 계속 폭탄주만 마셨다. 아마 오늘 마신 폭탄주가 일 년치 술값은 되지 않을까.

집안 내력 덕분인지 말술 소리 듣고 사는 여린이지만 적어도 열 잔 이상, 순식간에 폭탄주를 해치웠는데 취하지 않고 배길쏘냐. 아아, 죽일 놈의 오기. 빌어먹을 미련함이여.

"왜 그렇게 오래 생각하는 건데?"

잠잠하게 침묵을 지키던 준서가 짐짓 짜증난다는 듯 툭 말을 뱉었다. 저 태도를 보니 '우리 자자'가 아니라 '내일 만날까?'라고 물은 사람처럼 보인다.

여린은 강아지가 물기를 털어내듯 도리질을 치면서 정신을 차리려 애썼다. 그래, 네가 제정신이 아니라면 나라도 정신을 차려야지. 덕분에 술기운도 달아났으니 오랜만에 대화다운 대화를 해 보자꾸나. 여린은 그런 생각으로 입을 열었다.

"너, 나하고 뭐야?"

담담하게 묻는 여린에게 준서의 시선이 박혔다. 왜 그렇게 오래 생각 하냐고 물었더니 웬 뚱딴지같은 질문인지.

"뭐가 뭐냐는 거야?"

준서의 미간이 좁아졌다. 말을 하려면 제대로 하라고 묻는 눈빛에서 심한 짜증이 묻어난다.

"너, 나하고 친구 아니야?"

이어지는 여린의 말에 준서는 고개를 위아래로 절도있게 끄덕인다. 하지만 그다음부터 준서는 대답을 할 수도, 고개를 끄덕일 수도 없었다.

"그럼 너는, 친구하고도 섹스하냐?"

"……."

“너하고 내가 원 나이트 파트너야?”

“…….”

“그렇게 하루 자고 끝낼래?”

말을 잇는 여린의 눈매가 점점 매서워진다. 졸지에 입장이 바뀌자 준서는 입을 꾹 다물었지만 여린에게 박힌 시선을 떼지는 않았다.

“말이 나왔으니 말인데. 그래, 내가 잘못했다. 친구로서 모자란 모습 보여주게 돼서 입이 열 개라도 할 말이 없다. 엉뚱한 사고 안 치게 끌고 와줘서 고맙기도 하고. 그런데 이건 아니지 않냐? 내 몸을 달라니. 보상 수리하는 셈치고 받았다가 나중에 아니다 싶으면 기기 변경할 거냐, 너?”

이젠 아예 씩씩거리는 여린을 보면서도 다물어진 준서의 입은 떨어질 줄을 모른다. 여린이 무슨 말을 하고 있는 건지 이해는 할 수 있겠는데 이상하게 자존심이 상한다.

준서는 여린을 오랜 시간 알고 지냈다. 그리고 지겹도록 붙어 다녔다. 두 사람이 먼저 말을 꺼내지 않아도 주변에서 그들을 보고 절친이니 소울메이트니, 아무튼 대단한 우정이라고 추켜세웠다.

사람들은 행여나 도준서와 양여린 사이에 이성적인 호감이 생길 거라고는 생각지 않았다. 그렇기에는 두 사람이 붙어 다닌 시간이 너무 길었고 그만큼 알고 있는 것도 많았기 때문에.

누구와 언제 사귀었다가 헤어졌는지, 사귀는 동안에 무슨 일들이 있었는지 연인인 상대방보다 더 빠삭하게 알고 있는 사이. 하다못해 준서는 여린의 생리주기까지 꿰고 있었고 여린은 준서의 눈짓, 손짓만 보고도 그날 그의 기분이 어떤지 알아맞혔다.

서로의 연인이 둘의 사이를 질투하지 않았다면 어불성설. 하지만 아무리 봐도 남매 같기만 한 두 사람을 의심할 건더기가 없었다. 그렇게 견고하게 쌓아진 우정. 그런데 그 우정이라는 게, 잔다고 사라지는 건가?

"왜 원 나이트고, 왜 하루야?"

한참을 고민하는 듯 보이던 준서가 꺼낸 말에 여린이 눈살을 찌푸렸다.

"그럼, 계속 자자고? 친구로서 그게 그리울 때마다 서로 보듬어주자고? 하…… 그것도 말이라고."

"친구가 아니라 애인 사이면 괜찮다는 거네, 네 말은."

순서 없이 뒤죽박죽이었던 말들을 머릿속에서 정리한 준서가 대안을 내놓자 여린은 콧방귀를 꼈다.

"왜? 아예 사귀자고 하지?"

"사귀면 문제없는 거냐? 그럼 사겨."

고개를 절레절레 저으며 창가 쪽으로 시선을 돌렸던 여린의 어깨가 굳었다. 천천히 준서를 향해 몸을 트는 여린의 큼지막한 눈 안에 믿을 수 없다는 감정이 꽉 차들어 있다.

이런 코가 막히고 기가 막힌 일이 있나. 세상 모든 남자가 똑같다고 해도 도준서는 다를 줄 알았다. 도준서도 남자지만 수많은 남자들과는 비교할 수 없을 정도로 모든 면에서 우위에 서 있다고 믿었다. 그런 우월한 남자를 절친으로 두고 있는 자신이 복 받았다고 생각한 적도 있었다. 그런데 믿는 도끼에 발등 찍히고 설마가 역시 된다더니.

"도준서."

이를 악물고 준서의 이름을 뱉어내는 여린의 음성에서 냉기가 흐른다. 준서가 말해보라는 듯 눈썹을 치켜 올렸다.

"너 지금…… 나랑 자기 위해서 사귀자고 말한 거냐?"

"허! 넌 사람 말을 그런 식으로밖에 해석을 못해?"

"지금 니 말이 그거잖아. 너하고 내가 친구라서 못 자겠다고 했더니 연인이면 상관없냐며. 그럼 사귀자며. 니가 생각해도 내가 그런 식으로 해석할 수밖에 없을 것 같지 않아? 그렇게 생각 안 하게 할 요량이었으면 순서가 바뀌었어야지. 좋아해, 사귀자, 사랑해, 자자. 넌 모두가 다 아는 연애 법칙도 모르니?"

준서의 긴 한숨이 핸들에 닿았다가 차 안으로 퍼진다.

"그래서, 싫다는 거야?"

관자놀이를 꾹꾹 눌러대는 준서의 눈가에 피곤함이 진득하게 자리를 잡았다. 그것이 여린의 화를 부추기는 행동이 될 거라고는 전혀 상상하지도 못한 준서였다.

"8 더하기 10."

얼굴을 벌겋게 물들인 채로 덧셈을 요구하는 여린을 준서가 멍하니 쳐다본다.

"……뭐?"

"8 더하기 10!"

"십…… 팔."

얼떨결에 대답한 준서가 도무지 무슨 짓인지 모르겠다는 얼굴로 눈동자를 굴렸다.

"그게 지금 내 기분이다, 이 자식아! 에라이, 나쁜 자식!"

차 안이 쩌렁쩌렁하게 울리도록 소리를 내지른 여린이 그대로 차에서 내려 문짝이 부서질 정도로 강하게 문을 닫아버린다.

그때까지도 이게 무슨 일인지 감을 잡지 못하던 준서가 황급히 차에서 내려 여린의 등 뒤에 대고 소리를 질렀다.

"너 여기가 어딘지 알고 막 걸어가!"

"말 걸지 마! 너하고 절교야!"

"그럼 사귀자니까!"

휘익! 준서는 간발의 차이로 여린에게서 날아온 물건을 피할 수 있었다. 섬뜩한 기분에 떨어진 물건을 쳐다보니 여린의 휴대폰이다. 이제는 고유의 형태를 알아볼 수 없을 정도로 산산조각이 난 분홍빛 휴대폰.

"내가 오늘 부츠를 신은 걸 다행으로 알아! 나아쁜 자식!"

100미터쯤 떨어져 있는데도 여린의 중지가 자신에게로 꼿꼿하게 솟아 있는 것이 매우 잘 보인다.

준서는 여린을 붙잡을까 하다가 그만두고 차 문을 잠갔다. 그리고 조용히 그녀의 뒤를 따랐다. 휴대폰이야 아예 박살이 나버렸으니 수리비보다 새로 장만하는 게 나을 듯하고, 나이트클럽에서 여린의 핸드백을 찾아오지 못했으니 택시도 잡을 수 없을 것이다. 지금 붙잡아봐야 폭행만 당할 게 뻔하고 그렇다고 기절시켜 데려갈 수도 없으니 집에 도착할 때까지 스토커 짓을 할 수밖에.

‘미치겠군.’

터덜터덜, 여린의 뒤를 쫓는 준서의 얼굴이 구겨졌다. 자존심도 상하고 짜증도 나고 화도 난다. 복잡한 감정들 속에 미안함은 없다. 미안할 짓을 하지 않았으니까.

사귄다. 양여린과. 준서는 저가 터트린 폭탄의 잔해를 가슴속에서 찬찬히 살펴보기 시작했다.

준서도 여린과의 우정이 깨어지는 것은 원치 않았다. 그 어떤 이가 여린 같은 친구를 마다하겠는가.

슬플 때 같이 슬퍼해 주고 기쁠 때 같이 기뻐해 주는 사람. 힘든 일이 생기면 주저없이 먼저 찾게 되는 사람. 죽을상을 하고 있다가도 눈빛이라도 마주치면 누가 먼저랄 것 없이 툭툭 장난을 걸어대며 웃게 만들고, 거짓말이나 비밀 같은 게 없어서 누구보다 신뢰할 수 있는 사람. 이토록 완벽한 친구를 두기란 하늘의 별을 따는 것만큼이나 힘들다는 걸 준서라고 모를까.

그런데도 여린에게 폭탄을 투하할 수 있었던 건…… 그녀를 지켜주고 싶다는, 음흉한 늑대들에게서 보호하고 싶다는 일념 하나. 더는 내 친구가 상처받아 아파하는 모습을 보고 싶지 않기에. 가족만큼이나, 어떨 땐 가족보다 더 애틋한 내 친구가 너무 큰 기대에 그보다 큰 실망을 하는 모습을 보고 싶지 않기에.

결혼해서도 우정을 지속시킬 수 있다. 친구 같은 부부. 준서가 노린 건 그거였다. 말이 급하게 튀어나간 것도 있지만 나이트클럽에 증손주 만들러 간 양여린을 끌어다 놓고 다짜고짜 결혼하자고 할 수는 없지 않은가. 그래서 자자는 말이 먼저 나온 것뿐인데, 평

소에는 개떡같이 말해도 찰떡같이 알아듣던 녀석이 오늘은 왜 이
리 속마음을 몰라주는지 모르겠다.

"문 열어주세요! 할머니이!"

어느새 여기까지 왔는지 모르겠다. 준서는 고래고래 소리를 지
르는 여린의 목소리에 정신을 차렸다.

"할머니! 이러기야? 손녀가 밖에서 얼어 죽어도 상관없어?"

최옥희 여사께서 손녀 버릇을 고쳐 주려고 하시는 모양이다. 하
긴 슬슬 동이 틀 시간에 기어들어 왔으니 전화도 되지 않는 상황
에서 얼마나 속이 타셨을까.

준서는 쾅쾅 대문을 차대는 여린을 보면서 후우, 한숨을 쉬었
다. 할머님께 먼저 연락을 드렸어야 하는 건데. 오늘 이것저것 실
수가 많다.

"할머니이이! 잘못했어! 무릎 꿇고 손들고 반성할게! 할머니, 나
진짜 얼어 죽는다니까?"

징징대는 여린의 모습에 피식, 웃음이 나온다. 준서는 발갛게
홍조가 든 여린의 볼을 보고 있다가 걸음을 옮겼다.

"안 얼어 죽는다."

말은 뚝뚝하게 하면서도 입고 있던 재킷을 여린의 어깨에 걸쳐
준다.

"필요없어."

앙칼지게 가자미눈을 한 여린이 준서의 재킷을 홱 잡아끌어 그
의 품에 던져 넣었다.

"얼어 죽지는 않겠지만 감기 걸려. 걸쳐."

쯧, 혀를 차며 다시 재킷을 걸쳐 주려는 준서를 보면서 여린은 입꼬리를 늘였다.

"왜? 이렇게 하면 자줄까 봐?"

빈정거리는 여린의 말에 준서의 이마에 핏대가 섰다.

"난 너처럼 여자, 고프지 않다."

"누군 고프데?"

"고프니까 술 취해서 헬렐레거렸겠지."

"도준서."

"양여린, 너 정신 차려. 내가 욕구불만에 미쳐 버려서 너한테 자자고 했는지 알아?"

"잇……!"

뭔가 받아치고는 싶은데 할 말이 없는 여린이 씩씩거렸다. 사실 도준서가 여자에 미쳐서 아무나 붙잡고 자자고 할 만한 녀석이 아니라는 것쯤은 안다. 아무리 미쳐도 여린 자신을 함부로 건드리지는 않을 거라는 것도 안다. 그래서 더 속상하고 화가 나는 거다. 내가 그렇게 큰 죄를 지었나 싶기도 하고, 우리 우정을 그렇게 가볍게 버릴 수 있나 싶기도 해서.

"결혼하자."

여린의 눈이 휘둥그레지고 입은 떡 벌어졌다. 턱이 얼얼할 정도로 입은 크게 벌어졌는데 목소리는 자취를 감췄다.

자자, 사귀자, 결혼하자. 이게 도대체 뭔가. 10년이 넘게 준서를 만나왔는데 지금 눈앞에 있는 사람은 도준서가 아닌 것 같다. 낯설어도 이렇게 낯설 수가 없었다.

“잘들 한다.”

정신을 차리지 못하고 있는 여린의 머리에 꿀밤이 던져졌다. 스크림 가면을 쓴 것처럼 입을 벌린 채로 고개를 돌린 여린의 눈에 최옥희 여사의 무서운 얼굴이 들어왔다.

옅은 갈색으로 염색한 짧은 파마머리를 꼼꼼하게 롤로 감고 숯팩을 하셨는지 얼굴에 검은 칠을 한 최 여사의 흰자위가 도드라졌다.

“정신머리 없는 손녀 들어오시고 준서 너는 집으로 가라.”

최 여사가 여린의 귀를 잡아당기며 집 안으로 들어갔다. 준서가 죄송하다며 인사를 했지만 받아줄 사람이 없었다.

최 여사는 아프다고 난리를 쳐야 할 손녀가 잠잠하자 살짝 고개를 돌려 여린의 상태를 살폈다.

‘아주…… 넋이 나갔구면.’

터져 나오려는 웃음을 삼킨 최 여사가 현관문을 열고 여린을 집 안에 던지듯 들여놓았다. 입버릇처럼 정신머리 없는 손녀라고 불렀는데 정말 정신이 나간 모습을 보니 안쓰럽긴 하다. 헌데 그보다 재미있는 게 먼저다.

오늘은 밖에서 얼어 죽게 할지언정 곱게 문을 열어주지 않을 심산이었다. 경찰서에 신고를 해야 되나 싶을 정도로 걱정시킨 게 괘씸해서 인터폰 화면을 노려보고 있던 차에 준서가 나타난 것이다.

준서와 여린의 대화를 모두 들은 것은 당연한 일. 얼추 조각난 퍼즐을 끼워 맞춰보니 머릿속에 완벽한 그림이 그려졌다.

'결혼을 하시겠다?'

푸흐흐, 현관 턱에 널브러져 있는 손녀를 흘깃 쳐다보던 최 여사가 삐져나오려는 웃음을 감추려 헛기침을 해댔다.

영감은 치사하게 혼자 외국으로 떠버리고 아직 저세상으로 안 간 친구 계집애들은 관절염이니 뭐니 해서 놀아주지도 않던 차에 재미거리가 생긴 최 여사의 숯 팩에 금이 가기 시작했다.

＊

지이잉. 지이잉. 지이잉.

데스크 위에 놓인 휴대폰이 날 좀 봐달라며 몸을 떨어대지만 여린은 눈에 힘을 준 채로 컴퓨터 화면만 쳐다보고 있었다.

지이잉. 지이잉. 지이잉.

전화가 몇 통만 더 걸려오면 휴대폰이 땀을 흘릴 지경이다. 하지만 여린은 휴대폰 쪽으로 관심을 돌리지 않았다. 사실 관심이야 진즉 가 있었지만 절대 관심 가지는 게 아니라며 오리발을 내밀고 있는 중이다.

일 때문에 휴대폰을 아예 꺼둘 수는 없지만 걸려오는 전화를 피할 수는 있다. 전화 거는 사람이 누구인지 알 수 있는 좋은 세상, 감사한 세상이다.

"양 팀장님, 전화 안 받……."

파티션 밖으로 삐죽 고개를 들이밀며 말을 붙이던 후배 동료가 여린과 눈이 마주치자 재빠르게 파티션 안으로 숨어버린다.

'악마야, 물럿거라! 하느님이 보우하사 마르고 닳도록, 무궁화는 예쁘고 코끼리 코는 길다. 수리수리 마수리.'

더 이상 컴퓨터 화면에 집중할 수 없었던 여린이 팔짱을 끼고 새로 구입한 휴대폰을 노려보며 알 수 없는 주문을 외웠다.

악마다. 악마가 강림한 게 틀림없었다. 그렇지 않고서야 도준서 입에서 결혼하자는 말 따위가 나왔을 리 없다. 차라리 자자는 말이 낫지, 결혼이라니. 허! 결혼이라니!

여린은 준서를 피해 다니느라 자그마치 2주의 시간을 아낌없이 소비했다. 준서가 와서 기다릴까 봐 집에도 마음 편히 들어가지 못했고 친구들 집은 저보다 그가 더 잘 알고 있으니 서툴게 도망칠 수도 없었다. 그래서 여린은 대학 선배이자 그녀의 직장인 뷰티풀 여행사의 사장이기도 한 아영의 집에서 내리 3일을 빌어먹었다. 그러다 그 짓도 할 게 못 된다는 판단하에 아영을 설득하고 회유하고 꼬시고 별짓을 다 해서 러시아로 출장을 다녀왔다. 여행 코디네이터가 되길 참 잘했다고 생각한 날들의 연속이었다.

2주 정도면 도준서도 정신을 차릴 거라고, 준휘나 그의 평생의 연인이자 아내이기도 한 미스터 유가 굿이라도 해서 준서를 덮친 악마를 물리쳤을 거라고 믿었다. 하지만 국제 로밍 시스템으로 인해서 한국에서 러시아까지 물 건너 넘어온 준서의 문자메시지는 한결같았다.

「결혼하자.」

「결혼이 싫으면 일단 사귀어보던가.」

「양여린. 사람 말이 말 같지 않나?」

「평생 러시아에서 살 모양이지?」

「내가 너 잡고 만다. 대기 타고 있어라.」

보자마자 깨끗하게 지워 버린 것들이지만 여린의 머릿속에는 분명하게 남아 있는 문장들. 영화에서도 악마는 집착이 심한 것으로 그려져 나오더니만 정말 악마가 그렇긴 한가 보다.

지잉.

전화가 올 때와는 확실히 다른, 짧고 간결한 진동이 여린의 신경을 잡아끌었다. 아아, 이젠 겁까지 난다.

고작 문자메시지 하나 확인하는데 주먹을 쥐락펴락해 가며 손의 긴장을 풀어주어야 하고 쿵쾅거리는 심장은 진정시킬 방법이 없다.

삐질, 식은땀을 흘린 여린이 불에 달궈진 숯을 잡듯 안간힘을 써서 휴대폰을 부여잡았다. 그리고 메시지를 확인하는 순간, 그녀의 얼굴이 하얗게 질렸다.

「너 회사에 있는 거 다 안다. 말로 할 때 전화 받아라.」

부럽기까지 한 악마의 초능력이여. 후우우, 깊이 한숨을 쉰 여린의 얼굴이 조금씩, 조금씩 일그러지기 시작했다. 잠깐, 말로 안 하면 어쩔 건데? 어쭈, 그러다 치겠다?

문자메시지와 대화를 주고받은 여린이 꾸욱, 통화 버튼을 눌렀다. 악마가 무서워 도망쳐 왔지만 피한다고 해결될 일이 아닌 것 같았기 때문에.

[정신 차린 모양이다?]

듣기 좋은 음악이 뚝 끊기고 들려온 준서의 목소리에는 감출 수 없는 화기가 묻어나 있었다. 그리고 약간의 비웃음도.

"정신 차릴 사람은 너지. 왜 아직도 정신을 못 차려? 얼마나 더 기다려야 하는 건데?"

[사돈 남 말 하고 앉아 있다.]

"준서야, 제발 정신 좀 차리자. 그 뭐냐, 엑소시스트, 그런 거라도 해야 하는 거야?"

[지금 누구한테 귀신을 가져다 붙여?]

화가 날수록 깊게 가라앉는 준서의 음성. 지금 그의 목소리는 귀를 휴대폰에 본드로 철썩 붙여놔야 들릴 만큼 낮아져 있었다.

[할아버님 내일 모레 귀국하신단다. 직접 찾아뵙고 말씀드리기 전에 해결 보는 게 너한테도 좋지 않을까 싶은데.]

내 할아버지 귀국 날짜를 왜 네놈이 챙겨! 내가 티켓팅 해드리고 여행 추천지도 싹 뽑아서 보내 드린 여행인데! ……그렇게 소리 지르고 싶었지만 대신 여린은 어금니를 꽉 물었다.

할머니 최옥희 여사도 준서를 예뻐하기는 하시지만 그래도 겉으로 내색은 하지 않는 편이었다. 하지만 할아버지 양두만 옹은 다르다.

애정 표현에 약한 아내 덕분인지 양두만 옹은 유달리 표현이 강했다. 그리고 손녀인 여린만큼이나 준서에게도 아낌없이 애정을 표현하셨다. 당신 가족들과 당신이 인정하신 친구분들을 제외하면 누구에게도 무뚝뚝하게 대하시는 분인데. 준휘에게조차 눈인사 한 번 건네지 않으시는 분이, 그런 분이 준서에게만은 늘 웃어주시고 칭찬을 아끼지 않으셨다. 그건 준서가 '여린이와 결혼하겠습니다' 하면 '냉큼 가져가시게!' 하실 확률이 99.9%에 달한다는 의미이기도 하다.

그것만은 막아야 해.

뽀드득! 여린이 이를 가는 소리가 전해졌는지 준서가 가볍게 웃음을 터트렸다. 여린은 거친 숨을 가다듬으며 애써 미소를 지었다.

"그래, 언제 어디서 만나면 좋을까?"

[12시 30분. 우리 가게로 와.]

"콜. 끊어."

전화를 끊은 여린은 임산부들이 한다는 라마즈 호흡법으로 마음의 평정을 찾으려 애썼다. 저쪽은 여유만만한데 이쪽만 긴장해서 얼간이처럼 구는 건 사양해야겠기에.

"일하자, 일."

두 눈을 부릅뜬 여린은 고개까지 끄덕여 가며 열심히 일하자고 다짐해 본다. 여행 코디네이터로서 4년의 경력을 쌓게 해준 이곳이 그녀를 무척이나 예뻐하는 대학 선배의 회사이고 직원의 반 이상이 같은 대학, 같은 동아리의 일원이었다고 해도 공과 사는 구분되어야 하는 거니까. 직장에서는 일을 해야 한다. 그래야 월급을 받아먹고 양심의 가책을 느끼지 않을 수 있으리.

빌어먹을 도준서.

그녀가 맡은 팀들의 티켓이 제대로 발권되었는지를 확인하고 고객이 부탁한 여행 경로를 체크하던 여린이 질끈 눈을 감았다. 아무리 일에 집중하려고 해도 뇌의 반을 차지해 버린 도준서 생각에 일이 손에 잡히질 않는다.

정말이지 빌어먹을 도준서. 그리고 모자라거나 부족할 것 없는 양여린을 타인에게 빌어먹게 한 도준서. 얄밉지만 사랑스러운 게 더 컸던 도준서가 왜 뜬금없이 빌어먹을 녀석으로 둔갑해야 했는지 여린은 알 수가 없었다.

날 이성으로 생각했나? 그동안 사실은 날 짝사랑해 왔던 건가? 그것도 아니면 친구의 탈을 쓰고 있던 그렇고 그런 남자였나?

별의별 생각을 다 해봤다. 준서가 왜 그러는지 그 이유를 알아내기 위해서. 하지만 똑 떨어지는 답이 없었다.

이제껏 여린만을 바라보며 독수공방했던 것도 아니요, 손끝만 닿아도 전기가 통하는 것처럼 난리를 친 적도 없다. 슬립만 입고 잠들었던 여린의 엉덩짝을 때려가며 깨운 적도 있었고 함께 속옷을 사러 가는 것도 거리낌이 없었다.

여자로 생각했다면. 이성으로 느꼈다면 그래서는 안 되는 거 아니었나?

'도대체 왜! 갑자기 왜 그러냔 말이다!'

쾅! 참다못한 여린이 주먹으로 데스크를 내리치자 고객과 통화 중이던 직원과 커피를 타 가지고 자리로 돌아가던 직원 둘이 깜짝 놀라 얼음이 되어버렸다.

"아, 미안합니다."

착 시선을 내리깔며 고개를 까닥해 보인 여린을 직원들이 슬슬 피하며 지나갔다. 평소에는 건드리지만 않으면 나쁠 게 없는 여린이었지만 그녀의 본성을 알고 있는 이들이었기에.

후우. 여린이 한 가닥으로 묶어 올린 머리카락을 손가락으로 빗질을 하면서 한숨을 쉬었다. 어지간해서는 말발로 도준서를 이길 수 없을 테니 퇴근하고 미스터 유한테라도 들러야겠다. 미스터 유야 도준서의 천적임을 인정받았을 정도니 도대체 개가 왜 그러는지, 제정신으로 돌려놓을 방법이 있는지 알고 있을 수도 있다.

생각을 정리하고 나니 그나마 숨통이 트인 여린에게 마치 그녀의 상황을 읽고 있기라도 한 듯 전화가 걸려왔다.

"즐거운 자유 여행을 지향하는 뷰티풀 여행사, 여행 코디네이터 양여린입니다."

전화를 받는 여린의 입가에 희미한 미소가 걸렸다.

"우리 도련이 그랬다고?"

여린이 뇌물로 바친 달콤한 라떼를 홀짝이는 우한의 한쪽 눈썹이 뾰족하게 산을 그렸다. 여린은 오늘도 언제나처럼 멋진 우한을 쳐다보며 세차게 고개를 끄덕였다.

유우한. 일명 미스터 유. 도준서의 형 도준휘의 연인이자 'JUN'이라는 이름의 피어싱 샵을 운영하고 있는 쥬얼리 디자이너. 뛰어난 패션 감각은 말할 것도 없고 나이를 가늠할 수 없을 만큼 동안에 여자들이 시기할 정도로 깨끗한 우윳빛 피부를 지키고 있는 남자다. 우한이 말 한마디를 할 때마다 여자들이 흐물거리며 녹아내릴 정도로 따스하고 다정함이 돋보이는 매력적인 마스크를 소지하고 있지만…… 여린은 여자의 직감으로 우한이 우아하게 발톱을 숨기고 있는 암사자라는 걸 알아냈었다.

여린이 대학에 막 입학했을 때, 우한에게 질문을 던진 적이 있었다. 여린이 하고자 했던 질문은 우한의 프라이버시를 침해할 수도 있었기에 시도조차 조심스러운 그런 것이었다.

'미스터 유, 나 뭐 하나만 물어봐도 돼?'

평소와 다르게 쭈뼛거리며 다가선 그녀에게 우한은 여지없이 부드러운 미소를 지어주며 고개를 끄덕여 주었었다.

'저기…… 누가 공이야?'

그렇게 물어놓고 여린은 두 눈을 감아버렸었다. 어찌나 민망하고 부끄러웠는지. 하지만 미치게 궁금해서 참을 수가 없었다. 어느 날, 친구가 가져온 남자들의 사랑을 다룬 소설에서 공(攻)이 뭐고 수(守)가 뭔지를 알게 된 여린은 대뜸 준휘와 우한을 떠올려 버린 것이다. 그때부터 누가 공이고 누가 수일까 궁금해서 잠도 이루질 못했었다.

솔직히 누가 봐도 남자 냄새를 풍기는 준휘가 공일 확률이 컸다. 여자처럼 섬세하고 다정하기 짝이 없는 우한이 공일 리는 없다고 생각했다. 그런데 우한은 그때 짓궂게 씨익 웃으며 여린의 귓가에 짧게 속삭여 주었다.

'당연히 나지.'

여린은 아직도 잊을 수 없었다. 성적 페로몬이 가득 담긴, 달짝지근하면서도 뭐라 설명할 수 없는 강함이 느껴지던 우한의 그 눈웃음을.

그때부터 여린은 준휘에게는 막 나가자는 식으로 까불어도 우한에게는 철저히 선을 지켰다. 원래 순해 빠져 보이는 사람들이 눈 뒤집어지면 칼부림도 불사하는 법이기에.

여린이 준 커피를 한 손에 들고 꼰 다리를 리듬에 맞춰 흔들던 우한이 예의 다정한 미소를 지으며 단순명쾌한, 그러나 여린의 상식으로서는 이해하기 힘든 해답을 내려주었다.

"그럼 자봐."

준서가 결혼하자고 할 때만큼은 아니지만 여린의 입이 크게 벌어졌다. 커피를 마신 채였다면 턱 밑으로 줄줄 흘러내렸을 정도로.

"원래 속궁합이 중요한 거거든."

어떻게 어린아이처럼 순수해 보이는 얼굴로 저런 말을 할 수 있을까.

"우리 도련하고 너야 성격은 안 맞춰봐도 잘 맞는 거 아니까, 속궁합만 맞으면 찰떡궁합이겠네."

"저기, 미스터 유?"

"자자고 했다며. 뭐가 문제인 거야? 자봐서 별로면 나한테 얘기해. 결혼은 꿈 깨라고 말해줄 테니까."

여린의 얼굴에서 핏기가 가시기 시작했다. 믿는 도끼에 발등 찍히는 상황 2탄인 건가. 믿었던 우한에게조차 이런 말을 듣고 나니 뇌가 돌처럼 딱딱해지는 기분이다.

"미스터 유가 퍽이나 준서한테 그런 말을 할 수 있으시겠어요."

단단히 마음이 상한 여린이 콧김을 뿜어내며 정곡을 찔렀다. 그에 우한이 손을 심장 쪽으로 가져가며 '윽!' 하는 신음 소리를 냈다.

죄를 지은 건 아니지만 보이지 말아야 할 것을 보인 탓에 우한은 몇 년이나 준서에게 미움을 받았다. 여린이 중간에서 왔다 갔다 다리를 놓아주지 않았더라면 지금처럼 준서와 한 집에서 같이 사는 건 불가능했을 것이다. 절대 해서는 안 될 실수를 하는 바람에 준서에게만은 솜털같이 부드럽고 젤리처럼 말랑거리게 되는 우한이다. 여린은 그 사실을 가장 잘 알고 있는 유일한 사람이고.

"나한테 왜들 이래, 정말."

커피가 들어 있는 종이 재질의 컵을 유리 진열장 위에 올려놓은 여린이 머리를 감싸며 고개를 숙였다.

우한은 그런 여린을 보면서 커피의 맛을 즐겼다. 준서와 여린이라. 너무 잘 어울리는 환상의 짝꿍인데 저들은 아직 그걸 모르는 모양이다. 준휘와 우한은 오래전부터 준서와 여린이 부부가 되리라 믿어 의심치 않았는데 왜 둘만 인정을 않는 건지. 답답한 노릇이다.

준휘와 우한도 어디 가도 빠지지 않을 만큼 변치 않을 사랑을 과시하는 연인이었지만 준서와 여린은 느낌이 조금 달랐다. 저들은 연인이나 애인이라는 단어보다는 샴쌍둥이라는 말이 더 잘 어울렸다.

"준서 정도면 괜찮지 않아? 준서 손도 큰데."

머리를 쥐어뜯던 여린이 슬쩍 고개를 들어 올려 못마땅하다는 눈빛을 보낸다.

"손 큰 거하고 결혼하는 게 무슨 상관이야?"

"손이 크다고, 손이. 준서 발도 되게 커. 코도 작은 건 아니지."

"나도 알거든?"

여린이 단박에 인상을 찡그린다. 손발 큰 게 자랑인가? 손발 큰 사람하고 결혼하면 떼부자 되나?

손과 발의 크기와 결혼의 연관성을 찾기 위해 머리를 굴리고 있는 여린에게 우한이 쯧쯧 혀를 차댔다.

"우리 여린 양은 그런 쪽의 속설도 모르시나?"

"속설이라니?"

"손이 크면, 어디도 크다."

여린의 눈동자가 정신없이 굴러다닌다. 그러다 대뜸 한다는 말이…….

"손이 크면 발도 크다?"

너무나 유아기적인 발상에 우한은 땅이 꺼져라 한숨을 내쉬었다. 그리고 마치 어린아이 달래듯이 여린의 볼을 톡톡, 가볍게 두드리며 낮게 속삭였다.

"손이 크면……."

꿀꺽. 우한이 뜸을 들이자 여린이 굵은 침을 삼켰다. 양여린에게서 없어져야 할 것들 중에 도를 넘는 호기심과 쓸데없는 오기가 있는데 지금 그 두 개가 모두 발동 중인 것이다.

키득, 가볍게 웃음을 토해낸 우한이 입술을 여린의 귓가로 옮겼다.

"손이 크면, 거기도 크다."

기다리고 기다리던 대답이건만 여린은 도통 알아들을 수가 없었다. 손이 크면 거기가 크다? 거기가 어딘데?

그렇게 묻고 싶은 마음이 얼굴에 적혀 있었던지 우한이 턱짓으로 자꾸만 아래를 가리켰다. 여린의 시선이 우한이 턱짓으로 가리키는 곳을 향해 슬슬 내려간다.

"……거기?"

정지한 눈동자의 움직임. 느리게 묻는 여린에게 우한은 고개를 끄덕여 준다. 철수와 영희가 그려져 있는 '참 잘했어요' 도장을 찍어주고 싶다는 표정으로.

"꺄악! 미스터 유우!"

알 거 다 아는 처자가 얼굴을 붙잡고 도리질을 치며 난리 블루스를 춘다. 시뻘게진 여린의 얼굴을 보면서 우한은 뭐가 그렇게 재밌는지 박장대소하고 작지만 인테리어가 화려한 샵 안에 웃음소리만 둥둥 떠다닌다.

✳

직원들이 한 명도 빠짐없이 귀가한 가게는 스산하리만치 고요했다. 준서는 따듯하게 데운 우롱차를 마시면서 벽에 걸려 있는 시계를 쳐다보고 있었다.

째깍째깍, 초침이 더디게도 움직인다. 12시 30분이 되려면 아직 15분이나 더 남았다. 그냥 12시까지 오라고 하고 기다리게 할걸. 어차피 직원들도 여린이를 다 아는데 왜 30분까지 오라고 했을까.

지루함을 견디다 못해 준서는 휴대폰을 들었다. 여린에게 전화를 걸어 어디쯤 왔는지 물어볼 요량이었다. 그런데 그때, 자동문이 열리는 작은 소음이 들려왔다.

"왔냐?"

잿빛 하이넥 트레이닝복을 입고 들어선 여린의 얼굴이 단단하게 굳어 있다. 왔냐는 말에 대꾸도 없다.

자자는데 미친놈 취급하고, 사귀자는데 또라이 취급하고, 결혼하자는데 도망가 버린 여린이건만 그녀를 본 순간 드는 생각은…….

반갑네. 보니까 좋네.

그리고 슬슬 쌀쌀해져 가는데 트레이닝복만 입지 말고 뭐라도 걸치고 나오지, 라는 생각.

준서는 그 말을 입 밖으로 꺼내지 않았다. 왜인지 오늘은 자상하고 다정하게 대하면 안 될 것 같았다.

여린은 준서의 맞은편 의자를 뒤로 끌어 편하게 등을 대고 앉았다. 그녀가 트레이닝복 상의 주머니에 손을 집어넣은 자세로 삐딱한 시선을 던지는데도 준서는 느긋했다. 여린과 진지하게 대화로 싸울 때마다 항상 승자는 그였다. 이번에도 그러리라.

여린이 알아채지 못하도록 조심스럽게 호흡을 고른 준서는 복잡하게 시간을 끌지 않았다.

"잘래, 사귈래, 결혼할래?"

표정을 지우려 부단히 애를 쓰고 있는 여린이었지만 양 눈썹이 달라붙을 듯 모아지는 미간은 어쩔 수가 없다.

여린은 말없이 준서를 뚫어지게 쳐다보았다. 도저히 이제껏 알아왔던 도준서라고 볼 수가 없는…… 전혀 모르는 낯선 남자가 앉아 있다.

깊게 숨을 들이마신 여린이 준서가 마시던 우롱차를 가져와 한입에 털어 넣었다. 손등으로 입가를 슥슥 닦은 그녀가 자못 전투적인 눈빛으로 준서를 바라본다.

"솔직하게 대답해 봐. 나한테 이러는 이유가 뭐야?"

깍지 낀 손으로 턱을 받치고 있는 여린의 분위기는 준서가 형과 의절하겠다고 말도 안 되는 선언을 했을 때와 비슷했다. 바늘 끝도 들어가지 않을 것 같은 단단함. 타협과 양보는 있을 수 없을 것 같은 결연함이 깜빡거리지도 않는 맑은 눈동자를 통해 전해져 왔다.

"절교하고 싶니? 내 뒤치다꺼리하는 거, 지겹고 귀찮아졌어? 나 같은 친구는 이제 필요없어서 이러는 거야?"

담담하게 뱉어지는 여린의 억측에 준서는 길게 한숨을 흘렸다. 너무 사랑하는 친구라 상처받는 것 따위는 보고 싶지 않아서 제안한 것인데 절교라니.

"뒤치다꺼리한다고 생각한 적 없다. 너처럼 좋은 친구 얻기가 하늘의 별을 따는 것만큼 어렵다는 것도 알고."

여린의 눈꼬리가 휙 치켜 올라갔다.

"나 정도면 너한테 꽤 괜찮은 사람 아닌가?"

자신을 거부하기에 급급한 여린이 답답하기도 하고 서운하기도 하다. 살면서 남보다 못하다 여긴 적이 없었다. 그런데 자신의 가치를 가장 잘 알아줄 것이라 생각한 여린에게 거부당하니 자신감마저 상실할 지경이다.

관자놀이를 꾹꾹 누르는 준서를 쳐다보면서 여린은 그를 재평가하는 시간을 가졌다.

도준서. 굳이 양여린에게 가져다 붙이지 않아도 모든 여자들에게 꽤…… 무척이나 괜찮은 남자임을 부정할 수는 없다.

나이 스물여덟. 여자로서는 꺾이고 꺾인 나이라지만 남자들에게는 그야말로 한창때. 게다가 타고난 유전자로 키도 크고 별다른 운동을 하지 않아도 자잘한 근육질의 몸을 유지하고 있으니 그가 여름에 수영장에라도 납시면 여심을 사로잡기란 누워서 떡 먹기다.

준휘처럼 남성적인 매력을 발하는 외모지만 눈웃음이라도 지을 때면 마치 우한의 클론을 보고 있는 듯한 부드러움마저 감도는 남자.

쥐구멍에 들어가는 것보다 더 입학이 어렵다는 대학교의 과 수석으로 만족한 여린에 비해 같은 대학 전체 수석으로 합격하고 졸업할 때까지 장학금을 받았을 만큼 머리도 좋다.

여린은 5대째 내려오는 전통있는 떡집의 손녀일 뿐이지만 준서는 일본 사람들도 입소문을 듣고 찾아온다는 일식집 'えい(에이)'의 분점을 맡고 있는 사장이었다.

외모, 체력, 성격, 능력, 재력. 어디 하나 빠질 것이 없는 남자. 도준서를 마다하는 여자는 바보라는 소문이 돌았을 정도로 그는 퍽이나 괜찮은 남자인 게 분명하다. 그럼에도 불구하고 여린이 도준서를 마다하는 바보 같은 여자가 되길 자처하는 이유는 그가 자신의 '친구'이기 때문이다.

"니 이상형, 바뀌지 않은 걸로 아는데."

조용히 준서를 쳐다보고 있던 여린의 눈썹이 꿈틀거렸다. 준서는 피식 웃으면서 이제까지 너무 많이, 자주 들어서 아예 쫠쫠 외우게 된 여린이 이상형으로 맞춰놓은 남자의 조건을 읊어갔다.

"같이 다닐 때 쪽팔리지 않을 정도의 외모, 니가 힐을 신었을 때도 너보다 10㎝ 정도는 키가 커야 하고 너무 마르거나 너무 뚱뚱한 남자는 패스. 다른 건 양보해도 대화는 통해야 하고 책과 여행을 즐겨야 하며 키스를 잘해야 한다. 어깨가 넓어야 되고 정장이 잘 어울리면 금상첨화. 돈은 데이트를 하기 전에 비용을 걱정하지 않아도 될 만큼만 있으면 되고 폐차 직전이라도 차가 있었으면 좋겠다. 그래야 여행 다니기가 수월하니까. 여기서 빠진 것, 있나?"

오히려 하나도 빠진 게 없어서 당황스러워진 여린이었다. 친구들에게 자신의 이상형은 너무나 평범하고 소박하다고 말해왔는데 준서의 입에서 원하는 남성상의 조건이 흘러나오니 욕심꾸러기가 된 듯한 기분이었다.

그중에서 몇 가지 정도, 제외할 수는 있었다. 아무리 욕심이 많다 한들 욕심은 욕심일 뿐이고 양심은 지키고 있으니까. 그래도 그 조건들을 모두 충족시켜 준다면야…… 이왕이면 다홍치마라는데 마다할 이유가 없다.

"내가 그 조건들 중에서 빠지는 구석이 있나?"

너무나 자신만만하게 물어오는 준서를 보면서 여린은 기가 막혔다. 그래, 너 잘났다. 잘나서 좋겠다!

아득, 이를 간 여린은 이내 호흡을 골랐다. 준서와 말싸움을 할 때마다 항상 졌던 이유가 과도한 흥분 때문이었음을 잊지 않았기에.

"니가 그 조건들을 모두 충족시키는 남자라고 해도! 난 너하고 잘 수도, 사귈 수도, 결혼할 수도 없어."

준서의 입매가 단단하게 굳었다. 어쩐지 세상 모든 남자는 다 돼도 저만 안 된다는 것 같은 말이 불쾌하기 짝이 없다.

"왜지?"

으르렁거리는 듯한 준서의 음성에도 여린은 기죽지 않았다.

"넌 내 친!구!니까."

친구라는 단어를 강하게 발음하는 여린을 보면서 준서는 끄응 신음을 뱉었다. 누가 너 친구인 거 모를까 봐 자꾸 확인시켜 주는 거냐.

"친구에서 자기 되고 자기에서 여보 되고 여보에서 누구 아빠 된다는 말, 못 들어봤냐?"

"그러니까 내 여보가 될 사람이 너일 수는 없다고."

"그러니까 내가 니 친구라서?"

이제야 말귀를 좀 알아듣나 싶어 여린의 고개가 신나게 끄덕여졌다. 하지만 준서는 여린의 기대감을 짓밟듯 피식, 비웃음을 토해낸다.

"너, 나보다 더 괜찮은 남자를 만날 수 있을 거라고 생각하는 건 아니겠지?"

기가 차는지 여린이 헛웃음을 터트렸다. 얼마나 더 낯설어지려는지. 도준서는 저 잘난 맛에 사는 밥맛없는 인간이 아니었는데. 완벽한데 완벽한 티를 안 내서 더 재수없는 그런 녀석이었는데. 분명히 악마다. 아니면 외계인이 준서의 몸에 침투한 거다. SF소설은 그런 현상을 목격하거나 겪은 사람들이 진실을 쏟아낸 것이라는 데까지 생각이 미쳤다.

"키스 잘하는 남자가 테크닉도 좋으면 더 바랄 게 없겠지."

갑자기 주제를 확 바꿔 버리는—뭐, 그다지 확은 아니었지만—준서로 인해서 여린이 인상을 찡그렸다.

"우리가 진정한 친구라면 자고 나서도 친구로 지낼 수 있는 거 아닌가? 나는 내가 그쪽에서도 괜찮다고 생각하는데 하고 나서 네가 영 별로였다고 한다면, 너하고 나는 정말 친구로 지낼 수밖에 없는 거겠지. 우리한테 좋은 경험이 될 거라고 생각하는데."

퍽이나! 여린은 상종 못하겠다는 눈빛으로 준서를 응시하다가 목이 말라 컵을 들었다. 하지만 대화가 시작되기도 전에 한입에 털어 넣었던 우롱차가 남아 있을 리 없지 않은가.

"아니면 일단 키스부터 해보는 것도 나쁘지 않겠네."

점입가경. 준서가 늘어놓는 궤변에는 끝이 없을 모양이다. 이쪽은 자자고 덤비고, 믿었던 우한마저 한번 자보라고 거들고. 이렇게까지 되니 준휘한테 상담할 생각은 아예 들지도 않는다. 아니, 준휘가 무슨 말을 할지 두렵기까지 하다.

대답을 기다리기가 지루하다는 얼굴로 흘깃 시계를 쳐다보는 준서 때문에 여린은 팔짝팔짝 뛰고 싶은 심정이었다.

외계인에게서 준서를 구출할 것이냐, 아니면 이미 골수까지 외계인의 세계에 적응한 친구 녀석을 포기할 것이냐. 여린에게는 둘 중에 하나를 선택하는 것이 사느냐 죽느냐의 문제만큼이나 심각했다. 그러다 여린의 입매가 살짝 뒤틀렸다.

그래, 까짓것 뭐. 키스 한 번 한다고 친구가 원수 되는 것도 아니고 입술이 닳는 것도 아닌데. 니가 그렇게까지 원한다면야 가차 없이 뭉개주겠어.

여린이 씨익 하얀 치아를 드러내며 웃어 보였다. 네가 키스를 얼마나 잘하는지는 모르겠다만 나는 절대 느끼지 않을 테니 어디 한번 도전해 보시지.

서로에 대해 속속들이 알고 있다지만 여성과 남성으로서의 은근한 경계선을 넘지 않았던 두 사람은 아무것도 모른 채 자신감만 키워간다. 상대방을 단숨에 무너트릴 수 있다는, 그럴 수도 그렇지 않을 수도 있는 자신감을.

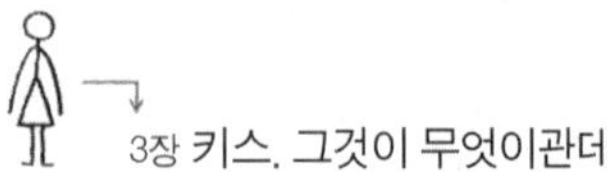

3장 키스. 그것이 무엇이관데

준서와 여린은 가게에서 차로 장소를 옮겼다. 그것도 안전하게(?) 호텔로 가겠다는 준서를 죽일 듯이 노려본 여린 때문에 어쩔 수 없이 급하게 정해진 장소였다.

가게야 준서의 부모님을 비롯해서 지배인과 주방장, 거기다 준휘네 커플까지 예상치 못하게 들이닥칠 수 있는 사람들이 있기에 키스를 나누기에 적합하질 않았다.

한적한 한강 둔치로 차를 몰고 간 준서는 덤덤하게 여린을 쳐다보고 있었다. 주관적으로 봐도 예쁘지만 객관적으로 보기에도 참 예쁜 얼굴. 잔뜩 심통이 나서 입술이 닷 발은 나와 있는 모습마저도 귀여움으로 승화시키고 있는 여린이었다.

예쁜 얼굴 때문에 여린과 결혼할 마음을 먹은 건 아니었지만 그게 이유에 섞여 있지 않다면 참으로 뻔뻔한 거짓말쟁이가 될 것이다.

"뭐 해? 안 해?"

얼굴을 있는 대로 구기고 있는 여린은 팔짱을 낀 자세로 준서를 노려보고 있었다. 키스하자고 끌고 왔으면 빨리 해치울 것이지 괜히 아까운 시간만 잡아먹는 게 영 마음에 안 드는 것이다.

여린은 되도록 준서가 빨리 키스를 했으면 했다. 이렇게 될 줄 알고 그런 건 아니었지만 저녁 식사 때 삼겹살에 고추와 마늘을 거하게 집어삼킨 대가로 입안에서는 알싸한 마늘의 향이 감돌고 있었다. 만약 준서가 아닌 애인과 키스를 하려 분위기를 잡고 있는 상태였다면 백 리를 걸어서라도 가그린을 구해왔을 것이다. 하지만 지금은 그런 고생을 자처할 필요가 저언혀! 없었다. 오히려 오늘따라 마늘을 많이 먹은 자신이 기특하다고나 할까.

무드와 낭만이라고는 쥐똥만큼도 찾아볼 수 없는 여린의 행태에 준서의 진한 눈썹이 크게 휘었다. 그리고 여린이 원하는 대로 행동을 취했다.

순식간에 커다란 손이 자신의 목을 채어 끌고 갈 때까지만 해도 여린은 자신있었다. 흔들리지 않을 거라는, 결코 느끼는 일은 없을 거라는. 그런데…….

'세상…… 에…….'

준서의 입술이 닿자마자 여린의 동공이 크게 팽창되었다. 원래 계획은 입술이 닿자마자 기분 나쁘다며 밀어내는 거였는데, 자신이 뭘 계획했었는지조차 알 수가 없어졌다.

남자 입술이 이렇게 부드러워도 되는 건가? 이건 입술이 아니라 오리털 파카에서 삐져나온 하얀 깃털 하나가 입술 위로 날아다니는 것 같은 기분이었다.

준서의 손바닥이 전하는 뜨끈한 체온이 가감없이 전해지고 윗입술을 살짝 입안에 머금는 행위에 진저리가 쳐진다.

격렬하지도 화끈하지도 않은 키스에 여린의 몸 구석구석이 전율하고 있었다. 그저 입술이 닿아 있을 뿐인데. 아직 혀는 어디로 숨었는지 알 수도 없고 입술로만 키스를 하고 있을 뿐인데. 이건 키스가 아니라 그냥 입맞춤 수준일 뿐인데도 여린의 어깨는 바르르 떨리고 있었다.

정신 차려! 앤 도준서야! 남자가 아니라 니 친구라고!

정말 미친 것처럼 뛰어대는 심장이 여린에게 경고했다. 빨리 정신 차리지 않으면 진짜 큰일이 날 거라고.

스르르 감기는 눈에 힘을 준 여린이 어느새 흐물거리고 있는 팔을 들어 준서의 어깨를 밀쳤다.

"야…… 떨어……."

져, 라고 말했어야 했지만 여린은 말을 끝맺지 못했다. 준서를 제지하려 잠시 입술을 벌린 사이, 그의 혀가 깜짝 등장해 버린 것이다.

순조롭게 여린의 입안으로 들어간 준서의 혀는 한 치의 망설임도 없이 부드럽게 여린 살을 훑었다. 고른 치열을 스윽 핥았다가 옅은 분홍빛의 속살을 간질였다. 그러다 어쩔 줄 모르고 방황하는 여린의 혀를 혀끝으로 톡톡 두드렸다.

'어머, 나 미치겠네.'

이미 키스에 반응할 준비를 마친 몸을 거부하며 여린은 끝까지 정신줄을 놓지 않으려 안간힘을 썼다. 하지만 준서가 자신의 혀를 슬며시 감아서 그의 입안으로 끌고 들어가는 순간, 그녀의 몸은 더 이상의 제어를 거부했다.

'너 어디 가니? 얘, 너 어디 가는 거야!'

여린은 자신의 의지와는 상관없이 준서의 목을 감아버리는 팔에게 그러지 말라고 소리쳤지만 소용없었다. 이미 준서의 목을 단단하게 감고 있는 팔은 양여린의 것임을 부정할 수도 없었다.

춥춥, 조금은 불편한 자세로 키스를 나누는 남녀가 달짝지근한 소음을 만들어냈다.

어느새 준서가 리드하는 대로 따라가며 혀를 굴리고 있던 여린의 눈이 감겼다. 키스만으로도 오르가즘에 오를 수 있다는 여자들의 말은 모두 꾸며낸 것이라고 믿었건만. 진실은 무엇이고 거짓은 무엇이던가.

아아, 이런 것이 무아지경이라는 거구나. 준서의 키스를 받으며 여린은 황홀경에 빠졌다. 제 혀에 착착 감겨드는 준서의 혀가 말도 못하게 쾌감을 안겨준다.

거친 플레이도 썩 나쁘지는 않지만 부드럽게 속삭이는 것 같은 애무를 좋아하는 여린은 정신을 차릴 수가 없었다. 준서는 입술도 아기의 것처럼 부드럽고 혀의 움직임도 입안이 녹아내릴 것처럼 부드러웠다.

차 안에 감도는 숨소리가 조금씩, 아주 조금씩 거칠어지기 시작했다. 준서의 손은 여린의 가느다란 허리를 잡아 끌어당기고 있었고 여린은 그런 그의 머릿속에 손가락을 파묻은 상태였다.

하아, 하아. 준서가 입술을 떼자 참고 있던 숨이 가쁘게 새어 나왔다. 준서는 미처 삼켜지지 못하고 여린의 턱으로 흘러내린 타액을 혀끝으로 스윽 훑어 올리다가 다시 그녀의 입술에 자신의 입술을 가져다 댔다.

"이래도…… 친구만 하겠다고 하진 않겠지."

제 입술 위에서 움직이는 준서의 입술 때문에 여린은 몽롱한 눈빛으로 그를 쳐다보기만 할 뿐이다.

"나는, 못하겠다. 안 해."

다부진 음성에 여린의 몸이 흠칫 떨렸다. 아니라고, 이건 그냥 호르몬의 작용일 뿐이라고, 너하고 나는 친구라고 말해야 하는데 빌어먹을 목은 꽉 막혀 말이 나와주질 않는다.

이래서 남자와 여자는 친구가 될 수 없다고 하는 건가? 금단의 열매를 따먹고 나니 도준서가 도준서로 보이질 않는다. 아니, 분명히 도준서는 맞는데 '친구 도준서'가 아니라 '남자 도준서'로 보인다. 고작 키스 한 번에 사람 마음이 손바닥 뒤집어지듯 이래도 되는 건가.

수많은 인파 속에 숨어 있어도 찾을 수 있을 만큼 눈에 박혀 버린 준서의 얼굴을, 여린은 처음 보는 사람처럼 세세하게 살폈다.

부담스럽지 않을 정도로만 진하고 곧은 눈썹. 남자답지 못하게 숱 많고 긴 속눈썹을 혼내기라도 하듯 날카로운 빛이 감도는 아몬드 모양의 눈. 싸움깨나 하고 다닌 녀석이었건만 여인네의 늘씬한다리처럼 미끈한 콧날과 오늘에서야 알게 된, 끔찍하게 부드러운 입술. 입술만으로도 100점 만점에 100점을 줄 수 있건만 다른 곳까지 흠잡을 데 없으니 신을 저주할 수밖에.

준서의 목울대가 오르락내리락하는 것을 보니 알 수 없는 흥분이 몸에 흐르는 전율을 덮쳐 온다. 이러지는 말자, 양여린. 도준서 말처럼 남자가 고프고 고파 굶주린 흡혈귀마냥 이러지는 말자.

여린은 그때까지도 힘없이 늘어져 있던 팔을 간신히 끌어 올려 손바닥으로 준서의 얼굴을 밀어버렸다. 얼굴 좀 치워주라. 몹쓸 흥분을 잠재울 시간을 달라고!

키스 따위로는 절대 무너지지 않는다 자신만만했던 오만함을 버린 여린은 숨을 골랐다. 까딱하면 준서가 입고 있는 하얀 와이셔츠를 찢어발기고 그 품에 볼을 비비게 생겼다.

여린이 밀치는 대로 밀쳐진 준서는 살을 뚫고 튀어나올 정도로 뛰어대는 제 심장 소리에 귀를 기울였다.

'예상…… 밖인데.'

자신의 예상을 뒤엎어 버린 여린과의 키스. 준서는 그것이 잘된 일인지 잘못된 일인지 분간할 수가 없었다.

여린과의 키스가 나쁠 거라고 생각하진 않았다. 끝내주게 좋을 거란 기대도 하지 않았지만 오래전에 보았던 그들의 것처럼 역겨움이 느껴질 거란 생각도 하지 않았다. 그런데 이건…… 말이 안 된다.

준서는 신체 건강한 남성이었고 그래서 제 머리 위에 올라앉으려는 여자만 아니라면 품속에 뛰어드는 여체를 거부하지 않았다.

난잡하게 살지는 않았지만 동정(童貞)을 지키려는 각오도 없었다. 키스, 애무, 섹스. 그것들에 대한 이론과 경험은 무시당하지 않을 수준이었다.

절대 네 키스에 넘어갈 일은 없을 거라 비웃는 것 같던 여린에게 나쁘지 않다는 소리를 듣는 것 정도로 만족하려 했다. 순순히 흡족했다, 좋았다 소리를 내뱉을 그녀가 아니니까. 그런데 흘깃 여린의 옆모습을 훔쳐보니 그녀도 자신과 별반 다르지 않았던 모양이다. 그러니까…… 정신이 혼미해질 정도로 좋았던 것 같다.

키스를 멈추지 않았더라면 여린의 가슴을 쥐고 있었을 준서는 주먹을 꽉 쥔 채였다. 마치 여자를 모르는 남자처럼 성급하게 그녀의 몸을 더듬을 생각만 하던 팔의 움직임을 제어하느라 온몸에 쥐가 날 지경이었다.

좋았다는 말은 끝끝내 들을 수 없겠지만 그렇다고 풋내기라는 소리를 들어서야 쓰겠는가. 심호흡으로 거친 숨결을 가라앉힌 준서가 스윽 고개를 돌려 여린을 쳐다보았다.

"대충, 정리가 됐겠지 싶은데."

여린의 풍만한 가슴이 앞으로 밀려 나왔다가 뒤로 도망치는 모습에 준서는 눈을 뗄 수가 없었다. 그녀의 얼굴을 봐야 하는데 왜 눈은 자꾸만 가슴과 허벅지만 더듬고 있는지.

"아직도 너하고 내가 친구로 지낼 수 있다고 생각하는 건 아니겠지?"

여린의 볼이 씰룩거린다. 무언가 굉장히 마음에 안 든다는 표현이었다. 입술을 달싹거리던 여린은 한참 후에야 준서를 쳐다보지도 않고 말만 뱉었다.

"키스 한 번으로 뭐가 정리된다는 거야? 그렇게 따지면 그 많은 사람들이 이혼은 왜 하는 건데?"

끝까지 억지를 부려본다. 앞으로 준서를 친구로만 볼 수 있냐고 묻는다면…… 그렇다고 대답할 자신은 없었다. 하지만 연인이 되어 꿈같은 사랑을 하다가 헤어지게 돼서 친구마저 잃느니 차라리 키스했던 순간을 잊어버리는 게 훨씬 나았다. 쉽게 잊기엔 너무나 충격적인 사건이 되겠지만.

"너하고 사귀게 되면 나는 결혼까지 갈 거다."

깜박했다. 도준서는 말로 사람 잡아먹을 사람이라는 걸.

"너, 지금 뭐……."

"결혼하면 이혼은 말 같지도 않은 소리가 될 거고."

"그러니까 무슨 결혼……."

"부부 같은 친구가 친구 같은 부부가 되는 거, 자연스러운 일 아닌가?"

"내 말 좀……."

"키스는 해봤으니 다음 단계는 언제 넘어갈까?"

"야! 나도 말 좀 하자!"

여린의 이마에 핏대가 섰다. 양여린도 말을 잘하는 축에 속하는데 계속 잘리기만 하니 화딱지가 난 것이다.

씩씩거리는 여린을 보면서 준서는 웃음과 함께 한숨을 삼켰다. 너무 앞서 갔다. 여린은 아직 키스의 여운에서 벗어나지 못한 것 같은데 다음 단계로 진출하고 싶어 안달이 난 준서의 마음과 몸이 자꾸만 성급하게 행동하려 하는 것이다.

"해봐, 말."

운전석 문에 몸을 비스듬히 기대고 여린을 응시하고 있는 준서
는 매우 편안해 보였다. 조금 전의 뜨겁고도 촉촉했던 키스 따위
는 기억나지 않는다는 듯. 그 모습이 한 대 후려치고 싶을 만큼 얄
미워서 입안으로 말을 오물거리던 여린에게 준서가 갑자기 정색
을 해 보였다.

"단, 쓸데없는 말들은 제외하고."

못을 박는 준서의 말에 여린이 눈에 쌍심지를 켰다.

"내 입에서 나오는 말은 쓸데없는 말이냐?"

"안 사귄다, 안 잔다, 결혼 안 한다. 이런 말이 쓸데없는 말이
지."

"그게 왜 쓸데가 없어? 쓸데 많아!"

"쓸데없어. 키스, 해보고도 몰라?"

머리가 그렇게 안 돌아가냐고 묻는 듯한 눈빛과 혀 차는 소리가
여린의 인내심을 박살 내고야 만다.

"너! 키스 형편없어! 그리고 나 양여린이! 치질 걸린 남자하고
결혼할 만큼 궁하지 않아!"

바락바락 소리를 지른 여린은 차 문을 열고 내려 버렸다. '치
질' 부분에서 욱한 준서도 따라 내리려 했으나 그는 이내 핸들을
꽉 붙잡고 호흡을 고르기 시작했다.

젠장 맞을! 치질 얘기는 언제까지 할 건지. 금기를 깨트린 도준
휘와 유우한을 쉽게 용서하는 게 아니었다.

가족과 여린을 제외하면 아무도 모를 도준서의 유일한 흠은 치질이라는, 듣기에 썩 좋지 않은 병명을 달았던 시절이 있었다는 것.

고등학생 때부터 시작된 변비는 고질적인 것이 되었고 바깥일에 바쁘신 부모님은 준서를 위한 식이요법을 도울 시간적 여유가 없었다. 형이라고 하나 있는 건 집에서나 밖에서나 케이크나 쿠키 만들기에 바빴고 준서의 식사는 여린의 할머니가 매일 챙겨줬다고 해도 과언이 아니었다. 그마저도 준서 본인이 민폐 끼친다고 여겨서 대학 입학 후로는 혼자 인스턴트식품으로 끼니를 때웠다.

치질은! 누구나 걸릴 수 있는 병이다. 라고 준서는 믿었다. 그리고 해병대에 지원하기 전에 환상 고무 결찰술(Elastic ligation)이라는, 그야말로 환상적인 시술로 치질을 날려 버렸다. 그것이 벌써 6년 전인데, 여린은 저가 불리할 때마다 준서의 잊고 싶은 악몽을 되살리곤 한다.

이제는 아무 느낌도 없는 엉덩이에 빡 힘을 주면서 준서는 이를 갈았다. 양여린, 내가 너하고 결혼을 못한다고 해도 넌 분명히 치료도 안 되는 치질에 걸린 남자하고 살게 될 거다.

슬프게도…… 황홀했던 키스는 치질에 묻혀 그렇게 서서히 잊혀가기 시작했다.

＊

인천국제공항. 동료들은 회사에서 열심히 일하고 있을 오후

2시. 여린은 특별히 사장의 허락을 얻어 할아버지를 마중 나와 있었다.

공항은 여느 때보다 한산했지만 지나다니는 사람들은 꽤나 바빠 보였다. 여행객으로 보이는 외국인들마저 여행의 즐거움보다는 낯선 나라에 뚝 떨어진 앨리스처럼 혼란스러워 보였다.

할아버지가 나오실 입국장 앞에 선 여린은 연신 시계를 흘깃거렸다. 특별히 허락을 맡았다지만 할아버지를 집에 모셔다 드리고 다시 회사에 들어가 봐야 하니 시간이 넉넉지 않았음이다.

원래대로라면 자칭 베스트 드라이버이신 할머니가 나오셔야 했었다. 그런데 오늘 아침, 최 여사는 아침에 출근하는 여린에게 뚱한 표정으로 말씀하셨다.

'시간 맞춰 네 할아버지 모시러 가라.'

'응? 할머니, 나 지금 회사 가는데?'

'반차 쓰면 되잖아.'

'할머니, 어디 가셔?'

'아니.'

'그런데 왜 내가 가?'

'나 버리고 도망간 영감탱이 발병도 안 나고 돌아오는데 뭐 좋다고 모시러 가?'

입술을 뾰로통하게 내미시던 할머니의 모습이 떠오르자 여린의 콧등에 주름이 잡힌다.

아니, 그렇게 심술이 나셨으면 어제 미장원은 왜 다녀오시고 네일샵은 왜 갔다 오신 건데?

매를 벌지 않으려 아침엔 입 밖에 한 자도 꺼내지 못한 말을 여린은 지금도 입안에서 굴리고만 있었다. 기상천외하기로 타의 추종을 불허하시는 분이니 여린도 알아채지 못하게 변장을 하고 공항 어딘가에 숨어 계실 수도 있으니 말이다.

목을 빼고 굳게 닫힌 문 쪽만 주시하고 있는 여린의 입가에 이내 옅은 미소가 걸렸다.

백년해로라는 거, 검은 머리가 파뿌리 될 때까지 오래오래 행복하게 살았다는 건, 마치 자신의 할머니와 할아버지를 두고 만든 말인 것 같았다.

여든의 연세에도 굴하지 않고 아직도 보송보송한 연애의 감정을 유지하고 계신 할머니와 할아버지를 보며 자라서인지 자연스레 결혼에 대한, 배우자에 대한 이상이 커졌다.

친구들이 아빠 같은 남자와 결혼할 거라고 말하는 것처럼 여린은 할아버지 같은 남자와 결혼하는 게 꿈이었다. 전형적인 로맨스 그레이. 화통하고 뒤끝 없는 성격에 화가 나면 살얼음판을 걷고 있는 기분이 들게 하시지만 가족에게는 '화'라는 단어가 무언지 배우지 못한 것처럼 행동하시는 분. 할머니와 여린에게 있어서 할아버지보다 더 따스하고 다정한 사람은 없었다. 그렇게 따지면 도준서도…….

'잠깐!'

여린은 너무나 당연하게 준서를 할아버지와 비교하는 자신이 어이없어 정신이 쏙 빠지도록 눈을 깜박였다.

도준서와 할아버지는 다르다. 달라도 너무 다르다. 어떻게 다르냐면…… 가만, 어떻게 다르지? 확실히 다르긴 한데…… 뭐가 다르더라?

"손녀!"

매끈매끈한 바닥을 응시하며 미간을 손톱으로 긁어대면서 도준서와 양두만 옹의 다른 점을 찾고 있던 여린은 반가운 음성에 번쩍 고개를 쳐들었다.

검은색 야구모자에 멋스럽게 해진 청바지와 박시한 후드 티셔츠를 입으신 양두만 옹께서 카트를 끌고 잰걸음으로 다가오고 있었다. 배낭 하나만 메고 떠나셨던 분인데 카트에는 면세점 로고가 찍힌 쇼핑백이 산더미처럼 쌓여 있었다.

여린은 쇼핑백 무덤을 보며 웃음을 삼켰다. 할머니와 싸우고 가시더니 그게 마음에 걸려 할머니 취향에 맞는 선물들을 잔뜩 사 들고 오신 모양이다.

파라오에 대한 소설을 읽으시다가 이집트의 매력에 흠뻑 빠져버리신 양두만 옹. 하지만 이집트 행을 소망하는 할아버지와 달리 할머니는 더운 나라는 딱 질색이라고 하셨었다.

'혼자 가보기만 하세요' 라는 표정으로 일관하셨던 할머니. 그래서 여린은 할아버지가 가지 않으실 거라 생각했었다. 하지만 이집트 행은 이루어졌고, 할아버지를 보고 있으니 그 일탈이 썩 나쁜 건 아니었던 모양이다. 여린은 화사하게 미소를 지으며 할아버지를 향해 팔을 벌렸다.

"할아버지이!"

"손녀어!"

이산가족 상봉을 방불케 하는 끈적끈적한 포옹에 사람들의 의뭉스런 시선이 닿았다. 하지만 할아버지와 손녀는 그저 좋기만 해서 서로를 얼싸안고 춤이라도 출 기세였다.

"할아버지, 왜 이렇게 탔어?"

"손녀, 결혼한다며?"

할아버지의 얼굴을 양손으로 부여잡고 눈물을 글썽거리던 여린의 얼굴이 싹 굳었다.

"누가…… 결혼을 해? 유진이, 결혼한대?"

할아버지가 던진 질문이 자신을 향한 것이 아니라고 굳게 믿…… 고 싶은 여린은 갓 대학에 입학한 작은아버지 댁 막내 딸 이름을 거론했다.

"우리 옥희가 손녀 결혼한다고 전화했던데?"

국제전화 로밍이 이렇게 안 좋은 거였다니. 잠깐, 돌아오셔도 다신 안 보실 것처럼 화를 내셨던 분이 국제전화는 왜 거셨대?

하얗던 얼굴이 검게 그을린 바람에 양두만 옹의 흰자위가 더욱 도드라졌다. 정확한 대답을 원하는 할아버지의 눈빛을 애써 무시한 여린은 하얗게 질린 얼굴로 억지로 웃어가며 고개를 저었다.

"아니야, 할아버지. 할머니가 장난친 거야."

"진짜?"

"그럼 진짜지. 내가 할아버지한테 선도 안 보이고 도둑 결혼 할까 봐?"

고개를 갸웃거리는 양두만 옹은 잠시 생각하는 기색이었다. 그러다 씨익, 밝게 미소 지으면서 여린의 머리를 쓰다듬었다.

"고럼! 우리 손녀는 이 할애비를 젤로 사랑하니까. 그렇지?"

"암만!"

선의(?)의 거짓말로 할아버지의 의심을 걷어낸 여린은 못 본 새에 더욱 건강해지신 것 같은 양두만 옹의 손을 잡고 공항을 빠져나왔다. 아무렇지도 않은 얼굴로 방싯방싯 웃으며 할아버지의 트렁크와 엄청난 양의 쇼핑백들을 트렁크에 구겨 넣고 시동을 걸 때까지 여린의 마음속에서는 핏빛 절규가 메아리쳤다.

'할어미니이이이이이! 미워어어어어어!'

오후 일곱 시. 야근을 해야 하는 직원들을 제외한 나머지 사람들이 빠져나간 뷰티풀 여행사에는 암울한 기운이 널리 퍼져 나가고 있었다.

해야 할 일들을 다 마치고도 선뜻 퇴근하지 못하고 데스크에 털푸덕 엎어져 있는 여린은 흡사 시체놀이를 하는 철없는 여고생처럼 보였다.

고객과 만나기로 약속한 날이 아니라면 자유로운 출근 복장을 권하는 회사 분위기 탓인지 여린이 입고 있는 옷은 커리어우먼의 세계와는 조금 동떨어져 보였다.

구멍이 숭숭 뚫려 있는 헐렁한 블랙진에 루즈핏 티셔츠, 그 위에 후드 카디건을 걸친 여린은 양 갈래 머리를 하고 있었다. 아무리 상사가 있고 부하가 있는 회사라지만 남의 눈치 보지 않고 편한 마음으로 즐겁게 일하자는 사장의 방침이 여린의 개성을 톡톡히 살려주는 셈이다.

"양 팀장님, 퇴근 안 하세요?"

야근하는 직원 중 한 명이 죽은 듯이 뻗어 있던 여린에게 조심스레 물었다.

"아…… 퇴근."

눈을 뜨고 있어 잠든 게 아닌 줄은 알았지만 여린은 잠들기 직전의 사람 같았다. 직원은 퇴근이라는 말만 힘없이 되풀이하는 여린에게 고개를 갸우뚱해 보이다가 점점 멀어져 갔다.

잠들기 직전의 상태와 비슷한, 진이 빠져 있는 여린은 상체를 일으키는 것도 귀찮았다. 어째 몸이 으슬으슬한 게 감기 기운이 있는 것도 같고. 그러니 퇴근을 해야 하는 게 너무나 귀찮게 느껴져서 차라리 회사에서 자고 갈까, 생각할 정도였다.

할아버지가 집으로 돌아오신 일은 참으로 즐겁기 짝이 없으나 여린에게 지금의 집은 절대 들어가고 싶지 않은 곳과도 같았다. 준서의 허무맹랑한 이야기를 할머니가 엿듣지만 않으셨다면 지금쯤 할아버지 앞에서 재롱을 부리며 떡이라도 얻어먹고 있을 텐데.

"에잇! 악마 도준서!"

준서의 이름이 머릿속에 박히자 언제 널브러져 있었냐는 듯 벌떡 상체를 일으킨 여린이 콧김을 내뿜었다.

이게 다 도준서 때문이다. 도준서가 나이트클럽에 구하러 와주지 않았더라면, 구해줬으니 보답하란 식으로 내 몸을 달라고 하지 않았더라면, 그게 싫다고 하니까 결혼하자고 하지 않았더라면, 그리고 키스…….

키스까지 생각이 뻗친 여린의 얼굴에 화르륵 불이 붙었다. 머릿

속에서 디테일하게 그려지는 영화와도 같았던 키스 장면에 얼굴
뿐만이 아니라 몸까지도 달아오르고 있었다.

짝!

여린의 손바닥이 양 볼을 때리는 마찰음이 기괴스럽게 울려 퍼
졌다. 하지만 남아 있는 직원들은 흘깃 쳐다보기만 할 뿐 왜 그러
냐는 말조차 묻지 않았다. 원래 양여린 팀장은 가끔 해괴한 짓을
하곤 하니까.

'이러지 말자고! 왜 달아오르느냐고! 걔가 뭔데! 걔보다 잘난 남
자들이 수두룩……'

하지는 않다. 아버지를 아버지라 부를 수 없었던 홍길동처럼 잘
난 남자를 잘났다 인정하기 싫은 여린은 생각하는 것도, 화를 내
는 것도 그만두고 다시 엎어졌다.

세상만사가 이렇게 귀찮을 수가 없다. 어떻게 보면 결혼에 목매
는 건 자신이었는데 준서가 매일같이 결혼, 결혼 노래를 불러대니
이제는 '결' 이라는 단어 하나만 봐도 신경질이 난다.

힘겹게 눈꺼풀을 들어 올리고 있던 여린은 귀청을 울리는 벨소
리에 휴대폰을 잡아 통화 버튼을 누르고 귀 위에 살포시 얹었다.

"즐거운 자유여행을 지향……."

[안다, 너 뷰티풀 여행사 양여린인 거.]

아, 수화기라고 생각하고 잡았던 게 휴대폰이었나. 여린은 그제
야 귀 위에 얹어진 물건의 제법 가벼운 무게감을 느끼며 눈을 깜
박였다.

"웬일이냐, 오리온."

[리안이라는 예쁜 이름 두고 장난치지 말랬지.]

꽤나 날이 선 리안의 목소리에도 여린은 반응이 없다. 코가 간지러운데 긁을 기력도 없으니 더 말해 무엇 할까.

[아직 회사에 처박혀 있나 보다?]

"오냐."

[나 너희 회사 근처니까 나와.]

"나가면 니가 회사 앞에 있냐?"

[그럴 수도, 아닐 수도.]

날 선 목소리에 웃음기가 묻어날 수도 있다니. 세상 말세다. 도준서는 악마에게 씌고 오리온은 마녀에게 씌고. 친한 친구들이 지극히 정상이었던, 꿈같았던 그 세상에서 살고 싶다. 돌아가고 싶다는 말이라도 외쳐야 하는 건가.

[나와. 술 마시자.]

"평일이다."

[니가 언제는 평일이라고 안 마셨냐?]

"마셨지. 너, 차 가져왔냐?"

[니 차 있는데 뭐 하러? 대리비 줄 테니까 나와.]

"콜."

전화를 끊은 여린은 그제야 주섬주섬 소지품을 챙겼다. 휴대폰, 차 키, 다이어리, 그리고 간식으로 먹다가 남은 초콜릿까지.

리안은 정말 마법이라도 부렸는지 엘리베이터 문 앞에 짠 하고 나타났다. 하지만 여린은 반가워하기는커녕 또 한 명의 친구가 몹쓸 것에게 당했단 생각에 더욱 시무룩해졌다.

술을 마시기 위해 만난 두 사람은 말 그대로 술을 마시기 위해 포장마차로 향했다. 여린과 준서의 단골집이자, 여린 때문에 리안이 단골로 추가된 38년 왕십리 포장마차로.

얼큰한 우동 한 그릇에 먹음직스러운 먹장어를 앞에 둔 지 채 한 시간도 지나지 않아 여린은 차라리 집으로 가는 게 나았을 거라고 스스로의 선택을 후회하기 시작했다.

"푸하하하하! 낄낄낄! 으히히히!"

여자는 내숭이 최대의 무기라 믿어 의심치 않는 리안이 흡사 신들린 여자처럼 얼굴까지 벌겋게 물들여 가며 웃어댄다.

여린은 안 그래도 쓴맛이 감도는 입안에 싸한 소주를 머금으며 고개를 절레절레 저었다.

키스. 그것이 무엇이관데 누구는 울리고 누구는 웃기는가.

"작작해라."

참다 참다 한계에 다다른 여린의 으르는 음성에도 리안은 배를 붙잡고 눈물을 흘려대며 웃어댔다.

괜히 포장마차로 왔다. 평일이라 다른 때보다 손님이 별로 없어서 웃음소리가 묻히지도 않는다.

마늘 냄새 폴폴 풍기며 도준서와 키스를 한 것이 저렇게 웃을 만한 일인지 여린은 알 수가 없었다. 왜 눈물까지 흘리며 웃어대는지, 친한 친구라는 것이 속상하고 쓰라린 내 마음은 왜 몰라주는지, 답답하고 서럽기까지 하다.

초록색 병 안에서 찰랑대는 소주를 자신의 빈 잔에 따르던 여린은 포장마차에 들어온 지 한참 후에야 리안의 웃음기 가득한 음성을 들을 수 있었다.

"아, 진짜 재밌네."

여린의 눈이 가자미처럼 쫙 찢어졌다. 재밌단다. 그래, 나도 남의 일이었으면 재미있어했겠지. 끼리끼리 모이고 친구를 보면 그 사람을 안다고 했듯이 리안과 별다를 바 없는 '사람'인 여린은 그걸 알기 때문에 뭐가 그리 재미있느냐 따지지도 못하고 눈만 길게 찢었다.

두루마리 휴지를 끊어 눈가에 맺힌 이슬을 찍어내던 리안은 목이 말랐는지 소주를 물처럼 들이켰다.

"네가 즐거워하니 내 마음이 아프다."

푸욱, 한숨을 내쉰 여린이 몰인정한 친구를 향해 원망 아닌 원망을 뱉어냈다. 소주를 마시고 꼭 물로 입안을 헹구는 리안은 여느 때처럼 물 한 모금을 삼키고 흥미롭다는 시선을 던졌다.

"아플 게 뭐가 있어? 난 좀 늦은 감이 있다 싶었는데."

"알아먹게 얘길 해."

"도준서하고 너 말이야. 사실 너희, 누가 봐도 연인인데 계속 친구라고 우겼잖아."

"우긴 게 아니라 친구 맞거든?"

플라스틱 테이블이 반으로 쪼개질 정도로 소주잔을 거칠게 내려놓는 여린을 보면서 리안은 '흐응~' 하고 콧소리를 냈다.

"친구하고 키스. 그래, 뭐. 술 취해서 실수하는 애들도 있다더라. 그런데 말이야, 친구하고 실수로 키스하는 건 가능해도 친구하고 맨 정신으로 키스하면서 느끼는 것도 가능하다니?"

내가 느꼈다는 말까지 했던가? 여린의 눈썹이 한 몸이 되고 싶은 듯 힘있게 모였다.

"게다가 너 마늘 먹고 키스했다며. 그런데도 그렇게 부드럽고 환상적인 키스를 할 수 있다는 거, 난 부럽기까지 하다야."

따지고 보면 리안의 말이 꼭 틀린 것만은 아니었다. 말이야 바른말로 준서와 키스를 하면서 제대로 느껴 버렸고 마늘을 먹었다는 사실을 잊을 정도로 키스에 심취했었으니. 다른 사람이 그랬다면 여린도 어느 정도는 부러워했을 것이다. 하지만! 이건 다른 사람 문제가 아니라 내 문제란 말이다! 다른 누구도 아닌 양여린의 문제!

"그 대상이 도준서라는 것 좀 잊지 말아줄래?"

이제는 도준서라는 이름만 말해도 치가 떨린다는 듯 여린이 가볍게 어깨를 떨었다. 하지만 리안은 뭐가 그리 흥미롭고 재미난지 계속 흐응, 흐응, 콧소리만 흘리고 있었다.

여린을 봐온 지 어언 8년째. 잠시 친구 사이가 소원해진 적도 있긴 했지만 그 기간을 제외하고서라도 꽤 오랜 시간을 여린과 함께 했었다. 그러니 리안이 도준서와 양여린의 딱풀 같은 관계를 모른다 하면 말이 안 되지 않은가.

처음 몇 년간은 리안 역시 다른 사람들처럼 여린과 준서가 끝까지 친구로 남을 수도 있으리라 생각한 적도 있었다. 남녀 간의 우정, 그것은 리안에게도 가능한 일이었기에. 하지만 리안이 동성 같은 친구라 명하는 이성친구와의 관계와 양여린과 도준서의 관계는 달라도 판이하게 달랐다.

보통은, 자기가 죽도로 사랑하는 애인보다 친구를 더 챙기지는 않는다. 그리고 보통은, 애인과 연락이 닿지 않으면 안달복달하지만 친구와 연락이 되지 않는다고 해서 친구네 집에 찾아가 몇 시간씩 기다리지 않는다. 또한 보통은, 병간호해 준답시고 찾아온 친구가 감기 옮을까 봐 아프단 사실을 숨기지도 않는다. 도준서와 양여린은 아무리 봐도 '보통'의 한도를 훌쩍 넘어가 있었다. 서로가 서로를 친구라고 우기는 게 신기할 정도로.

여린만큼이나 연애 경험이 많은 리안이었지만 그래도 양여린보다는 실속있게 연애를 해왔다. 남자 보는 눈도 그만하면 괜찮다 싶었고 이젠 남자의 눈빛만 봐도 호감, 비호감, 관심, 무관심의 정도를 판단할 수 있었다. 그렇게 보자면 도준서가 여린을 바라보는 눈빛은 확실히 우정 이상은 아니었다. 내 몸처럼 아끼는 사람이지만 여인으로서는 아닌. 그런데 이제야, 드디어 발동이 걸린 모양이다.

"그 도준서한테 느낀 건 너잖아."

즐거운 마음으로 여린을 관찰하던 리안은 자신의 말에 친구의 눈빛이 흔들리는 것을 보았다.

"그렇게까지 인정하기 싫으면 한 번 더 해보던가."

단박에 여린의 얼굴이 굳어버린다. 상상조차 하기 싫다는 표정이다. 리안의 입가에 심술궂은 미소가 걸렸다.

"아니면……"

보기보다 얇은 여린의 팔랑 귀가 펄럭펄럭 소리를 내는 게 아주 잘 들린다. 일부러 말을 늘인 리안이 진분홍빛 입술 끝자락을 예쁘게 잡아 올리며 눈웃음을 지었다.

"다른 남자하고 해보던가."

여린의 눈에 경탄의 빛이 감돌았다. 마치 저명한 박사를 눈앞에 둔 것처럼 저를 바라보는 여린으로 인해 리안은 또다시 박장대소를 터트리고 싶어졌다.

스물여덟을 먹고도 이만큼이나 순수하고 귀여울 수 있는 건 아무래도 가정교육 덕분이지 싶다. 할머님과 할아버님이 그토록 젊게 사시니 여린도 나이를 먹고도 어린아이의 때 묻지 않은 마음을 간직할 수 있지 않았을까? 모르는 사람이 보면 참 철없다 느끼겠지만 여린의 주변 사람들은 그녀의 그런 점들을 최고의 매력으로 뽑았다. 여린의 그런 모습들이 나에게만 허락된 것 같은 우월의식을 심어주기 때문이다.

'귀여운 것. 이래서 내가 널 좋아한다니까? 그러니 준서 군. 내 친구를 혼란스럽게 만든 죗값을 치르셔야겠네. 호홋!'

다른 남자와 키스를 해보면 도준서가 별것 아니게 생각될 수도 있을 거라 머리를 굴려보는 여린을 마주한 채로 리안은 얄밉게 웃어 보였다.

"잘됐다. 너 나한테 소개팅 받아. 간지 제대로 나는 남자 하나 있다."

귀여운 여린이 목이 부러져라 고개를 끄덕인다. 리안의 눈빛이 희번덕거리는 것도 눈치 채지 못하고서.

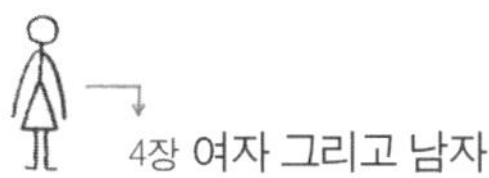

4장 여자 그리고 남자

고가의 골프 웨어를 입은 한 무리의 중년 남성들이 기분 좋은 미소를 지으며 '桜う(벚꽃)' 룸에서 나왔다. 대화를 나누며 계산대로 향하던 남자에게서 껄껄, 호탕한 웃음이 터져 나왔다.

"즐거운 시간 보내셨습니까?"

눈처럼 하얀 드레스셔츠에 실크 소재의 다크블루 색상 베스트를 입은 준서가 남자를 향해 살짝 목례를 하며 입꼬리를 늘였다.

"고약한 사람. 잘 알면서 매번 묻는구만."

남자를 쳐다보는 준서의 미소가 더욱 진해졌다.

"그나저나 이곳 분점의 안주인은 언제쯤 볼 수 있는 건가?"

골드카드를 내밀던 남자가 자못 시시껄렁한 건달 흉내를 내면서 장난스레 물었다. 준서는 치러야 할 값을 알려주고 카드를 긁

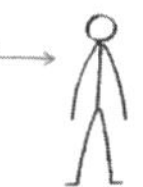

으면서 성실히 답했다.

"준비는 하고 있는데 쉽지가 않습니다."

"허허! 여인네 마음이 그리 쉽게 온다던가? 나도 왕년에는 알아주는 사람이었지만 우리 와이프 마음잡기가 거래처 하나 뚫기보다 힘들었다네."

"왕년이라니요. 지금도 충분히 멋지십니다."

"듣기 좋은 말만 골라 하는 건, 아버님께 배운 건가?"

"글쎄요. 천성이지 싶습니다."

도로 카드를 건네받은 남자는 씨익 웃고 있는 준서의 어깨를 두드렸다.

"이번 해가 가기 전에 분점에서 국수 좀 얻어먹어 봄세."

"최선을 다하겠습니다."

"역시 작은 사장도 시원시원해서 좋아. 그럼 나 가네."

"살펴 가십시오."

잔주름을 굵게 만들 정도로 큼직한 미소를 지은 남자가 무리를 이끌고 나가자 직원들이 빠르게 움직였다. 방금 빈 룸으로 들어가 주인 없는 상을 치우기 시작한 서너 명의 직원들을 준서가 흐뭇한 얼굴로 쳐다보았다.

신속하게 맡은 일을 해내는 직원들을 살피던 준서의 시선이 홀을 가득 채우고 있는 손님들에게로 향한다. 이내 그의 눈빛이 자부심과 뿌듯함으로 희미하게 빛이 났다.

전역을 하고 대학을 졸업하자마자 아버지의 가게로 들어가 일을 배운 준서였다. 그전에도 짬짬이 배우기는 했지만 그건 도와드리는 정도였지, 정식으로 가게를 물려받고자 했던 것이 아니었다.

계획대로였다면 준서가 아닌 준휘가 맡았어야 했을 분점. 하지만 부모님의 기대와는 다르게 준휘는 음식점 경영이 아닌, 파티세를 꿈꿨다. 그리고 부모님은 당신들의 기대보다 자식들의 꿈이 우선이라 생각하시는 분들이었다.

준서에게도 물어본 적이 있으셨다. 꼭 네가 맡지 않아도 되니 하고 싶은 일을 하라고. 하지만 준서는 일이 재미있었다. 음식을 맛있게 먹고 만족한 얼굴로 값을 치르고 나서는 손님들을 보는 것도 좋았고 재료를 고르는 일에서부터 마감까지, 실수를 하지 않기 위해 잡고 있는 긴장의 느낌도 좋았다. 가장 좋은 건, 눈에 띄게 늘어나는 매출이요 시간이 흐를수록 더해가는 입소문이었다.

본점의 명성이 자자했지만 형만 한 아우 없다고 분점까지 호황을 누리라는 법은 없었다. 게다가 본점은 아버지가 직접 요리를 하시고 어머니가 경영을 맡고 계셨고 준서가 맡은 분점은 호텔에서 일하던 일본인 주방장을 스카우트한 것이 다였다. 엄연히 맛이 다르고 분위기가 다르다. 그래서 준서는 아이디어를 짜냈다.

본점에서 인기몰이를 하는 특정 메뉴들은 유지하되, 분점만의 독창적인 메뉴를 만들 것. 그것이 분점을 맡자마자 준서가 내놓은 아이디어였다. 분점이라고 해서 틀에 찍어낸 듯 본점과 똑같을 필요는 없다고 여겼으니까.

준서의 아이디어는 손님들을 만족시켰고 1년이 지난 지금, 본점과 분점의 매출은 엇비슷했다.

즐겁게 식사를 하고 있는 손님들을 보고 있자니 여린 때문에 생긴 체증이 가시는 것 같다. 이래서 가게가 집보다 편할 수밖에 없는 건가 싶기도 하다. 집에 가면 여린보다 더 심한 체증을 유발하는 준휘와 우한이 있으니.

여린에게 무슨 말을 들었는지 얼마 전부터 야리꾸리한 눈빛으로 쳐다보면서 실실 쪼개던 우한. 그 명치에 주먹을 날리고 싶은 걸 참느라 부아가 날 정도였다.

"어이, 도련!"

우한을 생각하자 좋았던 기분이 추락하는 것 같아서 도리질을 치고 있던 준서가 딱딱하게 굳었다. 가게에서만큼은 절대 듣고 싶지 않은 음성에 준서는 뒤를 돌아볼 생각도 하지 않았다.

"도련, 손님을 그렇게 외면하면 쓰나?"

하얀색 트레이닝복 바지 뒷주머니에 양손을 찔러 넣고 어슬렁거리며 들어온 우한이 준서에게 다가와 생긋생긋 웃어 보인다.

"손님으로 오셨습니까? 죄송하지만 10분에서 20분쯤 기다리셔야 자리가 날 것 같습니다."

억지로 미소를 지은 준서의 얼굴을 보며 우한은 킥킥 웃음을 터트렸다. 놀리는 맛을 느끼게 해주는 사람은 놀려주는 게 도리.

"장사 잘되네? 20분이라. 기다리기 지루한데 놀아주면 고맙고."

"제 장사는 잘되는데 그쪽 장사는 영 아닌가 봅니다? 안 바쁘십니까?"

우한은 매우 섭섭하다는 표정으로 어깨를 축 늘어트렸다.

"도련, 몇 번을 말해? 우리 샵은 매월 둘째 주 토요일, 마지막

주 금요일이 휴업이라고.”

처량 맞아 보이는 우한의 눈빛에 준서가 인상을 구겼다. 왜 가게까지 찾아와 이러는지 모르겠다. 집에서 보는 것만으로도 지겨워 죽겠구만.

“그렇게 인상 쓰지 마. 나 도련한테 정보 주러 온 사람이라고. 우리 준휘가 내버려 두라는데도 도련을 생각하는 마음 하나로 여기까지 찾아온 거야.”

새침맞게 삐죽이고 있는 우한의 입술에 회칼을 들이밀고 싶은 욕구를 준서는 기특하게 참아낸다.

우한은 자신이 여자로 태어났으면 당연히 준서를 ‘도련님’이라고 불러야 했는데 안타깝게도 남자로 태어났으니 ‘도련’으로 만족하련다, 그따위 말도 안 되는 호칭 계산법을 들먹였지만 준서는 믿지 않았다. 그건 어리바리한 여린도 믿지 않는 가당찮은 변명에 불과했다. 솔직하게 ‘내가 도련이라고 부르는 걸 니가 싫어하니까 재미있어서 그런다’고 말하면 좀 덜 미울까?

준서는 양손으로 턱을 받치고 실실 웃고 있는 우한을 강하게 노려보았다. 좋은 형인 척 연기를 할 때도 어딘가 의심스러운 구석이 있었는데 지금은 만 년 묵은 능구렁이처럼 보인다.

“도련, 나 오늘 어디 갔다 왔게?”

준서의 눈빛을 막아주는 보호막이라도 있는지 우한은 여전히 샐샐거리며 물었다.

“안 궁금합니다.”

“에이, 좀 궁금해해 봐. 도련한테 꼭 필요한 정보라니까?”

가게만 아니었다면. 준서는 그 생각에 이를 악물었다. 가게에서 폭력을 쓰는 건 말도 안 되는 일이지만 지금만큼 좋은 기회도 없었다. 우한에게 주먹을 휘두르기에는.

우한의 밑에 깔리는 주제가 된 준휘는 소름 끼치게도 자신의 데스티니라 지칭하는 '유우한'을 만나기 전까지만 해도 알아주는 싸움꾼이었다. 타고난 힘과 체력, 거기다 기술까지 더해진 상황에서 도준휘를 이길 수 있는 상대는 없었다. 그래서 준서가 가장 무서워하는 존재도 귀신이나 아버지가 아니라 형인 도준휘였다. 한데 도준휘는 모든 걸 용서해도 우한을 건드리는 사람만큼은 용서하지 않으니 누구도 우한에게 손을 댈 수 있을 리 없다. 하지만 언제나 빈틈은 있는 법. 준휘가 없는 곳에서 우한을 건드린다면, 그것을 고해바칠 만큼 찌질한 유우한이 아니니…… 됐다. 생각을 말자.

"정말 안 궁금해?"

재차 묻는 우한에게 찔러 넣고 싶은 주먹을 바지 주머니에 집어넣으며 준서가 한숨을 흘렸다.

"그럼 할 수 없지 뭐. 그냥 말해줄 수밖에. 나 아니면 누가 우리 도련을 챙기겠어."

그럼 진즉 그냥 말하던가!

"조금 전에 이모님이 반찬 가지고 가라고 연락하셔서 그 댁에 갔다 왔거든."

궁금하지 않다던 준서의 귀가 활짝 열렸다. 여기서 이모님이란 최옥희 여사를 말하는 것이 분명했다. 최 여사는 30대 이전의 이들에겐 '할머님'이란 호칭을 허용했으나 30대 이후의 이들에겐 반드시 '이모님'이라 부르라 명하셨으니.

여린의 집에서 무슨 정보를 물어왔는지 굉장히 궁금했지만 준서는 내색하지 않았다. 우한에게 제발 말해달라고 간청하느니 차라리 산에 올라 도를 닦고 신선이 되는 게 나을 것이다.

하.지.만. 우한이 누구던가. 준서의 위에 준휘가 있다면 준휘의 위에 서 있는 사람이 우한이었다. 준서의 감정 변화를 눈치 채는 것 정도는 냉장고에서 물을 꺼내 마시는 일보다 쉬웠다.

터져 나오려는 웃음을 억누르며 우한은 헛기침으로 목소리를 다듬었다.

"갔는데 여린이가 바쁘게 외출 준비를 하고 있더라고."

"토요일에 외출 준비하는 게 무슨 별일입니까?"

주말에는 무조건 놀아주어야 한다는 고정관념을 소유하고 있는 여린을 알고 있는 우한과 준서의 눈빛이 교차했다.

"그렇지. 외출이 별일은 아니지. 그런데 외출하는 이유가 그냥 주말이어서가 아니더라고."

준서의 눈꼬리가 휘익 치켜 올라갔다. 우한은 꾸준하게 미백치료와 스케일링을 받아 반짝반짝 빛이 나는 치아를 드러내며 씨익 웃었다.

"오늘 여린이가 소개팅을 한다네? 그것도 간지가 제대로 흐르는 남자하고. 기대에 부풀어 있더구만. 옷 고르는 거 보니까 날 잡을 것 같던데?"

바지 주머니에 들어가 있는 준서의 주먹이 부르르 떨렸다.

"날을, 잡는다니…… 그게…….”

"옷이, 음…… 말로 설명을 못하겠다. 하하!”

우한은 겸연쩍게 웃으면서 뒷머리를 긁적였다. 그리고는 주춤 주춤 뒤로 물러서더니 쓸데없이 주변을 살폈다.

"어, 자리가 안 나네. 집에 가서 준휘가 만들어주는 케이크나 먹어야겠다. 열심히 일해, 도련!”

쌩하니 사라져 버린 우한은 이미 준서에게 아웃 오브 안중이었다. 직원들이 다가와 뭐라 보고하는 것도 듣는 둥 마는 둥 하던 준서는 이내 욕설을 내뱉으며 지배인을 불렀다.

"저 외출합니다. 못 들어올 수도 있으니 상황 봐서 연락드리겠습니다.”

다짜고짜 외출한다면서 차 키를 챙겨 드는 준서 때문에 지배인의 눈이 휘둥그레졌다. 준서를 봐온 1년간, 단 한 번도 이런 무계획적인 외출이 없었던 덕분이다. 그리고 오늘은 토요일, 그것도 가게가 제일 바쁜 저녁 시간이었다. 그런데 사장이 자리를 비우겠다니.

"사, 사장님?”

"죄송합니다. 저 나갑니다.”

준서는 지배인이 붙잡을세라 재빠르게 가게를 나섰다. 황망해하는 지배인의 얼굴이 마음에 걸렸지만 거기에 신경 쓸 때가 아니었다.

키스까지 해놓고! 자자, 사귀자, 결혼하자까지 했는데! 고작 깔끔하게 치료된 치질 따위를 변명거리로 내세우더니 이젠 다른 남자를 만나시겠다?

"내가 그 꼴은 못 보지."

힘차게 액셀을 밟는 준서의 미소가 단단히 어그러져 있었다.

＊

"우리 다음엔 영화 보러 갈까요?"

상냥하게 눈웃음을 지으며 묻는 남자. 여린은 수줍은 듯 고개를 살짝 끄덕였다. 이미 마음속으로는 '올레!'를 수도 없이 외쳤으면서 내색은 하지 않는다.

'고맙다, 오리온.'

커피 잔을 들어 올리는 남자의 긴 손가락을 응시하면서 여린은 리안에게 한턱 크게 쏴야겠다고 마음먹었다.

어쩜 이리도 매력적이신지. 남자는 리안의 말대로 간지가 좔좔 흘렀다. 역시 아트를 하는 사람은 뭐가 달라도 다르다는 생각을 벌써 몇 번이나 했는지 모른다.

자신을 작곡가라 밝힌 남자의 전공은 피아노라고 했다. 한국에서 대학을 다니시던 중에 유학을 떠나 버클리 음대를 졸업하셨단다. 그래서 그런지 유난히 손가락이 예뻐 보인다. 하얗고 긴 손가락이 여린의 마음을 이리저리 휘저어놓는 중이다.

외모도 어찌나 바람직하신지, 옅은 갈색 빛이 감도는 긴 머리카락은 남자의 갸름한 얼굴을 더욱 지적으로 보이게 만들어주었다. 속 쌍꺼풀이 얇게 져 있는 눈은 웃을 때마다 예쁘게 접혔고 특히 입술! 입술이 도준서만큼이나 부드러워 보였다.

"리안이한테 듣기로는 여행사에서 일하신다고 하던데. 힘들지는 않으세요?"

진심으로 걱정스럽다는 듯 묻는 남자의 다정함에 여린은 황송했다. 예술혼을 불태우시는 그쪽이 힘드시지, 역마살 낀 제가 뭐 힘들 게 있겠나이까.

"힘들기는요. 좋아서 하는 일인걸요."

발그레 볼을 붉히며 대답하는 여린은 천생 여자, 그것도 부끄럼 많은 다소곳한 여자의 표본이었다.

"출장, 많이 다녔겠어요."

"일이라고 생각하면 조금 힘들었을지도 몰라요. 그런데 워낙 여행을 좋아해서 가지 말라고 말려도 가고는 해요."

"저도 시간 날 때마다 여행 가려고 마음먹는데 쉽지가 않더군요. 나중에 여린 씨가 괜찮은 여행지 추천해 주세요."

브라보! 여행까지 좋아하신다니. 이토록 감사할 데가.

"그럴게요."

여린의 미소가 점점 더 화사해진다. 리안의 안목을 믿지 않은 것은 아니지만 별 기대 없이 나온 소개팅이었다. 그런데 한 시간가량 남자와 대화를 나누다 보니 로또 맞았다는 느낌이 강하게 밀려든다.

첫인상부터 첫 느낌까지 나쁠 게 없었다. 아니, 오히려 너무 좋아서 어리둥절해질 정도였다. 말을 놓으시라는데도 첫 만남에서 말을 놓는 건 예의가 아니라며, 다음에 만날 때 말을 놓겠다고 한 예의 바름도 좋았고 발라드 가수 뺨치게 그윽한 음성도 좋았다.

센스있게 대화를 이끌어가는 점도 매우 바람직했고 잠시간 말이 끊겼을 때 생긴 침묵조차 어색하게 느껴지지가 않았다. 키가 약간 작고 여자처럼 호리호리한 체격이라는 게 단점이라면 단점이었지만 여린은 그 이상 욕심 부리지 않기로 했다. 이만하면 월척이다. 리안의 인증까지 받은 사람인데 여기서 더 바란다면 노처녀로 늙어 죽을지도 모른다.

"여린 씨, 문자 온 것 같은데."

남자의 시선이 테이블 위에 올려져 있는 여린의 휴대폰에 닿았다. 문자고 뭐고 무시하고선 남자와 유익한 대화를 나누고 싶은 여린이었지만 그녀는 알려주어 고맙다는 눈빛을 보내고 휴대폰을 잡았다.

[내가 깽판 칠까, 니가 알아서 정리할래.]

여린의 눈이 휘둥그레졌다. 핏기가 가시는 여린의 얼굴을 쳐다보던 남자가 그녀의 손등을 따스하게 감쌌다.

"무슨 일, 있어요?"

그제야 퍼뜩 정신을 차린 여린이 어색하게나마 웃어 보이며 고개를 저었다.

"아니요. 회사예요."

"아, 그래요? 가봐야 하는 건가요?"

꼭 가야 한다면 아쉽지만 마음 편하시도록 보내 드리리오. 그렇게 말하는 것 같은 뉘앙스에 여린은 갈등하지 않을 수 없었다.

도준서에게 이따위 문자가 날아왔다는 것은 지금 자신이 어디서 누구와 무엇을 하고 있는지 꿰고 있다는 뜻이다. 아마 모르긴 몰라도 근처에서 때를 기다리고 있거나 이미 카페에 들어와 있는지도 모른다. 그런데 왜? 키스 한 번 했다고? 사귀는 것도 아니고 키스 한 번 한 건데 다른 사람을 만나고 있는 게 뭐 어때서?

눈동자를 굴리며 여린은 월척이자 로또인 남자를 쳐다보았다. 도준서의 장난 아닌 협박에 굴해 놓치기엔 너무나 아깝다. 더군다나 그 문자 하나에 겁을 집어먹고 괜찮은 남자를 떠나보내기엔 여린은 깡이 센 편이었다.

"괜찮아요. 직원이 저 하난가요 뭐."

생긋 미소를 짓는 여린을 보면서 남자는 다행이라는 눈빛을 보낸다. 그래, 뭐. 니 친구가 나 하나냐? 그렇게 궁하면 다른 친구 찾아서 키스 한 번 해보던가.

준서에게서 날아온 문자메시지를 살포시 무시한 여린은 다시 눈앞의 월척에게 집중하기 시작했다. 보면 볼수록 괜찮고 봐도 봐도 괜찮다. 이런 사내가 여태껏 어디에 숨어 있다가 도준서 같은 녀석과 키스를 한 후에야 나타났을꼬.

서로의 음악적 취향과 자주 가는 클럽—부킹이 없는, 음악을 즐기는 건전한 클럽—같은 곳에 대해서 심도 깊으면서도 즐거이 대화를 나누던 여린은 남자가 자꾸만 어딘가로 시선을 돌리자 불안해졌다. 힐끗힐끗, 한 방향을 쳐다보다가 고개를 갸우뚱하는 남자를 보자 피가 바싹바싹 마른다.

뭐냐, 이 불길한 기운은.

미소를 유지하고는 있지만 불안한 마음 감출 수 없어, 여린은 미지근한 커피를 한 모금 입에 머금었다. 그 순간.

"이거냐?"

결코 낯설지 않은 음성에 커피가 잿물처럼 느껴진 건 정말이지 순식간이었다.

"여린 씨, 아는 분이신가요?"

폭력과 분노라고는 모르는 사람처럼 줄곧 다정다감하기만 했던 소개팅 남, 사우의 표정이 사뭇 날카로워졌다.

저는 진심으로 모르는 사람이고 싶습니다. 이 순간만큼은 도준서와 친구로 지낸 시간을 잊고 싶답니다. 제 마음, 이해하실랑가 모르겠습니다. 그렇게 말하고 싶은 걸 참아낸 여린은 앙큼스럽게 무표정한 얼굴로 스윽 허리를 비틀었다.

누가 악마에게 쓰인 사람 아니랄까 봐 무시무시한 표정을 짓고 서 있는 준서가 보인다. 아아, 딱 이 순간만 꿈이었으면.

"새로운 걸 시도해 보고 싶다고 기대하라더니…… 이거였냐?"

사우는 물론이고 여린조차 준서가 무슨 말을 하는지 알아들을 수가 없었다. 하지만 준서는 당황하는 두 사람을 보면서 한쪽 입꼬리를 말아 올렸다.

"흐음. 어디 힘이나 제대로 쓸 수 있겠어?"

여린은 아직도 오리무중인데 사우는 준서의 눈빛과 억양에서 무언가를 읽어냈는지 굉장히 불쾌해했다.

"너, 강한 거 좋아하잖아. 이건 애피타이저도 안 되겠는데?"

상대방을 거리낌없이 무시하는 태도. 빈정대는 게 주특기인 듯 실실 비웃음마저 쪼개는 준서를 노려보던 사우가 벌떡 일어섰다.

"당신, 뭐야?"

"나? 이 여자 파트너. 왜, 그쪽도 생각있어? 만족시키기 힘들 텐데."

"하! 뭐 이런……."

기가 막힌 사우가 오만상을 구기고 있을 때, 사태 파악에 성공한 여린이 자리를 박차고 일어나 한 손으로 준서의 입을 틀어막았다.

"사우 씨, 죄송해요. 애가 오늘 약을 깜박했나 봐요. 애 형한테 잘 좀 챙기라고 그렇게 부탁을 했는데. 오해는 하지 않으셨으면 좋겠어요. 리안이한테 얼마나 들으셨는지 모르겠지만 저, 그런 여자 아니거든요? 애가 나타났을 때부터의 기억은 지워주시길 부탁드려요. 죄송하지만 저라도 애 약을 먹여야 해서 먼저 가봐야 할 것 같네요. 살펴 가세요."

입을 막고 있는 손을 치워내려고 꿈틀대는 준서를 겨우겨우 제압한 여린이 속사포처럼 말을 날리고 황급히 사라졌다. 아니, 사라지려고 노력했다. 킬힐을 신었음에도 저보다 15㎝는 큰 도준서를 끌고 나가기란 쉽지 않은 일이었기에.

준서의 팔목을 생명줄이라도 되는 것마냥 강하게 말아 쥐고 카페에서 나온 여린은 무작정 걸었다. 그저 사우에게서 조금이라도 더 멀어져야 한다는 생각밖엔 없었다.

"양여린, 걸어서 집까지 가게?"

호흡이 거칠어질 정도로 빠르게 걷던 여린은 준서의 음성이 들려오자 걸음을 멈췄다. 그리고 휙휙 주변을 둘러본다. 얼마나 정신없이 걸었는지 카페가 있던 동네에서 두 정거장은 더 걸어온 것 같았다.

사우와 마주칠 일이 없다는 판단이 서자 그제야 여린은 숨을 한꺼번에 몰아쉬었다.

"그러게 알아서 정리하라고……."

쫙!

빈정대던 준서의 고개가 홱 돌아갔다. 방금 준서의 뺨을 후려갈긴 여린은 그래도 분이 풀리지 않는지 그녀의 주먹이 부들부들 떨고 있었다.

느릿하게 고개를 원상태로 돌린 준서는 충격받은 얼굴로 여린을 쳐다보았다. 어렸을 때, 멋모르고 서로를 향해 욕설을 던진 적은 있었다. 지금도 심하게 싸울 때면 한 번씩 툭툭 거친 말이 나오기도 한다. 하지만 단 한 번도 서로에게 손찌검을 한 적은 없었다. 단 한 번도.

바르르 떨고 있는 여린의 흰자위가 빨갛게 충혈되어 있었다. 그리고 그 눈에 천천히 이슬이 차기 시작한다.

"너…… 너는…… 내 친구까지 이상한 년으로 만들었어. 어떻게 널 친구로 생각했었는지 모르겠다. 내 자신이 한심하고 비참해서 무슨 말을 해야 하는지도 모르겠어. 새로운 걸 기대하랬다고? 강한 걸 좋아한다고? 파트너라고? 미친……."

차마 '새끼'까지는 못하겠는지 여린이 입술을 물어뜯었다. 누가 몸에 불을 붙여놓은 것처럼 쇄골부터 이마 끝부분까지 발갛게 달아올라 있는 여린의 볼에 투둑, 눈물이 떨어졌다.

“니가 원하던 대로 해줄게.”

“…….”

“너, 이제 내 친구 아니야. 그러니까…….”

가까스로 조금씩 충격에서 벗어나고 있던 준서가 말을 늘이는 여린을 뚫어져라 응시했다. 뚝뚝 눈물을 흘리던 여린이 피식 웃어 보인다. 그런데 그 웃음의 의미가 ‘그래, 내가 졌다’ 라던가 ‘기가 막힌다’ 라는 의미를 담고 있는 것 같지가 않았다. 차라리 비웃는 거였다면 마음이 편했을 텐데 여린의 웃음은…… 심장이 따끔거릴 정도로 아파 보였다.

“……그러니까?”

참다못한 준서가 결국 입을 열었다. 볼이 얼얼한 것도, 여린이 저를 때렸다는 사실도 중요하게 생각되지가 않았다. 부디 ‘그러니까’ 다음에 나올 말이 자신이 대처할 수 있을 만한 것이기를 바랄 뿐.

주먹을 말아 쥔 여린이 후욱, 숨을 내뱉었다.

“그러니까. 이제 내 앞에 나타나지 마라.”

정말 마지막이라는 듯 아련한 눈길을 보낸 여린이 몸을 돌리자 준서의 심장이 쿵! 소리를 내며 떨어졌다.

여린과 친구이지 않기를 바란 적은 없었다. 친구 이상의 관계에 도전해 보자 제안했을 뿐이지 친구 관계를 청산하길 원한 게 아니었다.

여린과 리안의 이미지에 씻어낼 수 없는 오물을 끼얹을 생각도 아니었다. 다만…… 화가 났던 거다. 자신과의 일에 대해서 들었

을 텐데 보란 듯이 소개팅을 주선한 리안에게 화가 났고 아무렇지
도 않게 그 자리에 나간 여린에게도 화가 났다. 자신의 메시지를
씹고서 무척 즐겁게 다른 놈과 대화를 나누고 있던 여린을 보자
분노가 폭발했고, 생각했던 것보다 그놈이 매우 괜찮아 보여서 심
사가 꼬였다.

그렇게까지 하려던 게 아니었다. 어떻게 키스까지 하고서 다른
남자를 만날 수 있느냐, 그런 식으로 말하려 했었다. 이렇게 되길
바란 게 아니었다. 이건…… 아니었다.

얼어붙어 있는 사이, 이리저리 오가는 사람들 속에 섞여 멀어져
가는 여린의 뒷모습에 준서는 생각없이 달리기 시작했다. 그리고
택시를 잡으려 팔을 흔드는 여린의 팔목을 잡아챘다.

놓으라는 소리도, 뭐 하는 짓이냐는 말도 없이 여린은 가만히
준서를 쳐다보고만 있었다. 여린을 태우려 그녀의 앞에 섰던 택시
는 둘 사이의 심상치 않은 분위기를 읽었는지 미련없이 다른 손님
을 태웠다.

아무 말도 없는 여린을 보고 있는 것이 곤혹스러웠다. 여름에도
땀을 흘리지 않는 체질인데 등줄기를 타고 식은땀이 흘러내린다.
감정을 담지 않은, 서늘하기만 한 여린의 눈빛에 처음으로 고통이
라는 감정을 맛본다.

"나……."

입안이 쩍쩍 갈라지는 것 같았는데 목소리마저 갈라져서 나온
다. 여린은 여전히 모르는 사람을 보고 있는 것처럼 감정의 동요
가 없어 보이는 얼굴이었다.

준서는 마른침을 삼키고 긴장으로 뻐근해진 어깨에서 힘을 뺐다. 거짓을 말하지는 말자. 구차하게 먹히지도 않을 변명을 해댈 생각은 집어치우자. 내가 왜 그랬는지, 왜 그래야 했는지 진심을 말하자. 그래도 안 되면…… 무릎이라도 꿇자. 바짓가랑이 붙잡고 매달리다 보면 한 번쯤은 돌아봐 주겠지.

"질투했다."

도준서라는 남자를 알고 있는 사람이라면 놀라서 거품 물고 뒤로 넘어갈 만한 얘기를 준서는 밥 먹었다는 말보다 쉽게 뱉어냈다. 그리고 그제야 여린의 눈빛이 흔들리며 그녀의 콧등에 주름이 잡혔다.

"친구로서의 널 사랑하는 건 확실해. 여자로서의 널 사랑하는지는…… 나도 모르겠다. 그런데."

살짝 커진 여린의 눈에 담긴 준서의 모습은 짝사랑을 고백하는 소년 같았다.

"니가 다른 남자하고 있는 건 못 보겠다. 나 아닌 다른 놈한테 웃어주고 손 내밀어주는 너는…… 못 보겠다."

부어오르기 시작한 한쪽 뺨과는 비교할 수도 없게 붉게 달아오르는 준서의 목덜미와 귓불에 여린은 할 말을 잃었다.

Rrrr. Rrrr. Rrrr.

여린이 나가 버리고서도 카페에 남아 조용히 앉아 있던 사우는 휴대폰 액정에 뜬 발신자를 확인하고 가볍게 웃음을 터트렸다.

"지금쯤 혼자 있을지, 어떻게 알았어?"

전화를 받자마자 묻는 사우에게 상대방은 제법 시니컬하게 대꾸했다.

[그 정도도 모르면서 일을 꾸몄을까 봐?]

참 주도면밀한 여자. 이런 면이 있다는 걸 몰랐다면 예쁘게 여기는 동생이 아니라 즐거운 사이로 거듭날 만한 여지를 남겨두었을 텐데.

[왔었지?]

재미있을 거라 여겨져서 응하기는 했지만 천하의 이사우를 이용해 먹고도 리안은 뻔뻔했다. 이런 일을 부탁해서 미안하다거나 역시 오빠밖에 없다는 입에 발린 말을 할 생각도 안 한다. 하지만 그런 성격이 마음에 들어서 오빠 동생 사이를 유지하고 있기에 사우는 담담하게 대답해 주었다.

"그래, 왔었어."

[어땠어?]

"그렇게 궁금하면 직접 와서 구경하지 그랬어?"

[사족 달지 말고 말해봐 봐. 궁금해서 미칠 것 같다고.]

"예상했던 것보다 강하게 나오더라."

애피타이저 감으로도 불합격이라는 말과 눈빛이 떠올라 인상을 구긴 사우의 말에 리안은 킥킥대며 웃음소리를 들려주었다. 이 웃음소리가 전화를 끊을 때까지 유지될지 궁금해진 사우의 입가에 미소가 걸린다.

[애 괜찮아 보이지?]

웃음기를 닦아내고 묻는 리안에게 뭐라 대답해야 할지 망설이던 사우는 담배를 입에 물었다.

"어떤 애를 묻는 건가?"

사우는 리안이 누굴 가리키는 것인지 빤히 알면서도 음흉스럽게 되물었다. 그의 저의를 읽어낼 수 없는 리안이 답답해하는 모습이 눈에 선했다.

[준서 말이야, 도준서. 여린이 데리러 왔던 남자.]

"난 또. 우리 여린 씨를 말하는 건 줄 알았지."

[여린이 괜찮은 거야 두말할 필요가…….]

자못 자부심 넘치는 음성으로 말하던 리안이 순간 말을 뚝 끊었다. 사우는 이제야 눈치 챘나 싶어 웃음을 삼킨다.

[뭐야. 지금 우리 여린 씨라고 했어?]

"도준서라는 친구, 경쟁 상대로 나쁘지는 않겠어."

[……오빠.]

"잘되면 옷 한 벌 뽑아주마. 좋은 분 소개해 줘서 고맙다."

[오빠!]

"나 녹음실 가볼 시간이 돼서 먼저 끊는다."

사우는 '오빠! 오빠!' 불러대는 리안의 다급한 음성을 무시하고 휴대폰의 전원을 꺼버렸다. 황당한 얼굴로 넋 놓고 있다가 안절부절못할 리안을 상상하니 자꾸만 웃음이 터져 나온다.

"재미있겠어."

혼잣말을 중얼거린 사우는 입에 물고 있던 담배에 불을 붙였다. 하얗고 긴 손가락에 끼워진 담배에서 희끄무레한 연기가 허공을 향해 돌진했다.

제자리를 못 찾고 방황하는 풋내기 연인들이 있는데 선심 쓰는 셈치고 도와주면 어떻겠냐고 리안이 전화를 걸어왔을 때만 해도 단순히 재미있게만 여겼었다. 게다가 요즘 들어 가수가 되겠다고 곡을 받으러 오는 인공 미인들만 보다가 여린이 자연 미인이라는 소리를 듣고서 안구정화도 되겠다고 생각했다. 리안이 입에 침이 마르도록 칭찬만 늘어놓은 양여린이라는 여자에게 호기심이 동하기도 했었고.

사우 자신도 제 마음을 알지 못하고 좋아했던 여자를 놓친 경험이 있기에 도와주기만 할 작정이었다. 제 마음도 모르는 남자 마음에 질투심만 일으키면 된다는데 뭐 어려울 게 있냐 싶었다. 그런데…….

'남한테 주기에는 아까워.'

재떨이에 담뱃재를 털어내는 사우의 눈동자가 카페 안에 모인 사람들을 훑었다. 카페를 가득 메우고 있는 여자들 중에서 여린보다 괜찮아 보이는 사람은 없었다.

기가 차서 말도 안 나오게 예쁘지는 않았지만 연예인이 돼볼 생각이 없냐는 제안을 받을 만큼 예쁜 얼굴이었다. 리안과 대학 동기라니 머리도 좋다는 소리고 여행을 좋아한다는 공통점도 있었다. 가장 마음에 드는 건 그녀의 몸매였다. 요즘 여자들은 마르기만 하면 되는 줄 아는데 그건 대단히 큰 착각이었다. 마르기만 하면 뭐 하나. 볼륨이 있어야지. 그 점에서 여린은 완벽했다. 예쁘고 성격도 좋아 보이는 여자가 몸매까지 훌륭한데 말도 통한다. 그러니 다른 놈을 도와주기가 싫어지는 게 당연한 일 아닌가.

"주도면밀한 것까지는 좋았는데, 내가 어떤 남자인지도 잘 기억했어야지."

꺼진 휴대폰에 미친 듯이 전화를 걸어대고 있을 리안을 향해 혼잣말을 내뱉은 사우의 미소가 점점 더 짙어지기만 한다.

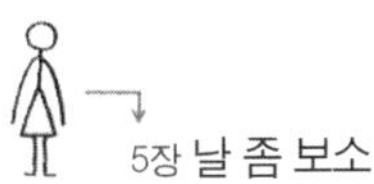

5장 날 좀 보소

최소한의 불빛만이 감도는 조용한 홀. 그 중앙에서 준서는 회식 때 마시다 남은 사케를 들이켜고 있었다.

'넌 내 친구야. 친구라고. 키스 한 번으로 연인이 되어야 하는 거라면, 난 진즉 유부녀가 됐을 거야.'

억지로 여린을 붙잡아 대화를 나누었을 때 들은 얘기가 쉼없이 준서의 머릿속을 휘젓고 있었다.

키스가 중요한 게 아니라고, 친구 관계를 버리자는 게 아니라고 아무리 설득하고 설명해도 여린은 귀를 막은 사람처럼 듣지 않으려 했다. '우리는 친구'라는 소리를 얼마나 많이 들었는지 이젠 정말 친구 따위 개나 주라고 하고 싶은 심정이었다.

여린이 저지르는 사소한 실수들을 무마시키고 다니는 게 일이

었는데 한순간에 전세가 역전되어 달변가 도준서가 꿀 먹은 벙어리가 되어야 했다. 이래서 세상은 오래 살고 봐야 한다는 건가.

'니가 내 걱정 하는 거 알아. 날 걱정해서 챙겨주고 싶은 욕심에 그랬던 거야. 너도 시간이 지나면 우리는 친구일 수밖에 없다는 걸 인정하게 될 거야. 그리고 나, 그 남자가 마음에 들어. 잘해보고 싶어.'

도와달라는 말까지는 듣지 않은 게 다행이라면 다행일까. 준서는 어이가 없고 화가 나서 말을 잃었었다. 그 남자와 있는 모습을 보고 질투해서 돌아버렸다는데 어떻게 그런 말을 할 수가 있나. 그때만큼은 자신이 무슨 실수를 했었는지 까맣게 잊어버리고 싶었다.

'너, 날 여자로 사랑해? 나 없으면 죽을 것 같아? 니 눈에 나밖에 안 보여? 아니잖아. 그렇다고 못할 거잖아. 모른다는 건 아니라는 거야. 그만 하자. 낯선 네 모습에 지쳐, 나.'

흥분해서 버벅거리는 게 여린의 특기였는데 오늘 그녀는 침착했다. 사람 할 말 없게 만드는 말들을 줄줄이 늘어놓으니 뭐라 대꾸할 수도 없었다.

꼭 사랑이어야 하는 건가. 꼭 죽고 못 살아야만 하는 건가. 여린이 아닌 여자는 돌같이 보여야만 하는 건가. 그런 의문들이 생긴다. 꼭 그렇지 않아도 되는 거 아닌가 하는, 지금 같은 관계로 평생을 지내도 괜찮지 않을까 하는 불만들이 쌓여간다.

쪼로록. 얄쌍한 도기 잔에 따라지는 맑은 빛의 사케에 준서의 어두운 얼굴이 비춰진다. 이제껏 여자 때문에 이런 식으로 고민을 해본 적이 없었건만. 기면 기고 말면 말았던 이성 관계에 균열이 생기니 가슴이 답답하다.

끼익, 자동문이 열리는 소리에 잔을 들여다보던 준서가 고개를 들었다.

"음침하게 혼자 뭐 하냐."

검은색 패딩 점퍼를 걸친 준휘가 긴 다리를 휘휘 저으며 걸어온다.

"넌 이 좋은 사케를 혼자 처마시냐?"

의자를 뒤로 빼서 앉은 준휘가 팔짱을 끼고서 눈을 가늘게 만들었다. 우한이 말하기로 준서와 여린의 사이가 심상치 않다더니 그게 참이었던 모양이다. 그냥 애들 소꿉장난 정도로 생각했더니만.

벌써 질문을 두 개나 던졌건만 동생 녀석은 이렇다 저렇다 말이 없다. 축 처져 있는 어깨가 꼴사나워 보이고 마음에 들지 않는다. '나 게이요' 하고 커밍아웃을 했을 때도 분노의 화신이 될지언정 기운 빠진 모습을 보여준 녀석이 아니었는데. 준휘의 눈빛에 안쓰러움과 함께 짜증이 묻어났다.

준휘는 다짜고짜 준서의 잔을 빼앗았다. 내 가게가 아니니 잔 찾아 삼만 리를 할 수도 없고 잔 가져오라 말하기도 귀찮으니 빼앗을 수밖에.

"집에 가서 쎄쎄쎄나 하시지."

잔을 빼앗자마자 반응이 온다. 준휘는 삐져나오려는 웃음을 숨기며 부러 눈을 부릅떴다.

"아깝냐?"

“어.”

“나 니 형이다.”

“어쩌라고.”

“형이라고.”

그렇게 말한 준휘는 오랜만에 맛보는 사케를 쭈욱 들이켰다. 소주나 맥주와는 다른, 깔끔하면서도 독한 술기운이 목구멍을 타고 흘러내려 간다.

“크으. 쎄네.”

준서는 입가를 훔치는 제 형을 쳐다보았다. 하아, 나오느니 한숨이다. 상담을 하려고 해도 도준휘가 여자하고 연애를 해본 경력이 있어야 말을 꺼내던가 하지.

도준휘가 커밍아웃을 했을 때, 부모님은 그리 놀라지 않으셨다. 부모님이 그렇게 쉽게 큰아들의 커밍아웃을 받아들인 데에는 그만한 이유가 있었다. 도준휘는 단 한 번도 여자와 사귄 적이 없으니까.

준휘의 곁에는 늘 우한만이 존재했다. 다른 친구들이 있었지만 그 친구들을 만날 때조차 우한과 함께였다. 그러니 부모님도 어느 정도 예상하고 계셨을 것이다. 당신들의 큰아들이 우한을 바라보는 눈길에 사랑이 담겨있음을 눈치 채지 못하실 분들이 아니니까.

사랑이라고는 유우한밖에 모르는 남자. 우한이 아니라면 여자는 물론이고 물 좋은 남자들마저도 쳐다보지 않은 남자. 그런 남자가 도준휘였다. 그러니 상담은 개뿔. 앓느니 죽는다.

“여린이는 잡아왔냐?”

동네가 좁아터진 건지, 정보원이 특출난 건지. 넌지시 묻는 준휘에게 눈살을 찌푸려 보이는 준서는 갑갑했다.

"잡아왔으면 진척이 있어야지."

쉽게 얘기하는 준휘에게 준서는 눈알을 부라렸다. 그게 말처럼 쉬웠으면 내가 이러고 있겠냐고, 형님아.

"그러게 진즉 잡으라니까 세월아 네월아 하더니만."

"그만, 하지?"

"쪽팔리지."

"형님아."

"쪽팔릴 거다. 그렇게 내리 들러붙어 있었는데 그거 하나 못 잡고, 쯧! 어디 가서 도준휘 동생이라고 하지 마라."

차라리 우한이 낫겠다는 생각이 드는 게 당연한 것인지 준서는 생각을 해보려 했다. 하지만 그게 생각할 거리가 되나. 도낀개낀인데.

"사랑하냐?"

사케 잔을 빙글빙글 돌리던 준휘의 물음에 준서는 합죽이가 되어버린다. 친구, 사랑. 그 단어들이 준서를 미치게 만든다.

"사랑하지도 않는데 결혼하자고 한 거냐?"

뒤에 이어질 말을 감춘 준휘였다. 하지만 핏줄이 뭔지 준서는 형이 눈빛으로 하는 말을 알아들었다.

"나도 내가 약간 미친 거 알거든. 그러니까 그만 해."

여린과 우한만으로도 충분히 짜증스러운데 준휘마저 거들고 나서니 환장할 지경이다. 아니, 실상 가장 짜증스럽고 환장하겠는 건 저 자신이었다.

맺고 끊는 게 너무 확실해서 차갑게까지 느껴지는 사람. 미련이나 망설임 같은 감정은 좀처럼 경험해 보지 못한 사람. 아버지와 형에게 물려받은 준서의 성격상 특징이었다.

아버지는 어머니를 만나신 순간 평생을 함께할 사람이라 믿었고 그래서 40년간 어머니 한 분만을 바라보셨다. 준휘도 고등학생 때 우한을 만나자마자 자신의 데스티니라 믿었다고 했다. 그런데 아버지나 형과는 다르게 저는 갈팡질팡하고 있다.

여린과 결혼해도 괜찮겠다고 생각하지만 꼭 여린이어야만 하는가는 모르는 상태. 친구로서의 여린은 사랑하지만 여자로서의 여린을 사랑하는지는 확신할 수 없는 상태. 준서는 이도저도 아닌 제 모습에 실망하고 있는 것이다.

"너, 내가 우한이를 사랑한다고 했을 때 뭐라고 말했는지 기억나냐?"

준휘가 빼앗았던 잔을 도로 회수해 와 사케를 마시던 준서의 얼굴이 굳었다. 그 불쾌했던 날을 어찌 잊을 수 있을까.

"날 배신했다고 했었지."

동생의 정확한 기억력에 준휘는 피식 웃어버렸다. 어떻게 형이 그럴 수 있느냐며 길길이 날뛰던 어린 동생의 모습이 아직도 눈에 선하다. 살가운 성격이 아니기에 상처받은 동생을 보듬어주지 못하는 것이 한스러웠던 날이었다.

표현은 하지 않았지만 동생이 저를 롤 모델로 삼았었다는 걸 모를 준휘가 아니었다. 준서에게 제 형은 무엇이든 완벽하게 해내는 사람이었고 영웅이었다. 그런 형이 게이라는데 그게 쉽게 받아들여졌을 리 없다. 여린의 위로와 격려, 그리고 형을 사랑하는 마음이 아니었다면 아마 준서는 평생 그와 우한을 보지 않으려 했을지도 모른다.

"내가 사랑할 수밖에 없는 사람을 사랑하는 게 너한테는 배신이었지."

토끼눈을 하고선 눈물을 보이지 않으려 이를 악물던 동생이 떠올라 준휘의 음성이 낮아졌다.

"무슨 말을 하고 싶은 건데?"

그날, 서로에게 퍼부었던 말들이 아니라 보지 말아야 했던 충격적인 영상이 자꾸만 그려져 준서의 얼굴이 구겨졌다. 형이 남자를 사랑한다는 사실을 인정할 수밖에 없게 만든 그 장면. 침대 위에서 사랑을 나누고 있던 친형과 친형처럼 여겼던 우한의 모습이.

"여린이 입장에서 생각해 보라고."

겨우 그 장면을 머릿속에서 몰아낸 준서가 형의 말에 인상을 찡그렸다.

"뭘?"

"니가 그러는 게 여린이한테는 배신일 거 아니냐."

"그게 어떻게 배신이야?"

하나만 알고 둘은 모르는 녀석. 준휘는 어째 이런 게 내 동생일까, 하는 눈빛으로 혀를 찼다.

"10년이 넘게 친구로 지내온 놈이 갑자기 결혼하자는데 그게 배신이 아니면 뭐냐."

준서의 고개가 갸우뚱거렸다. 순진하게까지 보이는 얼굴에는 '그런가?' 하는 의문이 새겨져 있다.

"니 마음부터 확실히 하고 들이대라. 사랑하는지 아닌지도 모르는 놈이 누구 혼삿길 망치려고 막 들이대?"

"꼭 여자로 사랑해야 결혼할 수 있는 건 아니잖아."

"그건 니 생각이고."

"그럼 선봐서 결혼하는 사람들은 뭔데?"

"여린이가 선봐서 결혼해도 상관없다고 했냐?"

준서는 골똘히 생각에 잠겼다. 어쩌다 내 동생이 저런 꼴통이 되어버렸는지 모르겠다고 중얼거리는 준휘의 음성은 가볍게 무시했다.

확실히 여린은 연애결혼주의자였다. 따지는 조건은 많은 주제에 미치도록 사랑하는 남자와 결혼하겠다고 수도 없이 말했었다. 그러다 노처녀로 늙어 죽을 거라고, 나이 마흔 돼서 나는 독신주의였다고 우기지나 말라고 약 올렸던 기억도 난다.

준휘의 말이 맞았다. 여린은 독신으로 살았으면 살았지, 사랑하지 않는 남자와 결혼할 여자는 아니었다. 그리고 가장 큰 문제는 자신의 마음이 어쨌든 여린이 도준서를 남자로서 사랑하지 않는다는 점이다. 그러니 사귀지도 결혼하지도 그 외에 것들을 하지도 못하는 것이다.

"궁상떨다가 조용히 들어와라. 우한이 감기 기운 있어서 약 먹여 재워야 되니까."

끼기긱, 준휘가 일어서자 의자가 뒤로 밀리며 소음을 만들어냈다. 준서는 입구를 향해 터덜터덜 걸어가는 준휘의 등에 대고 소리쳤다.

"형!"

몸을 돌려 동생을 쳐다보는 준휘의 얼굴에 살짝 짜증이 어렸다. 빨리 약 먹이러 가야 되는데 왜 붙잡냐는 표정이다.

"사랑하는지 알려면 뭘 어떡해야 되는데?"

충격을 받았는지 준휘의 입술이 벌어진다. 그따위 질문을 던진 인물이 자기 동생이라는 걸 인정하고 싶지 않다는 듯 그가 잠시 비틀거렸다. 그러다 오만상을 찌푸리고 동생을 노려보았다.

"차라리 키스는 했는데 그다음에 뭘 해야 되는 거냐고 물어봐라. 저런 머저리 같은……. 쯧!"

준서에게는 아리송하게만 들리는 말을 던진 준휘는 미련없이 가게를 떠났다.

"사랑을 해봤어야 알 거 아냐!"

이미 자취를 감춰 버린 형을 향해 준서는 원망의 포효를 내지른다.

도준서 28세. 연애도 해보고 여자의 신체 구조도 알고 있지만 사랑이라는 것은 해보지 못한, 순수하지만 순진하지는 않은 청년. 사랑과 키스의 상관관계를 풀이하려다 팔아야 할 사케에 손을 대다.

＊

외출 준비를 마치고 소파에 멍하니 앉아 있는 여린의 시선은 할머니와 할아버지의 손놀림에 고정되어 있었다.

"짠! 다섯 개 다 잡았네. 허허허!"

할아버지의 기분 좋은 웃음소리에 할머니의 얼굴이 단박에 구겨진다.

"우리 옥희 이제 어쩌나아? 점수 차가 벌써 22였나?"

약 올리고 있는 게 빤히 보이는 할아버지의 말씀에 여린은 할머니가 눈빛으로 어떤 말을 하고 계신지 꿰뚫어 보았다.

'망할 영감탱이. 기억력은 드럽게 좋아.'

차마 밖으로 꺼내지는 못하시는 말씀 때문에 답답증이 이셨는지 최옥희 여사가 주먹으로 가슴을 쳐댄다.

그렇다. 80세 최옥희 여사와 82세 양두만 옹께서는 공기놀이 중이셨다. 떡 만드는 일을 제외하고는 손재주라는 것이 전혀 없는 최 여사와 뜨개질까지도 잘하시는 양두만 옹께서는 점당 10원짜리 공기놀이를 하고 계셨다. 그러니까 최 여사는 지금 무려 2백 2십 원이나 빼앗기신 상황.

"옥희, 그만 할까?"

할아버지가 도화선에 불을 붙인다. 승부욕이 강한 할머니의 얼굴은 이미 벌겋게 달아올라 계신데 그만 하시자니.

"뭘 그만 해요! 얼른 판 돌려요!"

화투도 아닌데 판 돌리라니. 최 여사는 '나 지금 흥분했소' 대놓고 말하고 있었다. 양두만 옹은 그런 아내를 귀여워 죽겠다는 듯이 쳐다보다가 곱게 분이 발라져 있는 볼을 살짝 꼬집었다.

"우리 옥희, 귀엽기도 하지."

"아, 왜 이래요! 얼른 한 알부터 다시 해요!"

매섭게 남편의 손을 쳐낸 최 여사지만 양두만 옹은 개의치 않는
다는 듯이 싱글벙글 웃고만 있었다.

할머니와 할아버지의 다정한 한때를 지켜보던 여린은 소파에서
미적거리다가 깊은 한숨과 함께 몸을 일으켰다.

"손녀, 리안이 만나러 나갑니다."

지금 손녀의 목소리가 들리기나 할까 의심스럽지만 여린은 일
단 제 행보를 밝혀두었다. 그제야 공기놀이와 아내 놀리기에만 집
중하고 있던 양두만 옹이 슬쩍 고개를 비튼다.

"늦니?"

할아버지의 물음에 여린은 고개를 저었다가 이내 생각을 고쳐
먹었는지 다시 위아래로 끄덕인다. 오늘 리안이 어떻게 나올지 모
르기에 늦을지 안 늦을지도 알 수 없다.

"그래. 조심해서 다녀와라."

여린이 대답을 하기도 전에 최 여사의 재촉이 할아버지의 신경
을 잡아끌었다. 여린은 손녀가 나간다는데 쳐다보지도 않으시는
할머니를 흘겨보다 집을 나섰다.

엘리베이터를 타고 내려가면서 차를 몰고 나갈까 고민하던 여
린은 도로로 나가 버스를 탔다. 도준서가 한 짓이 리안의 귀에 들
어가지 않았을 리 없으니 밥을 사고 커피를 사고 술까지 사야 할
지도 모르기에.

어제 준서에게 잡혀 알아먹지도 못하겠는 말들을 듣고 나름대

로 제 의견을 피력한 뒤에 집에 돌아온 여린은 그대로 침대에 쓰러졌었다. 어떻게 설명을 해야 할지 눈앞이 캄캄해서 리안에게는 연락도 하지 못했다. 엎친 데 덮친 격으로 사우에게서도 잘 들어갔냐는 문자메시지 하나가 없었다. 하긴 그런 일을 당했는데 연락을 하는 쪽이 이상한 거지.

하아. 버스 손잡이를 잡고 있는 여린에게서 긴 한숨이 새어 나왔다. 얼마 전까지만 해도 도준서는 양여린의 소울메이트였다. 그리고 불구대천지원수로 둔갑했다가 지금은 어떤 존재인지 가늠할 수조차 없게 되어버렸다.

친구가 남자로 변했다. 여린이라고 모르겠는가. 준서가 자신을 바라보는 눈빛이 우정만을 담고 있지는 않다는 걸. 그렇다고 그게 절절한 사랑도 아니니, 그게 문제였다.

'아직 널 사랑한다고는 못해. 그런데 질투는 나. 내가 그 남자보다 못한 게 뭐지? 니가 나한테 올 수 없는 이유가 뭐야?'

대화할 장소로 택했던 카페에서 주문한, 진한 에스프레소는 쳐다보지도 않고 묻던 준서의 음성이 뜬눈으로 밤을 지새우게 했다. 그리고 친구라 너한테 갈 수 없다는 그녀의 대답에 진지하게 대꾸하던 그의 모습에 숨이 턱턱 막혀왔었다.

'그럼 결정하기 쉽게 날 남자로 봐. 잠시만 친구 하지 말자고.'

친구를 친구로 보지 말라니. 남자로 생각하지 않았던 인물을 남자로 보라니. 뭐 그런 해괴망측한 말이 다 있나.

어제는 너무 화가 나서 내 앞에 나타나지 말라고까지 얘기했지만 솔직한 심정으로는 준서를 잃고 싶지 않았다. 준서 없이 살아가는 인생을 생각할 수 없었으니까. 그런 생각을 해본 적도 없으니까.

쌍둥이로 자라다가 별안간 외동이 되어버린 외로운 기분이다. 허전하고 씁쓸해서 뭐든 의욕이 생기질 않는다. 그래서 리안을 만나서도 제대로 빌 수나 있을지 걱정이 태산인 여린이었다.

버스에서 내린 여린은 약속 장소를 향해 힘없이 걸음을 옮겼다. 밥을 먼저 먹어야 하는데 카페로 오라고 말한 리안의 속뜻을 알 수 있을 것 같기도 했다. 밥 먹을 땐 개도 안 건드리는 법이니까 먹으면서 화를 낼 수는 없겠지.

멀리서도 찾기 쉽도록 대형 간판을 달아놓은 카페에 들어간 여린은 리안이 앉아 있는 모습을 볼 수 있었다. 젠장. 일찍 와서 기다리고 있었어도 모자랄 판에 기다리게까지 하다니. 나, 삼재인 건가.

가까이 다가가니 휴대폰을 잡고 문자메시지를 써 내려가던 리안이 고개를 든다. 여린은 어색하게 미소를 지었고 그건 리안도 마찬가지였다.

"주문하고 와."

여린이 핸드백을 빈 의자에 내려놓자 리안이 먼저 입을 열었다. 고개를 끄덕인 여린이 카운터를 향해 걸어가자 리안은 그 뒷모습을 바라보다가 다시 휴대폰으로 시선을 돌렸다.

「오빠답지 않게 왜 이래? 난 도와달라고만 했어.」

그녀가 보낸 문자에 쏜살같이 답장이 날아온다.

「나다운 게 뭔지 알고 있었을 텐데? 남의 여자 욕심 낼 만큼 한심스럽지 않아. 아직 임자 없잖아?」

빙글빙글 웃고 있을 사우의 얼굴이 그려져 리안의 미간이 좁아진다.

「갈 데까지 가보자는 거야? 날 적으로 돌려봤자 오빠한테도 좋을 거 없을 텐데?」

「그건 갈 데까지 가보고 얘기하자. 오라버니 바쁘니까 나중에 연락해, 동생.^^」

친절하게 이모티콘까지 찍어서 메시지를 보낸 사우의 의중을 파헤치는 건 참으로 쉬웠다. 더 이상은 말 꺼내지 말란 소리다. 정말 끝까지 가보자는, 누가 양여린의 남자가 될지 참견하지 말고 구경만 하라는.

일이 이렇게 꼬일 거라고는 생각지 못한 리안은 머리가 지끈거렸다. 키 작고 근육 없는 몸만 빼면 도준서와 비교해도 꿀릴 게 없는 사우였다. 잘나가던 피아니스트로서 지금은 대학 교수를 맡고 계신 아버지에, 아직도 활동 중이신 성악가 어머니. 이사우 본인도 학벌이며 능력 면에서 뒤질 게 없었다. 외모나 성격 면으로 보자면 여린의 이상형에 맞아떨어지는 사람이기도 했다.

도준서가 버티고 있기에 괜찮겠지 싶었다. 득달같이 제게 전화를 걸어와 소개팅 장소를 말하라고 으르렁대던 도준서를 믿었기에. 그리고 도준서가 소개팅 장소에서 터프하게 여린을 빼내간다면 남성적인 면모가 돋보일 것이라 여겼다. 그것을 계기로 여린이 준서를 남자로 보게 되길 원했다.

아직 여린과 얘기를 해보지 않아서 준서와 어떻게 되었는지는 알 수 없었다. 하지만 확실한 게 있다면, 사우가 본격적으로 대시하기로 마음먹은 순간부터 도준서와 양여린의 연애 라이프가 순조롭게 풀리지만은 않을 거라는 사실이었다.

"저기, 리안아."

어느새 자리로 돌아온 여린이 입술을 달싹이는 게 보였다. 리안은 속으로는 끄응, 신음을 뱉으면서도 덤덤한 눈빛으로 여린을 쳐다보았다.

"……미안하다."

뜨헉! 리안의 얼굴이 하얗게 질렸다. 마치 죄인마냥 고개를 푹 숙이고 미안하다 말하는 여린에게 뭐라 할 말이 없었다.

리안은 평소에 즐겨 마시는 쓰고 진한 아메리카노를 벌컥벌컥 마시면서 울음을 삼켰다.

'날 용서해라, 여린아.'

중매는 잘하면 술이 석 잔, 잘못하면 뺨이 석 대라고 하던데……. 자칫 잘못했다가는 엉덩이뼈가 보일 때까지 곤장 맞게 생겼다.

"얘기…… 들었지?"

조심조심 물어오는 여린을 보면서 리안은 신음을 삼켰다.

"나는 정말 걔가 그럴 줄 몰랐거든. 내가 거기 있는 걸 어떻게 알았는지도 모르겠어."

어떻게 알았기는. 내가 말해줬으니까 알았지.

"내가…… 걔를 미친 애로 만들어서 수습을 해보려고 하기는 했는데……. 기분…… 많이 나빴다고 그러지?"

아예 울상을 하고선 불쌍한 눈으로 쳐다보는 여린을 향해 리안은 한숨으로 답을 대신했다. 그녀의 각본대로였다면 이사우가 기분 많이 나빴다더라, 왜 임자 있는 여자를 소개시켜 줬냐고 하더라, 하지만 이사우가 뭐라 해도 나는 괜찮으니 도준서와 잘해봐라, 이렇게 말했어야 하는 건데 말이다. 지금 와서 그렇게 말한다면 그 말이 거짓인 게 들통나는 건 시간문제다. 사우는 분명히 오늘 안에 여린에게 연락을 할 테니까.

"아니…… 괜찮대."

죽기보다 하기 싫은 말을 내뱉는 리안의 얼굴이 구겨졌다. 차마 '네가 무지하게 마음에 든다더라' 라는 말까지는 해줄 수가 없었다. 아무리 도준서가 얄밉게 군 적이 많았다고 해도 현재로서는 사우의 손을 들어주고 싶지 않으니.

여린의 눈빛이 반짝인다. 그 안에 정말 괜찮다고 했냐는 질문이 들어 있다는 건 물어보지 않아도 알 수 있었다.

"그보다, 도준서하고는 어떻게 된 거야?"

리안은 황급하게 준서의 이름을 꺼냈다. 사우에 대해서 얘기하다 보면 이런저런 정보를 내어주게 될 테고 그렇게 되면 여린의 마음이 사우 쪽으로 흘러갈 건 자명한 일.

준서와의 일을 묻자 여린의 콧등에 주름이 잡혔다. 이런. 도준서 이 자식, 제대로 못한 모양이다. 아아, 도대체 어디까지 꼬이려고 이러는지. 리안은 두통이 오는 머리를 손바닥으로 눌러가며 여린을 주시했다.

"질투가 나서 그랬다고 하더라."

“오호?”

이번엔 리안의 얼굴에서 빛이 난다. 도준서가 속마음을 털어놓은 건 잘한 일인데 여린이 왜 저렇게 죽을상을 하고 있는 걸까?

“그런데 날 사랑하지는 않는대.”

“……응?”

리안이 짓고 있던 미소가 조금씩 허물어져 간다. 사랑하지 않는다고 했다니. 차려준 밥상에 숟가락만 올려놓으면 되는 일에 아예 밥상을 엎어버리는 짓을 했다는 소리 아닌가.

“사랑하지 않는데 나한테 자자, 사귀자, 결혼하자고 했어. 사랑하지 않는데 질투는 하고 말이야. 사랑하지 않는데! 그런데 왜 그딴 말들을 하면서 사람을 괴롭히느냐고!”

리안에게 빌러 나왔다는 사실을 잊은 여린이 분개하며 이를 갈았다. 밤을 새워 생각해 보고 또 생각해 봐도 도저히 이해되지 않는 도준서의 사상이었다.

콧김까지 뿜어대며 도준서를 저주하는 말들을 내뱉는 여린을 보면서 리안의 마음은 무겁게 가라앉았다. 이제는 리안도 준서의 정체가 궁금해진다.

끝까지 친구 사이라고 우겼던 녀석이 결혼 얘기까지 거론하며 입술도장을 찍었으면…… 사랑까지는 아니더라도 양여린이라는 여자를 좋아하는 감정은 확실해야 하는 거 아닌가?

‘이거…… 사우 오빠 손을 들어줘야 하는 거야?’

두통이 심해지니 어지럼증까지 덮쳐 온다. 이사우와 도준서. 왜 이 남자들은 예상하지 못했던 시나리오를 써대서 사람을 갈등하게 만드는 걸까.

"일어나."

리안은 씩씩대는 여린을 힐끗 쳐다보고선 먼저 자리에서 일어섰다.

"응? 밥 먹으러 가게?"

단순한 양여린. 이 상황에서 밥이 먹고 싶니?

"술 푸러 가자. 술이 나를 부른다."

술은 밥 먹고 마셔야 하는 거라며 여린이 종알댔지만 리안은 듣는 척도 하지 않았다. 오작교 노릇도 아무나 하는 게 아니라는 깨달음을 얻었으니 이젠 될 대로 되라지. 오작교는 무슨. 리안은 자신에겐 오작교보다는 착한 사마리아인이 어울린다고 생각했다.

남의 연애사에 밤 놔라 대추 놔라 했다가 피 보느니 앞으로 여린의 하소연을 들어주는 것으로 죗값을 치르는 게 나을 것이다. 양여린의 연애야…… 잘난 두 남자가 알아서 하겠지. 이기는 편 우리 편이다, 제길.

"하우우. 넌 좋겠다."

눈자위까지 시뻘겋게 물들인 리안이 양손으로 얼굴을 받치고 부러움이 가득한 눈빛을 보낸다. 여린은 평소답지 않게 과음한 리안을 보면서 혀를 찼다. 너는 백조라 과음해도 되지만 나는 아니란 말이다, 이것아.

따지고 보면 지금 취해 있어야 할 사람은 리안이 아닌 여린이었다. 도준서 때문에 머리통이 빠개지는 것 같아서 술도 마음껏 마실 수 없는 처지인데 그런 저를 보고 부럽다니. 이게 누굴 놀리나 싶어서 욱하려던 여린은 사우의 문제로 지은 죄가 있어 입을 꾹 다물고 있었다.

"어떻게 잘난 놈들은 죄다 너만 찾냐. 응?"

"누가 들으면 오리온은 못난 놈들만 만나온 줄 알겠다."

"야! 떽!"

입에서 군내 날까 봐 한마디 걸쳐 줬더니 리안이 무섭게 눈을 부라린다.

"이사우하고 도준서가 보통 잘난 남자들이야? 엉? 부러운 년."

같은 소리만 계속 반복하는 리안에게 짜증을 낼 수 없는 여린은 잔에 남아 있는 술을 입안에 털어 넣었다.

"아니지. 안 부럽다. 하나도 안 부러워. 부럽기는 뭐가 부러워? 고생길이 훤히 보이는데. 히힛!"

애도 도준서가 먹어야 할 약을 같이 먹어야 하는 건가 보다. 마음에 든 남자한테서는 연락 한 통 없고 친구였던 놈은 결혼하자고 설치는 판에 리안이 주정까지 부린다. 삼재다. 삼재가 확실한 게야.

Rrrr. Rrrr. Rrrr.

리안에게 그만 일어나자고 하려던 참에 휴대폰에서 벨소리가 울린다. 준서일까 봐 눈살을 찌푸리고 액정을 확인한 여린의 얼굴이 활짝 펴졌다.

"여보세요?"

[여린 씨? 밖인가 봐요?]

이것이 바로 여자를 녹이는 목소리던가. 느끼함과는 차원이 다른 부드러운 사우의 음성에 여린의 입꼬리가 슬며시 말려 올라간다.

"네. 리안이하고 술 한잔하고 있었어요."

[나도 끼워줄 수 있는 자린가요?]

암요! 그렇고말고요! 냉큼 뛰어오시오! 라고 말하고 싶은 마음이 굴뚝같았다. 하지만 그렇게 말할 수 없게 만드는 리안의 상태에 여린의 어깨가 추욱 처졌다.

"저도 그랬으면 좋겠는데…… 리안이가 조금 취했어요."

[리안이가 취했다면 조금은 아니겠는데요?]

"예, 뭐. 그렇죠."

[여린 씨 혼자 감당하기 힘들 거예요. 어디예요?]

이런이런! 이렇게 자상하실 수가. 역시 밉다 밉다 하는 사람은 미운 짓만 하고 예쁘다 예쁘다 하는 사람은 예쁜 짓만 하는구나.

예의상, 그리고 리안에게 배운 내숭의 중요성을 떠올리며 몇 번 정중하게 거절의 말을 뱉은 여린은 꼭 오겠다면 어쩔 수 없다는 듯 장소를 가르쳐 주었다.

30분이면 도착할 테니 조금만 기다리라고 말하는 사우에게 조심해서 오라고 답한 여린은 전화를 끊고서 리안을 쳐다보았다. 몸에 힘이 없는지 좌우로 몸을 흔드는 리안이 갑자기 예뻐 보인다.

"우리 예쁜 리안이, 물 마시고 술 좀 깨자."

여린은 잔을 들 힘도 없는 리안의 입가에 차가운 물이 들어 있는 컵을 대주었다. 착하게도 잘 받아 마신다. 그래, 그래야 사우

씨가 고생을 덜하고 고생을 덜해야 나하고 얘기할 기운도 남아 있
지.

사우가 올 때까지 여린은 기쁘고 즐거운 마음으로 리안의 주정
을 받아주었다. 나쁜 년이라고 하면 나쁜 년이 되어주고, 부러운
년이라고 하면 부러운 년이 되어주었다. 금송아지쯤은 되는 남자
를 소개시켜 줬는데 못할 게 뭐가 있으랴.

"야! 너 솔직히 말해봐!"

사우에게서 거의 다 왔다는 전화를 받은 여린이 싱글벙글 웃으
며 휴대폰을 바라보고 있을 때, 리안이 목소리를 높였다.

"뭘?"

"사우 오빠가 멋있냐, 도준서가 멋있냐아?"

"그야 당연히……."

사우라고 답하려던 여린은 말을 잃어버린 사람처럼 입을 벌린
채로 리안만을 응시했다. 당연히 사우가 멋있다는 말이 나왔어야
하는데. 도준서는 친구니까 사우와 비교 대상이 될 수 없어야 당
연한 건데. 그런데 왜 사우라는 말을 할 수 없었을까.

세뇌의 중요성을 여린은 뼈저리게 깨닫는다. 도준서가 하도 엉
겨 붙으니 머리와 가슴이 따로 놀지 않는가.

"둘 다, 멋있지."

거의 감은 듯이 힘겹게 눈을 뜨고서도 대답을 기다리고 있던 리
안이 급작스레 낄낄거리며 웃기 시작했다.

"욕심도 많은 년! 도준서는 너 갖기는 싫고 남 주기는 아까운 거
냐아? 너! 사우 오빠 만만하게 봤다가는 큰코다친다아! 그 남자가

얼마나…….”

“얼마나 뭐? 오리안.”

“히끅!”

기세 좋게 말을 이어가던 리안이 말 대신 딸꾹질을 뱉어낸다.
휘핑크림이 저보다 달콤할 수 있을까 싶을 정도로 부드럽게 미소
를 짓고 있는 사우가 바지 주머니에 양손을 찔러 넣은 채로 리안
을 쳐다보고 있었다.

“아, 오셨어요?”

지그시 리안을 쳐다보던 사우가 여린에게로 시선을 돌린다.

“여린 씨, 고생 많았겠어요. 이 녀석 한번 취하면 감당 안 되는
데.”

“괜찮아요.”

사우는 자연스럽게 여린의 옆자리에 가서 앉았다. 리안은 그런
사우를 보면서 쓴맛이 감도는 침을 꿀꺽 삼켰다.

될 대로 되라는 생각으로 무작정 술을 푸기는 했지만 사우가 여
기까지 찾아올 거라고는 생각지 못했던 리안이다. 이사우, 그가
누구던가? 자기 여자가 아니면 누가 밖에서 얼어 죽든 말든 쳐다
보지도 않는 사람이다. 사우와 그다지 친하지 않았던 때에 술 마
시고 몇 번 데리러 와달라고 했다가 무시당한 걸 생각하면 리안은
아직도 치가 떨렸다. 그런 인간이 자기 애인이 쇼핑하다 보니 다
리가 아프다며 와달라고 할 때에는 득달같이 달려갔었다. 그러니
까 지금의 시추에이션은 이사우가 양여린을 진심으로 마음에 뒀
다는 소리.

'아이고, 두야.'

고이 위장으로 흘려보낸 술들이 역류하는 기분이었다. 리안은 막 사랑을 시작한 연인들처럼 풋풋한 아우라를 풍기며 다정하게 대화를 나누는 두 사람을 지켜보다 한숨을 쉬었다.

제1차전, 이사우 승. 도준서는 어디에 있는지 찾고 싶지도 않다.

"나 집에 갈란다."

사우의 목소리를 들은 순간부터 조금씩 제정신을 찾기 시작한 리안이 비틀거리며 일어섰다.

"기다려. 계산하고 같이 나가자."

여린이 재킷을 챙겨 들고 핸드백에서 지갑을 꺼내자 사우가 빙긋이 웃으며 여린의 손목을 살짝 건드렸다.

"계산했어요. 날씨 쌀쌀하니까 재킷 걸쳐요."

"언제……."

"들어오니까 바로 보이기에, 계산해 달라고 했어요. 휴대폰 핸드백에 넣는 게 낫지 않겠어요?"

여린은 고개를 끄덕이곤 재킷을 걸쳤다. 그리고 휴대폰을 핸드백에 넣고서 리안을 부축해서 밖으로 나가는 사우의 뒤를 쫓았다.

사우의 차 뒷좌석에 오르며 리안은 눈을 감고 또다시 깊은 한숨을 내쉬었다. 1차전에서 승리한 이사우, 가산점 획득 성공.

"여린이네부터 가."

시동이 걸리는 소리에 리안은 대놓고 어깃장을 놓았다. 사우의 표정이 알게 모르게 차가워지고 여린은 복장 터지는 소리를 감추려 애를 쓰는 게 빤히 보이는데도 리안은 여린이네 집부터 가자고 우겨댔다. 원래 술 취한 사람이 왕인 법이다.

리안이 죽자고 우겨대자 여린이 어색한 미소를 지으며 집 방향을 가르쳐 주었다. 사우는 싫은 내색을 겨우 거두고 차를 출발시켰고 리안은 그제야 안심하고서 잠에 빠져들었다. 단둘이 있는 걸 막았으니 도준서한테 은혜를 베푼 거라고 생각하면서.

"어제는 잘 들어갔어요?"

리안이 잠든 걸 확인한 사우가 여린에게 말을 걸었다. 여린이 조그맣게 '네' 라고 대답하자 사우는 그녀의 옆모습을 바라보면서 미안한 표정을 지었다.

"바로 연락했어야 했는데 급한 녹음이 잡혀 있었어요."

"아, 네. 녹음은 잘하셨어요?"

"잘 못했어요."

"왜요?"

"여린 씨 걱정돼서 정신이 없었거든요."

장난꾸러기처럼 눈을 반으로 접으며 웃는 사우 때문에 여린의 볼이 발갛게 물들었다.

"녹음 끝나자마자 휴대폰부터 확인했는데 여린 씨한테 연락 온 게 없어서 내심 서운했어요."

여린의 손이 핸드백 모서리만 만지작거렸다. 왜 이렇게 부끄럽고 민망한지. 사우의 목소리가 심장을 간질이고 있는 건지 온몸의 솜털이 바싹 일어선다.

집에 도착할 때까지 사우는 간간이 말을 걸었고 여린은 수줍어

하면서 대꾸를 했다. 사우가 음악을 듣고 싶으면 틀어주겠다고 했지만 여린은 고개를 저었다. 더 이상 무슨 음악이 필요할까. 사우의 목소리 자체가 음악인 것을.

리안처럼 취하지는 않았지만 여린도 조금은 알딸딸한 상태였다. 그래서인지 사우의 음성이 더욱 감미롭게 들리고 그의 얼굴 옆선이 말도 못하게 이지적으로 보였다.

너무 말이 없어 지루하지도 않고 너무 수다스러워 질리지도 않는다. 말이 많은 남자는 딱 질색이었지만 사우라면 하루 종일 재잘거려 주어도 좋을 것만 같았다. 어쩜 이렇게 목소리가 좋을까. 여린은 내내 그 생각만 하고 있었다.

"이런, 벌써 다 왔네요."

집 앞 골목 어귀에 천천히 차를 세운 사우가 아쉬움이 그득한 얼굴로 여린을 쳐다보았다. 여린은 부끄럼쟁이가 된 것마냥 얼굴을 붉히고선 가만히 고개를 끄덕였다.

"집 앞까지 데려다 줄게요."

"괜찮아요. 바로 앞인데요."

"여린 씨처럼 예쁜 사람은 눈 깜짝할 사이에 누가 채가니까 항상 조심해야 해요. 잠깐만 있어요."

어찌할 바를 모르고 있는 여린이 멍해져 있는 사이, 조수석의 문이 열렸다. 고개를 돌리니 사우가 귀한 분을 대접하는 것처럼 허리를 숙이고 팔을 밖으로 뻗고 있었다. 멋있는 남자에게서 공주 대접받는 기분에 취해 여린은 눈웃음을 지었다.

"오늘 감사했어요."

집 앞에 서서 인사를 전하는 여린에게 미소를 보내던 사우의 입술이 움직였다.

"토요일에 뮤지컬 보러 갈까요?"

"뮤지……."

"선약 있습니다."

자신의 대답을 빼앗아간 목소리를 향해 여린의 몸이 휙 돌아갔다.

"또 보는군요. 피차 반가울 거 없는데."

청바지에 라이더재킷을 걸친 준서의 목소리가 점점 가까워지더니 이내 그가 여린의 곁에 바싹 붙어 섰다. 마치 악당으로부터 가녀린 여인을 보호하려는 영웅처럼 보이려 했던 것 같으나…… 황이다, 이 자식아! 넌 뇌 속에 타이머라도 들어 있는 거냐? 어찌 이리 타이밍을 못 맞춰!

다부지게 주먹을 말아 쥔 여린이 준서를 힘껏 노려보았다. 물론 사우에게서 등을 돌리고 있으니 가능한 일이었다.

여린은 소리 내지 않고 입모양만으로 준서에게 경고했다.

'당.장. 사.라.져.'

자신이 무슨 말을 하고팠던 것인지 알아차렸을 텐데도 준서는 개의치 않고 사우에게로 시선을 고정했다.

"저번에는 제가 약을 잊어서 실례를 범했습니다."

약을 발음할 때 악센트를 집어넣으며 여린을 흘깃 쳐다보는 준서였다.

"오늘도 잊으신 것 같은데."

고개를 살짝 옆으로 기울인 사우의 말에 준서의 눈빛이 차가워졌다.

"우리 여린이 데려다 주셔서 감사합니다. 밤이 늦었으니 이만 가보시죠."

"우리 여린 씨 모셔다 드리는 거야 당연한 일이니까 그쪽이 감사할 건 없습니다. 밤늦은 건 그쪽도 마찬가진데 집에 안 갑니까?"

"모르시겠지만 여린이 집이 제집이고 제집이 여린이 집입니다."

"아무리 편한 사이라고 해도 옳고 그른 건 구별하셔야 할 텐데 말입니다."

파바박, 두 남자의 눈에서 불꽃이 튀었다. 가로등이 나 여기 있소, 말하고 있었지만 그 존재감이 미약하기 짝이 없었다.

여린은 자신의 집 앞에서 신경전을 펼치고 있는 두 남자를 번갈아 쳐다보면서 발을 동동 굴렀다.

'이봐요, 이봐! 왜들 이래요!'

잠에서 깬 리안이 그들을 몰래 구경하면서 히죽히죽 웃고 있는 것도, 빨간 빛이었던 인터폰의 불빛이 파랗게 변한 것도 모른 채로 여린은 두 사람 중 누구를 가라고 등 떠밀어야 하는 것인지 고뇌하기 시작했다.

여린이 도대체 내 인생이 왜 이런 식으로 흘러가는 거냐고 절규하며 번뇌할 때, 준서는 제 앞에 선 남자를 뚫어지게 쳐다보고 있었다.

키도 자신이 더 크고 체격도 저가 훨씬 좋은데 남자는 전혀 주눅 들지 않고 있었다. 아니, 남자가 내뿜는 강한 기에 흠칫 놀랄 정도다. 준서는 이런 스타일의 남자들의 강점을 알고 있었다. 이런 남자들은 맞아 죽는 한이 있어도 무릎은 꿇지 않는다. 패배를 인정하고 포기하는 일은 있어도 누군가의 강압에 의해 제 뜻을 꺾지 않는다. 그래서 힘과 말발로는 절대 이길 수 없는 남자가 눈앞의 남자 같은 존재였다.

오리온이 제법 괜찮은 남자를 리안에게 붙여주었다. 친구를 위한 리안의 마음이 준서의 마음속 분노의 크기는 키워갔지만 여린에게는 좋은 친구라는 걸 입증한 셈이다.

"사우 오빠앙! 집에 가자아!"

그대로 놔두면 끝이 나지 않을 걸 알았는지 리안이 창문을 열고 고개만 삐죽이 내밀고선 콧소리를 냈다. 지원군의 협조를 얻은 여린은 이때다 싶은 마음에 사우 쪽으로 몸을 돌렸다.

"여기는 제가 알아서 할게요. 걱정하지 마시고 가보세요."

희미하게나마 여린의 목소리가 들려오자 리안이 음흉하게 미소를 지었다. 도준서, 넌 나한테 고마워해야 한다. 내가 아니었다면 2차전에서 니가 승기를 흔들 일은 없었을 테니까.

"요즘 세상이 험합니다. 밤길, 조심하십시오."

씨익, 고른 이를 드러내며 웃는 준서와 한판 붙고 싶은 사우였지만 그는 물러날 때를 아는 사람이었다. 사우는 준서에게는 대꾸하지 않고 예의 녹아내리는 미소와 음성으로 여린을 흔들었다.

"연락할게요."

"네, 저도 연락드릴게요. 가세요."

어정쩡한 미소를 지은 여린에게 미소를 보내고 준서를 일별한 사우는 그때까지도 창문 밖으로 목을 내밀고 있는 리안에게로 향했다.

조용히 사우의 차가 빠져나가고 단둘만 남은 어둑한 골목. 준서는 인터폰으로 향하는 여린의 손목을 잡아챘다.

"저울질하냐?"

웃음기 하나 없이 차갑게 얼어붙은 준서의 얼굴에 여린도 표정을 굳혔다.

"저울질이 필요할 리 없잖아? 비교할 대상이 없는데."

"나, 남자다."

"너, 남자로 본 적 없어."

"그래? 그렇단 말이지."

쓰게 웃은 준서가 뾰로통하게 입술을 내밀고 있는 여린의 허리를 팔로 감아 제 품으로 끌어당겼다.

"야! 뭐……."

준서의 행동에 항의하려던 여린의 말이 막혀 버렸다. 어둑하고 고요했던 골목길에 여린이 준서의 어깨와 가슴팍을 주먹으로 때리는 둔탁한 소리가 이어졌고 한참이 지나서야 두 사람분의 거친 숨소리가 뒤얽혔다.

"옥희, 언제 일어난 거야?"

양두만 옹은 부스스해진 머리를 손가락으로 빗어 내리며 아내를 향해 다가갔다. 잘 때는 항상 헤어 캡을 쓰고 있는 아내가 슬그 머니 몸을 돌리며 검지를 입술에 가져다 댔다.

"조용히 해봐요. 한창 재미있어지는 중인데."

들릴 듯 말 듯한 작은 음성으로 경고한 최 여사가 인터폰 화면 에 얼굴을 붙였다. 그 모습이 하도 재미있어 보여 양두만 옹도 아 내의 등 뒤에 서서 눈을 가늘게 뜨곤 화면 속 인영을 살폈다.

한 녀석은 여자고 한 녀석은 남자라. 서로 부둥켜안고 입술을 비비고 있는 모습에 낯이 뜨거워질 지경이다. 그런데 희한하게 남 녀의 모습이 썩 낯설지가 않다.

"옥희, 설마 저 녀석들……."

낮아진 음성으로 묻는 남편을 슬쩍 돌아본 최 여사가 키득거리 며 웃음을 토해낸다.

"내가 뭐랬어요? 조만간 혼인시켜야 할 것 같다고 했지요?"

당장에 밖으로 달려나가 손녀와 시커먼 사내 녀석—그가 어여삐 여겼던 도준서라는 녀석—을 떼어놓고 싶은 양두만 옹이었지만 그 랬다가는 아내의 화를 감당할 수 없을 것 같았다. 양두만 옹은 앵 두같이 고운 손녀의 입술을 짓이기고 있는 준서를 매섭게 노려보 면서 몸을 부들부들 떨었다.

"누구 마음대로 혼인을 시켜?"

팩 토라지는 남편을 흘겨보던 최 여사가 화면 속 준서에게로 시 선을 옮겼다. 고놈 참, 한창때의 남편만큼이나 혈기왕성한 것이 마음에 쏙 든다.

"두고 보면 알겠지요. 오호호!"

계속 훔쳐봤다가는 남편의 혈압이 하늘 높은 줄 모르고 치솟을 것 같았다. 최 여사는 조심스럽게 인터폰을 끄고서 남편의 손을 잡아 안방으로 이끌었다. 오늘 밤, 남편을 한창때의 그이로 돌려놓겠다고 다짐하면서.

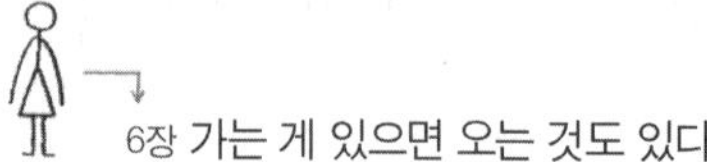

6장 가는 게 있으면 오는 것도 있다

술 취한 행인 두엇이 박달재를 찾으며 지나가고, 편의점 비닐봉지를 든 앳된 부부가 사이좋게 집으로 돌아간다. 지나가는 행인이나, 한참이나 호흡을 고르며 같은 자리에 서 있는 남녀나 스쳐 지나가는 인연에게 눈길 한 번 주지 않는다.

그저 가을바람이 휭휭 먼지를 날리는 소리밖에 들리지 않는 공간. 그 흔한 시계 초침 돌아가는 소리마저 들리지 않는 곳에서 여린과 준서는 말없이 서로를 마주하고 있었다.

"……인정해."

입술을 달싹이던 여린이 미간을 좁히고서 먼저 말문을 열었다. 그에 준서의 눈썹이 치켜 올라간다.

"너하고 하는 키스, 나쁘지 않아. 그건 인정해."

준서의 눈썹이 원위치로 돌아가고 그의 눈꼬리 끝에 만족스러운 듯한 미소가 매달렸다. 여린은 미묘하게 변해가는 준서의 표정을 보면서 이를 악물었다.

왜 좋은지 모르겠다. 이렇게 좋은 건 반칙 아닌가? 어떻게 이제까지 애인들과 나눴던 키스보다 준서와의 키스가 몸서리치게 좋은 것인지 이유를 알 수가 없다.

여린은 키스나 그 외에 신체 접촉은 이성으로서 사랑하는 마음이 눈곱만큼이라도 있어야 좋은 거라고 생각했었다. 그럼 내가 이 녀석을 이성으로서 사랑하나? 아닌데. 아닌 것 같은데.

"친구라서 받아들이지 못하겠다는 말은 이제 그만 들었으면 하는데."

빨간 벽돌이 층층이 쌓여진 담에 등을 기대고 선 준서가 여린이 하려던 말을 막아버렸다. 이래서 너무 똑똑한 놈들은 짜증스럽다. 상대방이 무슨 말을 할지 예상하고 선수를 쳐버리니까.

"나도 친구로서의 널 잃어도 상관없다는 생각 같은 건 해본 적 없다."

살짝 벌어져 있는 여린의 입술 틈으로 지친 듯한 숨이 새어 나온다. 너도 그러면서, 너도 내 마음과 같으면서 왜 그러냐는 물음을 담은.

"너하고 난 지금까지도 친구와 연인의 경계선에 있었어. 그것도 인정하지?"

그랬나? 난 잘 모르겠는데. 여린이 고개를 갸웃거리며 입술을 물어뜯었지만 준서는 말을 이었다.

"연인이 된다고 해서 친구였던 시간이 없어지는 건 아니야. 친구처럼 지내는 연인들이 많은 것처럼, 지금까지처럼 지내되 더 깊은 관계가 되자는 것뿐이야."

"넌 그게 되니?"

고요해 보이지만 실상은 복잡하고 혼란스러운 마음을 담고 있는 여린의 눈동자가 준서를 응시했다.

"너는 그렇게 순식간에 친구였던 날 여자로 볼 수 있어?"

"친구로만 보였었는데 이젠 여자로도 보여."

"넌 참 편하겠구나."

여린이 쓴웃음을 토해낸다. 여린을 위해 무언가 해주고 싶지만 그럴 수 없다는 것을 아는 준서는 주먹을 움켜쥐었다.

기쁘게 해줄 수도 있고 위로를 해줄 수도 있고 슬플 때 안아줄 수도 있다. 하지만 내가 아닌 남이 해줄 수 있는 건 거기까지다. 위로는 해줄 수 있지만 마음의 상처를 치유하는 건 당사자의 몫이고 내가 기쁘게 해줄 테니 기뻐하라고 강요할 수도 없다. 그래서 준서는 왜 이해하지 못하느냐고, 왜 받아들이지 못하느냐고 답답함을 토로할 수가 없었다. 여린의 마음은 오롯이 여린의 것이니까. 여린의 감정은 그녀만이 움직일 수 있는 거니까.

"내가 이제까지 사겼던 남자들, 헤어지는 순간부터 남이었어."

시선을 바닥에 내려놓은 여린의 말에 준서는 가만히 귀를 기울였다.

"연락도 하지 않고 우연히라도 만나고 싶다는 생각 같은 것도 안 해. 헤어지면 완벽하게 남인 거야. 한순간 내 인생에 존재했었지만 더는 아닌. 내겐 아무것도 아닌 그런 존재.”

준서는 가만히 여린의 정수리를 쳐다보고만 있었다. 내가 왜 모를까? 네가 어떤 사람인지를.

사랑을 할 때의 여린은 불꽃의 화신 같았다. 내어줄 수 있는 건 무엇이든 내어준다. 가장 많이 내어주는 건 마음. 온 마음을 다해 상대방을 사랑하는 것에 전력을 다한다. 그렇게 최선을 다해 사랑했음에도 불구하고 그 만남이 깨어진다면 여린은 손을 털어버린다. 일말의 미련도 후회도 없이 돌아선다. 상대방에게 해줄 수 있는 모든 것을 해주고 찌꺼기가 남아 있지 않도록 열정적으로 사랑했기 때문에 가능한 일이었다.

‘어쩌면…… 그래. 어쩌면 나는 네 사랑을 받는 남자들이 부러웠는지도 모르겠다.’

무엇을 고민하는지 입술을 앙 다물고 있는 여린을 보면서 준서는 그제야 뒤늦은 자각을 해냈다.

연애를 해오면서 무의식적으로 자신의 애인과 여린을 비교했었다. 그리고 여린이 제 남자한테 하는 것처럼 자신의 애인도 그렇게 무조건적으로 저를 사랑해 주길 바랐었다. 하지만 여린처럼 할 수 있는 여자는 없었다. 저도 모르게 여린과 비슷한 점이 많은 여자들만을 만났지만 그녀들은 그가 무한한 사랑을 주길 기대했었다. 엇갈리는 기대와 욕심으로 시작된 관계가 제대로 이어질 리 없었고 준서는 의도치 않게 차갑고 무뚝뚝한 연인이 되어버렸었다.

‘너를…… 원했던 거였어.’

헛웃음이 터져 나왔다. 왜 이제야 알았을까? 내가 원한 건 너였
다는 걸. 너 아닌 다른 사람이 아무리 크고 많은 사랑을 준다 해도
네가 아니기 때문에 나는 만족할 수 없었다는 사실을 왜 이제야
깨달았을까.

별다른 노력을 하지 않았는데도 진실과 진심은 그렇게 준서를
찾아왔다. 그녀의 연인이 될 소지가 다분해 보이는 또 다른 남자
의 출현과 자신을 밀어내기만 하는 여린 덕분에 친구라고 못 박아
놓았던 마음이, 믿고 있었던 거짓이 깨어져 버린 것이다.

"사귀다 헤어져도, 우리가 친구일 수 있을까?"

오랜 시간 땅만 쳐다보던 여린이 힘겹게 입술을 움직였다. 준서
를 올려다보는 눈빛에 이제라도 우리가 있어야 할 자리로 돌아가
자고 애원하는 빛이 역력했다.

그녀에게 어떻게 대답해야 이 상황을 부드럽게 끌어나갈 수 있
을지 준서는 알고 있었다. 여린이 원하는 대답은 준서에게 있어서
는 선의의 거짓말이 될 터였다. 하지만 진심으로 밀어붙이기로 결
정 내린 준서는 여린도 알고, 자신도 알고 있는 답을 건넸다.

"아니. 그럴 수 없을 거야."

단호한 그의 대답에 여린의 낯빛이 어두워졌다. 준서는 더 늦기
전에 말을 덧붙였다.

"그리고 너하고 사귀지 않는다고 해도 지금까지처럼 네 친구로
남아 있을 수는 없을 거야."

"……너무하네."

"다른 남자 옆에서 행복해하는 널 볼 자신이 없다. 앞으로도, 그

후에도. 그걸 보고 있어주길 바란다면, 그건 네가 너무한 거겠지."

폭풍이 몰아닥친 듯 여린의 눈빛이 강하게 흔들렸다.

놀리는 걸지도 모른다고 생각했었다. 너무 철없는 모습만 보여 줬기 때문에 버릇을 고쳐 주려 강수를 둔 것이라 생각하고 싶었는지도 모른다.

어렸을 때부터 빈틈없이 붙어 다닌 친구였기에 준서의 옆에 있으면 집에 온 것처럼 편안했었다. 쌍둥이 남매로 태어났어야 했는데 신이 장난질을 친 게 아닌가 의심했었던 적도 있었다. 모든 것을 이해하고 받아주고 용서해 주는 사람. 평생토록 유일하게 믿고 의지하며 기댈 수 있는 사람. 그런 의미의 평생지기가 준서라고 믿어 의심치 않았었다. 그래서 그를 남자로 본다는 것은 여린에게 있어서 죄악이나 같았다. 그것은 마치 천륜을 거스르는 것이나 마찬가지였으니까.

사귀다 헤어지면 끝장나는 관계가 되고 싶지 않았다. 다시는 그를 볼 수 없다는 생각만으로도 불구덩이 속에 집어 던져지는 기분이었다. 그런데 준서는 사귀지 않는다 하더라도 너의 친구로 남아 있을 수는 없다고 한다. 뭐라 해야 할까. 한 번 뜻을 세우면 절대로 꺾지 않는 도준서의 마음을 돌릴 수는 없으니 어떻게 해야 할까. 거짓이라고는 한 톨도 묻어나지 않는 저 얼굴에 대고 도대체 무슨 말을 해야 되는 걸까.

"마지막으로…… 한 번만 더 물을게."

연신 마른침을 삼키던 여린이 하도 깨물어대는 바람에 더없이 붉어진 입술을 움직였다. 준서가 얕은 숨을 내쉬며 고개를 끄덕인다.

"날, 사랑하니?"

낮게 가라앉은 여린의 음성에 준서가 양손으로 얼굴을 쓸어내린다.

"솔직한 대답을 원하겠지."

"그래."

누가 그래야 한다고 협박이라도 한 것마냥 두 사람의 시선이 맞물린다. 후우우, 길게 숨을 내뱉은 준서가 느릿하게 말을 꺼냈다.

"내가 죽는 날까지 단 한 사람만 사랑할 수 있다고 한다면…… 그게 너였으면 싶다."

다른 여자가 이 말을 들었거나, 다른 남자에게 이 말을 들었다면 충분히 로맨틱하게 느껴졌을 것이다. 하지만 준서의 대답은 멋졌을지언정 여린이 원하던 것은 아니었다. 그녀는 확신이 필요했다. 친구로서의 도준서를 남자로 볼 수 있도록 도울 수 있는 확신.

"아직은 아니라는 소리하고 다를 게 없네. 앞으로 어떻게 될지도 알 수 없는 거고."

피식, 여린이 뱉어내는 웃음 속에 슬픔이 담겨 있었다. 준서는 그녀에게 한 걸음 다가가 발갛게 변한 얼굴을 손으로 감쌌다.

"알아가 보자. 양여린, 겁쟁이 아니잖아."

"아니, 난 겁쟁이야. 이렇게 큰 도박은 해본 적도, 해보고 싶었던 적도 없어."

"도박의 묘미는 승리하는 것에 있어. 넌 언제나 승리자였고."

"그것도 아니야. 연애에 있어서 난 언제나 패배자였어."

"그건 내가 아니었으니까. 내가 널 승리자로 만들면 돼."

오랜만에 준서의 환한 미소를 보는 것 같다는 생각이 든다. 저 패기와 자신만만한 모습을 친구로서 자랑스러워했을 때가 있었다. 연인이 된다면, 어떤 감정을 가지게 될까.

팔을 들어 올려 준서의 손을 얼굴에서 떨어트린 여린이 그의 얼굴을 외면하곤 핸드백에서 집 열쇠를 꺼내 들었다.

"생각, 해볼게. 가."

대문을 열고 들어간 여린이 그대로 문을 닫아버렸다. 문에 기대선 여린은 준서가 움직이는 소리, 그의 걸음 소리에 신경을 곤추세우고 있었다. 그리고 이내 준서가 걸음을 내딛는 소리가 더는 들리지 않자 그대로 미끄러져 내렸다.

"반쪽을…… 잃었네."

무릎을 모아 가슴에 안고 하늘을 올려다보는 여린의 얼굴에 가느다란 눈물 줄기가 그려졌다. 그녀는 오늘 마음의 반쪽을 잃고, 죽마고우를 잃었다.

＊

"네, 말씀하신 것처럼 흡연객실 하나, 트윈룸 하나 예약되셨구요. 비즈니스호텔인 건 아시죠? 전망은 기대하셨던 것보다 좋지 않으실 수도 있어요."

여행 예약을 했던 고객은 여린의 말에 알았다는 대답을 해왔다.

"비행기 티켓하고 관광 안내 책자, 보험 서류하고 그 외에 저희가 준비한 것들은 내일 모레쯤에 택배 기사님이 댁으로 가져다 드릴 거예요. 더 궁금한 게 있으시면 언제든 전화주시면 되구요."

수화기 저편에서 기대와 설렘에 들뜬 목소리가 들려온다. 여린은 저도 모르게 입가에 흐뭇한 미소를 달고는 다시 한 번 고객의 주소를 확인했다.

전화를 끊은 여린은 조금 전에 통화한 고객이 원하던 것들이 차질없이 진행되고 있는지 꼼꼼히 체크했다. 확인을 마치고 택배 봉투를 봉한 여린에게 아영의 음성이 들려온다.

"양 팀장, 잠깐만."

사장실 문 앞에서 손을 흔드는 아영을 본 여린은 재깍 일어나 사장실로 걸음을 옮겼다.

사장실은 늘 그렇듯 은은한 섬유유연제 향이 떠돌고 있었다. 아영에게서 여성스러운 점을 찾아보라면 아마 그거 딱 하나일 것이다. 여자임을 알리는 섬유유연제의 향.

"오늘 커피 많이 마셨어?"

위가 뒤틀릴 정도로 많이 마시긴 했다. 하지만 아영의 물음에 여린은 내색하지 않고 커피를 달라고 청했다.

"잘 마실게요, 사장님."

알맞게 따듯한 커피 잔을 손에 쥐고 여린이 생긋 웃음을 지어 보인다. 아영은 4년 내내 때 하나 타지 않고 본래의 모습을 지키고 있는 하얀색 가죽 소파에 편하게 앉아 여린을 쳐다보았다.

여린은 아영이 참 예쁘게 보는 아이였다. 동아리방에서 처음 만났던 그날과 달라진 점이 거의 없는 아이. 변함이 없는 여린의 모습이 아영의 눈에는 그렇게 예뻐 보일 수가 없었다.

잘 웃고 잘 떠들고 보고 있는 사람을 즐겁게 만드는 사람이 여린이었다. 그런데 그런 여린이 요즘 늘 어두운 얼굴로 기운이라고는 찾아볼 수 없는 암울한 분위기를 풍기고 있었다. 자신의 집에서 잠시 머물렀던 그때부터.

"양 팀장, 출장 안 갈래?"

생글생글 웃으며 묻는 아영을 여린은 눈을 동그랗게 뜨고 쳐다보았다. 여행 코디네이터는 출장이 생활인 사람들이기는 하지만 여린이 출장을 다녀온 지 얼마 되지 않은 상황이었다. 이번에 출장 갈 직원이 마땅치 않은 건가 싶어 여린이 고개를 갸웃거렸다.

"머리 굴리는 소리 들린다. 양 팀장 아니면 출장 갈 사람 없는 거 아니야. 양 팀장이 요즘 여행이 필요해 보여서 하는 말이니까 부담 가질 필요도 없어."

이래서 연륜이 대단한 것인가. 다감하게 미소를 짓고 있는 아영이 내걸은 유혹은 여린을 강하게 흔들었다. 출장. 그것은 여린에게 여행이었다. 그리고 아영의 말처럼 여행이 필요한 시기이기도 했다. 한 일 년쯤 지치도록 여행만 했으면 좋겠다는 생각을 하고 있었으니까.

"이번에 미국에 있는 대학들 주변을 둘러보는 상품을 만들었으면 해서. 우리나라 학생들, 유학에 관심 많잖아. 그런데 글로, 사진으로, 다녀온 사람들의 정보로만 도전하기에는 꺼려지는 감이 있지. 내가 거기 가서 적응할 수 있을지, 내가 가려고 하는 곳이 어떤 곳인지 미리 체험해 보는 기회가 있다면 어떨까? 기간은 좀

빡세게 잡더라도 그들이 원하는 것들은 알아보고 올 수 있는 시간
을 준다면 괜찮은 상품이 되지 않을까 싶은데. 우리가 할 일은 시
간 낭비하지 않고 저렴한 가격에 알찬 정보를 획득해 올 수 있도
록 도와주는 거고.”

아영의 눈빛이 반짝였다. 맡고 있는 직책이 사장만 아니라면 당
장에라도 배낭 둘러메고 떠나고 싶다는 마음이 엿보였다. 하지만
여린의 머릿속에는 여행 기획이 아닌, 아영이 했던 말들만 새겨지
고 있었다.

도전하기에는 꺼려지는 감. 잘 적응할 수 있을지 체험해 보는
기회. 원하는 것들을 알아볼 수 있는 시간. 그래…… 그거지!

“사장님은 천재세요.”

커피 잔을 내려놓고 벌떡 일어선 여린 때문에 아영의 눈이 휘둥
그레졌다.

“그 출장은 이 팀장이 적격이에요. 이 팀장 사촌 동생이 예일대
에 다니고 있거든요. 아마 저보다 훨씬 나을 거예요.”

“아…… 아, 그래?”

“그럼요. 그리고 사장님.”

“……응?”

“사장님은 제 인생의 대들보이자 멘토세요! 사랑합니다!”

입이 귀에 걸리도록 환하게 미소를 지은 여린이 당당하게 사장
실을 벗어났다. 지금 무슨 일이 일어났는지 정리가 안 되는 아영
만이 멍한 얼굴로 굳게 닫힌 사장실 문을 바라보고 있었다.

그날 밤 12시. 곤색 스포츠 캡을 꾹 눌러쓴 여린이 'えい(에이)'
로 들어섰다.

"오랜만입니다, 여린 씨."

귀가 준비를 하던 지배인이 터벅터벅 걸어오는 여린을 향해 눈
인사를 보낸다.

"어머, 아직 계셨네요?"

"작은 사장님이 집에 가란 말씀을 안 하셔서요."

장난스레 눈을 가늘게 뜬 지배인이 주방 입구 쪽에서 주방장과
대화를 나누고 있는 준서를 흘깃 쳐다보았다.

여린의 시선도 지배인을 따라 준서에게로 꽂혔다. 종업원들이
많긴 해도 점심시간과 저녁 시간대에는 사장도 나서서 서빙을 해
야 하는 곳이 'えい(에이)'다. 하루 종일 앉았다, 일어섰다, 왔다
갔다 움직임이 많았을 텐데도 준서의 옷에는 주름 하나 잡혀 있지
않았다.

반짝반짝 빛이 나는 것 같은 은회색의 정장 바지에 새까만 드레
스셔츠를 입고 소매 단을 둘둘 말아 올린 모습이 흡사 열정적인
사업가 같았다. 아니, 실제로도 도준서는 훌륭한 사장이었다. 훌
륭한 친구이기도 했고. 여린에게서 자동적으로 한숨이 새어 나온
다. 아아, 그리운 그날들이여.

"출장 가셨었다는 말씀은 들었습니다."

희미하게 들려오는 지배인의 음성에 여린이 준서에게 꽂혔던
시선을 빼냈다.

"자주 오세요. 여린 씨가 안 오셔서 그런지 작은 사장님 컨디션

이 영 엉망입니다.”

짐짓 힐난하는 듯한 눈빛에 여린이 가볍게 어깨를 들어 올렸다.

“지배인님도 참. 설마 저 때문이겠어요?”

“항상 설마가 사람 잡지요.”

빙글 웃어 보인 지배인은 조만간 식사하러 오라는 말을 남기고 입구를 향해 걸어갔다. 말상대가 사라진 여린은 가까운 곳의 의자를 빼내 앉아 턱을 괴고 준서를 쳐다보았다.

뭔가 일이 엉켜 버렸는지 눈썹을 뾰족하게 모아 세우고 머리를 쓸어 올리는 모습. 그러다 주방장이 어깨를 몇 번 두드리자 억지로나마 웃는 모습. 그리고 주방장과 함께 주방으로 들어가며 다시 진지한 표정으로 돌아가는 옆모습까지. 여린은 준서의 모습을 차곡차곡 모아 머릿속에 저장시켰다.

참 신기한 노릇이었다. 분명히 여린이 알고 있던 도준서가 맞는데 지금은 알고 있던 도준서가 아니다. 그와의 키스가 좋다는 건 인정했지만 여린에게는 아직도 도준서는 친구일 뿐인데. 준서가 자신을 친구가 아닌 여자로 보게 된 계기가 무엇이었을까.

‘나는 나인데 너는 네가 아니니…… 그래, 그 방법밖에는 없겠지.’

한 손으로는 얼굴을 받치고 한 손으로는 테이블을 톡톡 두드리며 리듬을 타는 여린의 머릿속 생각들이 재빠르게 회전하기 시작한다. 무심한 듯, 어찌 보면 멍한 듯 보이기도 하지만 그녀는 자신이 생각해 낸 아이디어를—아영에게서 힌트를 얻은—참으로 기발하다고 여기며 내뱉어야 할 말들을 정리하는 중이었다.

"술 줘?"

드디어 주방장과의 담화를 끝마쳤는지 여린의 앞으로 다가온 준서가 피곤한 얼굴로 뒷목을 주무르며 묻는다.

이 자식 보게, 이거. 이거 봐. 하나도 달라진 게 없는데 날 여자로 본다고? 허참 아자씨가 울고 가겠네, 허허참!

친구였던 때의 태도에서 한 치의 벗어남도 없이 말을 건네는 준서를 슬쩍 노려보던 여린은 턱짓으로 맞은편 자리를 가리켰다.

"입 뒀다가 뭐 하냐."

눈빛과 턱짓만으로 모든 것을 설명하는 여린이 마뜩찮았는지 준서가 눈살을 찌푸린다. 하지만 어렵게 정리한 해결책을 제시해야 하는 여린으로서는 그런 것에 신경 쓸 여력이 없다.

여린은 의자에 등을 대고 꼿꼿한 자세로 앉았다. 다리를 꼬고 팔짱을 끼고 눈에 힘을 팍 준 모습이 '내게 빈틈이란 없소!' 라고 온몸으로 표현하고 있는 것 같았다.

"같이 술 마셔주고 싶지만 오늘은 몸이 안 좋다."

맞은편에 앉은 준서가 양손으로 얼굴을 쓸어내리는 모습을 보니 여린의 마음이 살짝쿵 약해진다. 날을 잘못 잡았나. 저거 피곤할 때 잘못 건드리면 죽도 밥도 안 되는데.

그냥 산책 삼아 와본 거라고 둘러대고서 결전의 날을 미룰 수도 있다. 하지만 여린은 약해진 마음을 다잡았다. 이렇게 사람 복장 터지게 만드는 일일수록 속전속결로 처리하는 게 정신건강에 이롭다.

"할 얘기가 있어서 왔다."

잔뜩 낮게 잡은 음성으로 무거운 분위기를 유도하려 했지만 준서는 피식 웃어버린다. 가당찮다는 건지, 귀엽다는 건지, 여린으로서는 해석해 낼 수 없는 그런 류의 가벼운 웃음.

"해봐."

정말 피곤한지 의자에 눕다시피 기대 버린 준서가 눈을 감았다. 여린은 그가 숨 쉴 때마다 오르락내리락거리는 넓은 가슴팍에 시선을 고정한 채로 숨을 골랐다. 계속 그의 얼굴을 보고 있으면 빨리 집에 들어가라는 말부터 나올 것 같아서.

"안 해?"

해야 할 말들을 입안에서 씹고 있던 여린은 눈을 감은 채로 중얼거리듯 말하는 준서의 음성에 길게 숨을 흘렸다.

"내가 기가 막힌 해결책을 들고 왔다."

피식! 이번에도 역시 준서의 나른한 웃음소리가 여린의 귀를 간질인다.

'빌어먹을! 첫 시작을 '다' 로 끝내니까 계속 말이 이상하게 나오네.'

여린의 인상이 험악하게 구겨졌다. 왜 하필이면 오늘, 이 시간에 '다 증후군' 이 재발되냔 말이다.

준서가 군에 입대했을 때, 여린은 '다 증후군' 환자가 되었었다. 정작 군인이 된 도준서는 열 손가락에 꼽을 정도로 '다' 로 문장을 끝냈는데 여린은 하는 말마다 족족 '다' 로 끝났었다. 내가 그랬지 말입니다, 밥 먹었다, 내일 만납시다 등등. 군인들의 특허라도 되는 양 여겨졌던 '다' 로 문장 끝맺기. 그녀가 만들어낸 말인

‘다 증후군’은 준서가 전역을 하고서 한참이 지나도록 여린의 입에서 떨어지질 않았었다.

하긴, 항상 그랬었다. 준서는 무엇이든 끊어내는 걸 잘했다. 그가 미치도록 싫어했는데 끊어낼 수 없었던 유일한 사람은 형인 준휘밖에 없었을 정도니까. 아마 그래서 더욱 뒷걸음질치고 싶었는지도 모른다. 만약 연인이 되었다가 잘못되면, 도준서는 냉정하게 끊어낼 수 있겠지만 저는 그렇게 못할 것 같아서.

“잠 온다.”

고르게 숨을 내뱉던 준서의 말에 여린은 퍼뜩 정신을 차렸다.

“눈 뜨고 제대로 앉아봐. 너의 사귀자, 자자, 결혼하자에 대한 해결책을 가지고 왔으니까.”

그제야 실눈을 뜬 준서가 느릿하게 엉덩이를 끌어 올려 여린과 눈높이를 맞췄다.

“들어보자. 네 해결책.”

“우선 확실히 해두자. 지금 아쉬운 건 내가 아니라 너야. 그렇지?”

마음에 안 든다는 듯 인상을 찡그리는 준서지만 그는 틀렸다는 식으로 부정하는 말을 꺼내지 않았다. 그에 자신감을 얻은 여린의 눈가에 옅은 미소가 맺혔다.

“그래서 너한테 기회를 주기로 했어.”

“기회?”

되묻는 준서의 눈빛에 ‘너 지금 뭐 하냐’ 라는 문장이 똑똑히 쓰여 있었다. 하지만 여린은 굴하지 않고 어깨에 힘을 주었다.

"그래, 기회. 널 남자로 보라며. 나한테 친구가 아닌 남자로서 어필할 수 있는 기회를 주겠다 이거야."

"허!"

"허! 할 거 없어. 아니꼬우면 여기서 그만두던가."

여린은 그야말로 위풍당당했다. 그래서 준서는 진심으로 헷갈리기 시작했다. 내가 양여린에게 제발 사귀어달라고 매달리는 입장이었나? 너 없으면 죽을 것 같으니 제발 만나만 달라고 애원했던 적이 있었나? 언제 그랬지?

대차게 머리를 굴려봐도 기억이 나질 않는다. 당연히 그럴 수밖에. 그런 적이 없으니까.

"어쩔 거야?"

오만하게 턱을 추켜올린 여린을 보면서 준서는 굳은 표정을 풀고 웃어버렸다. 양여린이 오랜만에 귀여운 짓을 한다고 생각하면서.

"무슨 기회를 줄 건데?"

여린의 얼굴에 감도는 환한 빛을 보면서 준서의 입가에도 진한 미소가 머금어졌다.

"데이트 10회 이용권."

정말 기발하지 않냐는 눈빛을 보내며 활짝 웃고 있는 여린을 보면서 준서는 기가 찼다. 가끔씩 엉뚱한 짓을 하는 여린이긴 하지만 데이트 10회 이용권이라니. 무슨 자유이용권도 아니고. 아니, 차라리 자유이용권이면 낫겠다. 뭐든지 '자유'라는 단어가 붙으면 그것만큼 좋은 게 없으니까. 자유이용권이면 이것도 해보고,

저것도 해보고…….

‘나 참. 사춘기 소년도 아니고 이것, 저것은 뭔데?’

준서는 제 머릿속에 떠오른 영상들을 휘휘 저어 지워내면서 여린에게로 신경을 집중시켰다.

“그건 어떻게 쓰는 건데.”

그 말만을 기다리고 있던 여린은 열심히 준비해 놨던 말들을 쏟아냈다.

“이번 주부터 열 번의 토요일을 너에게 주겠어. 시작되는 시간은 상관없고 끝나는 건 밤 12시. 친구로 만나서 노는 게 아니라 여자 대 남자로 만나서 데이트를 해보는 거야. 계획도 네가 짜고 시간 분배도 네가 해. 나는 네가 짜놓은 스케줄대로 움직여 줄 테니까. 그리고 무슨 일이 있더라도 토요일에 만나지 못하게 되면 기간 연장 없이 이용권 한 장이 날아가는 거야. 오케이?”

“양여린. 너, 내가 무슨 일 하는 사람인지는 기억하냐?”

황당한 듯 입을 벌리고 있던 준서가 묻자 여린은 고개를 끄덕였다.

“‘えい(에이)’ 분점의 사장이지.”

“그걸 아는 사람이 가게가 제일 바쁜 토요일 하루를 빼라고? 그게 기회라고? 상식적으로 말이 된다고 생각해?”

“그래서 못하겠다는 거야?”

“말이 안 되잖아!”

“뭐, 그건 네 사정이고.”

저 여유로운 모습이라니. 콧노래까지 흥얼거리며 먼 산을 쳐다보는 여린 때문에 준서는 울화통이 터졌다.

경쟁에서든 싸움에서든 여린과 관계된 일이면 자신이 한 수 접고 들어가 주는 게 당연시되어 버렸다고 하지만 이건 해도 해도 너무하지 않은가!

데이트 계획도 내가, 그럼 비용도 당연히 내가, 게다가 토요일 하루를 헌납해야 하는 기회라니. 여린은 단어를 잘못 골랐다. 이건 기회가 아니라 역경이었다. 이 역경을 이겨내야지만 널 남자로 봐줄 수 있을 것 같다는 무언의 압력이 아니면 뭐란 말인가!

"주말은 곤란해."

깍지 낀 손을 테이블 위에 올려놓고 상체를 앞으로 내민 준서가 강한 어조로 거부의사를 표명했다. 하지만 여린은 생글생글 웃고 있었다. 오늘만큼 양여린의 웃는 모습이 얄미웠던 적이 있었나 싶다.

"평일은 내가 곤란해. 그리고 너 알지? 나 일요일엔 어지간하면 집에서 안 나가는 거."

놀리듯이 양손으로 턱을 받치고 미소를 짓고 있는 여린을 보면서 준서는 절망했다. 더 이상 여린과 친구로만 지낼 수는 없다. 그런데 연애를 하자고 사장으로서의 의무를 저버릴 수도 없다.

한 달에 단 두 번. 정기적으로 휴업을 선언한 날이 아니면—그날조차 월요일로 지정해 놓았다—이제껏 대단하다 싶을 정도로 외출조차 삼갔던 준서였다. 그런데 그런 준서에게 토요일 하루를 바치라 명하는 양여린. 절대 안 된다고 말해야 하지만 그렇게 나가면 일이 완전히 틀어져 버릴 것 같은 불길한 예감. 환장한다는 말이 어떤 의미인지 뼈가 시리도록 와 닿는다.

깊게 한숨을 쉰 준서의 머릿속에 몇 명의 인물이 떠올랐다. 첫 번째로 어머니. 자신과 마찬가지로 요리는 하지 않고 손님 접대와 영업 전반에 걸친 일들을 도맡아 하시는 어머니께 부탁드려 볼까…… 아니다. 어머니께 부탁을 드리면 왜 부탁을 드려야 하는지 말씀드려야 할 테고 여린이 관계되어 있다는 정보를 입수하시면 온 가족이 여린의 호칭을 '우리 준서 와이프'로 변경할 게 뻔했다.

일단 어머니는 패스. 두 번째로는 도준휘인데…… 이 인물 또한 마땅치가 않았다. 워낙에 사람 대하는 일에 능숙하지 못한 인간이라 손님들을 노려보고만 있을 게 뻔했다.

마지막으로 남은 사람이 유우한인데……. 후우우. 우한을 떠올린 준서의 미간이 좁아지며 낯빛이 어두워졌다. 자신의 부탁이라면 토요일 하루쯤 샵 문을 걸어 잠그고 달려와 줄 우한이긴 하지만 그에게 이런 개인적인 부탁을 하기가 싫었다. 서른에 가까워진 나이에도 우한에게 가지고 있는 유치한 배신감을 떨쳐 내지 못했기 때문이다.

친구 놈들은 거의 대부분이 취업에 성공해 회사원이 되어 있거나 외국으로 유학을 가 있는 상태다. 그도 아니면 제 사업을 준비 중이거나 이미 하고 있는 녀석들밖에 없었다. 그러니 곰곰이 생각을 해보고 또 해봐도 적격자는 우한밖에 없었다.

열 번의 토요일. 그 토요일마다 우한이 빙그레 웃는 인상으로 손님을 맞이한다면 모르긴 몰라도 그의 성적 취향을 전혀 모를 여자 손님들이 가게 문턱이 닳도록 들이닥칠 것이다. 자신에게도 도움이 되고 영업에도 도움이 되는 인물은 우한밖에 없다.

"좋아."

결정을 내린 준서가 딱딱하게 굳은 얼굴로 여린의 제안을 수락했다. 하지만 한 고비를 넘겼다고 여기던 준서에게 두 번째 역경이 닥쳤으니.

"단, 조건이 있어."

미소를 잃지 않고 있는 여린을 보며 준서는 주먹을 쥐었다. 친구로만 지냈던 때였다면 이쯤에서 확 짜증을 내버려도 상관없겠지만 지금은 최대한 여린은 구슬려야 할 입장이니……. 연애를 시작하는 관문이 대학 입학보다, 군생활보다 힘들게 느껴진다.

"말. 해."

어금니를 악문 준서에게 여린은 해결책을 만들어내며 가장 중요시했던 부분을 조근조근 풀어놓았다.

"열 번의 기회 이후, 연애가 성립되기 어렵다고 판단된다면……."

"판단된다면?"

되묻는 준서를 바라보는 여린의 눈빛이 아련해진다. 이 조건을 내밀기 위해, 부디 준서가 그렇게 해주기를 바라는 마음으로 해결책을 만들어냈다. 그저 오랜 시간을 함께해 온, 무엇이든 이해해 주고 받아들여 주던 사람을 잃고 싶지 않다는 마음 하나로.

여린은 호흡을 가다듬었다. 그리고 천천히 입술을 움직였다.

"예전의 도준서로 돌아와."

"……뭐?"

"내 친구였던, 내 친구일 수밖에 없었던, 평생친구라고 생각했던 내 친구 도준서로 돌아와.”

조건이 아닌, 부탁의 의미였다. 간절하게 부탁하는 여린의 말이 끝나자 두 사람 사이에 침묵이 끼어든다.

가타부타 말이 없던 준서가 스윽 몸을 일으킨다. 여린의 눈동자는 준서를 따라 느릿하게 움직였다.

주방으로 걸음을 옮겼던 준서는 사케 잔 두 개와 기본 반찬으로 나가는 밑반찬 몇 가지를 들고 나왔다. 뭐 하냐고 묻지 않는 여린을 쳐다보지도 않은 채 그녀가 좋아하는, 팩에 든 사케를 가져온 준서는 말없이 술을 따른다.

먼저 여린의 잔에, 그리고 자신의 잔에 술을 따른 준서가 제 잔을 들어 올렸다. 여린이 가만히 앉아 쳐다보고만 있자 들고 있던 잔을 살짝 위로 추켜올린다. 짠 하자는 제스처에 한숨을 쉰 여린이 들어 올린 잔에 준서의 잔이 다가와 가볍게 부딪친다.

여린만 아니었다면 집에 들어가서 씻지도 못한 채 피곤한 몸을 침대에 내던졌을 준서. 그리고 오늘만큼은 말짱한 정신으로 준서의 입심에 대응하고자 했던 여린. 두 사람 모두 술 생각이 전혀 없었던 날이지만 그들은 조용히 술 석 잔을 비웠다.

물처럼 투명하고 맑지만 식도를 뜨겁게 불태우는 액체를 삼킨 준서가 빈 잔을 내려놓고 팔짱을 낀다. 술을 마실 때는 늘 뭐라도 씹어야 하는 여린은 샛노란 단무지를 입안에 넣고 오물거리고 있었다. 준서는 그런 여린을 응시하다가 잔잔한 미소를 지었다.

“너는 날 행복하게 만들어.”

젓가락을 반찬 접시로 옮기던 여린이 움직임을 멈추고 준서를 쳐다본다.

"요즘 그런 생각이 들더라, 네가 날 행복하게 만든다는."

"왜……."

"글쎄."

준서의 시선이 아래를 향한다. 말을 고르고 있는 것처럼 입을 다물고 있던 준서의 눈꼬리가 부드럽게 휘었다.

"전에는…… 그냥 당연했지. 내가 네 옆에 있고, 네가 내 옆에 있는 게. 우리가 친구인 게 당연했고 네가 소중하긴 했지만 날 행복하게 만든다는 생각 같은 건 못했었어."

마른침을 삼키던 여린이 사케 팩으로 팔을 뻗자 준서가 팔짱을 풀고서 그녀의 잔에 술을 따라주었다.

"그런데 요즘은 전과는 다르더라."

팩을 내려놓으며 말을 잇는 준서에게 여린은 뭐가 다르냐 물었다. 너를 달라지게 한 것이 무언지, 왜 달라져야만 했는지 알고 싶다는 마음을 담아.

"내가 너한테 필요한 사람이라는 걸 알았거든. 나처럼 너도 날 소중하게 생각하고 잃고 싶어하지 않는다는 거, 그걸 알았어. 내가 양여린에게 의미있는 사람이라는 걸 말이야. 그래서 행복해졌다."

"……준서야."

술잔을 쥐고 있는 여린의 손이 하얗게 질려 있었다. 그래서 준서는 그녀가 울음을 참고 있다는 걸 알 수 있었다. 하지만 지금은 장난스럽게 분위기를 바꿀 상황이 아니라는 것도 알고 있기에 준서는 여린을 똑바로 쳐다보면서 말을 이었다.

"너만큼이나 나도 무섭다. 이젠 너 때문에 행복하다는 것까지 알아버렸으니까 어쩌면…… 너보다 내가 더 겁이 나야 하는 건지도 모르겠어."

"……."

"네가 내건 조건이 나한테는 무리한 요구라는 거, 너도 알고 있겠지. 그런데도 불구하고 그런 말을 했다는 건 내가 거절하길 바라는 마음에서였을 거다."

여린의 입술이 짓이겨졌다. 준서의 시선을 외면한 여린의 입술이 발갛게 부어오르기 시작했다.

아니라고 억지를 부릴 수가 없었다. 오늘, 해결책을 가지고 준서의 가게를 찾아오면서도 여린은 약간의 희망을 가지고 있었다. 그가 거절해 줄지도, 장난하냐며 화를 내면서 없던 일로 하자고 말해줄지도 모른다는 희망을.

도준서는 자신이 맡은 일에 최선을 다하는 사람이었고 주변인들을 실망시키는 일 같은 건 하지 않았다. 청소년기의 방황이 그에게 큰 교훈을 주었던 것인지 준서는 일에서도 인간관계에서도 늘 자신의 능력을 최대치까지 끌어올렸다. 그래서 이기적이게도 그의 약점을 건드렸던 것이다. 준서에게 정곡을 찔리자 부끄럽기 짝이 없어지는 못난 이기심이었다.

"그렇게 해서라도 친구로 남고 싶어하는 네 마음, 이해 못한다고는 안 해."

여린은 세게 입술을 깨물었다. 입술이 욱신대는 느낌이 고통스러웠지만 마음의 괴로움에 비할 바가 아니었다.

"그런데 나는…… 네가 준 기회도, 조건도 모두 받아들일 거다."

담담하게 이어지는 준서의 말을 여린은 듣고만 있었다. 그럼 친구로 돌아와 줄 거니? 우리가 연인이 될 수 없다고 판단되면 내 친구로 돌아와 줄 거야? 그렇게 묻고 싶었지만 혀가 굳어버렸는지 목이 막혀 버렸는지 말이 나와주질 않는다.

"나는 그 조건을 들어줄 필요가 없으니까 받아들이는 거야."

"그건 말이……."

"난 한 번 내 손에 들어온 건 놓치지 않아."

"난 아직……."

"아니, 넌 지금 발을 들인 거야."

준서에게 말을 먹혀 버린 여린의 콧등에 주름이 잡혔다. 겨우 이기적인 기회 한 번 준 것 가지고 발을 들인 거라며 자신감을 내보이는 준서에게 웃기지 말라고 소리라도 쳐야 하는데 왜 입은 안 떨어지는지.

"시작은 반이니 벌써 우린 반이나 왔어. 나는 네 발 하나로 만족할 수 없고. 내가 어디까지 갈지, 네가 어디까지 따라올 수 있을지 시험해 보는 것도 나쁘지 않겠지. 기대해도 좋아. 네 조건, 쓸데없는 거였다는 걸 확인하게 해줄 테니까."

어울리지 않게도 준서의 눈동자는 순진무구한 어린아이처럼 초롱초롱 빛나고 있었다. 거기에 입꼬리를 끌어 올려 근사한 미소까지 지어 보이니 여린은 아예 말문이 턱 막혀 버렸다.

네 자신감은 어디에서 나오는 거니. 그거, 근거는 있는 자신감
이니?

묻고 싶은 말들은 머릿속에서만 뱅글뱅글 제자리를 돈다. 해결
책을 제시하면 친구로 돌아와 주겠다고 할 줄 알았는데, 강짜를
부렸더니 예상치 못한 자신감을 보여준다.

수를 잘못 놓았다는, 어쩐지 실수도 매우 큰 실수를 한 것 같다
는 후회도 이미 늦었다. 빙긋이 웃고 있는 준서 덕분에 여린의 오
만상이 구겨진다.

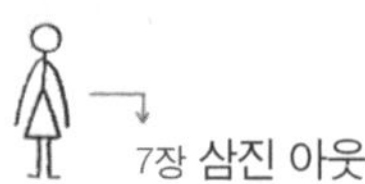

7장 삼진 아웃

팔짱을 끼고 삐딱하게 선 여린은 자바라 옷걸이에 걸려 있는 모자들을 노려보고 있었다. 그러다 결심한 듯 까만색 모자를 빼내 머리에 푹 눌러쓰고 화장대 거울을 향해 몸을 돌렸다.

캡 부분을 양손으로 꾸욱꾸욱 눌러도 보고 뒤로 당겼다, 앞으로 당겼다, 그러기를 몇 차례. 모자를 벗어 침대 위로 던진 여린은 하얀 모자를 집어 들었다. 검은색 모자를 썼을 때처럼 이리저리 모양을 잡아보던 여린이 인상을 구기며 그 모자마저 침대 위로 던져버린다.

"내가 왜 이러고 있는 거야?"

화장대 의자에 털썩 주저앉은 여린이 혼잣말을 중얼거리며 거울에 비친 제 모습을 쳐다본다.

스카이 블루 빛의 품이 낙낙한 청바지에 눈처럼 하얀 후드 티셔츠를 입고 머리를 푼 그녀의 얼굴엔 곱게 화장이 되어 있었다.

시간은 오전 열 시를 향해가고 그럴수록 여린의 짜증은 하늘 높은 줄 모르고 치솟고 있었다.

금요일이었던 어젯밤, 여린은 준서로부터 전화를 받았다. 내일 아침 열 시까지 데리러 갈 테니 편한 복장으로 기다리고 있으라는 말만 들은 여린은 착하게도 여덟 시에 일어나 외출 준비를 한 것이다.

열 시에 데리러 오겠다고 해서 여덟 시에 일어났고 편한 복장으로 준비하라고 하기에 편하게 입었다. 그리고 화장까지 했다. 도준서 때문에. 도준서를 만나기 위해. 그것이 여린의 심기를 불편하게 만들고 있었다.

여자 대 남자로 데이트를 하자고 한 사람은 다른 누구도 아닌 자신이었다. 그러니 친구였던 때처럼 늦잠을 자다가 준서가 집으로 쳐들어와 깨울 때까지 버틸 수도 없었고 아무 옷이나 대충 걸쳐 입고 나갈 수도 없다. 고양이 세수를 하고 로션만 바른 채로 아무 모자나 덮어쓰고 나갈 수는 없는 것이다. 여자 대 남자로 데이트를 하자고 제 입으로 말했으니까.

어째 열심히 삽질한 것 같은 찜찜한 기분이 밀려든다. 이게 아닌데 싶으면서도 가게를 남에게 맡기면서까지―우한을 아예 남이라고 할 순 없지만―저를 만나러 오는 준서 때문에 물릴 수도 없다.

호흡을 고르며 짜증스러운 표정을 지워낸 여린이 화장대 위에서 고무줄을 가져와 머리를 질끈 묶었다. 아직까지는 포니테일이

어울린다는 사실에 안도감을 느끼면서.

대충 데이트를 하기 위해 할 건 다 했다고 여긴 여린이 손목 안쪽과 귓불에 향수를 묻혔다. 상큼하고 시원한 향에 온데간데없이 사라졌던 미소가 일말이나마 돌아온다.

이제 시간은 열 시가 되기 5분 전. 어디까지 왔냐고 묻는 전화를 하러 휴대폰을 쥔 여린의 머릿속에 어젯밤에 통화한, 또 한 명의 남자가 스치고 지나간다.

'뮤지컬 보러 가자고 말했던 것 같은데, 기억나요?'

여심을 뒤흔드는 초콜릿 무스 같은 달콤한 사우의 음성에 여린은 죄없는 입술만 씹어대야 했다.

'내일이 마지막 공연인데. 보러 가죠.'

지저스. 그때 여린은 다시 한 번 느껴야 했다. 자신이 준서에게 제시한 해결책은 절대 해결책이 아니었음을.

'선약이…… 있어요.'

사우는 영원히 모를 것이다. 방 안을 불안하게 서성이던 여린이 그 말을 내뱉으면서 붙박이장에 쿵쿵, 이마를 박아댔다는 사실을.

미안해하는 여린에게 사우는 가벼운 웃음소리를 들려주었었다.

'다음번에는 선수를 빼앗기지 말아야겠어요. 나한테 미안해하지 말고 좋은 꿈 꿔요. 약속이야 다시 잡으면 되는 거니까.'

제발 토요일에 만나자는 말만은 말아달라고 부탁하고 싶은 마음을 접은 여린은 사우와 통화를 끝내고서 한참이나 아쉬워해야 했다. 그리고 약간의 죄책감도 느껴야 했다.

명백하게 따지고 보면 준서와는 체험을 해보는 것뿐이지 정식으로 연인이 된 사이가 아니다. 그건 사우와도 마찬가지였다. 그와는 그저 좋은 감정, 호감을 가지고 있는 거니까. 그런데도. 그런데도! 왜 조강지부 옆에 두고 바람피우는 것 같은 불쾌한 기분이 드는 것이냔 말이다!

하긴 도준서가 악의 시초요, 절망의 블랙홀이 되어버린 마당에 불쾌한 기분이 대수랴. 여린은 고개를 절레절레 저으며 크로스백에 소지품들을 챙겨 넣기 시작했다.

"준서 왔다."

소지품의 마지막을 장식하는 키홀더를 백에 던져 넣었을 때, 방문이 벌컥 열리며 최 여사가 준서의 등장을 알렸다.

전화해서 나오라고 하면 되지, 뭐 하러 집으로 들이닥치는지 모르겠다고 투덜거리던 여린이 백을 메고 방에서 나가자 현관 입구에 서 있는 준서가 보였다.

"크흠!"

소파에 앉아 신문을 펴 들고 앉아 계시던 양두만 옹께서 손녀를 보고 준서 쪽으로 시선을 돌리더니 노여움이 가득한 헛기침으로 컨디션이 좋지 않음을 알리신다.

뵙자마자 인사를 했는데도 받아주실 생각조차 않으시는 양두만 옹이셨기에 준서는 고개만 갸웃거릴 뿐이다.

"너희, 그거 커플룩이냐?"

최 여사가 준서와 여린을 보더니 히죽, 장난스럽게 입꼬리를 말아 올리며 묻는다. 그제야 여린이 준서의 머리끝부터 발끝까지 제대로 훑어 내리고서 미간을 좁혔다.

하얀색 무지 후드티셔츠에 청바지를 입고 크로스백을 멘 자신과 검은색 무지 후드티셔츠에 청바지를 입고 크로스백을 멘 준서. 이건 누가 봐도 커플룩이다. 그것도 오장육부가 오그라들도록 색만 바꿔 똑같이 맞춰 입은 커플룩.

"주민등록증에 잉크 마르기 전에도 안 하던 짓들을 하는구나. 촌스럽게 요즘 누가 커플룩을 입는다니?"

"크흐흠!"

최 여사의 놀림과 양두만 옹의 점점 거칠어지는 헛기침 소리가 준서와 여린을 당황스럽게 만들었다.

"그런 거 아니야. 할아버지, 손녀 놀러 가."

할머니를 향해 눈을 흘긴 여린이 할아버지께는 곰살맞게 애교를 부리며 외출을 알렸다. 그런데 웬일인지 양두만 옹은 손녀에게도 눈길을 주지 않는다.

"다녀오겠습니다."

할아버지를 보며 고개를 갸웃거리던 여린이 운동화마저 준서와 같은 것을 신었을 때, 그가 할머니와 할아버지를 향해 고개를 숙였다. 바로 그때.

"손녀! 아홉 시까지 귀가해! 크흐흐흠!"

신문이 찢어지도록 거칠게 반으로 접은 양두만 옹의 말씀에 어린양인 도준서와 양여린은 벙 찐 상태로 가만히 서 있을 수밖에 없었다.

주변 사람들이 오해할 정도로 손녀를 자유분방하게 방목하며 키우신 분이 난데없이 통금 시간을 정해주시다니. 이것이야말로 지구의 종말을 알리는 경고가 아닐까?

얼떨결에 알았다는 대답을 해버린 여린과 넋을 놓은 준서를 최여사가 등 떠밀어 밖으로 내보냈다. 더 이상 시간을 지체했다가는 남편이 엄한 청년의 목을 졸라 버릴지도 모르는 일이기에.

철컥. 현관문이 닫히고 잠기는 소리가 들리자 양두만 옹이 한 손으로 구긴 신문을 탁자 위로 집어 던졌다.

"날도둑놈 같으니!"

열이 올라 흰자위가 시뻘게진 양두만 옹이 씩씩 콧김을 내뿜었다. 그를 분노케 한 대상은 당연히 준서였다.

아침나절부터 준서의 얼굴을 보자 기분이 안 좋아지신 양두만 옹이시다. 그놈 얼굴을 보자마자 어여쁘고 아기 같기만 한 손녀의 입술을 짓뭉개던 영상이 떠올랐기 때문이다.

이제껏 친구로서 손녀를 잘 보필해 주는 것 같더니만 순식간에 그의 뒤통수를 친 준서에게서 양두만 옹은 배신감을 느꼈다. 건실하고 제대로 된 청년이라는 평가는 손녀의 친구였을 때의 이야기지, 그 손녀의 입술을 짓뭉갠 사내 녀석에게 매겨질 점수는 아닌 것이다.

"여보옹."

팔뚝에 느껴지는 말랑말랑한 감촉과 간드러지는 음성에 고개를 돌리자 진분홍빛 립스틱을 바른 아내의 예쁜 입술이 보인다. 양두만 옹은 슬쩍 헛기침을 하는 것으로 아내의 눈빛을 외면하며 구겨서 던진 신문을 만지작거렸다.

"날씨 좋은데 우리도 나들이 갑시다."

아내의 콧소리에 양두만 옹의 분노 게이지는 끝없이 추락하고 만다.

"그, 그럴까? 우리 옥희, 나들이 가고 싶어?"

최 여사가 세차게 고개를 끄덕인다.

"우리도 재들처럼 입고 놀러 갑시다. 응?"

"흠흠, 안 될 거 없지. 어디로 갈까?"

그때가 되어서야 슬그머니 미소를 베어 무는 남편을 보며 샐샐 눈웃음을 치던 최 여사가 소파에서 일어났다.

"아무 말 말고 혈압약이나 찾아봐요."

미소 때문에 가늘어진 눈으로 남편을 쳐다보던 최 여사가 기분 좋은 웃음소리를 흘리며 안방으로 들어간다.

집에서 나와 준서의 차 조수석 문을 연 여린은 저 대신 자리를 차지하고 있던 물건을 뚫어지게 응시하고 있었다.

너는 혹시…… 최근에 TV 광고에서 재롱떨던 그 아이더냐?

마음속으로 묻는 말에 그 아이가 맞다고 대답하는 것 같았다. 여린은 때깔 좋게 반짝반짝 빛나고 있는 아이를 쳐다보다가 준서가 그 아이를 치우자 조수석에 앉았다.

"미스터 유, 카메라 바꿨어?"

준서에게 묻고 있지만 여린의 눈동자는 뒷좌석으로 옮겨지는 아이를 따라 움직인다.

"아니, 내 거."

담백하게 대꾸하는 준서를 쳐다보는 여린의 눈이 왕방울만 해졌다.

"니 거? 언제 샀어?"

"어제."

"너 DSLR 싫어하잖아. 무식하게 커서 무겁기만 하다고 완전 싫어하더니, 니 거라고?"

"저건 무식하게 안 커서 안 무겁더라."

"너, 사진 찍는 것도 싫어하잖아. 사진 찍어주는 거 귀찮고 찍히는 건 더 귀찮다고 질색하잖아."

"넌 좋아하잖아."

그 말을 끝으로 차가 움직이기 시작한다. 하지만 여린은 시간이 정지한 것처럼 준서의 옆모습만을 바라보고 있었다.

사진을 찍으면 영혼이 빠져나간다는 말을 믿는 것도 아닌데 사진 자체를 질색하는 도준서. 수학여행이고 MT고 배낭여행이고, 어디로 몇 박 며칠을 가든 사진이라고는 단체사진 딱 한 장만 찍는 도준서. 그래서 여린의 수북한 앨범 더미 속에서도 준서의 사진이나 그와 함께 찍은 사진은 앨범 한 권 분량도 되지 않는다. 그런 도준서가 일회용 필름 카메라도 아니고 꽤 큰 몸값을 자랑하는 최신 기종 DSLR 카메라를 구입했다? 그것도 어제? 이유는 양여린이 사진 찍고 찍히는 걸 좋아하니까?

말도 안 돼.

여린의 눈동자에 어마어마한 충격이 꽉 들어찬다. 도준서가 자기가 싫어하는 일에 돈을 쓰다니. 나 때문에. 나 사진 찍게 해주려고. 나하고 데이트하려고. 내가 좋아하니까.

……세상에 이런 일이.

여린은 준서에게서 홱 고개를 돌리고 창밖으로 지나가는 의미 없는 광경에 시선을 고정시켰다. 분명 좋아해야 할 일 같은데 좋아만 해서는 안 될 것 같은 생각들이 피 흘리며 전투를 벌인다. 놀라운 마음을 빼면 어떤 감정을 가져야 하는 건지 가늠이 되지 않아 여린은 어디 가는 거냐고 묻지도 못하고 이 꼴 저 꼴 보기 싫다는 듯 두 눈을 감고 말았다.

*

차에서 내린 여린의 입은 조금 전부터 떡 벌어져 있는 상태였다. 설마설마했었다. 이곳을 지나쳐야만 도착할 수 있는 다른 목적지가 있을 거라고, 그렇게 놀란 마음을 다독이던 터였다. 그런데 여린의 예상은 빗나갔고 준서는 주위를 둘러보며 인상을 쓰고 있었다. 하긴…… 그럴 만도 했다.

놀이공원. 초겨울답지 않게 유난히 햇볕이 따스하면서도 선선한 바람이 머리카락을 휘감았다가 돌아서는 주말의 놀이공원. 일요일이 되면 침대에 엎어져 곯아떨어져 있는 대한민국의 아버지들이 타의로, 가끔은 자의로 어린이들을 데리고 출몰하는 장소. 요즘은 여자 친구들끼리도 사진 찍자며 찾긴 하지만 대부분 데이트 코스 중 하나로 이용되는 놀이공원. 평일이고 주말이고 할 것 없이 에브리데이 사람 많은 놀이공원. 그래서 도준서가 진저리치게 싫어하는 장소가 놀이공원이다.

“사람 참…… 더럽게 많군. 쯧!”

약 1.5배 정도 커진 여린의 귀가 나지막하게 중얼거리는 준서의 혼잣말을 엿들었다. 여린은 준서가 했던 것처럼 주위를 둘러본다. 주차장을 꽉 메운 차들. 여기저기서 들려오는 아이들의 꽥꽥거리는 비명 소리. 샴쌍둥이처럼 붙어서 걸어가는 연인들. 그리고 까르르 웃음을 터트리는 여자들까지. 여린에게는 즐거움의 증거인 그것들이 준서의 짜증을 유발하고 있었다.

“나…… 여기서 안 놀아도 돼.”

여린이 억지로 미소를 지으며 말하자 온몸에 잔뜩 힘을 주고 있던 준서가 한숨을 쉰다. 솔직히 여린으로서는 놀란 마음 한편에 놀이공원이 오랜만이라는 반가움이 숨어 있었지만 그 반가움을 내색할 수는 없었다. 항상 사람에 치이면서 사느라 조용하고 유동 인구가 적은 곳을 좋아하는 준서를 알기에.

“카메라 값 아까워서 놀아야 돼.”

“뭐…… 그래, 그럼.”

어깨를 으쓱해 보인 여린은 뒷좌석에서 카메라를 꺼내는 준서에게서 몸을 돌리곤 씨익 미소를 지었다. 놀이공원아, 내가 왔다아!

“준서야, 준서야. 나 할인되는 카드 있다?”

카메라를 손에 들고 차 문이 제대로 잠겼는지 확인한 후에 여린에게 다가가자 그녀가 폴짝폴짝 뛰며 지갑을 들어 보인다.

“나도 있다.”

피식 웃으며 대꾸한 준서 덕분에 여린의 웃음은 더욱 환해진다.

"진짜? 진짜? 아싸!"

어린아이처럼 좋아하는 여린을 보면서 준서는 짜증을 가라앉혔다. 놀이공원 따위는 정말이지 질색이지만 그녀가 좋아하는 곳이니 한 번쯤…… 그래, 한 번쯤은 괜찮겠지 싶다.

"아!"

정신없이 걸음을 옮기던 여린이 소아비만이 확실한 덩치 큰 남자아이와 부딪치며 비틀거린다. 준서는 얼른 그녀의 팔을 잡고 벌써 저만치 달려간 남자아이를 노려본다.

"자식, 덩치 되게 크네."

아이와 부딪친 게 무안한 건지, 부딪치는 줄도 모르고 좋아라 날뛴 제 모습이 창피했는지 여린이 살짝 얼굴을 붉히며 뺨을 긁적거렸다.

"이제 됐어. 놔."

여린이 팔을 비틀자 준서는 순순히 그녀를 놔주었다. 대신, 여린의 손에 제 손을 깍지 껴 단단히 감쌌다.

"야…… 야! 남우세스럽게 뭐 하는 짓이야? 남녀칠세부동석이랬어! 놔, 안 놔?"

좀 전보다 얼굴을 더 붉게 물들인 여린의 팔이 팔락팔락 흔들린다. 준서는 입꼬리를 비스듬하게 말아 올렸다.

"더우니까 떨어지라고 짜증내는데도 팔짱 끼는 사람이 누구였더라?"

"그, 그건 길 잃을까 봐서 그런 거지!"

"희한도 하다. 외국에서는 그렇게 잘 움직이는 사람이 한국에서 길을 잃어버려?"

"너, 너 말이야, 너! 너 길 잃을까 봐!"

"생각해 줘서 고맙다. 그러니까 오늘도 생각해 주면 되겠네."

준서는 어버버거리는 여린을 끌고 매표소로 향했다. 이용권을 사려고 길게 줄을 지어 서 있는 사람들을 보고 있자니 나오느니 한숨이요, 늘어나니 짜증이지만 손바닥을 간질이는 여린의 체온 덕분인지 얼굴이 구겨지는 것은 막을 수 있었다.

준서와 함께 줄을 선 여린은 고개를 숙이고 운동화 앞코만 쳐다보고 있었다. 왠지 사람들이 저만 쳐다보는 것 같은 기분이 든다. 부끄러운 짓을 한 것도 없는데 괜히 몸이 꼬이는 게, 좋지 않다. 좋지 않은 현상이다.

이럴 줄 알았으면 준서의 팔짱을 끼는 행동 같은 건 하지 말 걸 그랬다. 여자 친구들에게 하는 것처럼 그렇게 편안하게 해버렸는데 그게 발목을 잡을 줄이야.

예전에는 팔짱을 끼고 어깨동무를 하고 준서의 등에 업혀도 그저 편안하다는 생각밖에 들지 않았는데 오늘 그의 손을 잡고 있자니 느낌이 묘했다. 꼭 진짜 연인이 된 것 같은 느낌. 친구 도준서가 아니라 좋아하는 남자의 손을 잡고 있는 것 같은 느낌이었다.

'좋지 않아. 이건 정말 좋지 않아.'

여린이 입술을 깨물었다. 두 번 정도 그의 손에서 제 손을 빼내려 시도했지만 그때마다 더 단단히 잡혀 버렸다. 마치 빼서는 안 되는 수갑을 빼려고 난리치다가 결국 손목을 꽉 조이게 되는 것처럼.

손을 빼내는 것을 포기한 여린은 잡혀 있는 제 손이 아닌, 준서의 손을 쳐다본다. 애가 손이 이렇게 컸었나? 무슨 남자가 손이며 팔에 털 하나 없이 깨끗하냐. 온종일 가게 안에만 있어서 그런가, 참 하얗기도 하네. 저도 모르게 준서의 손에 대한 탐구를 하고 있을 때, 희미하게 제 이름을 부르는 소리가 들려온다.

“……린. 양여린, 뭐 먼저 탈래?”

“응? 뭐? 이용권 사야…….”

뒤늦게 정신을 차린 여린은 그제야 제 손목에 걸려 있는 이용권을 발견했다. 이미 놀이공원 안에 진입해 놓고도 몰랐던 것이다.

“야! 나 할인되는 카드 있다니까!”

“할인받았어. 뭐부터 탈 거냐니까?”

준서는 이게 돈이 얼만데 한 사람 것만 할인받고 마느냐, 여기 편의시설 이용하는 게 얼마나 비싼 줄 아느냐 타박하면서도 기구를 타기 위해 걸음을 옮기는 여린을 바라보았다.

이제껏 여린과 만나면서 지출을 신경 써본 적이 없었다. 가끔은 더치페이로, 대부분은 있는 사람이 내는 것으로 정해져 있다시피 했기에 신경을 쓸 이유가 없었다. 그런데 이제는 이유가 생겨 버렸다.

오리온이 여린에게 소개시켜 준 그 남자. 한눈에 봐도 가난과는 거리가 멀어 보였다. 차도 제법 좋은 걸 끌고 다녔고 입고 있는 옷들도 절대 시장 표는 아니었다.

밀리고 싶지 않았다. 무엇에서든. 양여린은 도준서의 재정 상황까지도 꿰고 있는 사람이지만 나도 넉넉하게, 너 하고 싶은 거 해줄 수 있는 남자라는 걸 보여주고 싶었다. 여린의 마음을 붙잡아 둘 수만 있다면 자신이 그토록 경멸하던 돈 자랑도 할 수 있을 것 같았다. 그러니 할인 제대로 못 받았다고 억울할 게 무어랴.

"재밌겠다! 설레, 설레! 재밌겠지? 응?"

단순한 양여린은 잔소리하던 것을 잊고 기구에 올라 재잘거리고 있었다.

"⋯⋯그래."

어쩔 수 없이 긍정적인 대답을 해준 준서는 여린 모르게 한숨을 쉬었다. 도대체 이 빙글빙글 돌기만 하며 토악질해 대게 만드는 기구가 뭐 재미있을 게 있을까.

"꺄아아아! 완전 신나!"

열심히 돌기 시작한 기구에서 여린의 음성이 높아져 간다. 여린의 웃음소리와 수많은 어린이들의 비명 소리를 들으며 준서는 이를 악물었다. 한 번만이다. 이번 한 번. 앞으로 놀이공원 쪽은 쳐다도 보지 않을 테다.

빙글빙글 돌기만 하던 기구에서 내린 여린은 준서의 손을 뿌리치려고 한 게 언제였냐는 듯, 그의 손을 잡고 빨빨거리며 돌아다녔다. 이번엔 이거 타자, 다음엔 저거 타자, 우리 사파리도 가볼까? 그렇게 쉼없이 이어지는 여린의 요구에도 준서는 묵묵히 따라주고만 있었다. 그러려고 온 거니까.

다섯 개쯤 탔을까? 고작 다섯 개밖에 안 탔는데도 사람이 많아서인지 시간이 꽤 흘러가 있었다. 그리고 시간이 흘러간 그만큼, 준서의 정신은 피폐해져 있었다.

“10분만 쉬자.”

준서는 할 수 없이 또 다른 줄이 서 있는 곳으로 튀어나가려는 여린을 저지했다. 그리고 아쉬워하는 여린의 손에 컵 아이스크림 하나를 쥐어주고 비어 있는 벤치에 털썩 주저앉았다.

“녹아, 빨리 먹어.”

여린이 같이 먹어야 맛있는 거라고 부득부득 우겨서 산 하얀색 아이스크림이 준서의 손안에서 녹고 있었다. 그제야 목이 타는 걸 느낀 준서는 작은 스푼으로 아이스크림을 떠먹었다.

“맛있어?”

준서가 고개를 끄덕이자 여린이 이를 드러내 보이며 웃는다. 진한 초코 아이스크림을 먹으며 다리를 번갈아 흔드는 여린은 영락없는 어린아이의 모습이었다. 그런데 그 모습조차 귀엽고 예뻐 보이니 여린을 정말 여자로 좋아하는 게 맞는 모양이다.

인정할 수밖에 없는 사실을 되새김질한 준서는 피식피식 웃으며 여린처럼 아이스크림을 떠먹었다. 오늘따라 유난히 아이스크림이 달다.

“나, 한 입만 먹자.”

언제부터 제 아이스크림을 쳐다보고 있었을까? 스푼을 입안에 넣다가 빼면서 입맛을 다시는 여린을 보던 준서가 슬쩍 아이스크림을 감춘다.

“아, 진짜 치사하게. 한 입만 먹어보자.”

미간을 좁힌 여린이 아이스크림을 뺏어먹으려 스푼으로 공격을 해온다. 웃음을 삼킨 준서는 냉큼 아이스크림을 듬뿍 떠서 제 입안에 쏙 집어넣는다.

"야! 너 그러는 거 아니……."

신경질을 내던 여린은 준서의 손이 자신의 뒷목을 휘감아 당기자 순식간에 끌려갔다. 그리고 이내, 차갑고 부드럽고 단맛이 나는 그의 입술을 느꼈다.

놀라 경직되어 있는 여린의 입술을 가르고 들어온 준서의 혀가 부지런하게 움직이며 아이스크림의 맛을 전해준다. 한 손에는 스푼을, 한 손에는 아이스크림 컵을 쥐고 있는 여린의 손에 힘이 풀렸다.

여린의 손에서 스푼이 떨어지고 컵은 아슬아슬하게 그녀의 허벅지에 놓여 있었다.

입안에 남아 있는 아이스크림이 몽땅 사라지고 아이스크림의 맛이 어땠는지 기억나지도 않을 만큼 한참이나 키스를 하던 준서가 입술을 떼어내고 말한다.

"……네 거, 맛있네."

엄지로 제 입술을 훔치는 준서의 말에 여린의 얼굴이 화르륵 달아올랐다.

'흥분하지 마! 입술이 아니라 아이스크림이 맛있다는 소리야! 흥분하지 마, 양여린!'

아무리 자기최면을 걸어보아도 터질 듯이 뛰어대는 심장의 속도를 늦출 수가 없다. 이 세상에 여자로 태어나 남자라는 생명체와 이렇게 달콤한 키스를 나눠본 적이 없기 때문에 그녀의 심장은 말 그대로 미친 듯이 뛰고 있었다.

통탄스럽기 그지없다. 왜 하필이면 도준서인가. 왜! 왜 꼭 도준서와의 키스만이 이런 느낌을 줄 수 있느냔 말이다. 그 순간 여린은 도준서의 등짝에 붙어 사악하게 웃고 있는 하데스를 본 것 같은 기분이었다.

그 시간, 그리 멀지 않은 곳에서 그들을 지켜보는 눈이 있었으니.

"내, 내 저놈을!"

몸을 숨기고 손녀의 연애놀음을 구경하던 최 여사는 얼른 남편의 입을 막으며 그의 손목을 붙잡았다.

"어딜 나서려고 그래요?"

"옥희! 옥희는 저놈이 우리 손녀한테 하는 짓이 안 보여? 저놈이, 저놈이 또 우리 손녀 입술을……."

말을 끝까지 잇지 못한 양두만 옹이 부르르 몸을 떨었다. 남편이 전하는 분노의 떨림이 최 여사의 손을 통해 고스란히 전해졌다.

"여보, 당신은 나 처음 만난 날 키스했어요. 설마, 기억 안 난다고 하시진 않겠지요?"

최 여사가 도끼눈을 뜨고 남편을 쳐다보자 당황스러워진 양두만 옹, 아침부터 줄곧 헛기침만 해댄다.

남편의 분노를 잠재운 최 여사는 다시 훔쳐보기에 몰입했다. 얼굴이 터질 듯 빨개진 여린이 준서를 쳐다보고 뭐라 말을 건넨다. 멀리 있어도 잘 들리는 보청기 같은 건 어디 없나. 뭐라고 하는지 들리질 않으니 답답한데 아직 가까이 다가갈 때가 아니니 복장이 터질 지경이다.

"저걸 찍었어야 하는 건데. 에잉."

눈썹을 찌푸린 최 여사의 말에 양두만 옹이 펄쩍 뛴다.

"아니, 누구 혼삿길을 막으려고 저딴 걸 찍어?"

"혼삿길을 막긴 누가 막아요? 혼삿길 펴주려고 그러는 거지."

"혼삿길을 펴주다니! 옥희는 저놈한테 우리 어여쁜 손녀를 주겠다는 소리야?"

"안 될 건 뭐 있어요? 저만하면 훌륭하지."

"어딜 봐서!"

놀이공원에 와서 그런가. 최 여사가 아이처럼 칭얼대는 남편을 못마땅하다는 듯 흘겨본다. 이이도 왕년에는 참 남자답고 듬직했었는데. 안타깝구만. 최 여사가 아쉬움에 입맛을 다신다.

이럴 줄 알고 혈압 약을 챙겨 드시라 했는데 약도 소용이 없는 모양이다. 저번부터 준서 이름만 꺼내도 펄펄 뛰시더니 이제는 아예 잡아먹을 기세였다. 이래 가지고 더블데이트를 어떻게 하나, 최 여사가 땅이 꺼져라 한숨을 내쉰다.

최 여사의 믿을 만한 정보원인 우한의 도움으로 어디에 있는 놀이공원에 가는 것까지는 알아냈는데 나설 타이밍이 문제였다. 눈치 없이 자꾸만 발끈하는 남편도 문제라면 문제였고.

얼른 소스라치게 놀라는 모습을 보고 싶은데 남편이 화를 내면 같이 다니지도 못하고 빠져줘야 될 게 아닌가. 아무래도 더 달래야 할 모양이다.

"당신도 아이스크림 사드려요?"

아이 어르듯 화사하게 웃으며 묻자 양두만 옹의 시선이 아이스크림을 파는 곳으로 향한다. 단것이라면 사족을 못 쓰는 양반이니 대처 방안으로 썩 나쁘진 않았다.

"난 바닐라가 좋은데, 옥희는?"

대답도 하지 않았는데 남편은 벌써 끌려가듯이 아이스크림 가게로 걸음을 옮기고 있었다. 고개를 절레절레 젓던 최 여사는 아쉬움 가득한 눈빛으로 손녀 커플을 쳐다보다가 남편의 뒤를 따랐다.

아이스크림을 먹고 나서 나름 고분고분해진 여린의 손을 잡고 준서는 놀이공원을 돌아다녔다. 사진도 참 많이 찍어주었다. 기구 앞에서도 찍고, 인형 옷 입고 돌아다니는 사람 옆에 세워두고도 찍고, 심지어는 화장실 앞에서도 찍었다. 모델이 좋아서인지 화장실도 훌륭한 건축물처럼 보였다.

열심히 사진을 찍어주고 있는데 옆으로 다가와 찍은 사진을 확인해 보던 여린의 콧등에 주름이 잡혔다.

"니 사진은 없잖아. 뭐냐, 나만 찍고. 혼자 놀러 온 것 같네."

그 말이 왜 안 나오나 했다. 준서는 충분히 예상했던 일이 생기자 딱 잘라 말했다.

"나 사진 안 찍는 거 알잖아."

"그래도 이런 데 오면 찍는 거야."

"안 찍어도 돼."

“원래 찍는 거라니까?”

“원래가 어디 있냐. 내가 안 찍어도 된다는데.”

“그럼 같이라도 찍어.”

“삼각대 없어.”

“찍어달라고 하면 되잖아.”

말싸움을 하던 여린이 카메라를 들고 지나가는 사람들을 향해 다가갔다. 바지 주머니에 양손을 찔러 넣고 여린을 쳐다보던 준서는 그녀가 아담한 커플 한 쌍과 함께 오자 또다시 한숨을 쉬었다. 이제 준서에게 놀이공원은 마음껏 한숨 쉬어볼 수 있는 곳이 되어 버렸다.

카메라가 커플에게로 넘어가고 준서의 옆으로 달려온 여린이 그의 옆구리를 쿡쿡 찌른다.

“웃어.”

잇새로 말을 내뱉는 여린이 환하게 미소를 짓고 있고 준서는 그런 여린을 쳐다보고만 있었다. 당연히 카메라를 든 커플은 고개를 갸웃거렸다. 저들이 자기네들처럼 커플인 건 분명한 것 같은데 남자는 여자를 쳐다보고만 있고 여자는 아무런 조치도 취하지 않고서 웃고만 있으니 어찌 이상하지 않을까.

“찍어요?”

카메라를 든 남자가 조심스럽게 묻는다. 그제야 고개를 저은 준서가 여린의 어깨를 끌어당겨 안으며 살짝 미소를 지어 보였다.

찰칵. 드디어 함께 찍은 첫 사진이 카메라에 담겼다. 준서와 여린은 카메라를 돌려주는 커플에게 감사하단 인사를 하고 사진을 확인했다.

"이게 뭐냐? 기껏 같이 찍자고 해놓고."

사진을 본 준서가 빙글거리며 웃자 여린이 그에게서 카메라를 빼앗았다.

"너 때문이잖아!"

사진을 확인한 여린이 빽 소리를 지른다. 오늘 유일하게 같이 찍은 사진인데 여린은 귀신의 집에 들어가 있는 사람마냥 경직되어 있었다. 그나마 옅게라도 미소 짓고 있는 준서의 상태가 훨씬 나아 보였다.

"에잇! 배고파!"

카메라를 준서의 품으로 던져 버린 여린이 씩씩대며 햄버거를 파는 카페로 향했다. 금세 뒤따라온 준서가 여린의 머리를 헝클어트리며 놀려댄다.

카페에 들어간 여린과 준서는 주문한 버거가 나오자마자 허겁지겁 배를 채우기 시작했다. 기구 타고, 사진 찍고, 빨빨거리며 돌아다니느라 배고픈 것도 몰랐었는데 막상 음식이 눈앞에 놓이자 정신을 차릴 수가 없었다.

버거를 반쯤 먹은 여린이 콜라를 마시며 한숨 돌리고 있을 때, 뒤편에 앉은 커플들의 이야기가 들려왔다. 절대 엿들은 게 아니었다. 그네들의 목소리가 컸을 뿐.

"아까 그 할머니, 할아버지 되게 멋지더라. 우리도 그렇게 나이 먹었으면 좋겠어."

"아이스크림 드시던 분들 말하는 거야?"

“응. 옷도 똑같이 맞춰 입으시고 계속 손잡고 다니시는데 너무 좋아 보이는 거 있지? 아! 오빠도 봤어? 할아버지가 할머니 입가에 묻은 아이스크림 닦아주시는 거?”

“어.”

“완전 멋져. 나 그 할아버지한테 반할 뻔했다니까?”

킥킥대는 여자의 웃음소리와 멋지긴 멋지더라고 대꾸해 주는 남자의 목소리가 여린의 귓속으로 파고들었다.

‘왠지 불안한데…….’

섬뜩한 기운이 스멀스멀 발끝부터 기어올라 온다. 설마설마하던 여린은 고개를 저었다. 이 세상에 그런 할머니, 할아버지가 내 할머니, 할아버지만 있으라는 법은 없지 않은가.

그쪽 손녀 되는 사람도 남모를 고충이 있겠다고 얼굴도 모르는 이들을 동정한 여린은 다시 버거를 한입 베어 물었다. 오물오물 버거를 씹으며 주변을 둘러보던 여린은 카페로 들어오는 나이 지긋한 커플을 보고서 아직 다 씹지도 않은 음식물을 꿀꺽 삼켰다.

“……준서야.”

귀엽게도 옷을 맞춰 입은 어르신 커플과 시선이 닿은 여린이 우물거리며 준서를 불렀다. 고개를 들어 여린을 쳐다보던 준서의 얼굴이 굳어버린 건 순식간이었다.

“손녀어!”

스윽. 준서가 몸을 비틀어 귀에 익은 음성이 들려온 곳을 쳐다봤다. 하얀색 티셔츠에 빨간 카디건을 걸친 양두만 옹과 하얀색 티셔츠에 보라색 카디건을 걸친 최 여사가 그들을 향해 무척이나 반갑다는 듯 손을 흔들고 있었다.

＊

"……미안."

시끌벅적한 포장마차라는 장소에선 꽤나 적절치 않은 작은 음성. 못 들은 척 고개를 숙이고 있었지만 준서의 귀는 활짝 열려 있었다.

"우리 할아버지가 그러실 줄 누가 알았겠니. 왜 그러시는 거지? 너 많이 좋아하셨었는데. 생각 좀 해봐. 우리 할아버지께 뭐 잘못한 거 있어?"

많이 미안한지 여린이 쉴 새 없이 종알거렸다. 준서는 여전히 고개를 숙이고 매우 피곤하고 힘들어서 입술을 뗄 힘조차 없는 척, 연기를 지속했다. 사실 피곤하고 힘들기는 했다. 여린의 눈에 보이는 것만큼이 아닐 뿐이지.

"이상해, 이상해. 너한테 그러실 분이 아닌데. 진짜 잘못한 거 없어?"

자꾸만 되묻는 여린에게 준서는 느릿하게 고개를 저어 보였다. 아무리 생각해 봐도 양두만 옹께 잘못한 게 없었다. 요즘 바빠서 제대로 찾아뵙지도 못했는데, 시간이 있어야 잘못을 하든가 말든가 하지.

여린의 말처럼 양두만 옹께서 약간 이상해지시기는 했다. 전에는 저만 보면 칭찬일색이셨던 분이 어느 날인가부터 차가운 눈빛으로 쳐다보기 시작하셨으니까.

준서는 표정을 숨기기 위해 계속 고개를 숙인 채로 오늘 일어났던 일들을 되짚어보았다.

놀이공원에서 최옥희 여사와 양두만 옹을 마주친 순간부터 평범한 데이트가 더블데이트로 바뀌어 버렸었다. 여린의 조부모님께서 함께 다니자 말씀하시는데 거절할 수가 있었겠는가.

더블데이트를 시작한 네 사람은 속이 울렁거릴 정도로 기구를 탔다. 그리고 원숭이와 함께 사진을 찍을 수 있다는 곳으로 향했던 것이다. 그러면 안 되는 거였는데.

'망할 놈의 줄리엣 같으니.'

빠드득, 준서의 이가 갈린다. 줄리엣은 사람들과 함께 사진을 찍어주는 원숭이였다.

깍깍거리며 재롱을 부리던 줄리엣은 준서에게 달라붙어 떨어질 줄을 몰랐다. 준서가 제 신랑이라도 되는 것마냥 좋다고 난리도 아니었다.

강아지와 고양이를 제외하곤 털 있는 동물들을 싫어하는 준서라 줄리엣의 애정 공세가 전혀 달갑지 않았지만 양두만 옹께서는 그것이 부러우셨던 모양이다.

'에잇! 네 녀석 때문에 내가 사진을 찍을 수가 없잖으냐! 에잇, 에잇!'

줄리엣이 아닌, 준서에게 역정을 내시던 양두만 옹. 그때 준서는 놀이공원에서 처음으로 최옥희 여사에게 S.O.S의 의미를 담은 눈빛을 보내보았지만 차갑게 외면당했었다.

지칠 정도로 연신 짜증을 내시는 양두만 옹과 도와주지 않으시는 최옥희 여사님. 준서에게는 놀이공원 자체가 적이었다. 그나마 얻은 게 있다면 간간이 준서의 편을 들어주던 여린이 먼저 손을 내밀어 잡아준 것이랄까. 아, 그리고 최 여사님도 종국에는 안타를 쳐주시긴 했다.

'여린이, 요 앞에 포장마차 가서 준서 우동이라도 사 먹이고 들어와라.'

집 앞에 차를 세웠을 때, 양두만 옹을 대문 안으로 밀어 넣으시며 하셨던 말씀. 그것이 준서에게는 오늘 하루 있었던 일 중에 가장 좋은 일이었다.

"준서야, 죽지만 마."

끔찍한 환상의 세계에 떨어져 있던 준서가 여린의 걱정스런 말에 고개를 들었다. 혼자 소주를 얼마나 마셨는지 코끝이 발갛게 물들어 있었고 눈가에는 슬쩍 이슬이 비친다.

"내가 10점 만점에 10점 줄게. 응? 죽지만 마."

10점 만점에 10점이라. 썩 나쁜 결과는 아니다. 하지만 여기서 만족한다면 도준휘, 유우한 부부와 함께 사는 도준서가 아니지.

"뭐 하나 물어보자."

여린을 쳐다보던 준서가 제 잔에 소주를 따른다. 그녀를 보고 있지 않아도 자그만 머리가 끊어질세라 끄덕여지는 걸 알 수 있었다.

준서는 미지근해진 소주를 입안에 털어 넣고 두 눈을 부릅뜨고서 질문을 기다리고 있는 여린을 바라본다.

"그 남자하고 계속 연락하냐?"

여린의 고개가 갸웃거려진다.

"그 남자? 누구?"

생각해 봐도 모르겠는지 여린이 준서에게 묻는다. 그 남자의 이름이 기억나지 않는 준서는 눈살을 찌푸렸다. 생각하는 것만으로도 짜증나는 남자이기에.

"그 남자. 오리온이 소개시켜 줬다며."

"아아, 사우 씨?"

여린이 얼굴 가득 환한 미소를 지으며 그 남자…… 아니, 그놈의 이름을 발설해 버린다. 준서는 오늘 하루치 짜증보다 더 극심한 짜증이 치밀어 오르는 것을 느꼈지만 심호흡으로 마음을 가라앉혔다.

"그래, 그놈. 계속 연락하냐고."

억지로 미소를 짓는 준서의 입가가 바르르 떨린다. 하지만 준서의 심정을 눈치 채지 못한 단순한 여린은 생긋생긋 웃으며 엄한 말들을 내뱉었다.

"연락이야 하지. 사실 오늘도 뮤지컬 보러 가자고 했는데 선약 있다고 거절했거든. 얼마나 미안했는지……."

"양여린."

준서는 자신의 화를 돋우는 말만 해대는 여린의 입을 막았다. 입술로 막았다면 더할 수 없이 좋았겠지만 자고로 남자는 적당한 때와 장소를 가릴 줄 알아야 하는 법이니……. 그따위 법을 누가 만들었는지. 젠장!

"너 나한테 미안하지?"

"응? 우웅."

"안 미안해지고 싶지?"

"……응."

"그럼, 그놈하고 연락하지 마."

놀란 눈으로 준서를 쳐다보던 여린이 입술을 깨물기 시작한다. 저 갈등하는 모습이라니. 몇 번 만나지도 않았고 사귀는 것도 아닌, 그저 소개만 받은 남자와 연락하지 말라는데 갈등할 게 뭐란 말인가. 네 옆에는 내가 있는데. 나 도준서가 그놈보다 모자란 게 뭐라고.

"대답 안 할 거야?"

깊게 생각하게 놔뒀다가는 어떤 식겁할 대답이 튀어나올지 모르기에 준서는 대답을 재촉했다. 입술이 만개한 장미꽃처럼 붉어질 때까지 깨물어대던 여린이 아쉬움이 그득한 얼굴로 고개를 끄덕인다.

"연락하지도 말고 만나지도 마."

준서는 못을 박았다. 자신의 행동이 유치하든, 이기적이든 상관없었다. 백해무익한 인물들은 초장에 잘라 버리는 게 옳다.

"……너무해."

여린이 울먹거리며 불만을 토로했지만 준서는 눈 하나 깜빡하지 않았다. 너무해? 누가 너무해! 나는 오늘 200장이 넘도록 사진을 찍었고, 할아버님 구박을 온몸으로 받아 마음에 시퍼런 멍이 들었고, 온종일 놀이 기구를 탄 덕분에 누가 슬쩍 치고 지나가기만 해도 토할 것 같았다! 누가 너무한 건데!

외치고 싶은 말들을 술과 함께 위장으로 흘려보낸 준서가 가늘어진 눈으로 여린을 응시했다.

“그래서, 계속 만나시겠다? 그럼…… 나도 계속 화낼까?”

깜짝 놀란 여린이 고개를 좌우로 저어댄다. 그제야 만족한 준서가 의자를 뒤로 밀고 자리에서 일어섰다.

“일어나. 데려다 줄게.”

고개를 끄덕인 여린이 일어서더니 비틀댄다. 회상 시간이 길었나. 자작의 대가인 양여린이 깨끗하게 비운 소주 두 병이 보인다.

잠시 여린을 세워두고 왕 사장에게 다가가 계산을 한 준서가 그녀를 끌고 포장마차 밖으로 나왔다. 그리곤 여린의 앞에 무릎을 굽히고 앉는다.

“응아 마려?”

어이없는 여린의 말에 기가 찬 준서의 목이 푹 수그러진다. 내가 애를 데리고 뭘 하는 건지.

“업히라고.”

절로 지친 음성이 흘러나온다. 준서의 말이 끝나기도 전에 여린은 좋다고 폴짝 뛰어 그의 등에 업혔다.

준서는 무겁지 않은 여린을 업고 그녀의 집으로 걸음을 옮겼다. 그녀의 체온이 마음을 따스하게 만들고 약간은 거칠어진 숨소리에 심장이 세차게 뛴다.

“……오랜만이네.”

천천히, 거북이걸음으로 걷고 있는 준서에게 여린이 조용히 속삭인다.

"뭐가."

"너한테 업히는 거."

"저번에도 업을 뻔했어. 여의치 않아서 안아 들었지만."

"언제?"

"너 나이트클럽 갔던 날."

여린이 준서의 목을 힘껏 끌어안았다.

"……준서야."

"왜."

"준서야."

"그래."

"준서야."

"……어."

여린은 집에 도착할 때까지 준서의 이름을 불렀고 그는 그녀가
부를 때마다 대답해 주었다.

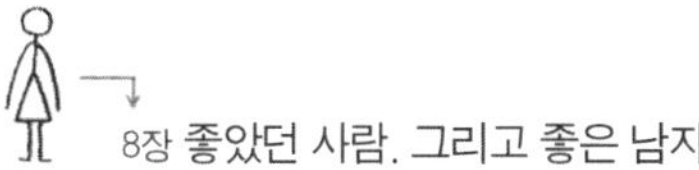 8장 좋았던 사람. 그리고 좋은 남자

정신없이 바빴던 하루 일과를 끝마친 여린은 퇴근 전, 따끈한 커피 한 잔과 함께 휴면 상태에 돌입해 있었다. 하지만 그 여유롭고도 평온한 상태는 분침과 초침이 정각 9시를 가리키자마자 끝이 났으니.

"오늘도 패셔너블하십니다, 여사님."

두 건의 호텔 객실 예약 문제와 고객이 요구한 좌석 예약이 원활하지 않아 퇴근을 하지 못하고 있었던 직원의 목소리가 들려왔다. 그리고 이어.

"여전히 훤칠하시네. 우리 손녀 업무는 끝났는가?"

"아마 양 팀장님 업무는 끝나셨을 겁니다."

그리고 여린에게로 다가오는 걸음 소리. 여린은 커피 잔을 내려

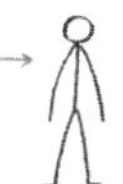

놓고 미소 띤 얼굴로 뒤를 돌아보았다.

"할머니, 내가 집으로 간다니까 기어코 오셨네."

"어차피 가는 길인데 고생스럽게 뭐 하러 집에 와?"

"차 가지고 가면 편하잖아."

"그 복잡시러운 데에 차 가지고 가면 짜증스럽다."

그러니까 그 복잡시러운 데에 뭐 하러 가시려고 하십니까. 그냥 주말에 백화점으로 가시면 될 것을. 여린은 터져 나오려는 한숨과 함께 하고픈 말들을 삼키며 주섬주섬 짐을 챙겼다. '오늘도 역시'라고 생각하며.

최 여사는 여린과 어디 갈 곳이 있으면 꼭 이렇게 회사 안으로 진입하시곤 하셨다. 그건 아무리 늦은 시간이라 해도 회사 안에 두 명 이상은 남아 있음을 아시기 때문이다. 그 두 명 이상이 꼭 당신을 발견하곤 감탄의 눈빛으로 아름답다, 패셔너블하다, 멋스럽다, 양 팀장님 언니라고 해도 믿겠다, 하며 입을 모아 찬양하기에.

여린은 서둘러 회사에서 빠져나와 최 여사와 함께 전철에 올랐다. 전철에서도 그들을 훔쳐보는 눈동자들이 정신없이 굴러다녔다.

출근할 때 최 여사가 골라준 옷을 입었기에 여린의 복장도 편안한 것은 아니었다. 하체 라인을 여실히 드러내 주는 디스트로이드 스키니진에 아슬아슬한 브이넥 라인의 면 티셔츠를 입고 라이더 재킷을 걸쳤으니까. 하지만 여린은 젊으니까 그렇다고 쳐도 최 여사의 패션은 사람들이 감탄할 만했다. 최 여사님이 본인의 의상으로 고르신 옷들은 물 빠진 부츠 컷 청바지에 눈처럼 하얀 앙고라 니트, 허리 라인이 강조되는 검은색 트렌치코트였으니.

최 여사와 함께 다니면 늘 받게 되는 시선들이었다. 그 시선들 안에는 과연 할머니일까, 엄마일까, 이모일까, 하는 호기심이 담겨 있었다. 어렸을 때는 눈빛으로만 묻는 사람들에게 '우리 할머니세요!' 라고 외치고 싶었지만 나이가 조금씩 들고 나서부터는 그냥 그러려니 하는 여린이다. 할머니가 젊어 보이시는 게 나쁜 건 아니니까.

어쨌든. 이렇게 패션 감각이 뛰어나신 할머니 덕분에 여린은 석 달에 한 번쯤은 동대문 쇼핑에 나서야 했다. 백화점 옷들은 하나같이 획일화되어 있어서 개성이 없어 싫으시다나.

요즘은 백화점이나 동대문이나 비슷비슷하다고 아무리 설득을 해도 소용이 없었다. 이것이 너무나 젊게 사시는 조부모님과 함께 하는 손녀의 고충 중 하나인 것이다.

"한 번 돌아보자꾸나."

동대문 쇼핑센터 앞에 선 최 여사의 입꼬리가 표나게 말려 올라갔다. 오늘은 몇 시간을 쇼핑에 할애하시려는가.

"저것도 괜찮구나. 한번 입어보자."

열두 번째 매장.

"여린아, 저 옷 색감이 아주 좋구나. 너 한번 입어봐라."

스물일곱 번째 매장.

"이런 구두 하나 있으면 어느 옷에나 매치하기가 좋아. 이거 235 있나요?"

서른여섯 번째 매장.

딱 마흔 번째 매장을 채웠을 때, 여린의 팔은 끊어질 지경이 되어 있었다. 양손에 가득 들린 쇼핑백들은 몇 개인지 세어볼 엄두도 나지 않는다.

"할머니, 나 배고파."

여린은 울 것 같은 얼굴로 징징거렸다. 벌써 세 시간째. 쉼없이 매장과 매장 사이를 빠르게 걸어다니시는 할머니의 뒤를 따르며 고르신 옷들이 어울리는지 아닌지를 말씀드려야 했다. 저는 옷이 많으니 신경 써주시지 않아도 됩니다, 라고 말해도 최 여사는 듣지 않으셨다. 그래서 여린은 수많은 옷들을 입어보고 벗어보고 구매해야 했다. 물론 여린의 돈으로 사지는 않았지만 차라리 벌거벗고 다니겠다고 말하고 싶은 심정이었다.

"그래? 여기 어디 식사가 되는 카페가 있었는데."

에스컬레이터를 타고 아래층으로 내려가시려는 할머니의 뒷모습을 보며 여린은 안도의 숨을 내쉬었다.

"여기 분식점도 많아."

"분식점은 도떼기시장 같잖니. 난 그런 데 싫다."

네네, 그러시겠죠.

"저쪽에 몇 개 있을 거야. 저번에 와서도 갔었잖니?"

"기억나."

"그래, 거기로 가자. 음식도 영 형편없었던 건 아니었잖아."

여린은 고개를 끄덕였다. 주린 배를 채우며 쉴 수 있게 된 것만 해도 감지덕지다. 지금은 가시방석에 앉아 시멘트를 먹으라고 해도 감사할 것 같으니.

최 여사는 카페를 찾아내셨고 여린은 제발 빈자리가 남아 있어 주길 기도했다. 하늘이 지독하게 무심한 건 아닌지 빈자리가 있었고 메뉴판이 건네어졌다.

"김치볶음밥 먹고 싶으니까 너 돈가스 시켜라."

메뉴판을 보신 최 여사의 말씀에 새우볶음밥이 먹고 싶었던 여린의 입술이 삐죽이 튀어나왔다. 분명 김치볶음밥도 자시고 싶고 돈가스도 당기시는 것이리라.

"나는 새우……."

"돈가스 먹어."

그 말을 끝으로 메뉴판을 탁 접어버린 최 여사가 화사한 미소를 지으며 종업원에게 주문을 넣었다. 여린은 돈가스도 나쁘지 않다고 스스로를 세뇌시킨다.

기억한 대로 음식 맛은 나쁘지 않았다. 훌륭한 것도 아니었지만 카페에서 쉐프의 손맛을 바라는 건 과한 욕심일지니.

"아이고, 피곤타. 나도 이제 늙었나 보다."

깨끗하게 비운 음식 접시들을 물리고 후식으로 커피가 나오자 최 여사가 말아 쥔 주먹으로 어깨를 콩콩 두드리며 한숨을 쉬셨다. 이제야 늙었나 보다는 말씀을 하시다니. 다행이고 축복이다 싶다가도 뭐라 말로 표현할 수 없는 감정이 꾸물꾸물 움직인다.

여린은 초조한 마음으로 커피를 마시고 계신 할머니의 눈치를 살폈다. 더 이상은 쇼핑백을 들 손도 없다. 양팔이 저려온 건 오래 전이고 손가락 관절은 삐거덕거린다. 그러니 쇼핑을 중단해야 하

지만 즐거워 보이시는 할머니의 기분을 망치는 손녀가 되고 싶지
는 않기에 기다리는 것이다. 이제 집으로 가자고 말씀해 주시기만
을.

커피가 반 정도 남았을 때, 최 여사가 핸드백을 뒤적거린다. 휴
대폰을 찾아낸 최 여사가 익숙한 손놀림으로 버튼을 몇 번 누르더
니 누군가에게 전화를 거셨다.

"아아, 준서니?"

허걱. 여린의 얼굴이 새파랗게 질린다.

"그래, 일은 끝났고?"

왜 할머니가 내 시선을 피하고 계신 것 같은 느낌이 드는 걸까.

"할미? 오랜만에 여린이하고 동대문에 쇼핑 왔다."

설마 동대문에 쇼핑 오신 걸 자랑하시려고 전화를 거신 건…….

"집에 가야 하는데 다리가 너~무 아프구나. 네가 좀 오련?"

"할머니!"

여린이 참지 못하고 빽 소리를 지르자 최 여사가 날카로운 시선
으로 손녀에게 조용히 하라 명한다.

"그래. 여기 A쇼핑몰 골목에 있는 B카페에 있으니 도착하면 전
화해라."

아무렇지도 않게 전화를 끊으신 최 여사를 여린은 주체할 수 없
는 화를 담아 노려보고 있었다. 버르장머리 따위, 지금 이 순간은
생각하고 싶지도 않다.

"할머니, 왜 피곤한 애를 부려먹어?"

"젊은 녀석이 피곤할 게 뭐 있어."

어쩜 저리도 담백하실 수가.

"이렇게 복잡시러운 데에 차 가지고 오면 짜증난다며?"

"집에 가는 거잖아. 복잡시러울 게 뭐 있어."

우리 할머니시지만…… 정말…… 대.박.

본인의 뜻에 따라 이리 바뀌고 저리 바뀌는 말씀들에 여린은 입이 막혀 버렸다. 그런데 그 말씀들이 하나같이 틀렸다, 아니다, 라고 반박할 만한 게 아니기에 더욱 답답하기만 하다.

따지고 보면 여든이 되신 할머니도 동대문에서 쇼핑하시는데 서른도 안 된 청년이 할머님을 모시러 오며 피곤할 건 없다. 동대문에 쇼핑하러 차를 가지고 오는 건 복잡스럽게 느껴지지만 집에 돌아가는 건 복잡한 걸 잠깐만 견디면 되니 그것도 문제될 건 없다. 문제는! 데리러 오라고 한 대상이 준서라는 것이었다.

"할머니, 준서 부려먹지 마. 걔도 힘들게 사는 애야."

다음부터는 이런 일이 일어나지 않도록 예방 조치를 취해보는 여린이지만 최 여사의 코웃음만 샀다.

"친구 좋다는 게 뭐냐. 애인도 아니면서 뭘 그렇게 감싸고돌아?"

"아무리 친구가 좋아도 그렇지. 걔가 우리 운전기사도 아니고."

"과하게 편드는구나. 이 할미가 그 녀석 부려먹는 게 그렇게 싫으냐?"

"아니, 그게 아니라……."

"아니, 그게 아니라, 는 찔리는 게 있을 때 쓰는 표현이지."

쇼핑 즐겁게 하시고, 식사 맛나게 하시고, 입가심으로 커피까지 마시고 계시면서 왜 저러실까.

"준서를 친구가 아니라 남자로 좋아하는 모양이구나. 언제 그렇게 됐을까?"

"할머니! 아니라니까!"

당황한 여린이 얼굴을 시뻘겋게 물들이며 고함을 질렀다. 그리고 최 여사는 손녀를 한 방에 녹다운시켰다.

"우리 집에는 화질 좋은 인터폰이 있고, 할미는 눈이 있다."

댕댕댕! 여린은 종이 울리는 환청을 듣고 그녀에게 K.O 선언을 하는 땅딸막한 심판이 할머니의 팔을 들어 올리는 환각을 보았다.

"할미는 말이다."

최 여사의 나지막한 음성이 여린을 환각 속에서 끄집어낸다.

"입술 좀 비볐다고 책임 운운하는 건 꼴불견이라고 본다."

"……할머니?"

"그래도. 내 손녀가 아무에게나 덥석덥석 제 입술을 물리는 여자는 아니었으면 좋겠구나."

여린의 정신을 쏙 빼놓은 최 여사는 담담하게 남은 커피를 홀짝인다. 그 앞에서 여린만 패닉상태에 빠진 채 암흑 속에서 허우적거리고 있었다.

깡 좋게 집 앞에서 키스했던 걸 보신 거다. 누가 집 앞에서 하는 키스가 낭만적이라고 지껄였는가!

'설마…… 놀이공원에서도?'

아이스크림 키스를 기억해 낸 여린의 손바닥이 축축하게 적셔졌다. 설마가 사람 잡는 일을 당연시 여기게 되면 모든 일에 의심만 많아지는 법이다. 하지만 여린은 저 자신을 위로해 본다. 그렇게까지 운이 억세게 나쁘지는 않았을 거라고. 그 넓고 사람 많은 놀이공원에서 준서와 자신을 어떻게 찾을 수 있었겠냐고. 그저 우연이었을 뿐이라고.

"그래, 준서 녀석하고 그 후로 진척은 있는 거야?"

커피 잔을 내려놓은 최 여사가 내일 날씨는 어떨 것 같냐고 묻는 듯한 어투로 말을 꺼냈다.

"할머니, 사생활 침해는 나쁜 거라고 할머니가 가르쳐 주셨잖아."

"사생활 침해라니. 원, 웃기는 소리를 다 들어보는구나. 손녀의 신상을 걱정하는 게 어떻게 사생활 침해야? 그래서 진척이 있어, 없어?"

"없어, 없어! 친구 사이에 그런 게 어디 있어?"

여린은 도리질을 쳐댔다. 준서와 연인이 될 수 있을지 체험해 보는 기회를 가지고 있긴 하지만 할머니께 그 사실을 들키는 건 평생 놀림거리가 되겠다는 말과 같았다. 그러니 숨겨야 한다. 그 키스는 실수였다고 할머니를 설득해야 한다.

"할머니, 그때 그건……."

"잘 생각해 보는 게 좋을 거다."

말이 잘린 여린이 눈을 동그랗게 뜨고 최 여사를 쳐다본다.

"이제까지 있었던 일들, 준서 녀석한테 받았던 마음들, 그런 것들을 잘 생각해 봐야 할 거야. 그래야 그 녀석이 친구인지 남자인지 알 수 있지 않겠어?"

낚이면 안 되는데. 번번이 할머니의 언변에 낚였었지만 이번에는, 이번 일은 그렇게 되면 안 되는 건데. 그런데도 여린은 기어코 커피 리필을 받아내시는 할머니를 바라보며 생각에 빠져 버렸다.

도준서가 양여린에게 크나큰 영향을 미치는 존재라는 것은 오래전부터 인정하고 있었다. 굉장히 좋은 친구였다는 사실은 부정할 수도 부정해서도 안 된다.

잠깐. 좋은 친구였다고? 그럼 지금은 친구가 아니라는 거야?

자신의 생각에 꼬투리를 잡은 여린의 눈썹이 꿈틀거렸다. 데이트 한 번 한 것뿐인데 벌써 친구였다고 과거완료형 문장을 사용하다니.

'뭐, 그래. 인정할 건 인정해야지. 그 한 번의 데이트에서 10점 만점에 10점이었던 건 맞잖아.'

놀이공원 데이트를 떠올리던 여린은 고개를 주억거렸다.

도준서는 본인이 싫은 건 죽어도 싫은 사람이다. 그런데 여린을 위해서 카메라를 구입하고, 여린을 위해서 데이트 장소를 놀이공원으로 선택하고, 여린을 위해서 그녀의 조부모님과 함께 다녔다. 그뿐인가? 싫은 내색 하나 없이 사진을 찍으라고 하면 찍고 찍히라고 하면 찍혔다. 양두만 옹의 신경질을 웃으며 받아냈고 군말없이 시키는 대로 다 했다. 과연 도준서가 아닌 다른 남자도 그렇게 할 수 있을까? 장담할 수 없는 일이다.

Rrrr. Rrrr. Rrrr.

최 여사의 휴대폰에서 흘러나오는 벨소리가 여린의 시간을 두드린다. 이제 그만 생각을 마칠 때가 되었다고.

여린은 통화를 하며 쇼핑백들을 힐끗 눈짓하시는 최 여사와 시선이 마주쳤다. 손가락 사이, 사이에 짐들을 꿴 여린이 포옥 한숨을 쉬며 자리에서 일어섰다.

준서는 카페 바로 앞에 서 있었다. 최 여사가 카페 안으로 들어올 필요는 없다고 말씀하신 모양이다.

"줘."

짐의 무게 때문에 꼽추가 될 지경이었던 여린은 준서에게 오른손에 들고 있던 짐을 넘겼다. 그런데 그가 짐을 받아 들고도 차로 걸어갈 생각을 않는다.

"뭐, 왜?"

"남은 것도."

"됐어."

"난 안 됐어."

"난 됐어."

여린이 끝까지 고집을 부리자 준서의 눈썹이 뾰족해진다.

"준서야! 얼른 와 문 열고, 여린이는 할미 어깨 좀 주물러라!"

어느새 차가 세워진 곳으로 가셨는지 최 여사가 준서의 차 조수석에 기대 손을 휘저으며 소리를 지르신다.

"줘."

최 여사를 보며 금방 간다고 소리친 준서가 다시 여린을 쳐다보며 빈손을 내민다.

"하아. 되는 일이 없어, 정말."

어쩔 수 없이 고집을 꺾은 여린이 남은 짐마저 준서에게 넘기고

털레털레 그의 뒤를 쫓았다.

잠금 장치가 풀리자 뒷좌석으로 쏘옥 몸을 밀어 넣으신 최 여사는 짐은 조수석에 두라는 당부를 잊지 않으셨다.

"집에 가서 주물러 드리고, 내가 앞에 앉을게. 할머니, 응?"

준서가 조수석에 짐을 넣는 것을 본 여린은 울상을 하곤 할머니께 애원했다. 부려먹으시려고 준서를 부른 건 맞지만 운전기사로 보이게 만들지는 말자고.

"뒤에 타. 힘드신가 보다."

준서는 조수석 문을 탁 닫아버리고 뒷좌석의 문을 열어준다. 얼른 타라는 눈짓과 함께.

"준서, 피곤한데 고생시키는 거냐?"

차가 움직이기 시작하자 여린에게 안마를 받던 최 여사가 넌지시 묻는다.

"아니요. 괜찮습니다."

"그냥 괜찮기만 해?"

"……네?"

난해하기만 한 최 여사의 질문에 준서가 백미러를 통해 뒷좌석을 살핀다. 최 여사는 뭐가 그리 재미나신지 빙긋이 웃고 계셨고 여린은 죽을 날을 받아놓은 사람처럼 힘이라고는 찾아볼 수 없는 얼굴이었다.

"이 할미 봐서 좋은 게 아니라 그냥 괜찮은 거냐고, 녀석아."

"아, 하하!"

준서는 뭣도 모르고 웃었다. 하지만 여린은 할머니의 오버에 장

단 맞출 기분이 아니었다.

'저 밸도 없는 놈. 뭐가 좋다고 웃어? 우리가 지금 어떤 상황에 처해 있는지 알기나 해? 다 들켰다고! 할머니가 봤다고! 니가 내 마음을 아냐! 응? 누가 내 마음을 알아!'

여린은 정말 울고 싶었다. 누가 마음껏 울 수 있게 도와주기만 한다면 눈물로 세숫대야 하나쯤은 너끈히 채울 수 있을 것 같았다.

여자는 정조를 지켜야 하고 결혼할 남자가 아니면 손도 보여주지 말아야 한다는 사상을 가진 최 여사가 아니었다. 하지만 남의 키스 장면을 보는 것과 손녀의 키스 장면을 보는 것은 다르지 않은가? 그래서 여린은 무척이나 신경이 쓰였다. 준서와 키스하면서 급흥분했던 걸 할머니가 알아채셨을까 봐.

'주책주책! 집 앞에서 키스는 왜 해? 차도 있고, 좁은 골목도 많은데 왜 하필이면 집 앞에서 했냐고!'

입안으로 준서를 향한 쓸데없는 타박을 씹던 여린은 이내 한숨을 삼켰다. 내 죄다. 키스하면서 좋아해 놓고 누가 누굴 탓하리.

큰 문제였다. 준서의 입술이 닿기만 하면 정신이 나가 버리는 게. 마치 스위치를 가볍게 내리누른 것처럼 생각의 창이 스르르 닫혀 버린다. 이렇게 나가다 보면 어느 순간부터는 준서가 가까이 다가오면 자동적으로 눈을 감게 되는 날이 올지도.

여린은 할머니의 어깨를 주무르며 힐끗힐끗 준서를 훔쳐본다. 뒤쪽에서도 떡 벌어진 그의 어깨가 아주 잘 보인다. 오늘도 어김없이 팔꿈치 부분까지 둘둘 말아 올린 빳빳한 와이셔츠의 색깔은

농익은 오렌지 빛깔이었다. 세탁소에서 옷 찾을 시간도 없었던 모양이다.

보이는 면들에 신경 써야 하는 위치에 서 있는 준서도 최 여사만큼은 아니지만 패션에 신경을 쓰기는 했다. 하지만 그는 쇼핑을 갈 시간이 별로 없었다. 그래서 여린이 준서의 카드로 옷을 사다 주곤 했다. 물론 도준서의 취향에 맞추어서.

지금 그가 입고 있는 오렌지 빛깔 와이셔츠는 준서의 취향이 전혀 아니었다. 저런 여성적인 색감은 미스터 유의 취향이다. 하지만 미스터 유도 남이 입고 있는 모습을 보는 걸 즐기지 본인이 입지는 않는다. 그러니 저 옷은 준휘의 것이란 소리다.

양심의 가책과 미안함이 여린의 심장을 압박한다. 세탁소에서 옷 찾을 시간도 없이 바쁜 준서를 운전기사 노릇이나 하라고 불러낸 것도 미안하고 어젯밤, 사우에게서 온 문자메시지를 무시하지 않은 것도 미안하다.

사우와 만나기로 하거나 솜털이 쭈뼛 설 만큼 달콤한 말들을 주고받은 건 아니었다. 잘 지냈냐, 많이 바쁘냐, 시간나면 보자, 그런 식의 안부를 묻는 연락이었다. 약간 친밀함이 느껴지는 문장들도 있기는 했지만 여기서 그것까지 따지고 들면 양심의 가책이 목을 조를지도 모른다.

"할머님, 도착했어요."

손이 아픈 줄도 모르고 푹푹 한숨을 쉬어대며 할머니의 어깨를 주무르던 여린은 준서의 음성에 움직임을 멈췄다.

창밖을 내다보니 집 앞이다.

“으응? 벌써 왔어?”

최 여사가 편안하게 스러져 있던 몸을 일으키며 하품을 하고선 문을 열었다.

“여린이는 준서한테 자판기 커피라도 한 잔 사주고 들어와. 짐 빠짐없이 들고 오고.”

여린은 대꾸 한마디 못해보고 대문을 열고 집으로 들어서시는 최 여사의 뒷모습을 멍하니 쳐다보고만 있었다.

“또 이러시네.”

멍해져 있던 여린에게서 새어 나온 작은 음성에 준서가 무슨 말이냐고 묻는다.

“언제부턴지는 잘 모르겠는데, 사건사고는 할머니가 만드시고 뒷수습은 내가 하는 기분이야.”

피식. 준서가 가볍게 웃음을 터트리며 여린의 어깨를 톡톡, 두드려 준다.

“자판기 커피는 됐고, 편의점 커피나 한잔할래?”

준서의 말에 여린이 고개를 끄덕였다. 그것마저도 대접하지 않는다면 미안함에 목이 졸려 질식사한 양여린의 구슬픈 사연이 신문에 실릴지도 모르니까.

두 사람은 천천히 편의점으로 걸어갔다. 가로등 조명은 은근하게 거리를 비추고 있었고 어딘가에서 컹컹, 개 짖는 소리가 들려온다.

재킷을 입었는데도 차가운 밤공기는 옷을 뚫고 들어와 어깨가 떨리게 만든다. 여린은 몸을 움츠리며 손바닥으로 팔뚝을 문질렀다.

"추워?"

정장 바지 주머니에서 손을 뺀 준서의 말에 여린이 바람 빠진 웃음소리를 내뱉는다.

"왜, 와이셔츠라도 벗어주시게?"

비웃은 것도 잠시. 여린은 순식간에 준서의 품으로 빨려 들어갔다. 한쪽 어깨를 단단히 움켜잡고 끌어당긴 준서 때문에 그의 품에 폭 안겨 버린 인형 신세가 된 여린이 마른침을 삼켰다.

"왜, 왜 이러시냐?"

"양여린, 한국어 다시 배워야겠네."

"야아…… 놔봐."

"춥다며."

"이제 안 추워."

"내가 추워."

준서에게 재킷을 벗어줄 수도 없는 노릇이고, 그와 딱 달라붙어 있으니 추위가 슬금슬금 도망치려는 것 같기도 해서 여린은 어쩔 수 없다는 듯 더 이상의 반항은 하지 않았다.

"추워서 가만있는 거야."

"그래."

"절대 이 자세가 좋아서 그런 거 아니야."

"알았다."

"오해하지 말라고."

"무슨 오해를 해야 되는데?"

글쎄올시다. 무슨 오해를 해야 할까요.

내뱉는 말마다 무덤을 파는 격이 되는 것 같았기에 여린은 입을 다물었다. 짖던 개도 잠들었는지 무척이나 조용한 거리. 너무 조용해서 준서의 숨소리도 들리고 미약하게나마 그의 심장 뛰는 소리까지 들린다.

내 것도 너에게 들릴까. 우리 심장이 같은 속도로 뛰고 있다는 걸 너도 알고 있을까. 우리가 억지로 맞추기라도 한 것처럼 똑같이 오른발부터 먼저 내밀어 걷는다는 것을 너도 눈치 챘을까.

준서의 구두 앞코와 제가 신은 부츠의 앞코를 번갈아 쳐다보는 여린의 입가에 희미한 미소가 걸렸다. 어쩐지 좋은 기분. 지금 느끼는 좋은 기분을 애써 부정하고 싶지 않은 마음을 여린은 가만히 놔둔다.

편의점에서 따끈한 캔 커피를 산 여린과 준서는 왔던 길을 되돌아가기 시작했다. 그런데 준서가 여린의 손을 잡더니 직진을 해야 하는 길에서 코너를 돈다.

"어디 가게?"

"우리 아지트."

씨익 웃으며 답하는 준서를 보면서 여린도 웃어버렸다.

"여기도 많이 변했다."

"시간이 많이 지났으니까."

아지트에 도착한 여린이 조금은 씁쓸한 듯 중얼거리자 준서의 얼굴에도 그녀의 것과 비슷한 감정이 떠오른다.

중학생 때부터 쭈욱 그들의 아지트가 되어주었던 놀이터. 없어

지지 않은 것만으로도 고마워해야 하는 걸까 싶게 놀이터는 많이
도 변해 있었다.

철봉과 구름다리, 정글짐이 없어지고 그 자리에 눈길을 사로잡
는 색으로 칠해진 희한한 것들이 자리 잡고 있다. 시소와 그네의
색과 재질도 달라지긴 했지만 그래도 그건 원래 위치해 있던 곳에
서 그들을 기다리고 있었다.

여린은 폭신폭신한 모래를 밟고 걸어가 그네에 앉았다. 삐거덕
대는 쇳소리가 정겹게 느껴진다.

"준서야."

하늘을 올려다보며 저를 부르는 여린의 옆모습을 준서는 조용
히 쳐다보았다.

"시간이…… 정말 많이 지났다."

"그래."

"여기서 몰래 소주도 마셔보고, 펑펑 울어도 보고, 괜히 분위기
잡으면서 CD 플레이어로 노래도 듣고 그랬었는데."

여린의 눈이 곱게 반으로 접힌다. 좋은 일들만 있었던 건 아닌
데도 왜인지 좋기만 했었던 것 같은 어린 시절.

부모님을 잃었지만 조부모님과 함께할 수 있어서 행복했고, 정
들었던 친구들과 헤어져야 했지만 준서를 만날 수 있었기에 행복
했었던 시간들. 그 시간들을 추억하며 웃을 수 있는 지금이 행복
하지만 다시 그때로 돌아가고 싶은 마음이 드는 건, 어쩔 수 없는
일인가 보다.

"너 없었으면…… 힘들었을 거야."

여린은 여전히 하늘을 올려다보며 작게 속삭였다.

"나 없었어도 잘해냈을 거야."

그제야 여린이 고개를 내려 준서를 쳐다본다. 그리고 배시시 웃어 보였다.

"아니. 너 없었으면 덜 행복했을 거야."

"……."

"너는……."

말을 끝맺지 못한 여린이 준서의 눈을 빤히 들여다본다. 그러다 차마 그의 얼굴을 보면서는 뒷말을 이을 수 없었는지 캔 커피를 쥔 제 손으로 시선을 내렸다.

"나한테 좋은 남자야."

휘이잉, 바람이 강하게 불자 놀이터를 밝히고 있던 가로등의 불빛이 사라져 버렸다. 그리고 놀이터에는 그네의 줄들이 부딪치며 찰랑대는 소리가 오래도록 이어졌다.

9장 선택

"식사는 즐거우셨습니까?"

옅은 미소를 짓는 준서를 향해 마지막 손님으로 확정된 여인네들이 얼굴을 붉히며 고개를 주억거린다.

"사인 부탁드립니다."

"……."

"손님?"

"에? 아! 아, 네."

넋을 잃고 준서를 훔쳐보던 여인네가 터질 것처럼 시뻘게진 얼굴로 서둘러 사인을 하고서 영수증을 받아 든다.

"저희 에이를 찾아주셔서 감사합니다. 또 뵙겠습니다."

고개를 숙이는 준서에게 여인네들의 몽롱한 시선이 달라붙어 떨어질 줄을 모른다. 하지만 그 여인네들에게 이성적인 관심이 눈곱만큼도 없는 준서는 연신 미소만 짓고 있었다.

입구 쪽으로 걸어가며 연신 뒤쪽을 힐끔거리는 손님들과 준서를 번갈아 쳐다보던 지배인이 혀를 찼다. 저번 주 토요일, 우한이 가게를 보게 되면서 여성 손님이 눈에 띄게 늘었다. 게다가 날이 갈수록 화사해지는 작은 사장의 미소 덕분에 평일에도 여성 손님들이 예약까지 하고 찾아왔다. 그 남자들에게 적으로 두기엔 무시무시한 임자들이 있다는 사실을 모르는 건지, 예상하면서도 상관하지 않는 건지는 모르겠지만.

"오늘은 이쯤 해서 마감할까요?"

준서가 싱글벙글 웃는 상으로 묻자 지배인이 고개를 끄덕인다. 지배인이 직원들에게 오늘은 일찍 마감하고 들어가자고 말하자 이구동성으로 '회식'이라는 단어가 쏟아져 나온다.

"금요일인데 회식해요, 회식!"

"저희 회식한 지 너무 오래됐어요, 사장님!"

고기와 술이 고픈 직원들의 염원에 준서는 피식 웃어버렸다. 원래 에이의 회식은 정기휴일 전날로 지정되어 있었지만 금요일 밤에 술을 푸고 싶은 마음들을 이해 못할 것도 없었다.

"그래요. 오랜만에 회식합시다. 그런데, 저는 빼주세요."

발을 빼는 준서에게 엄청난 야유가 날아온다. 준서는 어깨를 으쓱해 보이며 어쩔 수 없다는 표정을 지어 보였다.

"선약이 있어서 참석하기가 곤란합니다. 이해해 주세요."

"우우! 그런 게 어디 있어요!"

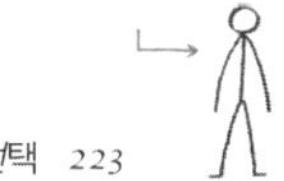

“사장님이 구워주시는 고기가 제일 맛있단 말이에요!”

과하게 서운함과 아쉬움을 토로하는 여직원들을 지배인이 나서서 도닥인다.

“자자, 그만 하고 어서 채비들 하세요. 시간이 지체되는 만큼 내일 아침이 괴로워질 겁니다.”

그제야 회식을 해도 다음날 출근을 해야 한다는 사실을 상기한 직원들이 하나둘씩 옷을 갈아입으러 걸음을 옮겼다.

지배인은 고마움의 눈빛을 보내는 준서에게 가까이 다가가 낮게 속삭였다.

“여린 씨하고 좋은 데 가십니까?”

“어떻게…….”

놀라는 준서의 표정에 지배인은 풋! 하고 웃어버린다. 어떻게 모를 수 있을까. 여린과 관련된 일이나 여린의 앞이 아니면 진짜 웃음을 보이는 일이 거의 없는 작은 사장이라는 걸 전 직원이 다 알고 있는데.

“자자! 지긋지긋한 물고기 말고, 송아지 보러 갑시다!”

준서의 물음에 눈웃음으로 대꾸한 지배인이 손뼉을 치며 직원들에게 빨리 움직이라 재촉했다. 그러고선 멍하니 서 있는 준서에게 눈짓으로 얼른 안 가고 뭐 하느냐 눈치를 준다.

가벼운 웃음과 함께 고개를 절레절레 젓던 준서는 코트와 지갑을 챙겨 가게를 나왔다. 주차장에는 늘 그렇듯 그를 닮은 은빛의 SUV가 주인을 기다리고 있었다.

차에 오른 준서는 시동을 걸다 말고 코트 주머니에 넣어둔 휴대폰을 꺼낸다. 익숙하게 단축번호를 누르자 그가 좋아하는 팝송이 흘러나온다.

[잠깐…… 히익!]

하여튼 양여린. 전화도 평범하게 받는 법이 없지. 준서의 눈가에 미소의 물결이 잔잔하게 넘실거린다.

[에휴. 겨우 탔네. 여보세요?]

헉헉대는 여린의 거친 숨소리와 한데 섞여 몸뚱이를 불리는 소음 덕분에 그녀가 어디 있는지를 눈치 챈 준서의 시선이 시계로 향한다.

"지금 퇴근하는 거야?"

[어, 아니. 회식하다가 빠져나왔어.]

누군가 인터넷에 글이라도 올린 모양이다. '직장인들이여, 회식을 요구하라!' 라고.

"어디 아파?"

회식하다가 빠져나왔다는 말에 준서의 미간이 좁아진다. 컨디션이 좋지 않거나 술이 받지 않는 날에도 회식 자리 같은, 단합을 도모하는 자리에는 절대 빠지는 일이 없는 여린이었다. 어디가 아프다면 모를까.

[내가 왜 아파?]

아직 문을 닫지 않은 약국이 있을까, 생각하던 준서에게 여린의 음성이 들려온다.

"안 아파?"

[뭐 하자는 거야, 너. 내가 아팠으면 좋겠냐?]

"이상하잖아. 양여린이 회식 자리에서 빠진다는 게."

[후우, 살다 보면 그런 날도 있는 거다.]

땅이 꺼져라 한숨을 쉬는 여린의 모습이 그려진다. 준서는 다음에 내리실 역이 어디라고 말하는 기계적인 여자의 음성을 흘려들으며 조금 전까지 했었던 생각에 헛웃음을 뱉었다.

예전에도 여린을 챙기기는 했었다. 아프다고 하면 걱정했고 같이 병원에 간 적도 있었다. 하지만 지금처럼 아프다고 말하면 당장 약을 사러 가야겠다는 생각은, 문 연 약국이 없으면 어떡하나 하는 걱정까지는 하지 않았었다.

친구와 여자가 이렇게나 다른 거구나, 그런 생각이 들었다. 친구일 때의 여린도 누구보다 가까운 사람이었지만 여자로서의 여린은…… 어떤 일에서든 일순위에 올려야 될 것 같은 그런 기분.

"술 마시고 전철 탄 거야?"

데리러 오라고 했어도 되는데. 달콤한 서운함이 머릿속을 간질인다.

[맥주 두 잔인가? 조금밖에 안 마셨어.]

"어디쯤 온 건데?"

[일곱 정거장 정도 남은 것 같아.]

"……아이스크림 사줄까?"

[풋! 내가 애냐?]

여린의 웃음소리에 준서의 얼굴에도 웃음꽃이 흐드러지게 핀다.

[너 가게는?]

“오늘은 일찍 마감했어.”

[음. 그럼 집 앞에서 봐. 차 세워놓을 데 마땅치 않잖아.]

“알았다. 조심해서 오고.”

[옙!]

전화를 끊은 준서는 휴대폰이 여린이라도 되는 양 흐뭇하게 쳐다보았다. 아주 천천히, 여린이 남자인 도준서를 향해 걸어오는 것이 느껴진다. 그러니 느리다고 조급해할 필요는 없다. 여린이라면 기다리게 만드는 것조차 즐겁게 받아줄 수 있으니까.

준서의 단순한 움직임에 몸집 큰 차에는 금세 생명력이 깃든다. 백미러로 후방을 살피며 후진을 하던 준서는 조수석으로 던져 두었던 휴대폰에서 벨소리가 울리자 느릿하게 브레이크를 밟았다.

“준섭니다.”

[너 준서인 거 안다. 너나 네 형이나 왜들 그렇게 전화를 멋대가리없이 받는다니. 이래서 집안엔 딸이 있어야 하는 건데.]

어머니의 푸근한 음성에 준서가 실없이 웃음을 터트린다. 어떻게 해야 멋대가리있게 전화를 받는 걸까 궁금하지만 물어볼 엄두는 나지 않는다. 최옥희 여사와 환상의 복식조를 이루시던 어머니이시니만큼 ‘멋대가리있게 전화받는 법’ 백 가지 정도는 열거하실 수 있을 테니 말이다.

웃고만 있던 준서에게 그의 어머니가 바쁘냐고 물어왔다. 그래서 준서는 착한 아들답게 오늘은 일찍 마감을 했고 직원들은 회식을 하러 갔다고, 그래서 지금 집으로 가는 길이라고 대답했다.

[잘됐구나. 너 잠깐 본점에 들러라.]

"무슨 일 있으세요?"

[아니. 준휘가 부탁해 놓은 게 있는데 내일까지 줘야 하는 걸 깜박했지 뭐니. 전화해 보니까 준휘하고 우한이가 같이 부산에 가 있더구나. 나하고 네 아버지도 가게 마감하고 장례식장에 가봐야 해서 짬이 안 날 것 같고. 잠깐만 왔다 가. 우리 작은아들 줄 것도 있으니까.]

그제야 준서는 준휘가 부산에서 열리는 무슨 파티셰 대회인가 하는 것에 심사위원으로 가 있는 것을 기억해 낸다. 당연히 우한도 따라갔지만 토요일마다 가게를 봐주기로 한 약속을 어길 리가 없으니 새벽에라도 서울로 올라올 터였다. 하지만 새벽에 온다 해도 어머니를 만날 시간이 여의치 않을 것이다.

준서의 머릿속에서 시계와 계산기가 동시에 돌아간다. 본점과 분점이 가까이 위치해 있는 것은 아니지만 서둘러 다녀오면 얼추 시간을 맞출 수 있을 것 같기도 하다.

"지금 바로 갈게요."

기다리고 있겠다는 어머니의 말씀을 끝으로 전화를 끊은 준서는 서둘러 차를 움직였다.

✳

양쪽 귀에 이어폰을 꽂고 있는 여린의 눈동자가 손목시계와 지하철 노선표 사이에서 바쁘게 움직였다.

아직도 세 정거장이나 남아 있는 상황. 지하철이 막힐 리가 없는데 오늘따라 왜 이리 느려 빠지게 가는 것 같은지.

어둑한 굴속을 질주하는 전철 안에서 여린은 초조하게 입술을 물어뜯으며 출입구에 비치는 투명한 제 모습을 쳐다보았다.

준서를 만날 거라 예상이라도 한 것처럼 묶지 않고 늘어트린 머리는 등허리에서 찰랑이고 있었고 기분 전환 삼아 입은 검은색 원피스는 주름이 약간 잡혀 있었지만 나쁘지 않았다. 전철에서 내려 화장실로 직행해 화장만 약간 고치면 크게 흠 잡힐 곳은 없었다.

주머니에서 챕스틱을 꺼내 마른 입술에 슥슥 문지르던 여린은 촉촉해진 자신의 입술을 손끝으로 살짝 더듬었다.

또 한 번의 키스. 줄어들 생각은 않고 점점 늘어만 가는 준서와의 키스에 여린의 볼이 발갛게 물들었다.

어린 시절의 추억이 고스란히 담겨 있는 놀이터에서 성인이 된 준서와 나눈 키스는 오묘했다. 해서는 안 될 일을 하는 것 같았는데 그래서인지 짜릿하게만 느껴졌던 키스.

'내 취향은 퓨어였던 거군. 흠.'

여린은 자신이 내린 결론을 인정하며 고개를 끄덕였다. 다른 승객들은 그녀가 이어폰에서 흘러나오는 음악에 리듬을 맞춘 거라고 생각하겠지만.

열정적으로 연애를 해오던 여린인지라 스킨십도 연애방식 못지않았다. 키스든, 허그든, 뼈가 부서지게 열정적으로. 그것이 여린의 모토였다. 그래서 이제까지 자신에게 하드코어적인 부분이 있다고 여겼던 것이다. 하지만 준서와 몇 번 키스를 하고 나서는 그녀의 생각이 달라졌다.

준서의 키스는 급하지 않았다. 열정적으로 휘몰아치지도 않았고 혀가 빠져나갈 것 같은 통증도 없고 입술이 얼얼해지지도 않았다. 그럼에도 불구하고 키스를 할 때마다 정신이 가출을 한다. 뼈마디마디가 푹 고은 도가니 뼈처럼 말랑말랑해진다. 어울리는 표현을 찾자면 방금 바른 챕스틱처럼 촉촉한 키스랄까. 비 내리는 날 한 우산 아래서 눈이 마주쳐 가볍게 입을 맞추지만 빗물이 말라붙을 정도로 열기가 피어오르는 그런 키스.

키스를 떠올리자 머릿속이 뭉근해진다. 여린은 낯 뜨거운 뭉근함을 씻어내려 머리를 휘휘 저어댄다.

내려야 할 역을 지나칠 뻔한 여린은 문이 열리자마자 전철에서 튕겨져 나와 계획했던 대로 화장실로 달려갔다.

얼굴 전면에 골고루 미스트를 분사하고 슬며시 번진 아이라인을 정리한 여린은 화장실에서 나와 걸음을 재촉했다. 어쩐지 집으로 향하는 발걸음이 가볍다. 구두에 날개가 돋기라도 한 것마냥.

준서를 친구가 아닌 남자로 인정했을 때, 헤어지기 직전까지 그가 보였던 환한 미소가 여린을 웃음 짓게 만들고 있었다.

"될 대로 되라지."

혼잣말을 중얼거리던 여린의 음성이 씩씩하다. 양여린 사전에 뒷걸음질이란 없다. 그녀의 조부모님은 실패의 쓴맛은 가르쳐 주셨을지언정 후퇴라는 단어는 생각도 말라 엄히 명하셨으니 착한 손녀는 따를 수밖에.

여린은 룰루랄라 콧노래를 부르며 준서와 쭈쭈바를 먹을까, 떠먹는 아이스크림을 먹을까 고민하면서 집으로 향했다. 하지만 15분

여가 지나 집 앞에 도착했을 때, 그녀의 앞에 나타난 남자는 준서가 아니었다.

"서프라이즈."

붉디붉은 장미 꽃다발을 등 뒤에서 꺼내며 웃는 사람은 분명히 준서가 아니었다. 지금 이 시간, 이 장소에서는 절대로 만나서는 안 될 사람이었다.

"어…… 사우 씨?"

빨랐던 걸음이 느려진다. 사우와 눈이 마주친 여린은 후퇴도 그다지 나쁘지만은 않을 것 같다고 생각을 고쳐먹고 있었다.

"연락 자주 못한 거 미안했어요."

꽃다발을 내미는 사우의 얼굴과 음성은 여린이 기억하는 그대로였다. 여전히 부드럽고 여전히 자상하다. 그런데 그 부드러움과 자상함에 여린의 마음은 불편해진다.

"꽃, 안 받아줄 거예요? 무릎 꿇어야 하나?"

정말 무릎이라도 꿇으려는 듯 주위를 살피는 사우의 행동이 심상치 않다. 여린은 다른 생각 할 것 없이 냉큼 꽃다발을 받아 들었다.

"연락이라도…… 하고 오시지."

꽃다발을 품에 안고 조그맣게 중얼거린 여린이 조금 전의 사우처럼 주위를 살폈다. 준서가 나타나기 전에 이 어마어마한 사태를 정리해야 한다는 생각에 오감이 예민해진다.

훌륭한 겉모습에 성격도 마음에 드는, 상당히 괜찮은 남자가 준 꽃다발인데 꽃잎에마저 가시가 돋아나 있는 것처럼 가슴이 따갑

다. 불륜을 저지르는 못난 여자마냥 누가 보기라도 할까 겁마저
난다.

"내가 온 거, 불편해요?"

지금으로서는 비명이 나올 만큼 불편합니다.

어색하게 미소를 지어서인지 여린의 입술이 요상하게 비틀어졌
다. 고개를 저어서 예의상 불편하지 않다는 뜻을 전해야 하는데
빳빳하게 굳어버린 목은 움직여 주지도 않는다.

빵빵!

"엄마야!"

난데없이 고막을 울리는 경적 소리에 여린이 새된 비명을 지른
다. 하얗게 질려 버린 그녀의 얼굴을 사우가 걱정스런 눈빛으로
쳐다보고 있지만 여린에게는 그게 중요한 게 아니었다.

여린은 방금 경적을 울린 차를 뚫어지게 쳐다보았다. 그리고 안
도의 한숨을 쉰다. 준서의 차가 아니었기 때문에.

"괜찮아요?"

사우가 조심스럽게 여린의 어깨 한쪽을 잡는다. 그 손을 쳐내야
한다는 생각은 머릿속을 가득 채웠는데 아까는 목이, 이번엔 손이
주인의 명령을 거부한다.

"아…… 괜찮……."

"그 손, 치우시죠."

어둠을 가르고 날아온 귀에 익은 음성에 여린의 하얀 얼굴에 파
란색 페인트가 쏟아진다. 너는 왜 기척도 없이 나타나니! 몇 분 뒤
에 나타나겠다, 언질이라도 주면 좀 좋아!

까맣게 타 들어가는 여린의 속을 아는지 모르는지 준서는 무섭도록 표정 없는 얼굴로 다가온다. 그리곤 여린의 품에 안긴 장미꽃을 찢어발길 것처럼 노려본다.

탁! 준서가 여린의 어깨를 잡고 있는 사우의 손을 먼지 털어내듯 치워냈다. 그리고 그때.

"히끅!"

여린이 한 손으로 제 입을 틀어막았다. 달나라 토끼님이 훔쳐 갔던 간덩이가 어느새 몸 안으로 기어들어 왔는지 조막만 해진 간이 급기야 딸꾹질을 내보낸다.

"히끅! 히끅!"

눈치도 없이 연신 터져 나오는 딸꾹질에 여린의 얼굴은 홍당무가 되어버렸지만 정작 그녀의 상태를 걱정해야 할 두 남자는 서로를 죽일 듯 노려보며 신경전만 펼치고 계신다.

그런 말이 있다. 없을 때는 죽어라 없고 있을 때는 필요없는데도 몰려드는 게 남자—혹은 여자—라고. 여린은 때아닌 남자 복에 기뻐만 할 수는 없는 자신의 입장이 슬펐다. 사우가 나이트클럽에 가기 전에 나타나 주기만 했어도, 준서가 오래전에 고백을 해주기만 했어도 이런 일은 일어나지 않았을 텐데. 뭐, 사람 일은 모르는 거고 그래서 인생이 재미있는 거라고들 하지만…… 하나도 재미없단 말이다!

"항상 늦은 밤에 마주치는군요. 굳이 밤에만 나타나시는 이유가 뭡니까?"

여린의 눈동자가 준서에게로 향한다. 단단히 팔짱을 끼고 사우를 내려다보는 준서의 눈빛에 분노와 짜증이 담겨 있다.

"낮에는 열심히 일하느라 시간이 나질 않더군요. 그러는 그쪽도 내가 밤에 나타날 때 같이 나타나는데, 그쪽은 이유가 뭡니까?"

이번엔 사우에게로 쏠리는 눈동자. 저쪽도 준서를 올려다보는 눈빛에 강한 노기가 담겨 있다.

"이유랄 게 있겠습니까. 낮이고 밤이고 언제든 오고 싶을 때 오는 곳인데."

씨익. 준서의 입꼬리가 말려 올라가고 그에 따라 사우의 눈꼬리는 험악하게 치켜 올라간다.

"오늘은 약, 챙겨 드셨습니까?"

빈정거리는 사우의 말투에 준서의 미소가 일그러진다.

"끊었습니다, 약."

"저런! 효과를 보기도 전에 끊어버리셨군요."

준서를 한없이 약 올리는 사우를 보면서 여린은 깊이 반성하고 후회했다. 정신 멀쩡한 애를 약이 필요한 미친 애로 만들어 버린 건 다름 아닌 자신이니까. 그리고 처음으로 사우에 대한 반감이 생겨난다. 꼭 그렇게 뒤끝 있게 굴어야 하나? 준서를 잘 모르는 사람이니 약 말고는 꼬투리 잡을 게 없어서 그러는 거겠지만 딱히 좋게 보이진 않는다.

"약은 그쪽이 먹어야 할 것 같은데. 남들 클 때 뭐 하셨습니까?"

휘둥그레진 여린의 눈이 거만한 표정을 지어 보이며 허리를 곧게 펴는 준서에게로 향한다. 준서야, 그건 좀 아니지 않니? 그런 유치한 인신공격이라니.

준서가 눈을 내리깔며 사우를 난쟁이 쳐다보듯 내려다본다. 그에 사우의 얼굴은 잿빛이 되어버리고 그의 주먹이 불끈 쥐어지는 것이 보인다.

"아하하! 아하하하하!"

육탄전만은 막아보리라 결심한 여린이 급한 김에 헛웃음을 터트렸다. 하지만 두 남자는 여린에게 눈길을 주지 않는다.

"하하하하! 아하하하하!"

여린은 더 크게 웃었다. 날 좀 보라고. 나 좀 봐달라고.

"하하하하하하!"

단전에서부터 끌어올린 우렁찬 웃음소리가 어둑한 골목길을 쩌렁쩌렁하게 울린다. 그제야 두 남자의 시선이 여린에게로 와 닿는다. 일단 서로를 죽일 듯 노려보던 두 남자의 관심을 돌린 것에는 성공했지만 이제부터가 문제였다. 할 게 없어서 웃긴 웃었는데 이제 뭘 해야 하나.

"하…… 하. 아하…… 하."

여린의 웃음소리가 점점 작아진다. 너 지금 뭐 하냐는 눈빛으로 쳐다보고 있는 두 남자의 눈치를 보며 여린은 손가락을 열심히 꼼지락거렸다. 그러면서 기대했던 것보다 발전하지 못한 현대의 과학을 원망해 본다. 이때쯤이면 하늘을 나는 자동차도 생기고 모든 인간이 텔레포트를 할 수 있는 능력을 지녀야 하지 않는가! 젠장맞을!

"저…… 기 밤이…… 늦었는데…… 이제 그만……."

여린은 무섭게 쳐다보는 두 남자의 시선을 외면하며 슬슬 뒷걸음질을 쳤다. 후퇴는 나쁜 거라고 배웠지만 목숨이 붙어 있어야 도전이든 사랑이든 뭘 하든 할 테니까.

대문에 등짝을 딱 붙인 여린이 어색하게 미소를 지어 보인다. 세트로 팔짱을 끼고 그녀를 쳐다보고 있는 남자들이 누구를 선택할 건지 정하고 들어가라 무시무시한 텔레파시를 보내온다. 아이러니한 일이 아닐 수 없다. 텔레포트는 안 되는데 텔레파시는 가능하다니.

울고 싶은 심정으로 여린은 한숨을 내쉰다. 여기서 누군가를 선택하라고 하는 건 너무나 잔인한 일이기에.

준서를 남자로 인정하면서부터, 아니, 그와 키스를 하면서부터 도준서라는 인간이 친구가 아닌 남자로 좋아졌다는 건 확실하다. 그러니 준서를 내칠 수는 없다. 하지만 사우를 단칼에 잘라낼 수도 없었다. 그는 단짝인 리안이 소개시켜 준 남자였고 정말 괜찮은 인물이었다. 꼭 사귀는 게 아니더라도 오랫동안 친하게 지내고 싶을 만큼.

'그래, 난 욕심 많은 여자야. 생긴 걸 그렇게 생겨먹었는데 어쩌라고!'

여린은 마음속으로 울분을 터트리면서도 한숨을 내쉰다. 준서의 부탁을 들어주지 않은 자신의 죄였다. 사우에게서 걸려오는 전화를 피하지 않았고 가끔씩 날아드는 문자메시지를 씹지 않았으니 이런 일이 생긴 게다. 이제 와 후회하면 무엇 할꼬. 이미 물은 엎질러진 것을.

“저……..”

겨우 마른 입술을 떼어내는 여린의 귀에 ‘끼익!’ 하는 소음이 들려오고 등에 붙어 있던 대문이 뒤로 밀려난다.

“흐음. 재미난 이야기들을 하는 모양이구나.”

여린의 몸이 딱딱하게 굳는다. 나른하기 짝이 없는, 지금은 듣고 싶지 않은 음성이 여린의 귓전을 울린다.

차마 몸을 돌리기가 겁이 난 여린은 눈동자만 돌려 홀연히 나타난 존재를 살폈다. 죽일 놈의 인터폰. 내 언젠가는 그놈을 망치로 살해하고 말리라.

한 손에 갓 내린 원두커피를 담은 머그잔을 든 최 여사는 바쁘게 시선을 돌리며 웃음을 삼켰다. 어쩐지 오늘은 일찍 자기가 싫더라니. 이렇게 재미난 구경을 하기 위해서였나 싶다.

“처음 뵙겠습니다. 이사우라고 합니다.”

낯선 청년이 꾸벅 허리를 숙이며 인사를 해온다. 인물 좋고, 예의 바르고, 목소리 또한 죽이는구나. 키가 작은 게 흠이긴 하지만.

인사할 선수를 빼앗긴 준서는 얼굴을 일그러트린 채로 억지로 미소를 지으며 최 여사에게 고개를 숙였다.

“그래요. 처음 보네요. 준서는 요즘 자주 보는구나.”

두 남자의 인사를 받아준 최 여사는 손녀를 쳐다본다. 자신의 등장이 마뜩찮은지 눈빛과 표정으로 제발 모른 척 집으로 들어가 달라고 애원한다.

단순하게 재미만 추구하자면 손녀의 애원 섞인 눈길쯤은 가볍게 무시할 수 있었을 터. 하지만 최 여사는 재미만을 좇고 싶어하는 마음의 욕심을 접었다. 이제껏 여린이 하는 일들에 많은 간섭을 해왔던 최 여사였지만 이번만큼은 여린에게 결정권을 내어주고 싶었다. 그건 이미 준서에게로 마음이 기울어 버린 손녀를 알고 있기에 내릴 수 있는 결정이기도 했다.

하지만. 소소한 재미까지 포기할 필요는 없는 법. 최 여사는 눈웃음을 지으며 어여삐 키워놓은 손녀를 탐하는 남자들을 쳐다보았다.

"밤바람이 찬데, 집에 들어와서 얘기들 나누던지."

경악하는 손녀의 얼굴이 시야에 잡히자 최 여사는 웃음을 참아냈다. 다 저를 위해 하는 일인데 그리 눈치를 못 채나.

한 가족처럼 지냈기에 시간에 관계없이 방문을 일삼았던 준서와 그런 녀석과 경쟁하는 남자. 누가 예의 없이 경쟁에만 열을 올릴 것인가, 최 여사는 그것을 테스트하고 있었다.

"괜찮습니다."

"말씀은 감사하지만……."

두 남자에게서 동시에 거절을 뜻하는 말이 튀어나왔다. 그리고 최 여사는 말을 하다가 만 사우에게 시선을 던졌다. 못다 한 말을 끝내라는 듯이.

"말씀은 감사하지만 시간이 늦었습니다. 다음에 정식으로 찾아뵙겠습니다."

사우의 말을 끝까지 들은 최 여사가 고개를 끄덕이곤 흘깃 준서를 쳐다보았다. 경쟁자가 내뱉은 말이 무척이나 마음에 안 든다는 듯 미간을 좁히고 있는 녀석의 구겨진 얼굴에 웃음이 난다.

"할머니……."

두 남자의 거절에 힘을 얻었는지 여린이 최 여사의 팔을 잡아 흔든다.

"들어가지 말라고 해도 들어간다. 네 할아버지 깨셨으니까 빨리 들어와."

세차게 고개를 끄덕이는 여린을 보다 두 남자에게서 인사를 받은 최 여사가 집 안을 향해 걸음을 옮겼다.

일단 급박했던 상황은 정리가 되었으나, 산 넘어 산이었다. 여린은 자못 여유있는 표정으로 자신을 쳐다보는 사우와 그런 그를 죽일 듯이 노려보는 준서의 눈치를 보며 마른침을 삼켰다.

다복한 건지, 박복한 건지. 결혼할 남자는 궁했지만 연애할 남자는 궁하지 않았었다. 마음은 외롭지만 곁이 외로운 적은 없었다는 소리다. 하지만 이처럼 두 남자 사이에 끼어서 이도 저도 못하겠는 상황을 만든 적이 없었던 여린으로서는 난감하기 그지없었다.

정리. 정리가 필요한 때였다. 도준서든 이사우든, 두 남자 모두를 만족시킬 수는 없으니 눈물 나게 아까워도 어쩌겠는가.

"준서, 먼저 가."

한숨과 함께 뱉어진 여린의 말에 준서의 안색이 어두워진다.

"사우 씨, 잠깐 시간 되세요? 얘기를 했으면 하는데."

아무것도 모르는 이가 본다면 사우가 여린의 선택을 받은 것 같은 상황이었다. 그리고 준서 또한 그렇게 느꼈다. 하지만 사우는 아니었다. 분명 자신을 쳐다보고 있는 여린이었지만 그녀의 마음이 어디를 향해 있는지 알 것 같았다. 그녀의 신경이 온통 옆에 서 있는 도준서라는 남자에게로 쏠려 있는 게 눈에 보였으니까.

"그러죠."

사우는 일부러 미소를 지었다. 그리고 준서를 향해 한쪽 눈을 찡긋해 보였다. 마치 내가 이겼다는 듯이. 여린에게 선택받은 사람은 저라는 듯이.

"양여린."

가라는 소리를 들었음에도 우뚝 서서 움직일 줄 몰랐던 준서가 여린을 불렀다. 그에 여린이 사우에게 양해를 구하고 준서의 팔을 끌어당겼다.

"니가 생각하는 그런 거 아니야. 우리 집 앞만큼 안전한 곳, 생각나는 데 있어? 연락할 테니까 먼저 가."

준서를 쳐다보지 않은 채로 소곤소곤 목소리를 낮춰 중얼거리는 여린. 그녀의 말에 조금쯤 기분이 나아진 준서였지만 그는 그대로 물러서진 않았다.

"나야?"

언제부터 이렇게 유치해졌을까. 준서는 굳이 확인받겠다고 물었음에도 그런 자신이 어이가 없어 헛웃음을 흘렸다.

"적어도…… 저 사람은 아니야. 됐니?"

짜증스럽다는 듯 여린의 콧등에 주름이 잡혔다. 원하는 대답은 아니었지만 준서는 제 등을 밀어대는 여린의 행동에 담긴 뜻에 순순히 따랐다. 도준서를 선택했다고 말하지는 않았다. 하지만 양여린이 선택한 사람이 재수없을 만큼 곱상하게 생긴 남자는 아니란다. 그래서 여린이 품에 안고 있는 꽃다발을 빼앗아 땅바닥에 패대기치지 않을 수 있었다. 그래서 이사우의 멱살을 잡아채 주먹다짐하고 싶은 마음을 참아낼 수 있었다. 여린의 마음이 자신에게로 기울었다는 것은 확인되었으니까.

준서가 점점 멀어져 가는 걸 확인한 여린은 종종걸음으로 사우에게로 다가갔다.

"사우 씨."

깊이 숨을 들이마시고 사우를 쳐다본다. 호감은 감사하지만 이미 마음이 다른 곳으로 가버렸다고 말해야 하는데 미소 짓고 있는 사우를 보고 있자니 쉬이 입이 떨어지질 않는다.

"아예 기회조차 없는 거네요."

여린이 어떤 식으로 말을 꺼내야 할지 고민하고 있는 사이, 사우가 먼저 말문을 열었다.

"……네?"

"결정, 한 거죠?"

피식, 허무한 웃음을 베어 무는 사우에게서 여린은 시선을 떨어트렸다. 사우와 사귄 것도 아닌데 그와 연락하는 것만으로도 준서에게 죄책감이 들더니만 사우와 사귄 것도 아닌데 호감을 접어달라는 뜻을 내비치는 게 이렇게나 미안하다.

"무슨 말을 해도 사우 씨 기분이 나아지지 않을 거라는 건 알아요. 하지만, 그래도 미안하다는 말은 해야겠네요. 진심으로 미안해요."

사우는 땅이 꺼져라 한숨을 내쉬는 여린을 가만히 쳐다보았다.

리안의 부탁을 받아 남의 연애에 끼어든 건 그였다. 도와주려던 좋은 의도를 뒤엎었을 만큼 마음에 드는 여자였지만 그렇다고 목숨 걸고서 빼앗아야 할 만큼 사랑하는 여자는 아니었다. 그렇다면 서로 좋다는 사람끼리 계속 좋아할 수 있도록 놔두는 게 현명한 일. 어차피 더 길게 미련 떨어봤자 여린의 마음이 이동하지는 않을 테니까. 그럴 것 같아서 이 여자가 마음에 들었던 거니까.

"나중에…… 그때 날 선택하는 거였다고 땅을 치면서 후회할 거예요."

장난스러운 사우의 말에 여린이 가볍게 웃음을 터트리다 입술을 깨문다.

"애인 자리는 거절당했지만 좋은 오빠로는 합격시켜 줘요. 난 가벼운 인연은 딱 질색이거든. 종종 연락하죠. 그래야 잡아놓은 물고기라는 생각을 못하지 않겠어요?"

씨익 웃어 보이는 사우에게 여린은 고개를 끄덕였다.

당분간은 아쉬움이라는 걸 느끼게 할 여린을 잠시간 쳐다보던 사우가 몸을 돌렸다. 그런데 여린의 집에서 조금 먼 거리에 세워 둔 차로 걸어가던 사우의 눈이 가늘어진다. 운전석 문에 비스듬히 기대어 서 있는 검은 인영을 발견한 사우의 고개가 좌우로 천천히 저어졌다.

"그렇게 자신이 없습니까?"

느긋한 사우의 음성에 문에 기대어 서 있던 사람이 천천히 몸을 돌려 세운다.

여린은 준서를 집에 돌려보낸 줄 알고 있었지만 그는 사우를 기다리고 있었다. 아니, 시간을 재고 있었다. 너무 오랫동안 대화가 이어진다면 다시 그들에게로 향할 생각이었다. 여린은 믿지만 여린에게 흑심을 품은 사우까지 믿을 수는 없는 거니까 말이다.

"어머님들께서 아버님들이 드실 찬거리에 밥상보를 씌우시는 이유를 아십니까?"

이상야릇한 준서의 물음에 사우의 한쪽 눈썹이 꺾여 산을 그렸다.

"찬거리에 파리가 앉았어도 먹을 수는 있습니다. 하지만 어머님들은 귀한 내 님이 드실 음식에 눈에 보이지 않는 깨알 같은 먼지 한 톨 떨어지는 것도 용납하지 못하시는 겁니다. 그건 음식 맛에 대한 자신감과는 다른 거지요."

자신을 파리에 비유하는 준서의 말에도 사우는 웃음을 터트렸다. 자신의 도전은 실패로 막을 내렸지만 리안의 부탁은 확실하게 들어준 것 같다. 소개팅 자리에 불쑥 나타나 엄한 말들만 쏟아내던 때와는 달리 자신감에 차서 이렇듯 소유욕을 내보이고 있으니.

'그래, 이런 남자들은 차라리 초반에 품절남이 되어주는 게 낫지.'

사우는 준서와 시선을 마주한 채로 빙긋이 웃어 보였다. 빠르게 마음을 접은 건 정말이지 몇 번을 생각해 봐도 잘한 일이었다. 더 억지를 부렸다면 추잡스러워지기밖에 더했겠는가. 그리고 도준서 같은 남자들이 하루라도 빨리 품절남이 되어야 여린만큼 괜찮은 여자들을 두고 똑같은 싸움을 하게 되는 일이 없다.

"그 밥상보, 오랫동안 씌워놓으셔야 할 겁니다. 내 음식이 아니라 들었던 수저를 놓기는 했지만 다른 사람들도 그러리란 보장은 없으니까. 음식이…… 좀 맛있어 보여야 말이죠. 그럼.”

사우는 대놓고 항복을 선언하고서 준서에게 문 앞에서 비키라는 듯 고갯짓을 해 보였다.

“다시 보는 일이 없길 바랍니다.”

준서는 끝까지 못을 박았다. 그리고 사우는 대답을 않은 채 시동을 걸었다.

현관문이 닫히고 여린이 계단을 오르는 소리가 더는 들려오지 않을 때까지 최 여사와 양두만 옹은 숨을 죽이고 있었다. 그리고 여린의 방문이 닫히는 소리가 들리자 그제야 최 여사가 말문을 연다.

“나는 당신이 당장에라도 뛰어나오실 줄 알았네요.”

잘 준비를 하다가 손녀에게 들러붙은 엉큼한 늑대 두 마리 때문에 잠기운이 싹 달아나 버린 양두만 옹이 인상을 쓰다가 아내를 쳐다본다.

“어디 야심한 밤에 다 큰 여자 집 앞에서 행패냐, 혼쭐을 내주시고 준서 녀석만 남겨놓으실 줄 알았더니.”

최 여사가 잠자코 괜한 잠옷의 단추만 만지작거리는 남편을 지그시 바라본다. 자신의 장난기를 더할 수 없이 큰 매력으로 받아들이는 남편이었다. 아주 가끔 손녀인 여린에게 장난을 칠 때 당신이 몸소 막아주시긴 하시지만 언제나 중립에 서려 노력하는 남편이었다. 아내와 손녀가 서운하지 않게.

어여쁜 손녀에게 마음을 준 사내들을 보는 건 기분 좋은 일이었다. 오늘 처음 본 사우보다는 준서가 더 마음에 차는 최 여사지만 아직 마음을 정하지 못한 둔한 손녀에게 계기를 만들어주고 싶었다. 자신의 마음을 확실시하고 심장의 주인을 정할 수 있는 계기를. 뭐, 당연히 사우가 썩 괜찮아 보여서 그러기도 했지만.

꽤나 짓궂은 장난이었다, 집으로의 초대는. 두 남자 모두에게 건넨 말이었기에 준서가 서운해하고 서러워할 만한 장난이기도 했다. 손녀를 당황스럽게 만드는 심한 장난이었기에 남편이 나서서 막을 줄 알았다. 그런데 남편은 바깥으로 나올 생각도 않았다. 준서와 사우가 퇴장하고 여린이 집으로 들어올 때까지 인터폰만 노려보았을 뿐. 최 여사는 그 이유가 궁금한 것이다.

"왜 조용히 계셨어요? 두 녀석 다 마음에 안 드셨어요?"

이불을 펼치던 양두만 옹이 아내를 쳐다보며 얼굴을 구긴다.

"그놈이 사랑한다고 안 하잖어!"

최 여사의 눈이 깜박깜박, 정신없이 깜박인다. 난데없는 남편의 역정에 뭐라 말을 해야 할지 모르겠다.

"당당하게 사랑한다고 소리칠 용기 정도는 있어야 하는 거잖어! 라이벌까지 나타났으면 내 여자니까 쳐다보지도 말아라 소리쳤어야지! 그랬으면 나가서 다른 놈 쫓아내 버렸지. 그래도 여태껏 쌓은 정이 얼만데. 준서 녀석 부모가 우리 여린이한테 좀 잘했어? 에잉, 띨띨한 놈. 내뱉어진 기회도 못 받아먹는 놈, 뭐가 예쁘다고 편을 들어줘?"

"풋!"

이불을 목까지 끌어 올리며 연신 혀를 차는 남편을 보면서 최여사는 웃음을 터트렸다. 띨띨한 준서 녀석이 잘해내 주어야 하루빨리 손녀사위로 맞이할 텐데. 그래야 밤 고양이처럼 연신 인터폰만 훔쳐보는 수고를 하루라도 덜할 것 아닌가.

"그렇죠. 당신은 우리 아버지 앞에서 얼굴 시뻘게져 가지고 날 사랑한다고 잘도 외쳤는데 말이에요."

최 여사는 그때처럼 얼굴이 시뻘겋게 달아오른 남편의 옆자리에 몸을 누인다. 큰아들 내외가 남겨주고 간 손녀 덕분에 매일이 행복으로 물들어가는 걸 감사히 여기며.

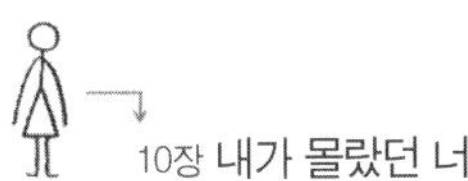

새들이 지저귀는 이른 아침. 우한은 늘어지게 하품을 하면서 방에서 나오다 귀를 쫑긋이 세웠다. 타닥타닥, 어딘가에서 자판을 두드리는 소리가 그의 호기심을 자극한다.

잠옷으로 이용하는 트레이닝 바지만 입은 우한의 벌거벗은 상체를 햇살이 비춘다. 유난히 하얀, 그래서 준휘가 항상 먹음직스럽다고 말하는 피부. 준서 앞에서는 벌거벗고 다니지 말아야 한다는 규칙도 잊은 우한이 햇살에 이끌리듯 걸음을 옮긴다.

주먹 하나가 들어갈 만큼만 열려져 있는 방문. 그 사이로 무언가에 몰두하고 있는 준서의 모습이 보인다.

"똑똑."

우한이 입으로 노크 소리를 내자 준서가 고개만 돌려 그를 쳐다

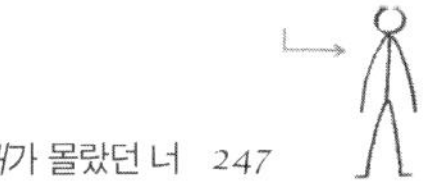

보다 인상을 쓴다.

"옷 입고 다녀."

"샤워하고 나가야지. 뭐 해?"

자신이 부탁한 일 때문에 잠도 편히 못 자고 이른 아침에 일어나야 했던 우한인지라 준서는 더는 타박하지 못하고 모니터로 시선을 돌렸다.

"북카페?"

준서의 뒤에서 허리를 숙이고 모니터를 들여다보던 우한이 중얼거린다.

"상관 말고 샤워해."

"여린이하고 북카페 가려고?"

"……."

"괜찮을라나? 여린이하고는 좀 더 활동적인 게 좋지 않아?"

준서가 한숨을 삼킨다. 저번 주에 딱 그가 계획했던 것만큼만 활동적이었다면 북카페 같은 걸 찾고 앉아 있지는 않을 것이다. 하나 저번 주 데이트는 혼이 빠져나갈 정도로 활동적이었기에 이번 주는 최대한 정적으로 보내고 싶은 준서였다.

자신의 취향에 맞춰 정적인 데이트 코스를 발견해 냈으나 그렇다고 여린의 취향을 아예 무시할 수도 없는 노릇. 그래서 새벽부터 잠에서 깨어 인터넷 서핑을 하고 있는 것이다. 조용히 책을 읽으며 시간을 보낼 수 있지만 여자들이 좋아할 만한, 분위기 있는 북카페를.

모니터를 노려보고 있던 준서가 무겁게만 느껴지는 눈두덩을 손바닥으로 꾹꾹 눌렀다. 준서는 잠을 제대로 자지 못했다. 그것은 새벽에 슬그머니 현관문을 열고 들어온 우한 때문도 아니고 여린과 어디서 데이트를 해야 할지 골몰했기 때문도 아니었다. 라이벌은 사라졌지만 그가 해결해야 할, 그만이 해결할 수 있는 문제가 남아 있기 때문이었다.

사우와 자신을 함께 집으로 초대하셨던 할머님을 원망할 수는 없었다. 따지고 들자면 사우나 준서나 할머님께는 똑같이 손녀의 사랑을 얻고자 하는 남자들일 뿐일 테니까.

여린도 사우를 선택하지는 않을 거지만 너를 선택한 거라는 말은 하지 않았다. 그건 준서에 대한 확신이 없어서이리라. 그리고 그런 여린의 마음이 충분히 이해가 되었다. 그래서 종국에는 저 스스로에게 화가 난 준서였다. 왜 사랑한다 말하지 못하는지, 왜 너 없으면 못 살 것 같다는 달콤한 말들을 해주지 못하는 건지. 그 말들을 할 수 있다면 여린이 행복하게 미소 짓는 모습을 볼 수도 있었을 텐데.

"홍대로 가봐. 북카페도 몇 군데 있고 포켓볼 카페도 있으니까. 여린이 먹는 거 좋아하니까 맛집 탐방도 괜찮겠네. 가끔은 밥 먹고 차 마시고, 밥 먹고 차 마시는 단순한 데이트도 나쁘지 않지."

스스로를 탓하던 준서는 우한의 음성에 정신을 차렸다.

"홍대?"

되묻는 준서에게 우한이 뒷목을 주무르다 고개를 끄덕인다.

"주말이라 사람은 많겠지만 주말에 사람 없는 데가 있나. 내가 가본 데 중에 괜찮은 곳들 뽑아서 적어줄 테니까 내키면 가봐. 대학로도 괜찮긴 한데. 길거리 공연도 있고, 소극장에서 연극을 봐도 좋고. 아, 홍대든 대학로든 차는 가져가지 마라. 짜증만 날 거야.”

조용히 우한의 말을 듣고 있던 준서는 슬쩍 메모지를 건넨다. 우한이 웃음기 가득한 얼굴로 메모지를 받아 들고선 그 얇은 종이를 팔랑팔랑 흔든다.

“준서야, 저번에 Z매장 갔었는데 예쁜 겨울 코트 많이 나왔더라. 준휘는 무조건 블랙이라는데 나는 그레이 색상이 괜찮더라고.”

사례를 원하는 우한의 말에 준서가 메모지를 빼앗으려 손을 뻗었다. 하지만 축지법이라도 배웠는지 뒤로 물러선 우한의 움직임이 더 빨랐다.

“어허. 검증도 안 된 곳으로 데려가서 뭘 어쩌려고? 나, 아는 데 되게 많다? 그쪽 주변에서 장사하는 친구들도 몇 있고. 아마 앞으로도 내 도움 받으면 구박받는 일은 없을 텐데.”

우한이 생긋생긋 얄밉게도 웃고 있다. 새벽에 부산에서 올라와 침대에서 편히 눈 붙인 시간이라고는 고작 서너 시간밖에 되지 않는 사람으로는 절대 보이지 않는다.

얼굴을 구긴 준서는 욕설을 입안으로 삼키며 우한에게 펜을 건넨다. 코트든 뭐든 알았으니 빨리 적기나 하라고.

씨익 웃으며 펜을 받아 든 우한이 방바닥에 앉으려 하자 준서가 학을 떼며 버럭 소리를 지른다.

“거실에서 써, 거실에서!”

여차하면 발로 뻥 차서 내쫓을 것 같은 준서를 보며 우한이 입술을 삐죽였다.

"너, 너무 야박하게 군다."

"고거 알려주면서 코트 사달라는 누구보다는 나아."

"코트 안 비싸."

"내 방바닥은 비싸."

"우리 집이다."

"짐 빼?"

결국 우한이 양팔을 들어 올려 항복을 외친다.

"내가 저 좋아하는 거 알면서 인정머리없이 굴기는. 쳇!"

"좋아하지 마! 좋아하지 좀 마!"

"사랑한다, 도련."

"이…… 이!"

우한이 혀를 날름해 보이고는 방에서 쏙 빠져나가고 준서는 날숨을 내쉰다. 이 집은 정말이지 정신건강에 해롭다. 준휘를 집에서 내보내시며 자신까지 쫓아낸 부모님의 강요만 아니었어도 여기서 이러고 있진 않았을 것이다.

부모님이야 자꾸만 멀어지는 형제간의 거리를 좁혀보시고자 형과 같이 살게 하셨다지만 당한 사람의 입장에서는 괴롭기 그지없다.

여린에게 12시쯤 데리러 가겠다고 문자메시지를 보낸 준서는 욕실로 향했다. 차가운 물을 뒤집어쓰면 피곤함과 복잡한 심정이 조금이나마 사라져 있을 것이라 희망하며.

*

　덜컹거리는 전철 안에서 여린과 준서는 말없이 창밖만 쳐다보고 있었다. 박 터지게 싸운 다음날 만나도 어색함 같은 건 없던 사이였는데 여자와 남자는 서로의 기분만 살핀다.

　전에 겪어보았던 겨울보다는 폭신한 날씨. 기온차가 큰 탓인지 사람들의 옷은 두껍지 않았지만 추워지면 입을 겉옷 하나씩은 한 손에 들고 있었다. 여린과 준서도 다르지 않았다. 여린은 얇은 후드 티셔츠 두 장을 레이어드해서 입었고 준서는 반팔 티셔츠 위에 차이나칼라의 면 집업을 걸치고 있었다.

　주말의 홍대는 젊은 인파로 북적였다. 손을 흔들거나 소리를 쳐서 일행을 찾는 이들과 뭐가 그리 즐거운지 연신 웃음을 터트리는 사람들. 그들 속에서 여린과 준서만 우중충한 어둠에 휩싸인 채로 동떨어져 있었다.

　"밥 먼저 먹자."

　준서의 말에 여린은 작게 '응'이라고 대답했다. 그들은 전철역에서 그리 멀지 않은 곳에 있는 샤브샤브 집으로 들어갔다.

　"고기? 해물?"

　어린 아르바이트생이 메뉴판을 공손하게 건네고 돌아가자 준서가 메뉴판에 얼굴을 묻고서 묻는다.

　"고기."

　망설임없이 대답하자 준서가 눈동자를 위로 굴려 여린을 쳐다본다.

"해물 먹지?"

"고기 먹을래."

"너, 요즘 살이 붙은 것 같던데."

진지한 시선으로 상체를 슥 훑어 내리는 준서 때문에 여린의 얼굴이 화르륵 불타올랐다.

"어, 어딜 봐서! 나 44야!"

"요즘 운동은 하냐?"

"아침저녁으로 계단 오르락내리락하잖아!"

"그게 운동이냐? 출퇴근이지."

여린의 숨소리가 거칠게 씨근덕거린다. 얘가 지금 뭘 하자는 건가 싶다. 집 앞으로 데리러 와서부터 음식점에 도착하기까지 얼굴 한번 제대로 봐주지 않은 녀석이 갑자기 사람 열불 뻗치게 만든다.

"고기! 고기 먹을 거야! 난 죽어서도 때깔 좋을 거야!"

살찐 것 같다는 말에도 고기를 포기 못하는 여린. 준서는 여린을 보면서 피식 웃어버린다. 그래, 이제야 양여린 같다. 살쪘다는 말로 10점 만점에서 몇 점이 깎였는지는 모르겠지만 주욱 우중충한 얼굴을 보고 있느니 점수를 안 받는 게 낫다.

다른 방법은 모른다. 더 좋은 방법, 여린이 화를 내지 않고 화사하게 웃을 수 있게 만드는 방법 같은 건 모른다. 이제껏 억지로 노력해서 그녀의 기분을 풀어준 적이 없으니까.

준서는 자신만의 방식대로 여린과의 어색함을 베어냈다. 이런

저런 문제로 잠을 설쳐 피곤하기도 하고 컨디션도 엉망이었지만 제 기분이 나쁘다고 해서 여린까지 그렇게 만들 필요는 없으니까.

여린의 요구대로 준서는 고기가 들어가는 메뉴를 시켰다. 그리고 뿌듯해했다. 뽀얀 국물에 담가진 고기와 야채를 잘도 집어먹으며 오물대는 여린이 눈을 뗄 수 없을 정도로 귀여워 보여서.

식사를 마친 후의 여린은 만족스러운 모습이었다. 애교스럽게 부풀어 오른 아랫배를 토닥이며 포만감으로 인한 미소 띤 얼굴로 잘 먹었다는 말을 잊지 않는다.

엉뚱한 곳을 쳐다보며 계산서를 스윽 밀어주는 여린을 보며 준서는 웃지 않기 위해 이를 악물었다.

"너희, 연봉 동결됐냐?"

준서는 짐짓 걱정스럽다는 얼굴로 묻는다. 그가 살쪘다며 약 올리는 것으로 어색함을 없애려 했다면 여린은 뻔뻔스러운 여자인 척, 계산서를 들이미는 것으로 답례를 하려 한다는 것을 안다. 하지만 녹녹해진 분위기를 망치기는 싫기에 장난 하나를 보태는 것이다.

"일자리 잃으면 에이로 와라. 주방에서 써줄 테니까."

"엄훠! 내가 왜 주방이니? 나같이 미모가 우월한 여성들은 홀에 나가 있어야지."

"그건 니 생각이고."

준서는 피식피식 웃어대며 계산서를 들고 자리에서 일어선다. 여린이 뒤를 쫓으며 자신이 얼마나 예쁜지 피력하려 애썼지만 준서에게는 불필요한 노력이었다. 그렇게 열심히 말해주지 않아도 여린이 예쁘다는 걸 누구보다 먼저 알고 있었으니까.

밖으로 나오니 제법 따스한 햇살이 짠하게 비추고 있다. 북카페에 가면 창가 쪽에 앉아야지. 그런 생각을 하며 준서는 여린을 이끌었다.

흠칫. 몇 걸음 떼던 준서가 조금쯤 놀란 얼굴로 여린을 쳐다본다. 여린은 그의 시선을 느끼지 못하는 척 옷가게들을 눈으로 훑고 있었다. 하지만 발그레 달아오른 얼굴색까지 숨길 수는 없었다.

준서는 왼쪽 손을 청바지 주머니에 쑤셔 넣었다. 그리고 왼쪽 팔을 몸에 딱 붙였다. 여린의 말랑말랑한 팔뚝 살이 그의 몸에 달라붙는다.

친구 사이에서 탈피하기로 한 이후 처음으로 여린이 먼저 팔짱을 껴왔다. 그녀가 먼저 다가와 준 것에 준서의 마음이 몽글몽글해진다.

커플들로 넘쳐 나는 거리. 그 거리를 채우고 있는 커플들 중의 하나로 소속된 준서와 여린은 느릿하게 걸음을 옮겼다. 햇살은 따스하고 바람은 선선한 게 그야말로 데이트하기 딱 좋은 날씨니까.

"북카페?"

준서가 한 카페 앞에서 걸음을 멈추자 여린이 간판을 올려다보며 중얼거린다.

"조용하게 커피 마시자고."

"하긴. 책 읽어본 지도 오래됐다."

준서는 여린 몰래 안도의 숨을 내쉬었다. 여행도 좋아하고 책도 좋아하는 여린이지만 데이트 코스로 무슨 북카페냐고 한다면 할 말이 없었을 테니.

우후죽순처럼 생겨난 여느 커피 전문점들과 비교해 봤을 때 북카페는 조용한 편이었다. 그중에서도 가장 마음에 드는 건 얇은 종이가 손가락 사이에서 비벼지고 넘어가는 아주 작은 소음들이었다.

창가 쪽에 자리를 잡고 아이스커피 두 잔을 시킨 두 사람은 여기저기 꽂혀 있는 책들의 제목을 훑어보다가 각자 원하는 책을 뽑아 들었다.

"100페이지까지 먼저 읽은 사람이 휴식 선언하기. 어때?"

북카페에 오긴 했지만 책만 볼 수는 없는 일이다. 그들은 엄연히 데이트 중이니까. 책을 읽다가 대화를 나눌 요량으로 제안한 준서에게 여린이 생긋 웃으며 고개를 끄덕여 준다. 그렇게 그들의 조용한 데이트가 이어지고 있었다.

"내가 먼저……."

활짝 웃는 얼굴로 읽고 있던 책을 덮으며 준서를 쳐다본 여린이 조용히 입을 다물었다. 읽었던 책을 다시 읽는 거였지만 보다 보니 빠져들게 되었다. 그래서 120페이지를 넘겨서야 책을 덮었는데 웬일로 속독의 대가 도준서 선생이 너무 조용하다 싶었다.

준서는 테이블 위에 엎드린 채로 잠들어 있었다. 한 팔을 구부려 팔뚝 위에 얼굴을 받치고서 누가 업어가도 모를 만큼 새근새근 단잠을 자고 있다.

여린은 잠든 준서를 훔쳐본다. 이제 보니 얼굴이 까칠해진 게 많이 피곤했던 모양이다. 안쓰러움과 미안함이 북받쳐 오른다.

거의 대부분 준서가 가게를 마감하고 나서 만났었기에 왁스로 스타일링되어 있던 깔끔한 모습만 봤었던 여린이다. 오늘은 샴푸 후 자연바람으로 말렸는지 길게 자란 그의 머리카락이 눈을 찌를 것만 같았다.

조심스럽게 팔을 들어 올린 여린이 눈을 가리고 있던 그의 머리카락을 손끝으로 걷어낸다. 하지만 흑단 같은 그의 부드러운 머리카락은 다시 사라락 흘러내려 와 눈을 가린다.

여린의 시선은 머리카락이 사이사이 끼워진 그의 속눈썹으로 향한다. 촘촘하게 자리를 지키고 서 있는 숱 많은 속눈썹에 살짝 손가락을 대본다.

"헉!"

속눈썹을 건드려 보던 여린이 놀라 손을 치우려 했지만 소용없었다. 준서의 손안에 갇혀 버린 그녀의 손은 빠져나올 구멍을 찾지 못한다.

"뭐, 뭐야. 깼으면 깼다고 말을 하지."

눈을 뜨지 않은 준서는 잡은 여린의 손을 끌어다 제 얼굴에 가져다 댄다. 그리고 여린의 손바닥에 코를 묻고 중얼거린다.

"좋은 냄새."

웅얼거리는 준서 때문에 여린은 죽을 맛이었다. 손바닥에 느껴지는 부드러운 감촉. 준서가 입술을 움직일 때마다 짜릿한 감각이 손바닥에 땀을 만들어낸다.

"벼, 변태냐?"

여린은 억지로 손을 빼내려 손목을 비틀었다. 하지만 여린의 손을 꽉 잡은 준서는 놔줄 생각이 없어 보인다.

쪽! 준서가 여린의 손바닥에 입맞춤을 한다. 목덜미가 붉어진 여린이 어버버거리던 것도 잠시, 그녀는 이내 얼어버렸다.

"맛있네. 맛있는 냄새였어."

스윽, 혀끝으로 여린의 손바닥을 핥아 올린 준서가 눈을 떠 그녀를 바라보며 미소를 짓는다.

배고픈 고양이처럼 나른한 시선으로 저를 올려다보는 준서 때문에 여린은 목구멍이 말라붙을 정도로 마른침을 삼켜댔다. 사내자식이 뭐 저리 요염한가. 이것이 범죄가 아니면 무엇이 범죄일까.

더럽다는 생각은 추호도 들지 않는다. 조심스레 속마음을 들춰보니 한 번 더 해주면 어떨라나, 하는 음흉함이 얼굴을 내민다.

"나, 얼마나 잔 거야?"

이젠 손을 빼낼 생각도 안 하는데 준서가 먼저 손을 놓아버리고 기지개를 켠다. 계속 그의 입술에 붙어 있고 싶어하는 손을 추슬러 허벅지 위에 얌전히 올려놓긴 했지만 여린은 왜인지 아쉬운 마음을 감출 수가 없었다.

"……한 시간 정도."

속으로 '미쳤어, 미친 거야, 그래, 미쳤어'라는 똑같은 말들로 음흉한 자신을 꾸짖은 여린을 준서가 씨익 미소를 지으며 쳐다본다.

"119 불러야겠네."

"……뭐?"

"너, 얼굴에서 불난다."

그 말에 여린의 얼굴은 더할 수 없이 시뻘게졌다. 당황한 여린은 두꺼운 책을 들어 억지로 얼굴에 바람을 부쳤다.

"더, 더워서 그래!"

"손목 아프겠다."

"안 아파!"

"아플 텐데."

피식, 웃어버리는 준서를 보면서 여린은 책을 테이블 위에 던지다시피 내려놓는다. 왜 나는 이다지도 두꺼운 책을 골라왔는가! 쓰디쓴 절규가 목구멍까지 치민다.

"출출하네."

목을 좌우로 꺾으며 몸을 풀던 준서의 말에 여린이 종업원을 불렀다. 메뉴판을 가져다준 종업원에게 살짝 미소를 보인 여린이 준서의 앞에 메뉴판을 펼쳐 놓는다.

준서는 눈으로 메뉴판을 훑었다. 와플, 케이크, 머핀, 스콘에 베이글까지. 요즘 카페는 없는 게 없는 모양이다. 마치 분식점에 와 있는 것 같은 기분이다.

"흐음. 스콘? 베이글?"

단 것을 그다지 좋아하지 않는 준서가 고른 것들 중에서 여린이 베이글을 고른다. 준서는 메뉴판을 접고서 다시 종업원을 부른다. 그리고 금세 따끈따끈한 베이글이 테이블 위에 놓인다.

반으로 잘라져 있는 베이글 하나를 들고서 준서는 꼼꼼하게 생크림을 발랐다. 그리고 여린에게 내민다. 여린은 당연하다는 듯이 베이글을 받아 들고 한입 크게 베어 문다.

"음. 역시 베이글은 생크림이야."

맛이 꽤 괜찮은지 눈까지 감고서 생크림을 음미하던 여린에게 준서가 손짓을 한다.

"응?"

"이리 와봐."

"왜?"

"생크림 묻었어."

여린은 아무 생각 없이 얼굴을 내밀었다. 예전에도 그랬듯이 냅킨으로 닦아주며 칠칠맞다고 약 올릴 줄 알았는데 최근의 준서는 번번이 여린의 예상을 비웃는다.

할짝.

베이글을 입안에 가둬둔 채로 여린은 또 굳었다. 이래서야 도준서에게 악마가 쓰인 거라는 말을 정정해야 할 판이다. 도준서는 악마가 아니라 메두사가 쓰인 것이다. 자꾸 사람을 얼어붙게 만드니 말이다.

너무나 자연스럽게 윗입술을 할짝대며 혀로 핥은 준서에게서 여린은 시선을 떼지 못했다. 아니, 감히 움직일 수 없었다고 말하는 게 옳으리라.

"이제 다시 먹어."

무기처럼 사용하는 혀를 입안으로 집어넣은 준서의 말에 여린은 말 잘 듣는 학생처럼 몸을 뒤로 빼고 소파에 등을 붙였다.

"너……."

"음?"

아무 일도 없었다는 듯 짝을 잃은 베이글 반쪽에 크림치즈를 바르던 준서가 여린을 쳐다본다.

"너무…… 핥아댄다."

"전생에 개였나 보지."

그리곤 다시 크림치즈를 바르는 데 열중하는 준서. 여린은 침이 말라 뻑뻑해진 입안에 남은 베이글을 쑤셔 넣고 우적우적 씹는다. 그래, 계속 사람 당황하게 만들어봐. 언젠가 큰코다칠 테니까. 야릇한 미소가 여린의 입꼬리를 끌어 올린다.

배도 불리고 마음의 양식도 쌓은 두 사람은 아이스커피의 얼음이 남아 있지 않을 때까지 카페에 있다가 밖으로 나왔다. 벌써부터 어둑해지려고 폼을 잡는 하늘이 지금과는 다르게 강추위를 자랑할 진정한 겨울이 한 걸음 더 다가와 있음을 알려주고 있었다.

"또 밥 먹기엔 시간이 이르지?"

슬쩍 하늘을 올려다보던 준서가 묻자 여린이 고개를 끄덕였다.

"그럼 활동적으로 움직여 볼까?"

어디로 갈 생각이냐고 물을 틈도 없었다. 여린은 준서가 손을 꼭 붙잡아 이끌자 말없이 끌려갔다.

달라진 것이 보이지 않는 거리는 점심때보다 조금 더 시끌벅적했다. 술집을 찾아 헤매는 젊은이들을 보고 있자니 여린은 자신이 폭삭 나이 들어버린 것 같은 느낌이 들었다. 그래 봤자 아직 20대이지만 홍대 클럽을 떠올려 보니 스물여덟이 걸음 할 곳으로는 적절치 않아 보인다.

20대 초반에는 나이트클럽보다 홍대나 강남의, 자유의 냄새가 들큰하게 넘쳐흐르는 클럽을 고수했었다. 부비부비는 짜증났지만 젊음이 무엇인지 고스란히 전해지는 그 느낌이 좋았던 것 같았다.

'그때도 도준서를 데려갔다가 2시간 만에 나왔었지. 풋!'

저 멀리 보이는, 낯익은 클럽 건물을 쳐다보던 여린이 웃음을 터트렸다. 준서가 왜 웃느냐는 듯 쳐다봤지만 여린은 고개만 가로저었다.

아무리 시끄럽고 사람 많은 곳을 싫어한다지만 준서는 정도가 심한 편이었다. 나이트클럽은 쓸데없이 돈 낭비하는 곳이라 여겼고 그냥 클럽은 시끄럽고 덥기만 한, 덩치 작은 나이트클럽이나 같다고 여겼으니까.

여자 친구들하고만 클럽에 가면 정신없이 몰아치는 남자들의 파도를 감당할 수가 없어서 준서를 두어 번 데려간 적이 있었다. 데려가는 것만도 어찌나 힘들었는지, 일주일치 점심을 내걸고서야 그를 움직이게 할 수 있었다. 하지만 준서는 나이트클럽 기도에 빙의라도 된 것마냥 잔뜩 인상을 쓴 채로 몸을 흔들 생각도 않았다. 그는 여린에게 들러붙으려 하는 남자들을 쫓아내는 데만 열성적이었다. 그래서 여린은 친구들에게 쫓겨 나오다시피 클럽에서 나와야 했었다. 그러고 보니, 도준서가 춤을 추는 것을 한 번도 보질 못했다.

"도준서."

준서에게 끌려가던 여린이 그에게 잡힌 손을 흔들었다. 그에 바로 준서가 고개를 돌려 여린을 쳐다본다.

"너, 몸치지."

준서가 눈썹을 추켜세운다.

"너 춤추는 거 한 번도 본 적이 없어."

"춤 안 춰도 살아가는 데 지장없어."

옳습니다. 살아가는 데 지장은 없지요. 하지만.

"살아가는 데 지장없는데 인수분해는 왜 배워?"

여린은 수학으로 반박했다. 공부를 싫어하지는 않았지만 유독 수학에 약한 그녀였고 인수분해는 이상하게 이해되지도, 외워지지도 않았었다. 게다가 공식은 또 뭐 그렇게 많은지. 그때 여린이 그랬었다. 살아가는 데 쓸모도 없는 인수분해 따위를 대체 왜 배우는 거냐고. 그럴 거면 계산기는 왜 발명했느냐고. 참 유치한 우기기였다.

"똑똑해지라고."

명쾌한 답변에 여린의 웃음을 터트린다.

"춤은 멋있어지려고 배우는 거겠네?"

"나보고 춤 배우라고?"

"가르쳐 줄까?"

"아니."

단박에 제안을 거절하는 준서 때문에 여린이 미간을 좁힌다. 하지만 준서는 어울리지도 않는 능글능글한 미소를 짓고 있었다.

"여기서 더 멋있어지면 피곤하거든."

"하!"

기막혀하는 여린을 보면서 웃던 준서가 다시 앞을 보고 다리를 움직였다. 준서의 넓은 등만 쳐다보던 여린은 어쩔 수 없이 웃어버리며 그의 말을 인정했다. 여기서 더 멋있어지면 준서는 피곤해지고 여린은 곤란해진다. 지금도 그가 가벼운 스킨십이라도 할라치면 온몸이 달아오르는데 더 멋있어지면 뽀뽀 한 방에 실신할 수도 있을 테니까.

한참을 걷던 준서의 걸음이 느려진 것은 길가 한 귀퉁이에 세워져 있는 하얀 간판을 발견한 후였다.

"포켓볼…… 라운지 바?"

여린이 웅얼거리자 준서가 고개를 끄덕인다.

"나 포켓볼 못 치는데?"

공으로 하는 스포츠는 무엇이든 자신없는 여린이다. 한 번은 친구들이 하도 졸라대서 볼링을 치러 갔다가 손목이 부러지는 참변을 당하기도 했었다. 왜 공을 앞으로 굴렸는데 그게 얼굴 쪽으로 되돌아온 건지 여린은 아직도 알 수가 없었다. 구멍에 손가락이 꽉 낀 것도 아니었는데.

스쿼시를 배울 때는 꽤 잘한다 싶어서 자신있게 힘껏 공을 날렸다가 되돌아오는 공에 눈을 정통으로 맞아 판다가 된 적도 있었다. 그러니 당구공에 얻어맞는 일도 영 불가능한 건 아니다.

"난 잘 쳐."

준서가 어깨를 으쓱해 보이며 무슨 문제냐는 듯한 표정으로 말한다.

“너 혼자 치게?”

“아니. 니가 나한테 배우면 되지.”

“나 못할 텐데.”

“훌륭한 스승한테 훌륭한 제자가 나오는 거지. 가자.”

우격다짐으로 여린을 계단으로 끌고 간 준서가 문을 열고 가게 안으로 들어섰다. 준서를 따라 들어선 여린의 눈에 제일 먼저 포착된 건 중앙에 떡하니 자리 잡고 있는 포켓다이 두 개였다.

음침한 분위기일 거라 예상했던 것과는 달리 가게는 엔틱하게 꾸며져 있었다. 모던하면서도 세련된 인테리어가 그리 나쁘지 않았다.

준서와 여린은 크리스털 샹들리에 조명이 테이블을 비추는 자리를 잡고 앉았다. 테이블과 의자는 어딘지 딱딱한 느낌이 드는 얇은 원목인데 희한하게도 샹들리에와 조화가 이뤄지고 있었다.

대부분 차가 아닌 술을 마시는 사람들이었기에 준서와 여린도 아르바이트생이 추천하는 안주 하나와 병맥주 한 병씩을 시켰다.

주문했던 안주와 맥주가 나오자 준서가 맥주를 한 모금 들이켜는 여린을 일으켜 세웠다.

“왜?”

“포켓볼 쳐야지.”

“꼭 쳐야겠어?”

“안 칠 거면 여기 안 왔지.”

하긴 그도 맞는 말이다. 여린은 약하게 한숨을 내쉬며 쭐레쭐레 포켓다이 쪽으로 다가갔다. 유명한 곳인지 일요일인데도 사람이

퍽 많아서 부담스럽기 그지없었지만 뭐든 경험해 보는 건 좋은 거라는 마음을 가지려 노력했다.

준서에게 건네받은 당구 큐를 소중한 보물마냥 가슴팍에 끌어안고 있던 여린은 그가 설명하는 것들을 귀담아들었다. 하얀 공이 어쩌고, 색깔공이 어쩌고, 줄 공이 어쩌고 하는 것들을. 그 뒤로 포켓볼 규칙에 대한 설명 몇 가지가 보태어졌지만 준서는 말을 많이 하지는 않았다. 백문이 불여일견이라나.

시작한다는 말을 내뱉은 준서가 자세를 잡더니 삼각형으로 가지런히 모여 있는 공을 깬다. 오호! 공 깨지는 소리 한번 요란하구나.

데구루루 구르던 색깔 공 두 개가 각기 다른 구멍으로 쏙쏙 잘도 들어간다. 공이 들어가는 것을 지켜보던 준서가 손짓을 해서 여린을 불렀다.

"원래 공이 들어가면 계속 치는 건데 넌 초보니까. 당구 큐 잡는 방법은 알아?"

그러니까 말인즉슨 저가 칠 수 있는 기회를 양보하겠다는 건가 보다. 여린은 준서의 물음에 고개를 저었다. 당구장에 가본 적이 없는데 당구 큐를 잡아볼 일이 있었을 리가.

준서는 당구 큐를 잡는 방법부터 가르쳐 주었다. 그가 손을 잡고 꼼지락거리는데 뭐라 하는지 말은 하나도 안 들리고 손의 온기에만 정신이 집중된다.

"여기서 치기 쉬운 건 저 파란색 줄 공, 보여?"

"응."

"자, 자세를 잡고 하얀 공의 아래쪽을 보고 당기듯이 치는 거야.

그래야 공이 돌아와서 이쪽 걸 칠 수 있으니까.”

당기듯이? 뭘 당겨? 치면 치는 거지 당기는 건 또 뭐야. 그리고 공이 돌아와? 왜 돌아와?

머리가 좋다고 자신하며 살아왔는데 순간 바보가 된 것 같았다. 하지만 여린은 잘 알아들은 척, 자못 심각한 얼굴로 고개를 끄덕이곤 자세를 잡았다. 하지만…….

틱!

“풋!”

마음에 안 드는 마찰음과 더욱 마음에 안 드는 준서의 웃음소리가 울려 퍼진다. 아래쪽을 보고 쳤는데 위쪽으로 가는 이유가 무엇일까. 이유는 없다. 그건 그냥 뻑사리일 뿐.

“재밌냐?”

여린이 노골적으로 불쾌하다는 감정을 담아 준서를 노려본다. 준서는 흠흠, 헛기침을 하더니 다시 자세를 잡아준다.

그렇게 두 게임을 해치우고 여린은 약이 오를 대로 올라 있었다. 두 게임의 승자는 당연히 준서였다. 정말 당연한 일이지만 승부욕이 과한 여린으로서는 용납할 수 없는 일이기도 했다. 한 게임도 아니고 두 게임이나 했는데, 게다가 준서가 내리 봐주기만 했다는 것을 누가 봐도 알 수 있었는데도 지다니. 아무것도 모르던 처음과는 달리 이제는 뭔가 알 것 같기도 한데 빗나가기만 하는 궤적을 어찌해야 할지 모르겠어서 가슴이 답답했다.

“과하게 욕심 부려서 안 되는 거야. 눈앞에 넣을 수 있는 공을 두고 왜 엄한 걸 노려?”

친절하게 자꾸만 그녀가 지는 이유를 알려주려 한 준서지만 여린은 공을 정리하는 그를 향해 콧김을 내뿜었다.

"한 판 더!"

"안 그래도 딱 한 판만 더 하려고 했다."

"왜, 왜! 왜 딱 한 판만이야! 내가 이길 때까지 할 거야! 아! 그렇다고 봐주는 거 없어!"

독기를 품은 눈으로 쳐다보며 고성을 지르는 여린 때문에 준서는 약간 무안한 듯한 표정으로 주변을 둘러보았다. 역시나. 그들을 쳐다보던 시선들이 재빠르게 선회한다.

"양여린, 여기 포켓 다이는 두 개지? 그런데 손님이 우리만 있는 건 아니잖아."

준서는 차분하게 설명하려 했지만 그것이 무리라는 것도 알고 있었다. 지금 여린의 귀에 사랑의 속삭임인들 들리기나 할까.

예상대로 준서의 말을 가볍게 한 귀로 흘린 여린은 초크질만 해대고 있었다. 초록색 초크 가루가 폴폴 날리자 여린이 눈을 비비는 모습이 준서의 눈동자에 꽉 들어찬다.

언제나 이랬다. 어지간한 일에서는 설득을 하다가도 여린의 뜻대로 해주곤 했었다. 그건 어른들도 마찬가지였으니 여린이 이만큼 버릇있게 자라준 것만도 감사해야 하는 것일지 모른다.

게임은 시작됐고 여린은 여전했다. 욕심을 조금만 덜어낸다면 과장을 보태어 선수 생활을 노려봐도 될 만큼 감각이 있어 보이는데 그 욕심을 버리지 못하고 있었다. 여린의 표정을 보자니 가게 마감 시간까지 치는 것도 모자라 24시간 영업을 하는 곳까지 찾아

갈 기세였다. 승리를 위해서라면 그녀가 그리 못할 것도 없었다.

준서는 방법을 바꿨다. 말로 설명할 수 없다면 몸으로 설명하는 게 더 빠른 길일 수도 있었다. 때마침, 여린이 자세를 잡기가 난처한 곳에 넣을 수 있을 만한 공이 서버렸고 준서는 기회를 잡았다.

"올라앉아."

그의 말에 여린의 눈이 동그래진다.

"여기 엉덩이 걸치고 앉아."

준서가 손바닥으로 탁탁 친 부분에 여린이 엉덩이를 붙이고 앉았다. 그런데 그 모습이 꼭…… 다소곳하게 연못가에 앉아 있는 아낙을 떠올리게 만들어 준서는 이를 악물었다.

"한쪽 발은 무조건 바닥에 붙어 있어야 하는 거야."

준서는 여린이 자의로 다리를 내리기 전에 그녀의 허벅지를 잡아 살며시 끌어내렸다. 그리고 포켓다이에 걸쳐져 있는 여린의 허벅지를 손바닥으로 지그시 눌렀다.

"자, 이렇게 하면 공이 보이지? 몸을 더 숙여야지."

여린의 등 뒤에 착 달라붙은 채로 준서가 그녀의 허리를 끌어안았다.

"야…… 야. 떠, 떨어져 봐."

"제대로 가르쳐야 나한테 잘못 배웠다는 소리를 안 하지."

준서는 일부러 여린의 귓가에 뜨거운 숨을 내뱉으며 속삭였다. 즉시 경직되는 여린의 반응에 그는 웃음을 삼키며 조금 더 진도를 뺐다.

"팔 뻗어봐."

여린의 귓불에 돋아난 솜털들이 움찔거리며 경련한다. 알싸한 맥주의 향과 준서가 쓰는 향수의 향이 더해져 전해지고 그의 목소리가 평소보다 그윽하게 들려온다.

여린은 손가락 하나 까딱할 수가 없었다. 자신의 등에 달라붙어 있는 그의 너른 가슴팍. 허벅지를 애무하듯 움직이는 따스한 손바닥. 허리를 강하게 끌어당기고 있는 그의 팔 힘에 심장이 터져 버릴 것만 같았다.

'포켓볼 이거…… 야한 스포츠구만.'

꿀꺽. 여린이 저도 모르게 굵은 침을 삼켰다. 귓가에 준서가 가볍게 웃음을 터트리는 소리가 들린다.

창피해서 죽을 것 같은 심정으로 여린은 당구 큐를 움직였다. 사심 때문에 흔들린 집중력. 밀착되어 있는 준서의 몸에만 쏠려 있는 정신. 공이 들어가 줄 리가 없다.

어렵사리 준서가 예고했던 '마지막' 게임을 끝내고 여린은 순순히 당구 큐를 내려놓았다. 마지막 게임도 승리자는 준서였지만 정신이 산란해져 더 쳐도 못 이길 것 같았기에.

안주는 반도 못 먹고 맥주도 다 마시지 못한 채로 두 사람은 가게에서 나왔다.

"8시밖에 안 됐는데. 피곤해?"

딱히 갈 곳이 정해져 있지는 않았지만 자연스럽게 전철역으로 걸음을 옮기던 준서가 묻는다.

'너 때문에 피곤한 것도 못 느끼겠다, 이 자식아!'

아직까지 준서가 지펴놓은 온몸의 열기를 잠재우지 못한 여린이 가늘게 뜬 눈으로 준서를 노려보았다.

"배는 부르고. 영화나 한 편 볼까?"

"너 하고 싶은 대로 하세요."

데이트 열 번의 기회를 주었을 때부터 모든 계획을 준서가 세우고 자신은 그것에 따르겠다 말했었기에 여린은 잠자코 그의 뜻을 따랐다. 포켓볼에서 져서 심기가 불편해진 것 말고는 준서와 데이트를 하며 나쁜 점은 없었으니까.

"……여기 가자고?"

준서가 우뚝 멈춰 서자 여린이 간판과 그의 얼굴을 번갈아 쳐다본다.

"어."

담담하게 대꾸하는 준서를 보며 여린은 어이가 없었다. 홍대에도 극장이 있다. 아니, 홍대에 극장이 없다면 서울 하늘 아래 존재하는 다른 극장으로 가면 될 일. 그런데 준서가 선택한 곳은…… 선택한 곳은…….

'DVD방이라니. 허!'

여린은 너의 뜻에 잠자코 따르겠다는 말 같은 건 하지 말았어야 했다고 후회했다. 사람 많은 곳에서도 주책없게 솟구치는 열기를 사방이 막혀 있는 야릇한 공간에서 어찌 감당해 낼 것인가.

얼굴을 잔뜩 구기고 120인치의 초대형 스크린을 노려보는 도준서. 여린은 그런 도준서를 노려보고 있었다.

담배 냄새나 이전에 들렀던 이들의 체취가 남아 있지 않은 상영

관은 쾌적했고 침대를 연상시키는 소파는 푹신하니 편안했다. 상영실에 들어서자마자 세상이 참 좋아졌다는 생각을 하게 만든 초대형 스크린은 여린의 마음에 쏙 들었고 이런저런 군것질거리를 인터폰으로 주문할 수 있다는 장점도 만족스러웠다.

'이런 곳에서…… 내가 왜! 내가 왜에에!'

소리없는 절규와 함께 여린은 자신의 머리끄덩이를 잡아 흔들고 싶은 욕구를 참아내며 준서만 노려보고 있다.

이 만족스러운 공간에서…… 도대체 왜 돌고래 따위를 보고 있어야 하는 거냔 말이다!

딱히 정의 내리기 어려운 종류의 분노가 휘몰아친다. 슬픈 돌고래의 진실이라니. 그게 어디 야릇한 DVD방이라는 곳에 어울릴 법이나 한 제목인가. 여린은 28년간 그런 제목의 영화가 존재한다는 사실도 모르고 살았다.

차라리 샤크나 몬스터 주식회사 같은 애니메이션이었다면 여린도 이해하고 봐줄 수 있었을지 모른다. 하지만! 돌고래가 나오는 다큐멘터리 영화라니. 세상에 어떤 남자가 동침을 권하고 키스에 성공한 여자를 데리고 DVD방에 와서 다큐멘터리 영화를 고를까?

그래. 인간들의 욕심으로 돌고래들이 무자비하게 학살당하는 것은 슬픈 일이다. 하지만 여린은 인간이기에 포유류 고래목의 돌고래보다 양여린이라는 인간의 상황이 더 슬펐다.

감히 DVD방에 와서 다큐멘터리 영화를 고른 도준서 군이 슬픈 돌고래의 진실이 아니라 음흉한 양여린의 진실을 파헤쳐 주었으면 좋겠다. 그러면 양여린이 뼈아프도록 슬픈 진실을 감추고 있는 고등동물이라는 사실을 알게 될 텐데.

"볼만하냐."

목에 디스크가 올 정도로 한참을 준서의 옆모습만 쳐다보던 여린이 낮게 깔린 음성으로 물었다. 하지만 돌고래에 심취한 준서의 귀에는 여린의 음성이 들리지 않는 모양이었다.

'이 자쉭이 진짜!'

여린은 불끈 주먹을 쥔다. 이건 말이 안 된다. 카페에서 고양이처럼 손바닥을 핥아대고 포켓볼 가르쳐 준다며 뜨거운 입김을 쏟아붓던 남자는 어디로 사라졌는가!

이렇게 되면 고등동물 양여린이 너무 비참해진다. 도준서가 무슨 영화를 고를지 상상도 못한 채로 그가 또 키스를 하려고 하면 어떻게 피해야 할지, 만약에 그 크고 뜨거운 손으로 몸 여기저기를 더듬어대서 달아오르게 만들면 어떻게 대처해야 할지 고민했던 시간이 비참해진단 말이다.

김칫국을 하도 거하게 마셨더니만 속이 다 쓰릴 지경이다. 여린은 어떻게 하면 이 눈치 없어 괘씸하기 짝이 없는 남자를 올바른 길로 인도할 수 있을지 고민하기 시작했다. 절대로, 절대로! '야리꾸리한 행위'를 원해서가 아니라 '자존심 회복'을 위해서라고 강하게 되뇌면서.

이내 눈알이 빠지도록 눈동자를 굴리던 그녀가 움직였다.

흠칫.

최대한 스크린에서 지나가는 장면들에 집중하려 노력하던 준서의 속눈썹이 진동한다. 여린의 손이…… 그의 허벅지를 더듬고 있었기에.

'미치…… 겠네.'

준서는 경직된 몸을 움직이지 못하고 시선으로 여린의 움직임을 좇았다. 오른쪽 허벅지를 이리저리 더듬던 여린의 손이 왼쪽 허벅지로 넘어가 있는 상황. 자그만 손이 감질나게 중요한 부위와 무릎 사이에서 움직여 주는 덕분에 준서는 쇠사슬에 묶인 것마냥 꼼짝도 못하고 있었다.

"뭐…… 하냐."

준서는 저도 모르게 꽉 잠긴 음성을 흘렸다. 욕망에 잠겨 버린 음성에 스스로도 놀란 준서지만 다행히 딱딱하게 굳은 그의 얼굴에 표정은 나타나지 않았다.

"응? 어, 거기 과자 없냐?"

"니 옆에 있잖아."

"아아, 그러네. 쏘리."

여린은 아무 일도 없었다는 듯 과자를 찾아 아작아작 씹어 먹었지만 준서는 입장이 달랐다. 분명 그에게는 어떠한 일이 일어났기에.

준서는 고작 허벅지 몇 번 더듬어진 것으로 성을 내려고 하는 중요 부위를 못마땅하다는 듯 쳐다보았다. 그리고 다시 돌고래에 집중하려 했다. 하나, 시도는 좋았지만 결과는 참혹했다.

가벼운 한 번의 접촉만으로도 준서의 몸은 통제 불능 상태에 놓여졌다. 이런 일이 일어나지 않게 하려고 불쌍한 돌고래만 생각하려 애썼건만.

사실 준서는 이 다큐멘터리 영화를 무척이나 보고 싶었다. 하지만 몇 달 전에 그가 사는 동네에 유일했던 DVD대여점이 폐업을 선언했고 그 후로 미친 듯이 바빠져 컴퓨터를 한 시간 이상 할 시간이 없었다. 그래서 좋은 기회라고 여겼던 것이다. 보고 싶었던 영화를 누구도 방해하지 않는 공간에서 같이 보고 싶은 사람과 볼 수 있는 기회. 그러나 그의 생각은 틀렸다.

DVD방은 너무나 아늑했고 어둑한 공간 속에서 보이는 여린은 매혹적이었다. 그녀에게 손을 대지 않으려 이를 사려물어 잇몸이 시큰댈 정도였다. 그래서 더더욱 돌고래에만 초점을 맞췄던 것이다. DVD방 같은 곳에서 여린을 범하게 되는 불상사를 막기 위해.

'동해물과 백두산이 마르고 닳도록…… 무궁화 삼천리 화려…….'

발끝까지 힘을 준 준서는 입안으로 애국가를 책 읽듯이 읊기 시작했다. DVD방은 안 된다. 특1급 호텔까지는 아니더라도 DVD방이라니……. 어디 말이나 되는 소린가.

준서가 언제 마지막으로 불렀는지 기억도 나지 않는 애국가를 열창하고 있을 때, 여린은 호흡을 고르고 있었다.

남녀를 통틀어 움찔거리지 않고는 배길 수 없는 부위를 더듬었는데도 그가 반응을 보이지 않자 이젠 오기까지 생긴다.

'그래, 니가 여자로서의 내 자존심을 이리도 무참히 짓밟는단 말이지. 흐응.'

여린의 눈이 가늘어지며 입술이 비틀렸다. 원래 계획대로였다면 준서가 이글이글 불타는 눈빛으로 쳐다보며 자신을 한입에 먹어치울 듯이 행동했어야 했다. 그러면 이성적으로 생각해 보자고,

조금만 진정해 보라고 그를 타이르는 것이 여린의 몫이었다. 하지만 지금 그는 무서운 상사에게 명령이라도 받은 것마냥 스크린만 쳐다보고 있었다.

여린은 희번덕거리는 눈으로 조심스럽게 주변을 살폈다. 그리고 목표물 포착. 회심의 미소를 지은 그녀가 팔을 뻗는다.

화장실 가기 귀찮을 것 같아서 두어 모금 마시고 놔뒀던 이온 음료가 이토록 용이하게 쓰일 줄은 몰랐었다. 손가락 네 개는 거뜬히 들어갈 것 같은 큰 입구, 좋고! 오래 들고 있으면 손목이 시큰거릴 것처럼 꽉 들어차 있는 액체, 더할 나위 없이 좋고!

이온 음료를 들고 있으니 예의상 한 모금이라도 마셔주는 게 예의. 여린은 입술만 겨우 축일 만큼만 음료를 마시고서 입술을 씹어댔다. 손에는 언제라도 원하는 곳에 투하할 수 있도록 플라스틱 통을 들고 윗니와 아랫니로 제 입술을 짓이겼다. 입술이 얼얼해져 아픔이 느껴질 때까지.

몇 분이 지나, 여린은 혀로 입술을 살짝 핥았다. 혀를 통해 원하는 만큼 부어오른 입술이 느껴진다.

씨익. 어둑한 공간에 여린의 하얀 치아가 드러난다. 음료를 꼴깍, 한 모금 넘기면서 눈대중으로 거리를 잰 여린은…….

"어머멋!"

깜찍한 비명 소리와 함께 폭탄, 아니, 이온음료가 투하되었다. 목표 지점은 도준서의 은밀한 부위.

"어머! 다 젖었네. 미안, 정말 미안! 잠깐만."

정말 미안하다는 듯 눈썹을 찌푸리고 있던 여린이 황급하게 티슈를 뽑아온다. 그리고 음료 덕분에 짙은 색으로 물들고 있는 준서의 바지를 정성껏, 과하게 정성껏 닦아준다.

"내가 요즘 체력이 딸리나 봐. 왜 갑자기 손에 힘이 풀린다니? 절대 고의로 그런 거 아니야."

중요한 부분을 아프지 않을 만큼 티슈로 꾹꾹 누르면서 재잘대는 여린을 준서는 멍하니 쳐다보고 있었다. 지금 니가 손을 대고 있는 곳이 어디인지 확실히 알고는 있는 거냐고 묻고 싶었지만 숨이 멈춰져 말이 나와주질 않는다.

하얗게 비워지고 있는 준서의 머릿속. 그의 눈에 보이는 장면이 굉장히 선정적이라는 걸 여린은 알고나 있을지.

무릎을 꿇은 채로 얇은 티슈 몇 장을 손에 쥐고 고개를 숙이고서 자신의 그곳을 터치하고 있는 여린의 모습은 준서로 하여금 절대 상상하지 말아야 할 장면을 상상하게 만들고 있었다. 게다가 입술은 또 왜 저리 붉은 걸까. 붉고 도톰한 여린의 입술이 살짝 벌어져 숨을 내쉴 때마다 준서는 정신이 아득해졌다.

"……그만."

제 목소리가 맞는지 의심이 갈 정도로 허스키해진 음성을 흘리며 준서가 여린의 손목을 낚아챘다.

깜박깜박. 여린의 큰 눈이 깜박이며 그녀의 긴 속눈썹이 팔랑거린다. 마치 만져 보라고 유혹이라도 하는 듯이.

준서는 그대로 자리에서 일어나 여린을 상영실에서 끌고 나왔다.

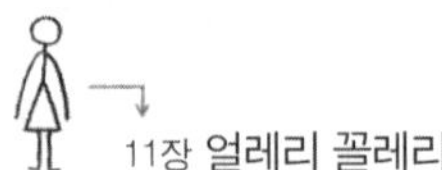

11장 얼레리 꼴레리

쾅! 준서가 힘껏 밀어낸 문이 요란한 소리를 내며 닫혔다. 신발도 벗지 못하고 벽에 밀쳐진 여린은 몽롱한 눈빛으로 준서를 쳐다보았다.

"키스 다음은 뭘까."

먼지 한 톨 끼어들 틈도 없이 밀착되어 있는 자신의 몸과 준서의 몸. 그 와중에 귓가에 스며드는 준서의 음성과 뜨거운 숨결은 여린을 진저리치게 만들었다.

"모르면…… 알아가면 되는 거지."

그 말을 끝으로 준서가 여린의 턱을 잡고 입술을 부딪쳐 왔다. 이전과는 전혀 다른, 빠르면서도 깊은 키스에 전율이 인다.

연한 속살을 혀끝으로 문지르며 맛보던 준서가 여린의 혀를 잡아챘다. 매듭이 지어진 것처럼 얽힌 혀들이 누구 힘이 더 센지 가 늠해 보려는 듯 서로의 공간에 파고들기 위해 안간힘을 쓴다.

여린의 손은 준서의 머리카락 속으로 사라지고 준서는 여린의 허리를 휘어잡고 있는 팔에 더 강한 힘을 준다.

츱츱, 서로의 타액을 생명수마냥 받아 마시는 남녀의 머릿속에 생각이라는 건 있을 수 없었다. 그저 정신마저 녹여 버릴 것 같은, 신체를 지배하고 있는 화신(火神)을 어서 빨리 내쫓고 싶을 뿐.

감각이 사라질 정도로 서로의 것에 비벼지고 깨물려지던 혀가 떨어져 나간다. 여린에게서 입술을 뗀 준서가 제 것이 되었어야 마땅할, 주인의 품으로 들어오지 못하고 여린의 턱으로 흘러내린 그녀의 타액을 혀로 핥아 마신다.

가쁜 숨을 몰아쉬고 있는 여린의 목덜미에 입술을 묻은 준서의 손이 재빠르게 움직인다. 후드 티셔츠를 두 개나 겹쳐 입었음에도 손바닥에 느껴지는 그녀의 가슴에 준서의 호흡이 거칠어진다.

"하아…… 잠깐……."

티셔츠 속으로 파고들어 파르르 떨리고 있는 부드러운 속살을 느껴 버린 준서의 손이 멈칫, 움직임을 멈춘다. 여린을 쳐다보는 그의 눈에서 불만스러운 기색이 여지없이 드러난다.

그때까지도 숨을 몰아쉬고 있던 여린이 반쯤 감긴 눈으로 준서의 가슴을 밀어내며 속삭였다.

"씻고……."

"안 돼."

여린의 말을 가차없이 자른 준서가 그녀의 입을 막았다. 씻을 시간을 주면 그사이에 마음이 열두 번도 더 변할 여린임을 안다. 지금과 같은 상황을 원한다는 마음으로 결론이 난다면 씻는 게 나쁜 선택은 아니지만 준서는 그녀가 결코 그 같은 결론을 내지 않을 것 또한 알고 있었다.

키스와 동시에 여린의 허리에서 대기하고 있던 준서의 손이 더욱 빠르게 움직였다. 단번에 브래지어를 밀어 올리고 부드러운 젖가슴을 한 손 가득 쥔다.

"으음!"

원을 그리듯이 붉게 피어오른 가슴의 꽃잎을 살살 문지르자 여린에게서 억눌린 신음이 새어 나왔다. 준서는 그녀가 편하게 소리를 낼 수 있도록 입술을 떼고 귓불을 입안에 담았다.

"하아, 하아……. 더…… 워."

여린의 귓불을 잘근잘근 씹어대며 양손으로 가슴을 주무르던 준서는 얼른 그녀가 시원해질 수 있도록 도와주었다.

'빌어먹을 날씨 같으니. 왜 추워져 가지고 옷을 껴입게 만든 거냐.'

한꺼번에 벗길 수 없는 두 장의 후드 티셔츠에 준서는 이를 갈았다. 하지만 이내 손톱만큼의 인내심을 되찾고 여린의 옷을 벗겼다. 급한 마음에 브래지어도 후크를 풀지 않은 상태에서 티셔츠를 벗기는 방식으로 여린의 몸에서 내쫓은 준서는 드러난 광경에 날숨을 삼켰다.

빗물이 고일 것 같은 쇄골 아래로 시선을 내리니 탐스러운 복숭아 두 개가 그를 반긴다.

“뭐…… 뭘 그렇게…… 보고 그래.”

더 붉어질 수 없는 얼굴로 더듬거리며 말을 내뱉은 여린이 두 팔을 모아 가슴을 가리려 했지만 실패했다. 그녀의 두 팔을 머리 위로 들어 올리고 양 손목을 한 손으로 잡아 고정시킨 준서가 그 대로 가슴을 입안에 담았다.

“흑!”

고개가 뒤로 꺾인 여린의 입에서 의도하지 않은 신음이 터져 나왔다. 하지만 그것이 준서의 욕정을 더욱 부추겼는지 아이처럼 가슴을 빨던 그가 혀로 꽃봉오리를 쓸어 올렸다.

가슴을 강하게 흡입하던 준서가 발갛게 부어오른 정점을 잘근잘근 깨물기 시작했을 때 여린의 허리가 휘었다.

“하악, 하악! 준…… 서야, 빨리…….”

무의식적으로 더 강하게 가슴을 애무해 주길 바라며 준서의 머리를 끌어당겨 품에 안고 있던 여린의 말에 그가 고개를 든다.

“빨리…… 뭐?”

짓궂게 말려 올라간 그의 입꼬리. 조금의 장난기와 크기를 잴 수 없는 욕정으로 번들거리는 눈동자. 여린은 맞서 싸우지 않고 순순히 항복했다.

“자…… 자고.”

DVD방에서 끌려나와 가장 가까웠던 모텔로 끌려오기까지 여린은 제 입으로, 그것도 준서보다 먼저 그 말을 하게 될 거라고는 생각지 못했었다.

음료수를 쏟은 건 실수였다고 애원도 해보고 잘못했다고 빌어도 보고 후회할 거라고 협박도 했지만 사실 여린은 남자인 도준서가 보이는 강압적인 면에 혹했다. 그렇지 않았다면 그의 팔을 물어뜯든, 가운데 다리를 힘껏 차주든 무슨 짓을 해서라도 이곳에 들어오진 않았을 것이다.

이제껏 여린은 여자를 힘으로 제압하려는 남자들이 세상에서 가장 더럽고 치사한 놈들이라고 주장해 왔었다. 하지만 준서에게 제압당하는 기분이 결코 나쁘지 않았다. 오히려 좋아서 미칠 지경이었다.

"자자고?"

뜨거운 기운이 솟구치는 아랫배 부근에 비벼지는 준서의 하체에서 그녀와 같은 열기가 뿜어지고 있었다. 하지만 그의 표정만은 여전히 장난스러웠다. 마치 이제까지 그의 제안에 응하지 않은 그녀를 벌하려 하는 사람처럼.

"확실해?"

"하읏!"

탐스럽게 부어오른 정점을 살짝 꼬집으며 묻는 준서 때문에 여린의 눈이 감겼다. 바르르 떠는 몸으로 대답을 대신하고 있는 여린이었지만 준서는 고집스러웠다.

"정말…… 자자고?"

눈을 감은 여린의 고개가 세차게 끄덕여진다. 그리고 젖 먹던 힘까지 모아 불꽃이 터지고 있는 머릿속에 다짐 하나를 깊게 새겨 넣는다.

'넌…… 이제 죽었어. 두고 봐.'

여린이 자신의 다짐을 잊지 않으려 발버둥 칠 때, 준서가 그녀의 몸을 가볍게 안아 올렸다. 방으로 걸어 들어가 침대 위에 여린을 눕힌 준서는 그제야 신발을 벗고 여린의 몸 위로 올라갔다.

찐득하게 이어지는 키스에도 불구하고 준서의 손은 바쁘게 움직였다. 여린이 숨넘어갈 정도로 지독하게 가슴을 공격하던 그의 손이 그녀의 바지를 벗겨낸다. 여린의 가슴을 아이처럼 빨아대다가 입술을 내린 준서가 복부를 배회하고 있을 때, 그의 손은 얇은 팬티 속으로 들어가 있었다.

"시, 싫어."

준서의 손이 고슬고슬한 수풀을 더듬자 여린이 도리질을 치며 몸을 비튼다. 하지만 그에 굴하지 않은 준서의 손은 수풀이 감추고 있는 여린 속살을 찾아 헤맨다.

"거…… 거긴……. 흐윽!"

통통한 속살을 찾아 중지로 문지르자 여린에게서 흐느낌이 터져 나왔다.

"정말 싫어?"

오목하게 들어간 앙증맞은 배꼽을 혀로 굴리던 준서가 바르르 떨고 있는 여리디여린 속살을 꼬집으며 묻자 여린의 몸이 활처럼 휘었다.

대답할 수 없는 여린을 쳐다보던 준서가 팬티 속에서 손을 빼내고 거추장스러운 그것을 아예 벗겨 버린다.

거친 숨을 몰아쉬고 있는 여린의 달아오른 얼굴이 준서를 미치게 만들고 있었다. DVD방에서부터 심상치 않았던 녀석이 모텔에 와서는 거대하게 제 몸을 부풀리더니 이제는 곧 터져도 이상하지 않을 만큼 커져 성을 낸다. 왜 빨리 그녀의 몸속으로 들어가게 해주지 않느냐고.

잠시 여린의 나신을 정신없이 감상하던 준서가 걸치고 있는 옷들을 벗어젖혔다. 트렁크 밖으로 나온 녀석이 복부를 툭툭 쳐대면서 빨리 좀 하라고 짜증을 부린다. 하지만 준서는 어금니를 사려 물고 녀석의 유혹을 견뎌냈다. 아무리 급조된 상황이라 할지라도 여린과의 첫 경험이었다. 특1급 호텔은 데려가지 못했을지언정 특1급 열락이라도 선사해야 할 것이 아닌가.

여린의 다리를 벌린 준서는 그 사이에 자리를 잡았다. 그리고 제 어깨 위에 여린의 다리를 걸친 준서가 고개를 숙였다.

"자, 잠깐! 안…… 흐윽!"

준서가 옷을 벗기고 자리를 잡을 동안 몽롱한 상태에서 축 늘어져 있던 여린이 기겁을 하며 상체를 일으켰지만 이미 물은 엎질러져 있었다.

"준…… 서야, 그……."

헉헉, 가팔라진 호흡으로 여린은 준서의 행동을 막아보려 했다. 이 낯 뜨거운 행위에 어떻게 대처해야 할지 머리가 돌아가질 않는다.

팔꿈치로 지탱하고 있는 여린의 상체가 바르르 진동한다. 고개는 점점 더 뒤로 꺾이고 마음과는 달리 저도 부끄러워 보지 못했던 그곳을 준서에게로 내밀고 있다.

이것을 쾌감이라 불러야 할까, 고통이라 명해야 할까. 굳이 두 개의 단어로 나눌 필요 없이 그것은 고통을 동반한 쾌감이었다.

분홍빛 꽃잎들이 준서의 혀와 이로 난도질당하는 그 순간에 여린은 진저리를 치고 있었다.

"아! 조금만…… 조금만 더!"

여린은 현재 자신이 무슨 말을 내뱉고 있는지조차 알지 못했다. 머리를 배신한 혀가 이상한 말들을 만들어내 밖으로 꺼내고 있었다.

준서가 하고 있는 일들이 가능하기나 한 것인지 알 수 없었다. 샤워를 할 때를 빼고는 저도 손댈 생각을 않는 그곳을 입안에 담는 이러한 행위가 여린의 상식으로는 이해되지 않았다. 하지만 상식과 달리 그녀의 신체는 준서가 하고 있는 모든 일들을 환상적으로 받아들이고 있었다.

"그, 그만! 준서야…… 그만……."

복부가 힘껏 조여지고 아뜩해지는 느낌에 여린은 남아 있던 힘을 끌어 모아 상체를 완전히 세우고 애원의 눈길로 준서를 쳐다보았다. 하지만 그것이 실수였다.

잠시 뭐라 불러야 할지도 알 수 없는 행위를 멈췄던 준서가 고개를 들고 여린과 시선을 맞췄다. 자신에게서 흘러나온 것이 분명한 말간 액체를 머금어 반들거리는 준서의 입술이 곡선을 그리자 여린은 불안감에 휩싸였다.

씨익 미소를 지은 준서가 다시 고개를 숙이면서 여린의 다리를 제 어깨에서 내려놓았다. 그 행동에 여린이 안도의 숨을 내쉬려는 찰나……

"흑!"

여린의 허벅지를 잡아 더 넓게 벌린 준서가 다시 고개를 숙이더니 뾰족하게 끝을 세운 혀로 숲 속 깊은 동굴을 향해 진입했다.

순식간에 온몸에 힘이 빠져 버린 여린은 누가 강하게 민 것처럼 침대 위로 털썩 쓰러졌다.

"하악, 하악! 으응!"

준서의 혀가 느리게 동굴 안으로 들어갔다가 빠져나올 때마다 여린은 침대 시트를 움켜쥐고서 몸을 비틀었다.

다리를 모아보려고 시도는 했으나 이미 힘이라고는 찾아볼 수도 없는 몸이 주인의 부탁을 들어줄 리 만무하다. 여린은 끝을 알 수 없는 빛 속으로 끌어당겨졌다. 머릿속이 하얗게 비워지고 자신이 내지르는 야릇한 신음 소리만 귓가에서 왱왱된다.

준서의 혀 놀림이 점점 빨라지기 시작한다. 꽃잎들을 긁어대는 치아와 동굴 속에 들어가 강하게 움직이는 혀. 그 와중에 여린의 다리 한쪽을 놓은 준서의 손이 다가와 엄지로 꽃잎 속에 숨어 있는 도톰한 진주를 문질렀다.

"준…… 준서……. 나…… 그만…… 흐웃!"

여린의 입에서 비명이 터져 나왔다. 그러다 순식간에 굳어버린 여린의 몸이 파르르 떨리다가 늘어진다.

그녀에게 절정을 선물했다는 사실이 만족스러운 준서가 동굴에서 흘러나온 달큼한 샘물을 느긋하게 받아 마셨다. 그의 혀가 천천히 움직일 때마다 여린의 몸이 움찔거린다.

준서는 손가락 하나 까딱할 힘도 남아 있지 않은 여린의 몸 위로 미끄러지듯이 올라갔다. 가쁜 숨을 내쉬고 있는 그녀의 목에 이를 박아 넣으며 뜨거운 숨을 내뱉는다.

"아직…… 뺄으면 안 되지."

나른하지만 깊게 잠겨 있는 그의 음성에 여린의 어깨가 가볍게 떨린다. 여린의 다리 사이에서 편안하고 최적의 위치를 찾은 준서가 단단히 심통이 나 있던 녀석을 촉촉한 숲 속에 가져다 댔다.

"음."

여린의 목덜미에 얼굴을 묻은 준서에게서 어쩐지 고통스럽게 느껴지는 신음이 새어 나왔다. 하지만 여린으로서는 준서가 왜 고통스러워하는지 생각하고 있을 때가 아니었다. 이젠 무슨 짓을 해도 반응할 여력이 없다고 여겼건만 미쳐 버린 몸은 그의 분신이 닿자마자 다시 뜨거워지고 있었다.

그가 말 그대로 스무스하게 남성의 끝부분만 움직여 애무하자 여린은 보채고 싶은 심정이 되었다. 내가 잘못한 게 약간 있기는 하지만 이렇게까지 고문을 하면 쓰겠냐고 호통 치고 싶은 마음도 생겨났다.

"……미안."

더는 참지 못할 것 같은 여린이 너 뭐 하냐고 소리치려는 순간, 준서의 사과가 들려온다. 응? 미안? 뭐가…….

"흑!"

여린은 금세 준서가 내뱉은 사과의 의미를 받아들였다. 후퇴 없이 밀고 들어오는 그의 남성 때문에 절로 힘이 들어간 몸. 아픔으로 인해 찌푸려지는 인상을 펼 노력조차 할 수가 없다.

"아…… 파."

이 나쁜 자식아!

"힘 좀…… 빼지."

그게 됐으면 내가 칭얼거리고 있겠냐!

진입만 하는 것이었는데도 벌써부터 준서의 이마에 맑은 땀방울이 송골송골 맺혀 있었다. 그도 아프고 힘이든지 딱딱하게 굳어진 넓은 어깨가 조금쯤 안쓰러워 보이기도 하지만 여린은 자신의 아픔 때문에 그를 배려할 여유가 없었다.

"조금만…… 있다가……."

받아들이기 힘들고 적응하는 것에도 오랜 시간이 걸릴 것 같은 그의 거대한 남성에 여린은 흐느끼며 부탁했다. 조금만 있다가 하자고.

"안 돼."

그녀의 부탁을 단박에 거절한 준서가 길게 한숨을 내쉰다. 하긴, 이제 겨우 진입했는데 도로 빼라는 건 너무 잔인한 처사일지도.

준서가 후퇴를 할 수도, 여린이 몸에서 힘을 뺄 수도 없는 진퇴양난의 상황. 시간이 멈춘 것처럼 딱 달라붙어 굳어 있던 두 사람 중에서 준서가 먼저 몸을 움직였다.

조심스럽게 여린의 가슴을 만지작거리던 준서가 그녀의 입술을 혀로 핥았다. 그곳으로의 진입은 어려웠지만 입안으로의 진입은 쉬웠다.

숨을 내뱉느라 벌어진 여린의 입안으로 들어간 준서의 혀가 처음 키스를 했던 날처럼 느릿하면서도 감미롭게 움직였다. 부드럽게 치열을 훑고 상처난 곳을 치유해 주는 것처럼 여린의 혀를 핥는 준서의 손도 부지런히 움직였다.

진즉 약이 올라 있던 복숭아의 정점을 감질나게 손가락 끝으로 톡톡 건드리면서 말랑말랑한 가슴을 조몰락댔다.

얼마나 애무에 심취해 있었을까. 여린의 몸에서 조금씩 힘이 빠져나가는 것이 느껴지며 그녀의 몸이 슬며시 붉게 달아오르기 시작했다.

준서는 여린의 가슴을 괴롭히던 손을 치우고 그녀의 겨드랑이 사이에 양팔을 집어넣어 여린의 어깨를 감싸 안았다. 그리고 용감하게 돌진했다.

"하앗!"

"흡!"

자연스럽게 여린의 다리가 준서의 허리를 강하게 옥죈다. 준서는 심통 맞은 녀석을 더욱 부풀어지게 만드는 역할을 충실히 수행하는 여린의 신음 소리에 취한 채로 허리를 움직였다.

"아앗! 으응!"

그의 목을 꽉 끌어안은 여린이 연신 교성을 내지른다. 싸구려 모텔이 아닌 덕분에 과학적이지는 않을지라도 꽤나 괜찮은 침대였는데도 불구하고 삐거덕거리는 소리가 요란하게 울린다.

"미…… 치겠다."

그녀의 몸 안으로 들어갔다가 빠져나오기를 반복하며 준서가 혼이 나간 사람처럼 중얼거렸다.

“동…… 하윽! 감…….”

여린의 긍정적 반응에 힘을 얻은 준서가 더욱 세차게 허리를 움직인다. 서로의 땀에 살을 비비며 찰박거리는 색스러운 소리에 도취된 남녀는 절정을 향해 내달렸다.

＊

눈을 뜬 여린이 가장 먼저 찾은 건 시계였다. 그나마도 몸을 움직일 수가 없어서 눈동자만 굴려 겨우 시계를 찾아냈다.

퇴실 시간을 정확하게 지키라는 의미였는지 화장대로 보이는 테이블 위에 놓인 전자시계에서는 현재 새벽 4시가 넘었음을 알려주고 있었다.

‘새…… 됐다.’

끄응, 하는 신음을 가까스로 집어삼킨 여린의 얼굴이 말도 못하게 찌그러졌다. 정확하게 말하자면 자정을 넘겼으니 오늘은 일요일. 회사에 가야 하는 날은 아니지만 차라리 이곳에서 곧바로 출근을 하라는 명을 받는 게 영광으로 느껴질 만큼 여린은 암담했다.

무슨 일이 있어도 토요일은 준서를 만나야 하는 날이란 걸 알게 되신 조부모님. 어제 역시 준서와 즐거운 시간을 보내라며 끈적끈적한 눈빛을 보내셨던 할머니. 그런 상황에서…… 외박이라니.

아침 해가 뜨고 나서 귀가를 한 적이 없는 건 아니었지만—사실 자주였지만—그때마다 친구와 함께였기에 별로 문제될 게 없었다.

예전에는 준서와 술을 푸다가 아침에 들어가거나 그의 집에서 자고 갔어도 꺼릴 게 없었던 것이다. 그러나 무지막지하게 변해 버린 상황은 여린을 울고 싶게 만들었다.

휴대폰을 진동이 아닌 벨소리로 해놓았는데도 두 시간 동안 단잠을 잘 수 있었다는 건 집에서 호출이 없었다는 뜻이었다. 그것은 자정을 넘기고 아침이 다가오고 있는 시간까지 준서와 함께 있는 여린이 무엇을 하고 있을지, 조부모님이 현실 가능한 행동 리스트를 만드셨다는 말과 동일했다.

눈을 질끈 감고서 험난한 사태를 헤쳐 나갈 수 있는 지혜를 달라 기도하던 여린. 그런 그녀의 눈이 번쩍 떠졌다. 고개를 홱 돌린 여린이 분노의 눈빛을 보내고 있는 대상은 당연히 준서였다. 팔베개를 해주고 몸을 틀어 여린을 쳐다보고 있는 상태에서 곤하게 자고 있는 도준서.

천사처럼 잠들어 있는 준서를 보자 여린의 분노 게이지는 하늘을 뚫고 신을 영접할 수 있을 만큼 솟구쳐 올랐다.

'나는…… 머리가 터질 것 같고…… 아파 죽겠는데…… 너는…… 자냐?'

여린은 입안으로 하고픈 말을 웅얼거렸다. 약을 먹은 것처럼 스르르 잠이 들 때도 아팠지만 깨어나 정신을 차리니 더 아프다. 상상도 할 수 없을 만큼 무시무시한 놈이 그녀의 연약한 곳을 무참히 헤집어놓고 간 덕분에.

준서와의 섹스가 아프기만 하고 좋지 않았냐고 묻는다면 여린은 할 말이 없었다. 그곳은 홧홧할 정도로 쓰려오고 가슴도 성한 것은 아니었지만…….

'끝장나게…… 좋았지.'

그랬다. 다른 미사여구를 붙일 필요 없이 그야말로 환상적인 섹스였다는 것을 부정할 수 없었다. 귓가에서 종소리가 들려온 것은 아니지만 눈앞에서 폭죽이 터지고 머릿속이 하얗게 비어버린 경험은 양여린 인생 28년 만에 처음이었으니.

하지만! 과유불급이라 했거늘. 어떤 것도 과하면 아니 한만 못한 것이니. 그가 자신의 몸 위로 쓰러졌을 때, 여린은 최고로 만족한 상태였다. 이 좋은 걸 왜 안 하겠다고 부득부득 오기를 부렸었는지 스스로가 이해가 되지 않을 정도로 만족한 상태. 거기서 끝이었다면 좋았겠지만 잠시 휴식을 취한 준서의 그놈이 자신의 몸 안에서 다시 덩치를 키우기 시작하면서 여린은 경악했었다.

준서가 내뱉은 또 한 번의 미안하다는 사과. 뼈가 부러지거나 숨이 멈춰져 벌거벗은 채로 구급차에 실려 가는 건 아닐까 두려웠을 정도로 강하게 밀어붙이던 도준서. 이어진 섹스가 싫었느냐? 솔직하게 말하자면 그것에 대한 대답도 '아니오'였다. 하지만 여린은 보통의 체력을 가지고 있는 평범한 여자였다. 게다가 참으로 오랜만의 관계가 버거운 연약한 여인이라는 사실을 준서가 간과한 것이 잘못이라면 잘못.

"빌어먹게…… 잘난 놈."

끝내 그 한마디는 삼키지 못하고 내뱉은 여린이 이를 갈았다. 정녕 도준서의 약점은 치질밖에 없는 것인가. 그나마 그 치질조차 깨끗하게 없어져 버려 과거에 그랬었다는 놀림감밖에 되지 않기에 약점이라고 할 수도 없었다.

일이 이 지경까지 오기 전에도 도준서가 완벽한 놈이라는데 꼬투리를 잡을 수 없었지만 이제는 별명을 '퍼펙트 맨'이라고 붙여줘야 할 것만 같다.

잘생기고 키 크고 몸도 실한데 똑똑하기까지 한 남자. 거기서 만족하지 않고 학벌 좋고 능력까지 있는데 재수없게 성격도 나쁘지 않은 남자. 그것만으로도 황공할진대 사람 눈 돌아가게 만드는 테크닉에 헛소리까지 지껄이게 만들 정도의 정력이라니.

여린의 머릿속에 문득 대학생 시절, 누군가 우스갯소리로 했던 말이 번뜩 떠올랐다.

'도준서한테도 뭔가 약점이 있을 거야. 신은 공평하고 누구나 완벽할 수는 없는 거거든. 아마 거기가 요고만 하지 않을까?'

참 더티하다고 생각했던 한 남자 선배가 새끼손가락을 흔들어 보이며 했던 말에 그 자리에 모여 있던 남자들은 제발 그랬으면 좋겠다는 표정이었고 여자들은 혀를 찼었다. 여린은 지금 이 순간, 그 남자 선배에게 전화하고픈 욕구가 들끓었다.

'도준서의 거기는 니 팔뚝만 합디다!'

그 선배의 말을 나름대로 신빙성있다고 여겼던 여린으로서는 죄없는 남자에게 배신감마저 들 정도였다.

"으음."

도무지 흠을 찾아볼 수 없는 도준서의 완벽함에 배알이 꼴려 이를 갈아댔더니 준서가 몸을 뒤척인다. 하지만 카페에서 책을 읽다가 잠들 정도로 피곤한 일상에 찌들어 있던 만큼 다시 규칙적인 숨소리를 흘리며 천사의 모습으로 되돌아갔다.

준서를 쳐다보는 여린의 안광이 번뜩였다. 도준서가 테크닉도 훌륭하고 정력이 넘치는 남자라는 건 참으로 감사한 일이지만 당하고만 있을 수는 없는 일 아닌가.

그와의 섹스는 눈물 나게 황홀했지만 막상 집으로 돌아갈 시간이 다가오면 어기적거리며 걸을 자신의 모습이 상상되자 준서를 노려보던 여린이 사악하게 입꼬리를 말아 올렸다.

'은혜를 갚는 제비가 되어줄게, 준서야.'

손등으로 준서의 까칠한 뺨을 부드러이 쓸어내린 여린의 머리가 빠르게 회전했다. 얼굴을 시뻘겋게 물들여 가며 친구들과 몰래 봤던 야동에 나온 장면을 실현하려면 어기적거리는 것도 불가능할지 몰랐다. 아예 준서의 등에 업혀 귀가해야 할지도. 하지만 그녀가 예상하는 반응을 이끌어낼 수만 있다면야 준서에게 업혀 들어가 조부모님 앞에서 고개를 들지 못하는 상황도 담담하게 받아들일 수 있을 것 같았다.

구체적인 장면을 그리고서 실행에 필요한 장비를 정리해 나가는 여린은 그 어느 때보다 행복해 보였다.

준서는 갑갑함을 느끼며 무거운 눈꺼풀을 들어 올렸다. 자세가 불편하다 싶어서 왼쪽으로 고개를 틀었더니 팔이 머리 위로 올라가 있다.

갑갑함의 이유를 깨달은 준서는 팔을 내리려 했다. 그런데⋯⋯ 뭔가 이상하다.

“뭐…….”

양팔이 머리 위를 향한 채로 꿈쩍도 안 하자 준서는 그제야 빛의 속도로 고개를 오른쪽으로 꺾었다.

“하~이.”

그의 티셔츠를 입은 여린이 한쪽 팔을 세워 얼굴을 받치고 화사하게 눈웃음을 보낸다. 한 손에는 어디서 구했는지 궁금한 깃털 하나를 들고.

‘당했다.’

준서는 여린의 옆에서 정신없이 잠에 빠져든 저를 꾸짖었지만 그렇다고 해결될 일이 아닌 듯싶었다.

왜 팔이 움직이지 않는지 알아보기 위해 눈동자를 굴린 준서의 미간이 좁아졌다. 젠장 맞을 가운 끈. 하얀색 샤워 가운의 끈이 그의 손목을 단단하게 묶고 있었다. 대학 때 스카우트 자격증을 따겠다고 나섰던 여린이니 매듭 하나는 끝내주게 묶었을 것이다.

이 모텔의 침대 헤드보드에는 왜 끈을 묶을 수 있는 공간이 있는 것일까. 이제와 궁금해해 봤자 아무도 답을 주지 않을 질문.

“너 어무 잘 자더라. 많이 피곤했나 봐아?”

간드러지는 여린의 음성에 준서가 어색하게 미소를 지었다. 젠장! 빌어먹을! 제기랄! 차마 뱉어내지 못하는 욕설들이 그의 목구멍을 간질였다.

여기서 큰소리를 내며 반항한다면 여린의 화를 돋우는 일밖에는 되지 않는다. 준서는 뛰어난 고문관이 될 자격이 충분할 여린을 향해 미소를 보냈다.

"여린아, 집에 가야지?"

눈동자가 보이지 않을 정도로 곱게 눈웃음을 지으며 감미로운 음성을 흘리려 해봤지만 여린은 꿈쩍도 않는다.

"지금 가나, 조금 늦게 가나, 개낀도낀이지. 이왕 돈 내고 들어온 거…… 돈 값은 하고 나가야지 않겠어?"

나른함이 넘치다 못해 무료해 보이기까지 하는 표정을 짓고 있는 여린이 깃털을 살랑살랑 흔든다. 대체 저 깃털은 어디서 구한 걸까.

"그 깃털……."

"아아, 이거?"

"어디서……."

"베개가 너~어무 푹신한 거 있지. 그래서 살짝 뜯어봤는데 이런 걸로 꽉 차 있더라고. 하나쯤 빼냈다고 고소당하기야 하겠니."

생글생글 웃고 있는 여린과 시간이 갈수록 핏기가 사라지고 있는 준서의 얼굴.

"이 몸이 너한테 은혜를 입었으니 갚아주는 게 인지상정. 나는 파렴치한 인간이 아니니까. 훗!"

스르륵 몸을 일으키는 여린을 보면서 준서는 굵은 침을 삼켰다. 그리고 여린이 제 허리를 타고 앉았을 때 숨을 멈췄다.

여린을 안고 나서 그녀가 잠드는 것을 보곤 정신없이 수마의 손아귀에 잡혀 끌려간 준서였다. 여린은 그보다 먼저 일어나 티셔츠를 선점했다지만 준서는 실오라기 하나 걸치지 않은 맨몸. 그런데 지금, 그의 남성에 보들보들하면서도 따스한 무언가가 느껴졌다.

"어멋. 벌써 반응이 오면 재미없는데."

말은 그렇게 하면서도 여린의 얼굴엔 가벼운 만족감이 서려 있었다. 악녀 귀환. 먼저 건드리지 않는 이상 누구도 해치지 않는다는 신념의 양여린. 그녀의 심사가 단단히 꼬여 있다는 것을 준서는 바로 눈치 챘다.

여린이 입고 있는 준서의 셔츠는 그녀에게 당연히 컸다. 그래서 조금만 몸을 숙여도 봉긋한 가슴이 그대로 드러났다. 아슬아슬하게 정점만 가려주고 있는 그 모습이 벌거벗고 있는 것보다 훨씬 유혹적이라는 걸 이 여자는 알고 있을까. 게다가 티셔츠만 입고 아래에는 아무것도 입지 않은 여린의 여성이 자꾸만 준서의 남성을 건드렸다. 그러니 도준서의 건강한 육체가 대뜸 반응을 보이는 것이다.

여린은 걸터앉은 것밖에 한 일이 없는데 준서의 호흡은 진즉 거칠어져 있었다. 교태가 섞여 있는 미소에 은근슬쩍 남성을 자극하는 움직임. 어떻게든 손을 자유로이 만들고 싶지만 여의치가 않아 준서는 환장할 지경이었다.

"어떻게 해줄까?"

몸을 숙인 여린이 그의 귓가에 후우, 바람을 불어넣으며 말했다. 준서는 떨림을 막으려 이를 악문다.

"네가 나한테 했던 것처럼…… 똑같이 해줄까?"

여린이 들고 있던 깃털이 준서의 턱을 지나 목덜미로, 목덜미를 간질이다 쇄골 쪽으로 움직인다.

깃털은 여린의 예상대로 상당히 유용하고도 효과적인 무기였

다. 깃털이 움직일 때마다 준서의 몸에 빳빳하게 힘이 들어가고
있었다.

"말해봐. 어떻게 해줄까?"

여린이 준서의 귓바퀴를 혀끝으로 핥아 올렸다. 준서는 눈을 감
아버렸다. 보고 있지 않으면 괜찮을 거라 여겼건만 그것은 착각.
눈을 감으니 여린의 향과 체온이 더욱 뚜렷하게 다가와 녀석이 불
끈불끈 덩치를 불리기 시작한다.

"일단 팔 좀…… 헉!"

"풋!"

준서의 몸이 경직되자 여린이 웃음을 터트렸다. 드디어 도준서
의 약점을 찾아낸 여린이 '만세!'를 외치고 싶은 마음을 접으며 박
장대소를 삼킨다.

"흐응. 여기가 약하구나아?"

"그, 그만……!"

자신의 것보다 조금 더 작은, 그의 단단한 가슴팍에 보호물 없
이 방치되어 있는 작은 돌기를 깃털이 애무한다. 깃털의 끝부분으
로 집요하게 돌기를 간질이자 준서의 목울대가 꿈틀거린다. 그의
목덜미의 핏줄이 붉어지고 자신의 은밀한 곳에 닿아 있는 남성이
뜨거워진다.

준서가 보이는 반응이 재미는 있지만 아직 흡족할 정도는 아니
다. 여린은 그의 목에 이를 박아 긁어내렸다. 거칠게 내쉬어지는
준서의 숨소리. 뒤틀려지는 몸.

한 남자의 건장한 육체가 자신으로 인해 흥분해서 몸부림치는

걸 보는 것은 꽤나 기분 좋은 일이었다. 이제껏 이토록 과감하게 남자를 유혹하거나 애타게 해본 적이 없었던 여린으로서는 세상에 존재하는지조차 알지 못했던 장난감을 손에 넣은 것 같은 기분.

단단해진 돌기를 깃털로 간질이던 여린이 한 손으로 그의 어깨를 잡고 얼굴을 내렸다. 외로움에 삐친 듯 뾰족하게 솟아 있는 다른 쪽의 돌기가 보이자 그녀는 망설임없이 그것에 혀를 가져다 댔다.

"윽!"

준서의 고개가 약간 뒤로 젖혀졌다. 눈동자를 위로 굴려 그의 얼굴을 쳐다보며 여린은 돌기를 핥았다.

할짝, 할짝. 위로 아래로, 좌로 우로. 커피 위에 올려지는 생크림을 핥아먹듯 돌기를 핥자 준서에게서 허스키한 신음이 새어 나온다. 여린은 점점 일그러져 가는 그의 얼굴에서 시선을 떼지 않은 채로 돌기를 살짝 깨물었다.

"흐읍."

급하게 숨을 들이마시는 준서를 보며 입꼬리를 말아 올린 여린은 상체를 들어 올렸다. 남의 모텔에 와서 죄없는 깃털을 뽑아냈으니 충분히 이용해 주어야 덜 죄스럽지 않겠는가.

여린에 의해 조종당하는 깃털이 준서의 너른 가슴팍을 지그재그로 느릿하게 훑다가 요염하게도 생긴 기다란 배꼽 주위를 선회한다. 그러다 자세가 조금 불편하게 느껴져 엉덩이를 살짝 뒤로 뺐는데, 그 순간.

"우, 움직이지 마!"

준서가 비명 같은 고함을 내지른다. 헉헉, 숨을 몰아쉬는 준서의 눈에 핏발이 서 있었다. 여린은 장담했다. 저 핏발은 결코 피곤해서 생긴 게 아닐 거라고.

준서는 참았어야 했다. 움직이지 말라는 바보 같은 경고 따위는 하면 안 되는 거였다. 여린이 거기서 힌트를 얻었으니까.

남자의 몸 위에서 움직인다는 것. 여린에게는 낯설고 익숙하지 않은 일이었다. 하지만 업혀가는 일이 생기더라도 받은 만큼 되돌려주자 작심한 마당에 낯설고 익숙하지 않은 게 무슨 문제가 되겠는가.

준서의 복부 위에 얌전히 깃털을 올려놓은 여린이 그의 허리를 잡았다. 그리고 슬쩍 엉덩이를 앞뒤로 움직여 본다.

"으윽!"

고통스러운지 준서의 표정이 일그러진다. 몸을 숙인 여린이 그의 입술에 가볍게 입을 맞췄다. 준서의 어깨를 붙잡고서 목덜미에 얼굴을 묻은 채 나지막하게 속삭인다.

"말해봐. 내가 어떻게 해주길 바라?"

여린의 부드러운 입술과 뜨거운 입김이 목덜미를 자극한다. 준서는 발끝이 저릿할 정도로 온몸에 힘을 주었다. 이를 악물고 있던 시간이 길었는지 잇몸이 욱신거린다.

말랑말랑한 여린의 가슴이 티셔츠 한 장을 사이에 두고 준서의 가슴을 누르고 있었다. 엉덩이를 슬쩍슬쩍 움직이며 한 번도 해보지 않은 말을 요구하는 여린 때문에 준서는 지금, 괴롭다.

준서의 그 녀석은 벌써부터 자신이 돌진할 곳을 찾아 헤매며 말
간 액을 흘리고 있었다. 당장 그녀가 원하는 말을 뱉어내라고 종
용한다.

"……제발."

얼굴이 벌게진 준서가 들릴락 말락 한 작은 음성으로 중얼거렸
다.

"응? 뭐라고?"

그만큼 가까이 있었으면 입모양만 봐도 알 수 있겠건만 여린은
얄궂게도 크게 말해보라 놀려댄다.

"팔 좀…… 흡!"

여린이 준서의 남성에 자신의 여성을 가져다 대고 약하게 문지
르자 준서가 말을 잇지 못하고 숨을 삼킨다.

"흐으응. 원하는 게 그거야? 팔 풀어달라는 거?"

준서는 세차게 고개를 끄덕였다. 팔만 자유로워지면 된다. 그러
면 지금의 이 괴로움을 두 배, 아니, 스무 배로 갚아주리라. 하지
만 여린은 만만하지도, 천사처럼 미련스러울 정도로 착하지도 않
은 여자인 것을.

"그럼 내 마음대로 할 수가 없잖아. 내가 왜에?"

목덜미를 혀로 할짝거리며 심술 맞게 묻는 여린에게 준서의 서
러운 눈빛이 박혔다. 그런 준서에게 입을 맞추며 생긋 웃어 보인
여린이 상체를 일으키고 티셔츠를 훌렁 벗어젖혔다.

"너…… 너……."

잠들기 전까지 양껏 탐했던 탐스러운 복숭아가 모습을 드러내

자 준서는 기가 막히면서도 동시에 혼몽해졌다.

여린의 계획 그 2단계. 못 먹는 떡 작전이 개시되었다.

눈을 휘둥그레 뜨고 바보처럼 헤에 입을 벌리고 있는 준서에게 찡긋 윙크를 날린다. 정신을 놓은 준서를 즐겁게 바라보며 본격적으로 고문에 돌입한다.

여린은 제 여성을 준서의 남성에 대놓고 비벼댔다. 아프지 않을 정도로, 빠르지 않게.

"그, 그만 해. 잠깐……."

"나도, 너한테 그렇게 말했었…… 훗!"

기세 좋게 준서를 놀리던 여린이 미약하게나마 신음을 흘린다. 도준서 괴롭히자고 세운 계획인데 어찌 된 일인지 양여린 본인이 흥분하고 있었다.

그곳을 남성에 마찰시킬 때마다 그의 남성에 닿는 꽃잎들이 자잘하게 경련을 일으켰다. 여기서 더 진도를 뺐다가는 죽도 밥도 안 된다는 경고음이 머릿속에서 울리기 시작했지만 여린은 멈출 수가 없었다.

"하웃!"

여린의 움직임이 조금 더 빨라졌다. 그에 따라 준서의 억눌린 신음 소리도 연이어 들려오기 시작한다.

"여린…… 여린아, 제발……!"

감겨 있던 여린의 눈이 게슴츠레하게 떠진다. 가쁜 숨을 내쉬며 온몸으로 너를 원한다 말하는 준서를 봤을 때의 쾌감. 말로는 설명하지 못할 희열이 그녀를 휩쓴다.

그러면 안 되는 줄 알면서도 여린의 손이 아래로 내려갔다. 그녀의 작은 손이 준서의 불기둥을 쥐자 그에게서 헉! 하는 신음이 터져 나온다.

여린은 손에 쥔 것을 조심스럽게 제 몸에 맞췄다. 그리고 천천히, 애가 타도록 천천히 몸을 내렸다.

"아앗!"

"허억!"

여린의 몸 안에 그의 남성이 가득 찼다. 물방울 하나 들어갈 수 없을 만큼 꽉 찬 공간.

"움직여. 움직여 줘."

엉덩이를 들썩거리던 준서가 애원했다. 본래 여린이 바라 마지않았던 것. 소기의 목적을 달성한 여린은 착하게도 그의 말을 따라주었다.

안달복달할 정도로 느리게, 파괴하고 싶을 만치 천천히 움직이는 여린을 보면서 준서는 이성을 잃었다.

화마(火魔)가 빙의되었다 한들 온몸이, 터질 듯 뛰어대는 심장이 이토록 뜨거워질 수 있을까. 아르테미스가 눈앞에 있다 한들 자신을 집어삼킨 여린처럼 아름답고 잔인할 수 있을까.

여린과 준서의 움직임은 어느새 호흡을 맞춰가고 있었다. 비록 팔이 묶여 있는 준서였지만 하체는 움직일 수 있었고 여린은 무엇을 원해 시작했는지를 잊어버린 채로 열락에 빠져 있었다.

"하아, 널…… 만지고 싶어."

준서의 가슴에 얼굴을 묻고 움직이던 여린이 그를 쳐다보았다.

그리고 주문에 걸린 것마냥 그의 팔을 자유로이 만들어준다.

팔이 풀린 준서는 전광석화처럼 움직였다. 순식간에 여린은 침대 위에 엎드린 자세가 되어 있고 준서는 그녀의 엉덩이를 붙잡고 있었다.

"앗! 준······."

여린은 말을 끝맺지 못했다. 뒤에서부터 강하게 치고 들어오는 그의 남성에 소리도 지르지 못할 만큼 큰 쾌감이 휘몰아쳤기에.

한 손으로는 여린의 가슴을, 한 손으로는 엉덩이를 잡은 준서는 홀린 듯이 허리를 흔들었다. 가슴을 꼬집고 비틀며 허리를 둥글게 돌리자 여린에게서 교성이 터져 나온다.

"하악! 그만! 준서야, 그만!"

어느새 흐느끼고 있는 여린의 젖은 음성이 준서의 움직임을 빠르고 강하게 만들었다. 준서는 여린의 어깨를 깨물며 그녀의 애원을 귓가에서 내쳐 버렸다.

"······색마."

낮게 새어 나오는 여린의 음성에 대자로 드러누워 있던 준서가 피식 웃어버렸다.

"······변태."

준서가 고개를 돌려 여린을 쳐다보았다. 멍하니 천장을 응시하고 있는 여린은 정신을 먼 곳으로 여행 보낸 사람 같았다.

"그러니까 앞으로 까불지 마."

"흥."

여린은 그의 경고에 콧방귀를 꼈다. 하지만 내심 그 경고를 접수하고 있었다. 한 번만 더 복수한다고 설쳤다가는 병원 신세를 지게 될지도 모르니까.

"움직일 수 있겠어?"

암막 커튼 사이로 훤해진 바깥을 훔쳐본 준서가 묻자 여린이 대답 대신 한숨을 쉰다. 그건 움직일 수 없다는 뜻.

"씻어야 하는데. 할 수 없이 같이 씻어야겠네."

"……뭐?"

담백하게 내보낸 말에 여린이 경악을 한다. 볼 거 못 볼 거 다 본 마당에 같이 씻는 거 가지고 경악씩이나.

"씻고 싶지 않아? 버틸 수 있으면 버텨보던가."

"욕실까지 데려다만 줘."

"싫어."

"야!"

"아, 난 씻어야겠다."

준서가 벌떡 일어나 침대 아래로 내려선다. 여린은 기가 막혀 죽겠다는 얼굴로 나신인 그를 노려보았다. 아르바이트한답시고 공사장에서 보름을 일하고도 말짱했을 때 알아봤어야 했다. 도준서는 괴물임을.

"알았어! 알았다고!"

분하지만 어쩔 수 있겠는가. 땀과 타액으로 젖은 몸을 이끌고 집에 갈 수도 없고 지금으로서는 혼자 힘으로 씻다가 졸도하기 십상이니 이 일에 대한 복수는 후일을 기약할 수밖에.

씨익 웃어 보인 준서가 걸어와 여린을 안아 올리려 할 때였다.

쿵!

"응?"

여린과 준서가 동시에 눈빛을 교환한다. 이것은 무슨 소리인고?

또다시 쿵!

"야, 여기 혹시 공사……."

아앙! 쿵! 아흐읏! 쿵! 하아앙! 쿵!

준서에게 말을 걸던 여린이 입을 벌린 채로 굳어버렸다. 그러니까 쿵! 소리는 벽에 뭔가 부딪치는 소리. 요란스러운 이 신음 소리의 정체는 쿵 소리와 연관이…….

"……세상에."

소리에 귀를 기울이던 여린의 얼굴이 시뻘겋게 달아오른다.

"설마…… 우리도……."

침대 헤드보드와 벽을 쳐다보던 여린을 가뿐히 안아 올린 준서가 의기양양하게 대꾸한다.

"괜찮아. 꿀릴 거 없으니까."

역시 잘난 놈. 그래, 넌 잘난 놈이다.

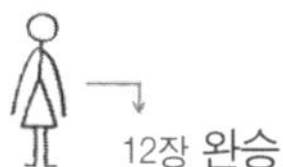

12장 완승

밥을 시켜놓은 여린은 화장대 의자에 앉아 양손으로 꼭 붙들고 있는 휴대폰을 노려보고 있었다. 어쩌면 부재중 전화 한 통, 문자 메시지 하나가 없을까.

친구들에게 온 것은 있었다. 술 마시고 있으니 당기면 찾아오라는 인간도 있었고, 나이트클럽에 가자고 유혹의 손길을 뻗친 인간도 있었다. 여린이 전화 한 통, 메시지 하나 없다고 투덜거리게 만든 대상은 그녀의 조부모님이었다.

복수혈전이 땀 흘리며 삽질한 것으로 판명난 후에, 다행스럽게도 준서와 한 욕조에서 정말 씻기만 하고 나온 여린은 까무룩 잠이 들었었다. 육체노동이 과했는지 따스한 물에 담가졌던 몸은 매가리가 없었고 무거운 눈꺼풀을 들어 올릴 재간도 없었다. 문제는 도준서도 꼭 같이 잠든다는 것. 그들을 깨운 것은 퇴실 시간이 되었다는 모텔 주인의 모닝콜(?)이었다.

'조금 더 쉬다 가자.'

여린에게는 뿌리치기 힘든 제안이었다. 따끈한 물과 조금의 수면으로 어느 정도 치유는 됐다지만 다리는 연체동물처럼 흐늘거렸고 기운이라고는 찾아볼 수가 없었다. 그래서 준서가 시간을 연장하고 돌아와서 식사를 주문한 것이다.

집에서 연락이 없었다고 해도 외박을 했으니 안전하게 잘 있다고 전화 한 통 해드리는 것이 손녀로서의 도리임에는 틀림없다. 그런데 부끄러움과 민망함에 손가락이 움직여 주질 않는다.

"휴대폰 부서지겠다."

편안하게 침대에 앉아 TV를 보고 있는 준서를 여린이 가자미눈으로 흘겨본다.

"다 너 때문이잖아!"

꽥 소리를 지르는 여린을 향해 준서가 쯧쯧 혀를 찬다.

"그러게 왜 사람을 못 참게 만들어?"

"내가 언제!"

"DVD방. 기억 안 나?"

"잇!"

차마 순전히 실수였다고, 고의는 발톱의 때만큼도 끼어 있지 않았다고 말할 수 없기에 여린은 불쌍한 이만 갈아댄다.

준서에게서 신경을 끄는 게 상책이라고 여긴 여린은 다시 휴대폰을 쳐다보다가 화장대로 내던졌다. 그래, 밥 먹고 하는 게 낫다.

밥도 먹기 전에 욕먹어서 배 터지…….

Rrrr. Rrrr. Rrrr.

"엄마야!"

여린이 앉아 있는 의자가 과장 조금 보태서 20M는 뒤로 밀려났다. 화들짝 놀란 여린이 하얗게 질린 얼굴로 쭈뼛쭈뼛 걸어가 액정에 뜬 발신자를 확인한다.

「사랑하는 최옥희 여사.」

아아. 여린은 절망했다. 차라리 할아버지였다면 이렇게까지 겁이 나지는 않았을 것을.

"안 받아?"

남의 속도 모르는 죄인 도준서는 그 입을 다물라! 여린이 분노로 이글이글 타오르는 눈빛으로 쳐다보자 준서가 어깨를 으쓱해 보인다.

"내가 받아?"

니가 받으면 너하고 한 이불 덮고 잔 게 두 이불 덮고 잔 게 되냐?

변명거리를 산처럼 쌓아놨건만 벨소리를 듣자마자 머릿속이 텅 텅 소리나게 비어버렸다. 여린은 입술을 잘근잘근 씹으면서 휴대폰을 잡았다. 마른침을 삼키던 여린은 심호흡을 하고서 통화키를 눌렀다. 매도 일찍 맞는 게 낫다. 어차피 맞아야 할 매라면.

"할머니이."

여린은 최대한 곰살맞게, 까딱하면 준서의 심장이 녹아내렸을 정도로 달콤한 음성으로 전화를 받았다.

[손녀어.]

여린 못지않은 달짝지근한 음성. 여린은 최 여사의 음성을 듣자마자 머리털이 쭈뼛 섰다. 어느새 팔뚝에 오도독 소름이 돋아 있다.

[아침에 다시 나간 게야?]

다정함이 좔좔 흐르는 최 여사의 물음에 여린은 금붕어마냥 입만 뻐끔거린다.

[기다리다가 12시쯤에 잠들었는데 일어나 보니 없더구나. 몇 시쯤 들어온 거니?]

거짓말하면 안 돼. 거짓말해 봤자 들킬 거야. 마음속에 살고 있는 천사가 솔직하게 말하고 혼나는 게 낫다고 설득했지만 여린은 저도 모르게 거짓말을 뱉어내고 있었다.

"으, 응? 잘 기억이…… 안 나는데."

초조함에 손톱을 물어뜯는 여린의 등으로 주르륵 식은땀이 흘러내린다. 거짓말은 나쁜 거지만 이건 어쩔 수 없는 선택이었다. 정직하게 준서와 밤을 샜다고, 집에 들어가기는커녕 들어가야 한다는 생각도 못했다고 말했다면 들려올 말은 뻔했다.

당장 날 잡자!

싱글벙글 웃는 얼굴로 준서네 부모님께 전화를 걸어 결혼 이야기를 꺼내실 최 여사의 모습을 상상하니 오한이 몰려왔다.

키스 몇 번 했다고 결혼시킬 할머니는 아니시지만 키스보다 더한 일을 행한 여린은 진정 두려웠다. 하룻밤 같이 보냈다고 발목 잡는 여자가 되는 건 죽어도 싫었다. 아직 사랑한다는 말도 못 들었는데.

[그래? 할미가 보니까 어제 들고 나간 가방하고 신고 나간 운동화가 없더구나.]

크헉! 여린은 터져 나오려는 비명을 삼켰다. 어떡해야 되지? 어떻게 말해야 되지?

[아무리 급해도 그렇지. 옷도 고대로 입고 나간 거니?]

"응? 아, 정말 급해서…… 벗어놨던 거 그냥 입고 나왔는데."

[뭐가 그렇게 급했기에?]

생각할 틈도 주지 않고 공격하는 최 여사 덕분에 여린의 수명이 싹둑싹둑 잘려 나가고 있었다. 여린은 이마에 송골송골 맺힌 식은땀을 손등으로 닦아내며 숨을 골랐다.

"아, 그러니까…… 현지에서 문제가 생겼다고 고객이, 그러니까 호텔 쪽 문제라고 전화가 와서 회사에 급하게 나가봐야 했었어."

[흐음.]

들켰나? 들킨 건가? 거짓말인 거 다 안다고 말씀하시면 어쩌지?

심장이 두 근 반 세 근 반으로 쪼개진다. 살다 살다 이렇게 긴장해 본 적은 처음이었다. 이 상황에 비하자면 어지간한 스릴러물이나 반전영화는 텔레토비 수준일 것이다.

최 여사가 침묵하고 있는 시간이 여린에게는 억겁의 시간처럼 느껴졌다. 이제라도 진실을 고백해야 하나 망설이고 있을 때, 눈물 나게 반가운 최 여사의 음성이 들려온다.

[알았다. 오늘도 늦니?]

"응? 아직…… 잘……."

[모르는구나.]

"으응. 하, 할머니. 할아버지는?"

전화를 빨리 끊고 싶었던 여린이지만 꼭 확인해야 할 것이 있었다. 바로 할아버지. 할머니는 주무셨다고 하지만 할아버지는 아니실 수도 있다. 할머니와 함께 주무셨다고 해도 주말마다 산에 가려고 노력하시는 할아버지가 새벽부터 준비를 하셨을 수도 있었다. 산에 오르시는 날엔 여린을 데리고 갈까 싶어 항상 그녀의 방부터 살피시는 양두만 옹이시니까.

[네 할아버지?]

할머니의 음성에 웃음기가 묻어나는 것이, 왜 불길하게 여겨지는 걸까.

[네 할아버지 어제저녁에 마산 내려가셨다. 누구 결혼식이라고 했는데 기억이 안 나네.]

하나님, 부처님, 외 모든 신님들! 감사합니다! 행여나 할머니가 들으실까, 여린은 휴대폰을 멀찍이 떨어트려 놓고 안도의 숨을 내쉬었다.

[할미도 약속 있어서 인제 나가봐야 해. 많이 늦으면 전화해라. 끊는다.]

전화는 끊겼지만 여린은 제대로 숨을 쉴 수가 없었다. 할머니께 거짓말을 한 적이 별로 없었을뿐더러 거짓말을 했을 때마다 족족 들키기 일쑤였다. 이번에는 잘 넘어간 것 같지만, 정말…… 잘 넘어간 걸까?

전화를 끊고 나니 할머니가 너무 다정하셨던 것이 의아하게 여겨진다. 빤히 눈에 보이는 거짓말을 한 것 같다는 생각도 든다. 어쩐지 삽질한 기분이랄까.

'사실대로 말할 걸 그랬나?'

계속 손톱을 물어뜯고 있는 여린의 눈썹이 휘었다. 괜히 거짓말을 한 것 같다고 후회해 보지만 이미 엎질러진 물. 떠난 버스 타겠다고 뛰어봤자 넘어져서 무릎 까지기밖에 더 하겠는가.

딩동!

여린이 후회와 체념을 동시에 곱씹는 사이에 초인종이 울렸다. 이내 자그만 원형 테이블에 여린의 육개장과 준서의 설렁탕, 몇 가지 밑반찬들이 올라왔다.

준서가 하나하나 비닐 랩을 벗기자 육개장의 얼큰한 냄새와 설렁탕의 구수한 냄새가 한데 섞여 식욕을 자극한다. 준서에게서 건네받은 수저를 한 손에 꼭 쥐고서 여린은 우울한 얼굴로 중얼거렸다.

"내가 인간인 게 싫다."

푸념조로 한숨을 쉬며 말하는 여린에게 준서는 무슨 말이냐고 표정으로 묻는다.

"이 와중에도 배는 고파."

정말 슬픈 표정으로 고개까지 설레설레 젓는 여린을 보면서 준서는 웃음을 삼켰다. 아무리 그녀가 귀여워도 심각하게 고뇌하는 사람을 보며 웃을 수는 없는 노릇이니.

“천천히 먹어. 금강산도 식후경이란다. 넌 때깔도 좋아야 하잖아.”

퍽이나 위로가 되는 준서의 말에 여린이 고개를 주억거린다. 느릿하게 수저를 움직이던 여린이 금세 고뇌하던 양여린을 버리고 굶주렸던 양여린이 되어 식사에 열중했다.

준서는 제 밥은 먹는 둥 마는 둥 하면서 여린을 쳐다보기에 여념이 없었다. 어제에 비해 핼쑥해진 얼굴에 제법 진한 다크 서클이 눈 밑을 차지하고 있었다. 욕심껏 그녀를 안을 수 있었기에 좋았지만 조금은 미안한 마음이 생긴다.

화장기 없는 맨 얼굴에, 편해서 마음에 든다고 입고 있는 자신의 티셔츠. 여린이 화려하게 꾸민 모습을 많이 봤었고 그때마다 예쁘다고 생각했지만 오늘만큼 예뻐 보인 적이 있었나 싶다. 하다 못해 여린의 입가에 붙어 있는 하얀 밥풀까지 사랑스러워 보인다.

“왜?”

준서의 시선을 느꼈는지 여린이 고개를 들어 그를 바라본다. 준서는 그대로 손을 뻗어 여린에게 붙어 있는 밥풀을 떼어내서 제 입안으로 쏙 집어넣었다.

아무렇지도 않게 수저를 놀리는 준서였지만 여린은 멍하니 그를 쳐다보고만 있었다. 준서가 왜 그러냐고 묻자 그제야 떠듬떠듬 입을 뗀다.

“안…… 드럽냐?”

“뭐가?”

“그거, 니가 먹은 거.”

“뭐, 밥풀?”

여린이 고개를 끄덕이자 준서가 가볍게 미소를 지었다.

“예전에도 밥풀 떼줬잖아. 아, 눈곱도 떼줬었지.”

그게 뭐 그리 대단한 일이냐는 어투로 대꾸한 준서였지만 여린의 얼굴은 발갛게 물들어갔다. 자식이 드럽게, 눈곱 떼어준 것까지 기억하고 있어. 쳇!

준서가 그랬듯이 여린도 식사 내내 그를 힐끔거리며 살폈다. 달라진 게 없는데 달라져 보이는 이유는 무엇인고. 왜 전보다 더 잘나 보이고 쳐다볼 때마다 가슴이 두근거리는고.

타고난 생머리라 샴푸 후에 아무렇게나 말려도 곱게 이마를 가리는 걸 좋은 준서의 머리카락. 창문 틈으로 새어 들어온 바람결 따라 흩날리는 머리카락에 두근.

쩝쩝 소리 한 번 없이 단정한 자세로 밥을 먹는 모습과 오물거리는 입술에 또 한 번 두근. 날렵하게 빠진 콧대와 깨끗한 피부에 당연하다는 듯이 두근대는 마음이 꼭 낭랑 18세가 된 것 같은 착각을 일으킨다.

“봐도 봐도 잘생겼지.”

준서가 깍두기를 집으며 넌지시 묻는다. 참 대단한 놈. 저 잘난 걸 너무 잘 아는 건가, 아니면 저걸 장난이라고 치는 건가.

“응. 그때 수술해 준 의사 샘이 그랬다며. 너는 거기도 잘생겼다고.”

“컥!”

사레들려 컥컥대는 준서를 보면서 씨익 웃은 여린이 그에게서

관심을 끊고 식사에 집중했다. 도준서 놀리는 낙이 없어진다면 세
상을 무슨 재미로 살아갈까 싶어진다.

식사를 끝낸 두 사람은 사이좋게 다방 커피를 나눠 마시고 슬슬
귀가할 준비를 했다. 그런데 신발을 꿰어 신은 여린의 표정이 갑
자기 심각해진다.

"아, 씨."

문을 열려던 준서가 찡그려진 여린의 얼굴을 보고 왜 그러냐 물
었다.

"사람 디게 많을 거 아냐."

"이쪽엔 사람 별로 없을걸."

"그래도 일요일이잖아."

"또 볼 사람들 아니야."

뭐 그런 걸 신경 쓰냐는 표정으로 문을 연 준서지만 여린은 후
드를 푹 뒤집어쓰고서도 연신 주위를 살폈다. 선글라스가 있었으
면 그것도 썼을 모양새다.

"양여린."

엘리베이터에 탄 준서가 한숨을 쉬며 여린을 쳐다본다.

"야! 미쳤어? 이름을 부르면 어떡해?"

여린이 정색을 하고선 펄쩍펄쩍 뛴다. 둘밖에 없는 엘리베이터.
살펴보니 CCTV도 없건만 심하게 과민반응을 보이는 여린 때문에
준서는 피식 웃어버렸다.

"너, 연예인이 왜 연예인인 걸 들키는 줄 아냐?"

"뭐?"

“모자 쓰고 선글라스 끼고 마스크까지 덮어써서 들키는 거야.”

“뭔 말이야?”

“대놓고 드러내는 게 들키지 않는 방법이라는 소리다. 몽충아.”

준서가 콩, 하고 여린의 이마에 손가락을 퉁겼다. 구구절절 옳은 말에 구타(?)까지 당했으니 바락바락 대응해야 양여린스러운 거였지만 여린은 오랜만에 듣는 애칭에 말 한마디 꺼내지 못했다.

중학생일 때는 이름보다 몽충이라는 애칭으로 더 많이 불렸고 고등학생 때는 슈퍼 몽충이로 불렸었다. 대학생이 되었을 때부터 점점 듣지 못하게 된 애칭. 오직 준서만이 부를 수 있는 그 애칭에 여린은 새삼스럽게도 부끄러워진다.

뭐라 하지도 못하고 입술만 삐죽이는 여린이 미치게 귀여워, 준서는 몇 층인지 확인시켜 주는 빨간 숫자를 쳐다보다가 그녀의 허리를 확 끌어당겼다.

쪽! 땡!

입술을 맞추고 여린을 놓아주자마자 엘리베이터의 문이 열린다.

“우리 몽충이, 또 얼굴에 불났네.”

킥킥 웃으며 손에 깍지를 끼고 엘리베이터에서 잡아끄는 준서 때문에 여린은 시뻘겋게 달아오른 얼굴로 숨을 고르기 바빴다.

모텔에서 나오자 준서가 택시를 잡자고 했다. 하지만 여린은 버스를 타자고 고집을 부렸다. 편하게 쉬었더니 몸이 크게 힘들지도 않았고 무엇보다 날씨가 너무 좋았다. 그러니 이런 날은 버스를 타주는 게 예의인 것이다. 버스를 타면 갈아타야 하는 번거로움을 감수해야 하긴 했지만.

젊은이들로 북적이는 버스에는 앉을 자리가 없었다. 잡고 있을 만한 것도 여의치가 않아서 준서가 버스 손잡이를 잡고선 여린의 허리를 한 팔로 끌어안고 있어야 했다.

찰싹 달라붙어 있어야 하는 버스 안. 터프한 버스 기사님 덕분에 여린은 인형처럼 준서에게 매달려 있어야 했다. 끼이익, 하는 마찰음이 들려올 때마다 준서의 팔은 여린의 몸을 강하게 휘어잡았다.

'자…… 식. 든든, 허네.'

실없이 비죽, 웃음이 나온다. 비실거리는 남자친구와 같이 이리 휘청, 저리 휘청거리는 여자들을 보고 있자니 괜스레 우월감까지 생긴다. 버스를 고집하길 참 잘했다는 생각이 들 정도니 말 다했지.

"힘들지. 내려서 택시 탈까?"

귓가에 전해지는 준서의 따스한 숨결에 여린의 몸은 주책없이 전율을 일으킨다. 이런 반응을 없애려면 준서의 말대로 택시를 타는 것이 현명한 대처 방안이었지만 여린은 고개를 저었다. 준서에게 보호받는 것 같은 느낌이 가히 나쁘지 않았기에.

준서가 오롯이 남자로 느껴지고, 자신은 그에게 오롯이 여자가 된 것 같은 기분에 사로잡혀 있었던 시간이 끝나고 그들은 버스를 갈아탔다. 갈아탄 버스에는 두 사람이 함께 앉을 수 있는 자리가 비어 있었다.

열려져 있는 창문으로 다소 차가운 바람이 머리카락을 흩트려

놓았지만 여린은 춥지 않았다. 원래부터 그렇게 되어 있었던 것처럼 자신의 손에 얽혀 있는 준서의 손에서 찬바람을 따스하게 만들어 버리는 온기가 전해지고 있기에.

나른함에 눈꺼풀이 무거워지고 있을 무렵, 여린의 바지 주머니에서 휴대폰이 몸을 떨었다. 여린은 휴대폰을 꺼내 전화를 받았다.

"왜."

[어디?]

"집에 가는 길."

[커피 한잔해.]

"나 오늘은 집에서 자숙해야 해."

[사고 쳤냐?]

빈정대는 리안에게 여린은 골똘히 생각하다가 대꾸했다.

"메이비, 메이비 낫."

사고일 수도 있고, 아닐 수도 있다. 이것을 계기로 이제 준서와 영원히 친구로 돌아갈 수 없게 된다면 사고일 테고, 친구 같은 연인이 되어 평생을 함께 지내게 된다면 사고가 아닐 테고.

전화가 끊어졌나, 하는 생각이 들 정도로 말없이 숨만 내쉬고 있던 리안이 나지막하게 정곡을 찌른다.

[……잤구만.]

리안의 말에 화들짝 놀란 여린이 고개를 돌려 준서를 쳐다봤다. 혹시 들었으면 어쩌나 걱정했는데 이 녀석, 자고 있다.

여린은 잠든 준서를 빤히 쳐다보았다. 입술을 살짝 벌리고 고른

숨을 내쉬며 잠들어 있는 준서. 무방비 상태로 자고 있으면서도 여린의 손을 잡고 있는 그의 손에는 힘이 들어가 있었다. 절대 놔 주지 않겠다고 다짐이라도 하는 것처럼.

[야.]

준서를 보며 사랑스럽다고 생각하던 여린이 리안의 음성에 정신을 차렸다. 도준서가 사랑스럽다니. 웬일이니, 정말.

[내일 회사 앞으로 데리러 갈 테니까 시간 비워.]

"오키."

당연히 준서와 같이 있을 거라고 여겼는지 리안은 별다른 말 없이 전화를 끊었다. 휴대폰을 주머니에 집어넣자 안내 방송에 흘러나온다. 너 이제 내려야 된다고.

여린은 깨우기가 미안할 정도로 곤하게 잠들어 있는 준서의 어깨를 흔들었다. 준서의 눈꺼풀이 게으름뱅이 거북이처럼 느릿느릿하게 밀어 올려진다.

'이 녀석은 참…… 자다가 깨는 모습도 그림이군.'

여린은 자신의 생각에 고개를 절레절레 젓는다. 도준서의 자뻑에 전염이라도 된 건가. 저도 모르게 눈에 콩깍지가 씌었는지 그가 하는 모든 것들이 멋지게만 보인다.

"가자."

버스에서 내린 준서가 자연스레 여린을 잡아끈다. 하지만 여린은 발뒤꿈치에 힘을 주고서 준서의 걸음을 막았다.

"오늘은 혼자 갈게."

여린의 말에 준서는 뭔가 생각하는 눈치다. 그러다 알았다고 고개를 끄덕인다.

"들어가서 연락할게."

"그래."

낮이라 그런지 준서가 순순히 손을 놓고 보내준다. 여린은 이유 모를 아쉬움을 느끼며 손을 흔들었다. 몸을 돌려 집으로 향하는데 갑자기 뒤에서 누군가 어깨를 잡아 돌려세운다. 그리고 또 쪽!

"어머, 야!"

양손으로 얼굴을 붙잡고 이마에 입맞춤을 한 준서 덕분에 여린은 또다시 홍당무가 되고 만다. 도준서가 이렇게 스킨십에 강한 인물이었나. 절대 싫지는 않지만.

"토요일까지 체력 보충해 놔."

반짝반짝 빛나는 눈동자로 그런 말을 하면 나더러 어쩌란 말이오!

여린은 차마 대꾸하지 못하고 몸을 돌려 뛰기 시작했다.

내가 죽거든 부끄러움에 몸부림치다가 죽었다고 전해주오오!

숨이 차는 줄도 모르고 전력 질주하는 여린의 얼굴에 지워지지 않을 홍조가 새겨졌다.

"도련, 얼굴이 아주 그냥 제대로 폈네?"

자기 가게로 가지 않고 준서의 주변에서 얼쩡대는 우한의 표정이 참으로 능글맞다.

"우리 도련, 어제 어디서 잤을까?"

준서가 새벽에 미리 연락해서 점심때까지만 가게를 봐달라고 했었다. 하지만 그 연락이 없었어도 우한은 에이로 나왔을 것이다. 한집에서 같이 사는, 사랑하는 도련의 외박. 척하면 척이지 않겠는가.

"도련, 여린이하고 어디서 잤어? 응?"

대놓고 여린의 이름까지 꺼내는 우한에게 준서의 매서운 눈빛이 꽂힌다. 내내 자신의 옆에서 떠날 줄 모르는 우한을 무시만 하고 있던 준서는 결국 입을 열고야 말았다.

"방에서."

담담하게 대꾸한 뒤에 눈빛과 손짓으로 종업원들을 지휘하는 준서를 보면서 우한이 입꼬리를 말아 올린다.

"지금 니가 말한 그 방이 찜질방은 아니겠지."

운율까지 넣어가며 놀려대는 우한 때문에 준서의 머리가 지끈거린다. 인생을 조금 더 착하게 살았다면 가게를 맡길 수 있는 사람이 많을 수도 있었을까?

"그럼 이제 날만 잡으면 되는 건가? 나도 동서가 생기겠군."

"좀……!"

가게에 올 때까지만 해도 컨디션이 최고조를 달리고 있던 준서였다. 하지만 지금은 저보다 훨씬 더 얼굴이 활짝 핀 우한 때문에 울화통이 터진다.

가게라 큰소리를 내지도 못하고 이를 악무는 준서인데도 우한의 놀림은 멈출 기미가 보이지 않았다.

"동서라. 나는 정말 좋은 형님이 될 거야. 도련도 그렇게 생각하지?"

"그럼요, 형!님!"

사랑하는 도련이 아니라 여린에게 형님이라 불리고 싶어한다는 걸 뻔히 알면서도 준서는 형님이란 말에 악센트를 넣었다. 잠시 마뜩찮다는 듯 눈썹을 찌푸렸던 우한은 금세 웃는 상으로 돌아와 준서의 옆구리를 쿡쿡 찔렀다.

"막 결혼하고 싶지? 빨리 같이 살고 싶어서 돌겠지? 응?"

"형.님. 저 일하는 거, 안 보이십니까?"

"매주 토요일마다 가게를 봐주는 착한 내게 그리 매정하게 굴어도 된다고, 준휘가 그렇게 가르치던가, 도련?"

끄응. 준서는 아예 우한을 외면했다. 고마운 건 고마운 거고 얄미운 건 얄미운 거다. 더 못되게 굴고 싶었지만 준휘 앞에서 징징거릴 우한을 떠올리자니 무시하는 게 상책이라는 생각이 든다.

"여린이 같은 여자는 말이야, 옆에 있을 때 빼도 박도 못하게 잡아놔야 돼. 그렇게 예쁘고 착한 여자들은 임자가 있어도 채가려는 남자들이 떼거리로 달려들기 마련이거든."

"그런 여자하고 연애나 해보셨습니까?"

"그런 남자하고 연애를 했지. 하하하!"

준서는 하얗게 질린 얼굴로 호탕하게 웃어젖히는 우한을 쳐다보았다. 도준휘가 예쁘고 착하다니. 어디 그런 말도 안 되는 소리를. 예쁘고 착하다는 것에 도준휘라는 이름을 대입시키니 구토가 몰려오는 준서였다.

고개를 젓고서는 주방으로 줄행랑을 쳐버리는 준서의 뒷모습을 쳐다보면서 우한은 빙그레 미소를 지었다.

그저 연애하기에 바쁘고 여린에게 푹 빠져 있어서 아무것도 예측 못하는 사랑스런 도련은 알고나 있을까? 오늘 아침, 양가(兩家)의 비밀 프로젝트가 시작되었다는 것을.

'준서와 여린이의 아이는 얼마나 예쁠까?'

언제 생길지도 모르는 아이를 상상하는 우한의 눈이 하트로 변했다. 도준서와 양여린의 아이. 누구를 닮든지, 천사를 능가하는 아름다운 아이일 것이다.

'아이가 태어나면 가게 때려치우고 내가 유모해 줘야지.'

생각만으로도 기분이 들떠 절로 콧노래가 흘러나온다.

아름다운 미남자가 무슨 생각을 하고 있는지도 모르고 그를 여자 손님들은 애타는 시선으로 그를 바라본다.

*

전날의 예고대로 리안은 회사 앞에 차를 대고 여린을 기다리고 있었다.

"어디 가게?"

여린의 말에 리안은 액셀을 밟으며 대꾸했다.

"조용하고 은밀하게 대화를 나누면서 밥 먹을 수 있는 곳."

여린은 그런 곳이 어디냐는 질문을 하지 않았다. 노는 것이라면 누구에게도 뒤지지 않는 오리안은 그만큼 아는 곳도 많았다. 누가 무슨 분위기에 어떻게 놀 수 있는 곳을 가고 싶다는 말만 하면 1분 내에 장소를 선택할 수 있는 위인이 오리안이다.

리안의 차는 학동 근처로 향했다. 고기 집이 밀집해 있는 골목
길을 타고 올라가다가 골목 중간쯤에서 차를 세운다. 주차 요원에
게 차를 맡긴 리안이 밥집이라는 생각은 전혀 들지 않는 곳으로
들어가자 깔끔하게 세미정장을 차려입은 직원이 반색을 하고 반
긴다.

"오랜만이네요. 사우 씨는 어제 왔다 갔는데."

뜨끔. 직원의 입에서 사우의 이름이 나오자 여린은 죄지은 사람
마냥 고개를 숙인다.

"그래요?"

"네. 친구분들하고 오셔서 간단하게 마시고 가셨어요. 이쪽으
로."

테이블밖에 없는 1층을 지나 2층으로 올라가니 중국집처럼 발
이 쳐져 있는 룸들이 일렬로 자리 잡고 있었다. 그중 하나의 룸으
로 들어간 여린과 리안에게 메뉴판을 건넨 직원이 천천히 고르라
고 말하곤 나가자 다른 직원이 들어와 물을 따라주고 갔다.

최신 팝송이 대화에 방해가 되지 않을 정도로 흐르고 홀을 비추
는 붉은 조명과는 달리 룸의 조명은 산뜻하니 밝았다.

"분위기 괜찮네."

여린이 메뉴판을 넘기며 중얼거리자 리안이 도도하게 턱을 추
켜올린다.

"내가 언제 이상한 데 가자고 하디?"

피식. 가볍게 웃음을 터트린 여린이 갈릭 스테이크를 골랐다.
고기가 당기기도 했고 체력을 보충해 놓으라는 준서의 말이 걸리

기도 해서.

뭐 하고 살았냐, 무슨 일이 있었냐, 그런 소소한 대화가 오가던 중에 스테이크와 크림 파스타가 나왔다.

잠자코 포크에 크림색 면을 돌돌 말던 리안이 조용히 물었다.

"좋았냐?"

고깃덩어리를 조각내던 나이프가 움직임을 멈춘다. 가만히 고개를 들어 리안을 쳐다보자 그녀 또한 호기심이 들끓는 표정으로 여린을 응시한다.

"어땠을 것 같냐?"

여린이 되묻자 리안의 눈동자가 이리저리 구른다.

"우리 대학 다닐 때 누가 그랬었……."

"이거?"

여린이 새끼손가락을 쫙 펴서 흔들어 보인다. 리안이 너도 기억하고 있었냐는 얼굴로 킥킥거리며 웃는다.

"어때? 그 말이 맞아?"

포크에 돌돌 말린 면을 한입에 쏙 집어넣은 리안이 여린의 대답을 기다렸다.

"전혀 아니올시다야. 잘못 짚었어."

발그레 물이 드는 여린의 얼굴. 귀에 걸리기라도 할 것처럼 길게 늘어지는 입술. 누가 봐도 사랑받는 행복한 여자의 얼굴을 하고 있는 여린을 보던 리안이 심통을 부린다.

"억세게 복도 많은 년."

여린은 말없이 먹기 좋게 잘린 고기를 입안에 넣었다. 배가 고팠던 참에 먹는 거라 맛이 좋은 건지, 아니면 준서 덕분에 고기가 맛있게 느껴지는 건지는 모르겠지만 어쨌든 고기는 맛있었다.

"사우 오빠한테는 얘기 들었어."

부드러운 육질의 고기를 만족하며 씹어 넘기던 여린의 표정이 굳었다. 직원의 입에서 사우의 이름이 나왔을 때 뜨끔하던 마음이 이젠 철렁하며 내려앉는다.

"미안한 마음을 담아서 정중하게 호감을 거절했고, 고맙게도 받아들여 줬어."

차마 리안의 얼굴을 볼 수가 없어 여린은 이미 잘린 고기 조각을 잘게 토막 낸다.

"흐응. 그러니까 대세는 도준서라 이거네?"

배가 고프지 않았는지, 아니면 입맛이 떨어진 건지 리안이 손에서 포크를 내려놓고 팔짱을 낀다.

"너한텐 미안해."

여린도 조심스럽게 포크와 나이프를 내려놓고 손가락을 꼼지락거렸다. 리안은 저 생각해서 고르고 골라 소개해 준 남자일 텐데 좋아라 소개받아 놓고서 준서의 작업에 넘어가 더는 다가오지 말라 철조망을 세운 꼴이라니. 사우의 미소에서 괜찮다는 감정을 읽어내긴 했었지만 기분이 좋았을 리 없고, 그를 기분 나쁘게 만든 건 리안을 기분 나쁘게 만든 것과 같았다. 어쨌거나 리안이 소개시켜 준 사람이니까.

"나한테 미안할 거 없어. 너 몰라? 주선자는 소개시켜 주면 끝인 거야. 잘되든 못 되든 그건 두 사람 문제지. 밥 먹어."

쿨한 녀석 같으니. 여린이 고마움이 가득한 시선으로 리안을 쳐다본다. 어떤 점쟁이가 나보고 인복이 많다고 하더라니. 참말 진정한 무속인이었던 모양이다.

여린이 고맙다는 말을 눈빛으로 쏘아댈 동안, 리안은 파스타를 먹는 척하면서 안도의 숨을 삼켰다. 잠시잠깐 사우 때문에 일이 꼬이면 어쩌나 걱정했었는데 한시름 덜었으니 말이다.

뭐, 이번 일 때문에 이사우의 자존심에 금이 갈지도 모른다. 이사우가 마음먹고 유혹하면 안 넘어온 여자가 없었으니까.

'이번엔 너무 강적이었어, 오빠. 패배를 받아들여야지 어쩌겠어.'

리안은 마음속으로 사우를 위로했다. 하지만 미안해하지는 않았다. 애초에 그저 도와만 달라고 했었는데 억지 부려 욕심 낸 건 그였으니까.

스테이크와 파스타를 남김없이 해치운 두 여자가 곧바로 귀가할 리 없다. 결국 큼지막한 사케를 주문한 그녀들은 모둠 꼬치를 다정하게 나눠 먹으며 음주에 들어섰다. 하지만 술을 마시기 시작한 게 실수였다는 것을 그녀들은 결코 알지 못했다.

"야, 어떡하냐."

리안이 불안한 얼굴로 속삭이자 여린이 가늘어진 눈으로 친구를 노려보며 이를 갈았다.

"넌 물에 빠지면 주둥이만 물 위에 둥둥 뜰 거다."

"야아, 내가 일부러 그랬냐?"

리안이 서러운 척, 입술을 삐죽인다. 하지만 여린의 화는 쉬이 풀어지지 않았다.

"너 어떡할래? 이거 지금 다섯 판째거든?"

"그러게. 어떡하냐? 저러다 두 사람 다 손목 부러지는 거 아니야?"

"예쁜 말만 골라 하지, 오리온."

찬바람이 쌩하니 부는 얼굴로 리안을 구박한 여린의 시선이 불꽃을 튀기고 있는 두 남자에게로 옮겨졌다.

벌써 다섯 판째. 준서와 사우는 언젠가 여린의 손목을 똑 부러트렸던 볼링공을 탱탱 볼처럼 가볍게 굴리고 있었다.

대한민국은 진정 놀이문화의 선두국가인가. 어떻게 볼링을 치는 곳에서 술도 마실 수 있으며, 볼링을 새벽 3시까지 칠 수 있는 것인지. 그리고 오리안은 어째서 이렇게 쓸데없는 곳을 많이 알고 있는지. 그리고 왜! 남자들은 누구랄 것 없이 다들 승부에 목숨을 거는 것인지. 여린은 모든 것이 이해가 되지 않는다.

차장촹!

준서가 공을 굴리자 단정하게 서 있던 핀들이 장렬하게 전사한다. 스트라이크를 쳐놓고도 미소 한 번 짓지 않고선 팔짱을 끼고 공을 굴릴 준비를 하는 사우를 노려보는 준서. 덕분에 여린의 얼굴에 진 그늘이 짙어져만 간다.

또다시 차장촹!

사우에게 당한 핀들이 넘어지는 소리에 여린은 뒷목을 잡았다. 저것들은 밥 먹고 볼링만 쳤나. 치는 족족 스트라이크다. 어쩌다 한번 삐끗했다고 해도 어김없이 스페어 처리를 해주시니 점수는 쭉쭉 올라만 간다.

뿜어내는 아우라만으로도 서로를 죽일 수 있을 것 같은 남자들을 쳐다보던 여린이 무섭도록 치켜 올라간 눈으로 리안을 노려본다.

'이게 다 너 때문이야, 원수 같은 년아! 뭐, 퉁을 쳐? 퉁 좋아하고 자빠졌네!'

여린이 무슨 말을 하고픈 것인지 알아채기라도 한 듯 리안이 슬그머니 고개를 돌린다. 그리고 약간은 억울한 감정으로 입술을 삐죽인다.

사케를 한 병 비우고, 두 병 비우고, 세 병째 비워가려고 할 때쯤 여린이 화장실에 갔었다. 그사이 리안은 사우로부터 걸려온 전화를 받았고 술김에 어디에 누구와 있는지 발설해 버린 것이다. 물론 여린에게 가차없이 차인 사우가 찾아올 거란 계산을 하지 못했기에 가능했던 발설이었다. 한데 리안만 발설을 한 것은 아니었다. 화장실에서 돌아오다가 준서의 전화를 받은 여린이 똑같은 내용을 발설했으니.

리안은 사우가 찾아올 거라 생각하지 않았으니 그와 통화를 한 사실도 여린에게 말하지 않았고 여린도 준서가 데리러 오기로 했다는 말을 전하는 걸 깜박했다. 사건은 그렇게 벌어진 것이다. 찾아와서는 안 되는 사람이 찾아왔고, 데리러 오기로 한 사람이 데리러 왔다. 그냥 그렇게 빠이빠이 하고 헤어졌다면 참말 좋았을 것을.

사우와 준서가 같은 공간에 존재하게 된 순간, 리안은 술이 확 깼다. 여린도 다를 리 없었다. 여자들이 얼어서 집에 가자는 말도 내뱉지 못하고 있을 때, 남자들은 어울리지도 않게 회포를 푸는 것처럼 주거니 받거니 남은 술을 마셨다. 그러던 와중에 뜬금없이 볼링 얘기가 나온 것이고, 그렇지 않아도 사우에게 정보를 준 것이 되어버린 리안이 한술 더 떠서 새벽까지 볼링을 칠 수 있는 장소가 있다고 말해 버렸다.

도전장을 내민 건 사우였다. 스포츠로나마 준서에게서 이기고 싶었던 마음이었을까? 쿨하게 물러섰었다고는 하나, 상처난 자존심을 회복시키고 싶었던 모양이다. 그리고 도전장을 내미는 사우를 준서는 만만하게 보았으리라. 체격 조건도 준서가 더 좋았고 취미 생활로 볼링을 즐기던 그였으니. 그래서 기세등등한 준서에게 리안은 차마 말하지 못했다. 저래 봬도 실은 저 남자가 대회 출전까지 했던 실력자라고.

감정의 잔류를 없애려는 남자와 손톱만큼의 찌꺼기도 남기고 싶어하지 않는 남자가 나름대로 건전하게 볼링으로 대결을 펼치고 있었다. 대놓고 누구 편을 들 수도 없는 입장이라 두 여자는 입 꼭 다물고 그들을 지켜보기만 했다.

"이야, 진짜 잘 치시네요."

"어디 선수 출신들인가?"

옆 라인과 그 옆 라인, 그 옆의 옆 라인에서까지 준서와 사우에 대한 경탄이 쏟아졌다. 그럴 만도 했다. 다섯 게임 중 두 게임은 퍼펙트 게임이었으니.

박수 소리가 들려오고 마지막 게임까지 끝낸 두 남자의 점수가 합산되었다. 이내 꼭 다물려 있던 여린과 리안의 입이 큼지막하게 벌어졌다.

동점.

여린은 똑같은 점수가 찍혀 있는 전광판을 뚫어지게 쳐다보다가 이를 악물고 부르르 떨었다. 이건 아니잖아! 나한테 왜들 이래!

여린이 온몸으로 내뿜는 절망의 아우라에 리안이 슬금슬금 핸드백을 챙긴다. 친구의 분노를 감당할 여력이 없어 염치없게도 도망치려고 했는데……

"어. 디. 가. 냐."

목덜미를 잡은 여린이 웃는 얼굴로 말을 씹어 내뱉는다.

"으응? 아니, 나는…… 맞다, 화장실! 화장실 가려고. 헤헤."

어설프게 웃어 보인 리안이 눈빛으로 사우에게 눈치를 준다. 작작하고 가자고. 날 죽일 셈이냐고 처량 맞은 눈빛으로 쳐다본다. 하지만.

"볼링으로는 승부가 나지 않을 것 같군요. 3구나 4구는 리안이와 여린 씨가 지루해할 것 같으니, 같이 할 수 있는 포켓볼이 어떨까 싶은데."

볼링을 내리 다섯 게임을 치고서도 숨결 하나 흐트러지지 않은 사우의 웃음기 어린 음성에 여린은 처음으로 그가 미워졌다. 스르르 눈이 감길 정도로 감미롭게 들렸던 그의 목소리도 오늘은 칠판을 손톱으로 긁는 소리보다 더 끔찍하게 들린다.

준서는 예상치 못하게 자신과 동점을 만들어낸 사우를 삐딱한 시선으로 응시했다. 한번 해보자는 건가? 미련도 적당해야 보기 나쁘지 않은 건데, 의외로 질기군.

공으로 하는 놀이엔 재주가 없는 여린과는 반대로 모든 스포츠에 능한 준서였다. 그래서 볼링도 이길 자신이 있었다. 아니, 당연히 이길 것이라 믿었다. 그래서 승자가 된 자신의 모습을 여린에게 보여주고 싶었다. 유치하게도 그녀가 잠시나마 호감을 가졌던 남자보다 자신이 훨씬 나은 남자라는 것을 확인시켜 주고 싶었던 것이다.

어쩔 수 없는 남자. 여자였다면 얼음공주라는 닉네임을 가졌을 거라던 도준서라는 인간도 한 여자를 마음에 담은 순간부터 치졸하고 유치한 남자가 되어버렸다.

"아니, 오늘은 그만 하는 게 좋겠습니다. 우리 여린이가 많이 피곤해 보이네요."

미련없이 사우가 내민 도전장을 찢은 준서가 신발을 갈아 신고 외투를 걸쳤다. 그리고 여린의 재킷을 집어 그녀의 어깨에 걸쳐주었다. 확인 사살 차원으로 여린의 어깨를 한 팔로 끌어안았다.

"오리온 잘 데려다 주십시오. 수고하셨습니다."

여린이 사우에게 인사를 하는 것도 마땅치 않았던 준서가 힘으로 그녀의 몸을 돌려 입구를 향해 걸음을 옮겼다.

한눈에 봐도 다정한 연인인 게 확실한 준서와 여린의 뒷모습을 쳐다보던 리안에게서 작은 웃음소리가 흘러나온다.

"이사우, 완패. 도준서 완승이네. 훗!"

준서에게 허를 찔린 사우가 리안의 웃음소리에 미간을 좁혔다.

"재밌냐?"

"재밌지. 천하의 이사우 씨가 침 발라놓은 여자를 빼앗긴 것도 모자라서 감정싸움에서까지 지다니, 그 보기 힘든 장면을 눈앞에서 봤으니 엄청 재밌지."

다시 한 번 금이 가버린 자존심을 망치로 내려치는 리안이다.

"허! 이 자식 보게?"

리안을 무시하고 신발을 갈아 신으려 몸을 돌렸던 사우에게서 헛웃음이 새어 나왔다. 리안은 무슨 일인가 싶어 사우의 어깨에 턱을 받히곤 '뭐야? 무슨 일인데?' 하며 눈을 굴렸다.

"정리까지 맡기고 갔어, 그 자식."

준서가 신었던 볼링용 신발과 준서가 굴렸던 두 개의 공이 그대로 남아 있다. 웃음을 삼키느라 끅끅거리던 리안이 입구로 종종걸음을 쳤다. 진심으로 고소해하는 모습을 보였다가는 준서에게 뺨 맞고 저에게 화풀이할지도 모르는 일이니까.

"유치하기는."

방해물 없이 시원하게 달리는 차 안에서 자그맣게 속삭여지는 여린의 음성. 준서의 차가 위험하게 차선을 무시하다가 끼기긱 소리를 내며 갓길에 세워졌다.

"야!"

"유치해?"

놀란 마음에 소리를 지른 여린이 입을 다물었다. 제 말을 되돌리는 준서의 얼굴에 표정이 없었다. 그건 그가 진심으로 화가 났다는 뜻이었다. 어쩌면 꼭지가 돌아버렸다는 표현이 더 적절할지도.

"그, 그럼 안 유치해? 그게 뭐야? 철없는 고등학생도 아니고."

그러면 안 된다는 걸 알면서도 여린의 입은 쓸데없는 말들만 나불거린다.

"내, 내가 부, 불렀냐? 나도 몰랐다고! 리안이 그 계집애가…… 흡!"

여린의 뒷목과 허리를 동시에 잡아당긴 준서가 그녀의 입을 막았다. 거칠고도 거친 키스에 여린이 준서의 가슴팍을 밀어댄다.

여린의 항의에도 불구하고 준서의 혀는 그녀의 치열을 샅샅이 훑는다. 혀가 뽑아질 것처럼 강하게 끌어당겼다가 그것을 놔주곤 입안에서 미친 듯이 날뛴다.

"하아, 하아!"

준서가 입술을 떼어내자 여린이 참았던 숨을 몰아쉬었다. 이게 미쳤나 싶은 마음에 욱하는 기질이 발동하려는데 준서가 말을 꺼낸다.

"말은 바로 해."

"……뭐?"

"유치한 게 아니라 미친 거다."

표정 없는 얼굴로 너무도 진지하게 미쳤다고 말씀해 주시니 그 말을 믿어야 할지 심히 고민이 되는 여린이다.

"미쳤지. 미치지 않고서야 그런 짓, 이런 짓들을 할 수 있을 리가 없지."

거친 키스가 미안했을까. 준서가 금세 부어오른 여린의 입술을 엄지로 부드러이 쓸며 쓴웃음을 짓는다.

미치지 않았다면 남자 대 남자로 승부를 겨루자고 사우가 내민 무언의 도전장을 받아들이지 않았을 것이다. 평정심을 잃고 사우의 손에 놀아난 것이 그가 미쳤다는 증거였다. 그리고 예전이었다면 이렇듯 교통법규를 비웃지는 않았을 것이다. 운전하는 내내, 언젠가 여린이 사우가 마음에 든다고 했던 말이 머릿속에서 맴돌았다. 확실하게 제 여자라는 낙인을 찍어놓고 싶었다. 그 마음 하나로 차를 세웠다.

"나는 유치하고, 그 남자는 어떤데."

얼떨떨한 표정으로 준서를 쳐다보던 여린은 아예 정신이 쏙 빠졌다. 그가 지금 무엇을 묻고 있는 것인지 이해가 되질 않는다.

"미련, 남아? 아깝고 아쉬워?"

그런 걸 물으려거든, 내 허리를 휘감고 있는 자네 팔이나 좀 치워주시게나.

"날 선택한 걸 후회해? 나보다는 그 남자가 네 사랑을 받을 자격이 있는 것 같아?"

준서의 깨끗한 홍채에 자신의 얼굴이 보일 만큼 가까운 거리. 그가 말을 꺼낼 때마다 뜨겁게 데워진 숨결이 얼굴 곳곳에 와 닿는다. 이런 거리에서 이런 자세로 그따위 말들을 묻고 있는 준서가 정말 미쳤지 싶다.

"……너는?"

잠자코 준서의 말만 듣고 있던 여린이 뜸을 들이다가 묻는다.

"너는 나한테 사랑받을 자격이 있는 것 같아? 그 자격, 날 사랑하는 사람한테 내가 주는 거 아니야?"

날 사랑한다고 말할 수 있냐는, 은근하고도 직접적인 물음. 여린은 가만히 그의 대답을 기다렸다.

처음에는 준서가 자신의 연인이 되는 그림이 그려지지 않았었다. 친구 이상의 관계로 얽히면 그를 완전히 잃을 수도 있기에 무섭고 두려웠다. 하지만 지금은 무섭고 두려운 감정만 있는 것은 아니었다.

애초에 도준서가 빠져 있는 인생은 생각해 본 적 없었다. 완벽한 친구라고 믿었지만 아주 가끔씩은 저도 모르게 그를 남자로 인식했을 때가 있었다는 것도 인정했다.

남자인 도준서 때문에 설레어 밤잠을 설쳤다. 그와 키스를 하고 잠자리를 하면서 여자로서의 기쁨과 행복을 느꼈다. 그러니 이제 그래도 너는 친구라며 발뺌할 수도 없었다. 아니, 발뺌하고 싶은 마음도 없었다. 그래서 여린은 기다렸다. 준서가 사랑한다고 말해 주기를. 그저 친구에 대한 걱정과 몸을 섞었다는 책임감 때문이 아니라, 여자인 양여린을 사랑해서 곁에 있고 싶어한다는 것을 확인하고 싶었다.

'내가 너를…… 사랑하니까.'

제 눈을 빤히 들여다보는 준서의 시선을 피하지 않으며, 여린은 마음속으로 고백했다. 어쩌면 진정 사랑하는 이를 옆에 두고도 그를 잃을까 두려워 다른 이들을 찾아 헤매었는지도 모르겠다. 그를 잃을 바에야 친구로 평생 함께하는 게 낫겠다는 생각이 도준서를 친구로만 여기게 놔두었는지도 모르겠다.

한마디 말없이, 조용히 옆에 앉아만 있어도 안온함을 느끼게 해주는 사람. 언제나 고개를 돌리면 내 뒤에서 날 지켜봐 주고 있는 사람. 누구보다 믿고 의지할 수 있는, 세상에 단 하나뿐인 유일한 내 사람. 도준서가 아니라면 그 누가 그런 사람이 되어줄 수 있을까.

여린에게 준서는 사랑이었다. 그것을 자각하기까지 너무 오랜 시간이 걸렸을 뿐, 그는 여린에게 언제나 사랑이었다. 그래서 그에게도 같은 것을 바랐을 뿐인데 바람이 이루어지지 않을 모양이다.

어쩐지 마음이…… 아프다.

입을 꾹 다물고 답을 하지 않는 준서를 쳐다보던 여린은 고개를 숙였다.

"사랑하지도 않으면……."

"날 봐."

준서가 여린의 턱을 부드럽게 잡아 올려 자신과 시선을 맞추게 만들었다. 눈물이 나올 것 같아 고개를 숙였던 여린이 아기 새가 날갯짓을 하듯 세차게 눈을 깜박였다. 사랑한다는 말을 해주지 않았다고 울어버리면 정말 비참해질 것 같아서.

"몽충아."

"……."

"내가 미쳤어."

"……."

"너 때문에."

얇은 눈꺼풀의 파닥임이 멈췄다. 준서가 아니라 자신이 미친 것 같았다. 미쳤다는 그의 말이 사랑한다는 말로 바뀌어 들리니.

"나는 양여린 때문에 미쳤어도 행복해 죽겠는데, 그거로는 부족해?"

준서는 빙긋이 미소를 지으며 또르르 굴러 떨어진 여린의 눈물을 손등으로 닦아주었다. 여린이 눈을 깜박이자 얄미운 눈물방울이 하나, 둘씩 차례를 맞춰 떨어져 내린다.

"……도준서."

흐느낌을 억눌러 꽉 잠겨 버린 여린의 음성이 준서의 청각을 자극한다.

"미치던가…… 죽던가. 하나만 해."

그제야 살포시 미소를 짓는 여린의 입술로 준서의 입술이 다가간다.

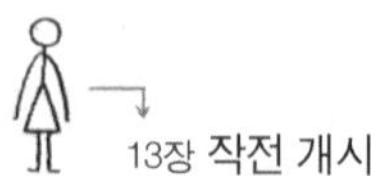

13장 작전 개시

달력에 시뻘겋게 표시된, 명실 공히 국가 공인 휴일. 여린은 공휴일의 기쁨을 늦잠으로 만끽하고 있었다. 입을 헤벌레 벌리고 기분 째지게 단잠을 자던 여린은 갑자기 찬 기운이 몰아치자 인상을 찡그렸다.

뭐야, 무슨 세부가 이렇게 추워?

꿈속의 배경은 세부였건만 체감온도는 시베리아 한복판쯤 되는 것 같았다.

"얼른 안 일어나?"

꿈속의 여린은 익숙하게 날아드는 음성에 귀를 막았다.

"아, 얼른 일어나!"

찰싹! 엉덩이를 때리는 손길에도 여린은 도리질을 친다. 할머니, 제발 부탁이야. 나 요즘 너무 피곤했다고. 오늘만! 딱 오늘만 그냥 내버려 둬줘!

"너 이거 사진 찍어서 준서한테 포토 메일로 보내 버린다!"

잔인하게도 야들야들한 감촉의 잠옷 바지를 벗겨 속옷을 보이게 만드시는 최 여사님 덕분에 여린은 눈을 뜨고야 말았다.

"할무니…… 미워."

눈 한가득 눈물을 머금은 여린이 칭얼댔지만 최 여사는 씨익 미소를 지으며 허리에 양손을 얹었다.

"일어나. 할미하고 목탕 가자."

"나 깨끗해. 목욕 안 해도 돼."

"너 목탕 안 간 지 일 년은 된 것 같다."

"거짓말. 저 저번 주에도 갔다 왔잖아."

"일주일에 한 번은 때를 밀어야지!"

"때 미는 거, 그거 별로 좋은 거 아니야, 할머니."

최 여사와 대화를 나누다 보니 미처 달아나지 못하고 남아 있던 잠이 다시금 솔솔 쏟아진다.

"한 시간만…… 음냐……."

다시 눈을 감은 여린이 웅얼거리자 최 여사는 쯧! 혀를 차더니 창문을 활짝 열어젖혔다.

"히잉. 추워."

여린은 빨리 일어나라고 닦달하는 최 여사의 기세에 밀려 비틀거리며 침대에서 내려섰다.

최 여사는 바쁘게 움직였다. 정신 못 차리는 손녀를 욕실에 집어넣고 남편에게도 외출 준비를 서두르라 재촉했다.

욕실에서 방으로 돌아가자마자 할머니가 던져 주시는 옷들을 꿰입고 나선 여린은 현관 앞에 서 있는 할아버지를 보곤 측은한 시선을 보낸다.

"할아버지도 같이 가?"

새벽녘에 약수터에서 물을 떠오시고서 아침을 드시고 다시 단잠에 빠지셨던 양두만 옹께서 느릿하게 고개를 끄덕이신다. 여린은 동병상련의 아픔을 느끼며 할아버지의 손을 꼭 잡았다.

공휴일이라 그런지 월요일임에도 찜질방에는 사람이 많았다. 여린은 할아버지와 헤어져 할머니와 함께 여성 탈의실로 들어섰다.

탈의실에서 우연히 만난, 할머님의 친구분이신 윤조분 여사님이 '여린이도 빨리 결혼해야지' 소리를 무한 반복하시는 덕분에 여린은 머리가 어질거렸다. 함께 계단을 오르시는 윤 여사님의 관심이 무척이나 부담스러워지려는 찰나…….

"여보!"

계단을 오르고 올라 드디어 찜질방에 진입했는지 최 여사의 음성이 쩌렁쩌렁하게 울린다. 그래서 여린은 안도의 숨을 내쉬었다.

설마 할아버지 앞에서까지 시집 운운하시겠냐 싶어 여린은 마음을 놓고 있었다. 그런데 마음을 놨더니 헛것이 보인다. 그래, 헛것이겠지. 암, 헛것이어야 하고말고.

눈앞에 펼쳐진 영상이 믿기지 않는 여린이 몇 차례 눈을 비볐다. 아직 잠에서 덜 깬 모양이라고 생각하면서.

"여어! 여린이, 오랜만이다!"

여린은 걸음도 멈추고 숨도 멈췄다. 뭐냐, 이건. 그러니까 헛것이 아니라고? 하늘색 찜질복을 세트로 차려입고 서 있는 남정네들이 현실이라고?

눈만 깜박이는 여린에게 다가온 준휘가 그녀의 등을 툭툭 친다.

"준서하고는 꼬박꼬박 데이트하면서 이 오빠한테는 문자메시지 하나 안 보내더라."

씨익, 입꼬리를 말아 올리는 준휘의 말에 윤 여사님의 귀가 커진 것이 한눈에 보인다.

"오, 오빠도 참. 데이…… 트는 무슨."

아직 찜질은 하지도 않았는데 여린의 이마에서 주르륵 땀이 흘러내린다.

"그런데, 도준서까지 왔네? 쟤 찜질방 별로 안 좋아하잖아."

여린이 살짝 눈살을 찌푸렸다. 목욕탕은 좋아하는데 찜질방은 안 좋아하는 도준서가 어인 일로 행차를 하셨을까. 그것도 찜질방보다 더 안 좋아하는 준휘, 우한 커플하고.

준휘와 우한은 여린에게 대꾸하지 않은 채로 할머님들께 붙잡혀 있는 준서를 쳐다보았다. 저 어려워하는 모습이라니. 웃음을 참는 게 이토록 고통스러울 줄이야. 준서에게 욕을 먹어가면서까지 부득부득 고집 부려 끌고 와야 했던 고초가 순식간에 씻겨 내려간다.

"여린아! 이리 와라!"

최 여사가 여린을 향해 손을 흔들어 보인다. 준휘와 우한은 망설이는 여린의 등을 냅다 밀어주었다. 그것이 그들의 역할이니까.

"잘되겠지?"

여린이 쫄레쫄레 준서의 곁으로 가서 서자 우한이 팔짱을 끼곤 흐뭇하게 그 광경을 쳐다보다 묻는다.

"연애시키자는 것도 아니고, 연애하는 애들 결혼시키자는 건데 잘 안 될 이유가 없잖아. 게다가 이모님이 직접 나서셨는데."

준휘의 느긋한 대답에 우한이 고개를 끄덕인다. 온 가족이 도준서와 양여린을 하루빨리 결혼시키자는 데 뜻을 모았다. 오늘의 찜질방 행차는 프로젝트 급에도 못 끼는 전초전. 준서와 여린이 모르게 생길 일들이 앞으로도 어지간히 남아 있다는 얘기였다.

준휘와 우한은 자꾸만 저들에게로 눈짓을 하는 준서를 보곤 느릿하게 걸음을 옮겼다. 재미있는 구경은 가까이서 하는 게 제 맛이고, 등은 밀어줄지언정 겁먹어 도망가게 만들어 버리면 안 되니까 말이다.

"아유, 어쩜 이리 훤칠하게 생겼을까! 선남선녀네, 선남선녀야!"

윤 여사의 말씀에 여린과 준서는 주욱 미소만 짓고 있었다. 간간이 감사하다고 대답하는 것 외에 그들이 할 수 있는 말은 없었다.

"최 여사 좋겠어. 이렇게 듬직한 손녀 사윗감이 있어서."

"뭐, 내가 좋을 게 있나. 저들이 좋다는데."

준서를 손녀 사윗감이라고 대놓고 확정 짓는 듯한 할머니 때문에 여린은 이러지도 저러지도 못하고 발만 동동 굴렀다.

"그래, 식은 언제 올려?"

"아직은 이르지."

"이를 게 뭐 있어? 여린이 인제 서른 다 돼가는데."

또, 또! 또 서른 타령이시다. 아직 2년이나 남았는데! 여린은 미소를 지은 채로 엄한 계란 껍데기만 조각낸다.

"이왕 시킬 거면 빨리 시키는 게 좋지. 쟤 어릴 때부터 결혼 빨리 할 거라고 노래를 부르고 다녔잖어. 여린이, 기억나?"

"예…… 에? 아, 예."

"너도 결혼 빨리 하고 싶지?"

"하…… 하하하하."

여린은 고개도 들지 못하고 웃음으로 대답을 대신하며 조각나 있는 계란 껍데기를 가루로 만드는 데 집중했다.

윤조분 여사만으로도 벅찬데 지금 그들의 곁에는 한 무리의 할머님들이 모여 앉아 계셨다. 그분들이 모두 최 여사의 친구분들이며 한 집 건너 한집에 사시는 분들이라는 건 말하지 않아도 되는일. 늦어도 오늘 저녁때쯤이면 아마도 모든 집에 양두만 씨 댁 손녀 양여린이 조만간 결혼한다는 소식이 나돌 것이다.

"저…… 더워서 얼음 방에 좀……."

저에게 꽂히는 시선들이 부담스러워 어쩔 줄 모르던 여린이 용기를 냈다. 몇 분이라도 더 앉아 있다가는 계란이 아니라 저가 익어버릴 지경이었다.

"그래, 그래. 가봐. 우리가 젊은 애들을 너무 붙잡고 있었네. 한참 좋을 땐데. 오호호!"

윤 여사님의 웃음을 시작으로 모여 계신 다른 분들도 웃음을 터트리셨다. 부끄러워진 여린이 줄행랑을 치고, 준서가 그녀를 뒤따랐다.

펭귄 조각상이 서 있는 얼음방의 문을 연 여린은 빠른 걸음으로 중앙 자리까지 걸어가 털썩 주저앉았다. 그리고 참았던 숨을 길게 뱉어낸다.

"대단들 하시다."

여린의 옆에 자리를 잡은 준서가 지친 기색이 완연한 음성으로 중얼거린다. 딱히 대꾸를 원한 것 같지는 않기에 여린은 얼음방 안에서 혼자 놀고 있던 눈사람만 응시했다.

"어떻게 결혼 얘기만으로 두 시간을 보낼 수가 있는 거지?"

"……"

"나, 신발 사이즈까지 얘기했다."

"……"

"나도 모르게 한 달 수입이 얼마인지까지도 말씀드려 버렸어."

좌절한 게 분명한 준서의 음성에 그제야 여린이 피식 웃음을 토해낸다. 최 여사님과 그 친구분들은 처음 만난 낯선 사람에게도 그 집안에 숟가락이 몇 개 있는지까지 알아낼 수 있는 능력자셨다. 언젠가 여린도 대학 입학 때부터 스물다섯 살이 될 때까지 사귀었던 남자들의 신상정보를 고스란히 바쳐야 했었으니.

그때의 기억을 떠올리던 여린의 콧등에 주름이 잡힌다. 마음만 먹으면 만난 지 5분도 안 된 남녀에게 연애 감정이 생기게 만들 수 있는 분들이 한날, 비슷한 시간대에 같은 장소에 모이셨다.

휴일에는 어느 정도 늦잠을 허용하시는 할머니가 억지로 찜질방에 끌고 오셨고 와보니 준서가 있었다. 준서도 끌려온 건 매한가지인 것 같고.

"뭔가 냄새가 나지 않아?"

눈을 가늘게 만든 여린이 묻자 준서가 킁킁거리며 냄새를 맡는다.

"무슨 냄새?"

여린은 어이없다는 표정으로 준서에게 눈을 흘긴다. 얘는 왜 이럴 때만 눈치가 없는지.

"조작의 냄새가 난단 말이야."

"조작?"

"그래. 너하고 나하고 같이 쉬는 날에 끌려나온 것도 그렇고 소식통 할머니가 나타나신 것도 그렇고. 미스터 유한테 무슨 얘기 못 들었어?"

"오랜만에 목욕 가자는 말밖에 안 하던데."

"아니야. 뭔가 있어. 분명해."

"뭔가 있으면 안 되는 건가?"

심각하게 '뭔가'를 찾아 헤매던 여린이 준서에게로 시선을 돌린다. 얘는 또 뭐라는 거니?

"사귀고 있는 건 맞고, 사귀다가 결혼하는 것도 맞는 건데, 왜 뭔가 있으면 안 된다고 생각해?"

얼이 빠져 있는 여린을 보면서 준서는 슬슬 기분이 상하기 시작했다. 할머님들이 연애하니까 좋으냐고, 결혼은 언제 하고 싶냐고 물으실 때마다 대답을 회피하던 여린이다. 준서는 그것이 그저 부끄러워 그런 줄 알고 대수롭지 않게 여겼었다. 한데 이제 보니 정말 결혼 생각이 없어서 그랬던 모양이다.

사실 준서는 할머님들의 그런 질문이 싫지 않았다. 자신을 손녀사윗감으로 말씀하시는 최 여사님이 보내시는 다감한 눈빛도 좋았고 여린과의 결혼이 확실시되는 것도 나쁘지 않았다. 그런데 정작 그와의 결혼설이 오가는 여린은 그게 싫으셨다?

"결혼하자고 했었잖아. 기억 안 나?"

"……."

"사귀자고 했었는데 사귀고 있으니까 이제 결혼만 하면 되는 거 아니었어?"

저기. 누구 맘대로?

말을 못하는 여린을 뚫어져라 쳐다보던 준서가 자리에서 벌떡 일어섰다. 그리고 쿵쿵, 큰 소리를 내며 얼음 방에서 나가 버린다.

"저거…… 지금 설마, 삐친 건 아니…… 지?"

방금 일어난 일이 믿기지 않는 여린은 조용히 눈만 깜박인다. 그러다 그녀의 얼굴이 슬슬 구겨진다. 눈가에 굵은 주름이 잡힐 정도로 인상을 찡그린 여린이 혼잣말을 중얼거린다.

"누구 맘대로 결혼이야? 프러포즈는 고사하고 사랑 고백도 못 받았는데 결혼은 무슨 놈의 결혼? 미쳤으면 다냐? 웃기지도 않아, 정말. 흥! 쳇!"

한참을 씨부렁거리던 여린이 준서처럼 쿵쿵거리며 시끄럽게 얼음 방을 나선다. 그리고 할머니께 몸이 좋지 않아 먼저 들어가 보겠다고 말하고선 가볍게 샤워만 하곤 찜질방에서 나와 버렸다. 할머님들이야 여린과 준서가 단둘이 데이트를 하고 싶어서 수를 쓰는 거라고 생각하시곤 빨리 가보라 하셨지만.

어이없게 사귀자는 말을 들었고, 어찌어찌하다가 데이트를 하는 사이가 되었다. 그러다 보니 완전무결하게 여겼던 친구 사이가 틀어지기 시작했고 열심히 삽질하다가 잠자리까지 했다. 이제까지 그들의 상황은 어찌어찌 굴러온 것이다. 차분히 생각하고 머리 아프게 계획하면서 생긴 일이 아니라, 운명 같은 것에 의해서 어찌 보면 자연스럽게 흘러온 결과. 그런데 결혼마저도 그런 식으로 자연의 섭리를 따르는 것마냥 당연히 받아들이라고? 누구 좋으라고?

여린에게도 로망은 있다. 호텔 객실이나 널찍한 잔디밭이 활활 타오르도록 초 천 개에 불을 붙여놓지는 않더라도, 지구상에 존재하는 헬륨가스가 동이 나도록 풍선을 띄어놓지 않더라도, 로맨틱한 레스토랑에서 더없이 로맨틱하게 아이스크림 먹다가 목구멍에 반지가 걸리지는 않더라도! 그래도! 무릎 정도는 꿇고, 실반지 하나 정도는 내밀면서 '내 아를 낳아도!' 정도는 해줘야 생각이라도 할 게 아닌가 말이다.

너 때문에 미쳤다는 말 한마디로 사람 훅 가게 해놓고서는 그걸로 모든 걸 처리하려는 모양이다. 절대 그렇게는 안 된다는 걸 어떻게 가르쳐 줘야 할까.

Rrrr. Rrrr. Rrrr.

집에서 꽤 거리가 있는 곳에 위치한 찜질방이라 올 때는 택시를 탔지만 지금 여린은 버스 정류장에 앉아 있었다. 괘씸한 도준서를 향해 저주를 퍼붓던 여린은 양반은 못 될 사내에게 걸려온 전화를 받았다.

"왜."

[어디야?]

"버스 정류장이다."

[넌 왜 버스 정류장에 있는데?]

"버스 타려고."

[······.]

"알아서 가라고 나간 거 아니었냐?"

준서가 푹푹 한숨 쉬는 소리가 들려온다. 말도 안 되는 일로 삐쳐서 먼저 나가 버린 게 누군데.

[거기 가만히 있어.]

"싫은데?"

여린이 입술을 삐죽였다. 가만히 있으라는 말을 들었을 때부터 버스 정류장 벤치에 앉아 있는 그녀의 두 다리는 발장구를 치고 있다.

[다른 데로 튀었다간 잡아먹어 버린다.]

위협적으로 가라앉아 있는 그의 음성에 여린의 볼이 발갛게 물든다.

[그러니까 가만히 있어.]

여린의 대답을 듣지도 않고 준서가 전화를 끊어버렸다. 달아오른 볼을 손등으로 꾹꾹 누르며 열을 식히던 여린이 벤치에서 벌떡 일어선다.

절대 잡아먹히고 싶어서 움직이는 게 아니다. 그저 걸어오다가 봤던 옷가게들이 썩 괜찮아 보여서 시간 때울 겸 구경하러 가는 것뿐이다.

차를 몰고 버스 정류장에 도착한 준서는 여린의 모습이 보이지 않자 깊게 한숨을 쉬었다. 사람 말을 들어주는 법이 없다.

결국 준서는 한 정거장 앞에 있는 버스 정류장까지 갔다가 길을 빙빙 돌아 겨우겨우 유료 주차장을 찾아냈다. 그리고 여린이 있어야 했을 버스 정류장까지 걸어가 다시 한 번 그녀의 부재를 확인했다.

"쯧!"

여전히 여린이 없는 것을 확인한 준서의 미간이 좁아진다. 비가 오려는지 먹구름이 꾸물거리고 이젠 코트를 입어도 몸을 움츠리게 되는 날씨인데 어딜 돌아다니고 있는 건지. 머리도 제대로 안 말리고 나왔을 텐데. 행여 감기라도 들까 염려되어 빵빵하게 히터를 틀어놓아 후끈해졌던 차 안으로 곱게 들어와 줬으면 얼마나 좋았을까.

차라리 그냥 말없이 찾아 나서는 게 나았을 거라고 후회하던 준서는 그녀가 걸음 했을 법한 곳들로 다리를 움직였다.

옷가게들을 샅샅이 뒤지고도 여린을 찾아내지 못한 준서는 간판부터가 블링블링한 액세서리 샵으로 들어갔다.

"하아."

짧게 숨을 내뱉은 준서가 이내 피식 웃어버리고 만다. 어려 보이는 아르바이트생과 수다를 떨며 멀리서 봐도 화려하기 그지없는 귀걸이를 착용하고 있는 여린이 보였다.

귀걸이가 꽤나 마음에 드는지 얼굴을 살짝살짝 돌려가며 거울을 보는 여린의 말간 얼굴이 왜 이리 예뻐 보이는지. 말도 더럽게 안 듣고, 난 결혼하고 싶은데 전혀 결혼하고 싶어하지 않아 하는 것 같은 여자가 뭐가 이렇게 예쁜지.

팔짱을 끼고 여린을 지켜보던 준서가 천천히 걸음을 옮겼다. 그 사이, 여린은 다른 귀걸이를 골라 껴보고 있었고 내내 그녀의 곁에 서 있던 아르바이트생은 다른 손님의 부름에 자리를 비웠다.

"가만히 있으랬지."

소리없이 여린의 뒤로 다가가 그녀의 허리를 한 팔로 꽉 끌어안아 제 몸에 밀착시킨 준서가 으르렁거린다.

거울 속에 비치는 준서의 모습에 여린은 연신 침만 삼켜댔다. 두꺼운 코트도 방패막이 되어주지는 못했다. 샴쌍둥이처럼 제 얼굴에 착 달라붙어 있는 준서의 얼굴. 그에게서 풍기는 비누와 샴푸의 향. 마치 자신의 귓불을 뜯어먹기라도 할 것마냥 아슬아슬하게 귓가에 닿아 있는 그의 입술에 급격하게 체온이 올라간다.

"잡아먹히고 싶었으면 진즉 말을 하지. 왜 생고생을 시켜."

배부른 고양이가 어깨에 올라앉아 가르릉거리고 있는 것 같은 기분. 코끝을 목덜미에 대고 문지르는 준서의 행동에 여린은 잔소름이 돋았다.

"내, 내가 언제!"

"가만히 안 있으면 잡아먹는다고 했잖아. 그래서 움직인 거 아니야?"

"우우우웃, 웃기지도 않으신다!"

"킥! 말은 왜 더듬으실까?"

"아, 모, 몰라! 떨어져! 남우세스러워!"

순순히 여린에게서 떨어져 나간 준서는 그녀가 착용해 보고 내려놓았던 귀걸이와 현재 작은 귀에 대롱대롱 매달려 있는 귀걸이 두 개를 계산했다. 계산을 마친 준서는 여린을 데리고 주차장으로 가 그녀를 차 안으로 밀어 넣었다. 다행히도 따듯한 기운이 조금이나마 남아 있었다.

"그걸 왜 다 사? 그냥 구경만 한 거란 말이야."

계산이 너무 순식간에 일어난 일이라 가게 주인 앞에서 안 살 거라는 말할 기회도 잡지 못했던 여린이 입술을 한 바가지는 내놓고선 툴툴거렸다.

"집에 귀걸이가 두 박스는 있는데 또 구경했다는 건 가지고 싶었다는 거 아닌가?"

정곡을 찔린 여린은 창밖을 쳐다보는 척하면서 저럴 때 보면 정말 재수없다고 작게 중얼거렸다.

"그렇게 쌓아놓고도 욕심이 나?"

"귀걸이가 두 박스라도 디자인은 다 달라."

"그거 다 차보기는 했냐?"

"당연하지."

저는 쳐다보지도 않고 있으면서 꼬박꼬박 대꾸를 하며 턱을 추켜올리는 여린 때문에 준서의 입가에 미소가 머금어졌다. 자신이 사준 귀걸이가 여린의 귀에 걸려 있는 걸 보니 이상하게 가슴이 떨린다.

각종 기념일마다 선물을 하긴 했지만 액세서리를 사준 적은 없었다. 아니, 사줄 필요가 없었다. 여린을 친동생 이상으로 예뻐하는 우한이 시도 때도 없이 액세서리들을 가져다 안겼기 때문이다. 준서와 여린은 그럴 때마다 우한이 명색이 쥬얼리 디자이너이자 피어싱샵을 운영 중인 사람이란 걸 깨닫곤 했다.

우한이 선물한 것들 중에선 값이 제법 나가는, 귀한 보석들이 박힌 것들도 꽤 있었다. 여린의 생일이나 입학식, 졸업식 같은 때에 우한이 선물한 것들은 오로지 양여린만을 위해 디자인된, 값을 매길 수 없는 것들이었다. 지금도 얇은 팔목에는 7월에 태어난 여린을 위해 우한이 선물한, 루비가 촘촘히 박힌 팔찌가 은은하게 제 자태를 뽐내고 있었다.

그런 팔찌와 가까스로 만 원을 넘긴 귀걸이. 하지만 고가의 보석이 박힌 액세서리를 착용한 여린을 보며 한 번도 느끼지 못했던 감정이 준서의 심장을 간질인다. 자신이 선물한 귀걸이를 하고 있는 여린이 미치도록 예뻐서 그녀의 귓불을 한입에 삼켰으면 좋겠다는 생각에 아랫도리가 뻐근해진다.

'루비는 7월의 탄생석이기도 하지만 결혼 40주년에 선물하는 보석이기도 해. 나중에 우리 여린이 결혼하면 내가 신랑한테 살짝 귀띔해 놓을게. 후훗!'

여린의 팔목에 팔찌를 채워주며 우한이 내뱉었던 말들이 떠올랐다. 우한이 굳이 그 말을 되풀이할 필요가 없어졌다는 생각과 함께 다른 말들도 떠오른다.

우한은 루비가 여린에게 딱 맞는 보석이라고 했었다. 애써 꾸미지 않아도 눈에 띄고 자신도 모르게 성적 매력을 발산하는 게 루비와 똑같다고. 묘한 매력이 있어서 누구에게나 사랑받지만 자신이 마음을 준 이에게 늘 변함없고 헌신적인 사람의 탄생석이 루비라고. 그때는 안 그래도 공주병 중증인 애를 치료 불가능하게 만든다고 우한을 구박했었지만 이제 와 떠올리니 그 말들에 틀린 점이 없다.

"양여린, 뽀뽀 좀 해봐."

돈 열심히 벌어야겠다는 생각을 하던 준서가 꺼낸 말에 여린이 정신병자 쳐다보듯 그를 향해 곱지 않은 시선을 던진다.

"곱게 미쳐라."

풋! 충분히 예상했던 반응에 준서가 웃음을 터트렸다.

"40년 뒤에 좋은 거 해줄게. 뽀뽀 좀 해봐."

"4주도 아니고 네 달도 아니고, 40년 후에 뭐가 어떻게 될지 알고 거래를 해?"

"안 해주면 정말 잡아먹는다."

"넌 협박할 게 그거밖에 없냐? 기가 막혀서."

여린이 쯧쯧 혀를 차며 다시 창 쪽으로 고개를 돌린다. 같은 협박도 한 번 이상 들으니 이젠 부끄러운 것도 잘 모르겠다. 보아하니 정말 잡아먹을 것 같지도 않기에 여린은 준서의 협박을 무시했다.

"정말 안 해?"

"쯧쯧쯧."

"잡아먹으라는 말이지?"

"에휴."

너는 떠들어라, 나는 잘란다. 여린은 준서가 어떤 표정을 짓고 있는지도 모르고 편하게 자세를 잡고서 눈을 감았다. 다음 주에 출장이 잡혀 있으니 지금부터 체력을 쌓아두는 게 여러모로 좋은 일이니까.

앞으로 일어날 일을 상상조차 하지 못했던 여린은 꿈나라에서 뛰어놀았다. 그리고 준서는 당연히 여린을 깨우지 않았다. 그녀와는 정반대의 이유로 체력을 쌓아두게 만들어야 했으니까.

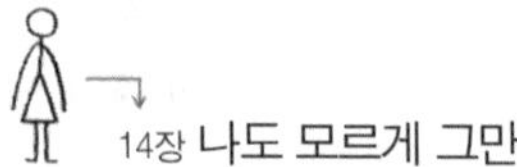

겨울이라는 계절에 썩 어울리지 않는 기계인 에어컨. 하지만 에어컨이 존재함에 감사할 수 있는 시간. 그 바람 덕에 끈적끈적하게 온몸을 덮고 있던 땀들이 날아간다.

기진맥진해서 대자로 뻗어 천장만 바라보고 있던 여린은 자신에게 일어난 일들을 정리해 보았다.

준서와 연애를 시작했다는 걸 조부모님께 들키지 않으려 애쓴 것이 나름대로 스트레스였던 모양이다. 연애를 하기 때문인지 괜히 마음이 붕붕 떠서 업무에 차질이라도 빚을까 신경을 곤두세우고 있었던 것도 피곤함의 원인이었을까. 얼굴이 퉁퉁 부을 때까지 자보려고 작정했던 오늘은 할머니 때문에 잠을 보충할 기회를 날려 버렸고 뜨끈한 물로 샤워를 했다고 몸이 노곤해져 있었다. 그래서였다. 그 짧은 시간, 준서의 차 안에서 단잠에 빠진 것은.

어느샌가 준서가 작은 목소리로 깨우는 소리가 들렸었다. 잠결이라 작게 들린 것이라 여겼는데 이제 와 생각해 보니 정말 작은 목소리였던 것 같다.

비몽사몽, 게슴츠레하게 뜬 눈으로 올려다본 건물은 호텔이었다. 준서가 맛이 어쩌고저쩌고 하는 얘기를 들었기에 호텔 안에 괜찮은 레스토랑이나 스카이라운지가 있는 줄 알았다. 그래서 눈을 비비며 얼떨결에 끌려갔고, 엘리베이터에 타서도 꾸벅꾸벅 졸았다. 찜질방 주인이 계란에 수면제를 주사 한 것이 아닌가 의심될 정도로 쉬이 잠이 깨질 않았다.

'용의주도한 놈.'

여린은 가늘어진 눈으로 아직도 자신의 어깨며 허리를 쓰다듬고 있는 준서를 흘겨본다. 저를 데리고 체크인을 하면 도망이라도 갈까 봐 자고 있는 애를 차에 두고서 냉큼 체크인을 하고 데리러 온 도준서가 무섭기까지 하다.

'에이씨! 진짜 먹혀 버렸잖아!'

여린이 제 허리를 배회하던 준서의 손을 신경질적으로 쳐냈다. 말만 그렇게 하는 줄 알았지, 누가 진짜 먹어버릴 줄 알았나. 그렇게 맛나게 야금야금 드시고도 성에 안 차시는지 아주 손에서 불이 난다, 불이 나.

무안해질 정도로 강하게 손을 쳐냈는데도 준서는 개의치 않았다. 그의 손은 이제 여린의 쇄골을 만지작거리고 있었다.

"좀 치워."

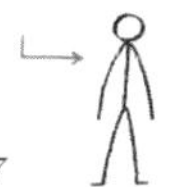

몸을 움직이기 귀찮은 여린이 팍 인상을 쓰며 준서를 노려보았
다.

"씻을래?"

뭐가 그리 좋아서 저렇게 배실배실 웃고 있나.

"씻지 말래도 씻을 거야."

"잘됐네. 같이 씻자."

"됐거든요."

"저번에도 같이 씻었는데 새삼 부끄러워?"

여린의 눈이 쫙 찢어진다.

"니가 걸을 힘도 없게 만들어놔서 그런 거잖아!"

"이번엔 힘이 남았나? 열과 성을 다했는데, 이상하군."

갑자기 정색을 하고서 눈동자를 데룩데룩 굴리는 준서 때문에
여린은 기가 막힌다.

"헛소리하지 말고 손이나 치워."

준서는 손을 치우고 양팔을 어깨 위로 살짝 들어 올리며 항복이
라는 메시지를 전했다. 여린은 매가리없는 얼굴로 고개를 설설 젓
고는 바닥에 떨어져 있는 준서의 니트를 주워 올려 꿰입었다.

아무리 세탁을 잘한다고 해도, 또 완전히 새것처럼 보인다고 해
도 호텔에 구비되어 있는 가운이 여린은 영 찜찜했다. 거기에 비
하면 준서의 옷은 허벅지를 가릴 만큼 클뿐더러 가운보다 편안했
다. 허리끈을 묶을 필요도 없고 가운 앞섶이 벌어질까 신경 쓸 일
도 없으니까. 때마다 그의 옷을 입어서 준서가 억지로 가운을 입
어야 하는 처지에 놓이긴 했지만 항상 먼저 끌고 들어오는 사람이

도준서니 무슨 상관이랴.

가려야 할 부분이 다 가려진 여린은 터벅터벅 욕실로 향했다. 제법 좋은 객실을 잡았는지 저번에 갔던 모텔 화장실과는 격이 달랐다.

네 사람이 들어가고도 남을 큼지막한 샤워부스에, 눈 한 번 감았다 뜨면 장미 꽃잎이 흐드러지게 떠다닐 것 같은 월풀 욕조. 변기에는 최고급 비데가 설치되어 있었고 넓은 세면대는 특이하게 직사각형 모양을 하고 있었다. 비누라도 밟아서 미끄러지는 날에는 골로 가기 딱 좋은 세면대였다.

욕실에 들어서자마자 코끝을 맴도는 달콤한 향의 근원지가 어디인지는 알 수 없었으나 어쩐지 심신이 편안해지는 느낌이 든다.

세면대를 붙잡고 서서 거울을 보던 여린은 피식 웃고서 양치를 시작했다. 벗길 건 다 벗겨놓고 지가 사준 귀걸이와 원래부터 차고 있었던 팔찌는 안 건드렸다. 뭐, 객실에 집어 던지듯 밀어 넣고서 바로 행동개시를 했으니 귀걸이, 목걸이가 눈에 보였겠는가.

여린은 느릿하게 양치를 하면서 욕실을 둘러보았다. 모르는 사람들은 그녀가 외국으로 출장을 갈 때마다 좋은 호텔에서 지내다가 오는 줄 알지만 그건 정말 모르는 사람들이니까 할 수 있는 생각이다.

아주 가끔, 특별한 케이스로 하루 이틀 정도 고급 숙박업체에서 머무는 경우가 있기는 하다. 하지만 자유여행이라는 게, 눈 돌아가게 어마어마한 경비를 염두에 두고 계획하는 일이 거의 없다. 배낭여행과 자유여행을 하는 사람들은 대부분 저렴한 비용으로 그들이 원하는 곳을 보고자 한다. 그러니 그들이 묵어야 할 숙박업소에 대해 빠삭하게 꿰고 있어야 하는 이들이 매번 고급 호텔에 머문다는 건 애초에 말이 안 되는 소리.

외국에서는 당연하게 정해진 호텔에 들어가 여장을 풀지만 한국에서는 호텔 객실에 들어갈 일이 없는 여린으로서는 이것저것 눈여겨보게 된다. 사장님이 조만간 한국 자유여행 쪽도 손댈 예정이라고 하시니 자연스레 이 호텔 욕실에는 뭐가 없고 뭐가 필요한지 머릿속에 입력하기 시작한다.

양치는 하는 둥 마는 둥 타월이 몇 개인지 세어보고 문고리가 달려 있는 것들은 죄다 열어보면서 투철한 직업정신을 내보이고 있을 때, 달칵 소리가 나며 문이 열린다.

"양치하다가 날 새겠네."

가운을 입고 들어온 준서가 놀라 눈만 깜박이는 여린을 보며 담담하게 말한다.

너 설마, 쉬하려고 들어온 건 아니지?

여린이 눈빛으로 묻는 말을 읽지 못했는지 준서는 그녀와 몇 발자국 떨어진 곳에 서서 목을 좌우로 꺾는다. 그러다 가운을 묶고 있는 끈으로 손을 가져간다.

야, 그건 아니야, 인마. 아무리 우리가 절친이었다고 해도 그런 치부까지 보여줄 필요는…….

"컥!"

풀썩! 어떤 소리가 더 먼저였을까. 치약 거품에 사레들린 여린과 반들반들한 타일 바닥으로 추락한 가운.

여린은 창피한 것도 모르고 알몸으로 서서 몸을 푸는 준서 때문에 차마 그를 쳐다보지 못하고 급하게 입을 헹궜다.

"너! 너, 너! 너 말이야!"

준서는 왜 그러냐는 듯 순진하게 눈을 깜박이며 여린을 쳐다본다.

"너 대체 왜 그래! 왜 노출증 환자처럼 자꾸 벗어젖히느냐고!"

"씻으려고."

이게 지금 복수를 하는 건가. 버스 정류장에 왜 갔냐고 물어서 버스 타려고 갔다 했더니 옷은 왜 벗느냔 소리에 씻으려고 벗었단다. 여린은 아까 통화를 하며 준서가 왜 한숨을 내쉬었는지 백번 이해가 된다.

"넌 씻어. 나는 씻을 테니까."

그렇게 말하곤 준서가 샤워부스 안으로 들어간다. 불투명한 것도 아니고, 지문 하나 묻어 있지 않은 지나치게 깨끗하고 투명한 유리 박스 안으로.

'넌 씻어라, 난 씻는다' 그 말을 합치면 '같이 씻는다'가 되는 게 아닌지 여린은 정말이지 심각하게 고민했다.

빨리 씻고 나가는 게 상책이다. 샤워는 선수를 빼앗겼으니 양치라도 제대로 하고 나가 버리자.

여린은 칫솔을 입안에 집어넣고 기계적으로 손을 움직였다. 이래서 반복학습이 중요한 거다. 자꾸만 샤워부스 쪽으로 돌아가는 시선에도 손은 부지런하게 치아를 닦고 있으니까.

오늘에서야 드라마나 영화에서 남자 주인공들이 샤워하는 장면만 나오면 꺅꺅거리던 여자들의 심정을 알 것 같다. 눈앞에서 펼

처지는 그 장면은 심장이 두근거릴 정도로 섹시하다. 샤워부스 안의 도준서의 몸이 자석이 되어 여린의 눈동자를 붙잡고 놓아주질 않는다.

오늘로 두 번째. 도준서가 완전하게 벌거벗은 몸을 보는 것이 두 번째다. 여름이 되면 아무렇지도 않게 티셔츠를 벗고 다니는 준서였지만 그때와 지금은 상황이 다르다 보니 보게 되는 이유도 달라진다.

보고 또 봐도 참 매력적인 몸이었다. 군더더기없이 역삼각형을 이루고 있는 장신. 넓은 어깨는 도준서의 트레이드마크였고 과하지 않은 근육은 여린의 속눈썹에 잔 경련을 일으킨다.

그의 가슴팍과 복부를 헤집고 다니던 여린의 눈동자가 점점 더 아래쪽으로 내려간다. 예쁘게 모양 잡힌 치골과 단단해 보이는 엉덩이에 저도 모르게 꿀꺽 침이 삼켜진다.

굵기도 굵거니와 탄탄해서 손가락으로 찔러지지도 않을 것 같은 허벅지는 몇 억을 호가한다는 명마(名馬) 저리 가라다.

"오글오글거리지?"

양치하는 것도 잊고 정신없이 준서의 몸을 탐하던 여린이 웃음기 가득한 그의 음성에 홱 고개를 돌렸다. 이 욕실 샤워부스에는 방음이 필요하다. 절대적으로.

주책없게 떨리는 손으로 겨우 컵을 손에 쥐고 입을 헹구고 있는데 어느새 샤워부스 안에서 나왔는지 준서의 음성이 귓가에서 속삭여진다.

"오글거리지 않아? 난 네 몸을 보면 온몸이 오글거리던데."

나는 니가 하는 말에 발가락이 곱을 것 같다!

심장이 가슴 밖으로 뛰쳐나올 것처럼 쿵쾅쿵쾅 시끄러운 소리를 내며 뛰어댄다. 입안을 헹군 물을 뱉어내고 손등으로 입가를 닦은 여린이 그런 말 좀 아무렇지 않게 하지 말라고 말하려 고개를 들었다. 하지만 그녀는 아무 말도 할 수가 없었다.

거울 속에 들어가 있는 자신과 준서의 모습. 여린의 얼굴이 순식간에 새빨갛게 물들었다.

"정말 미쳤나 봐. 참을 수가 없다."

준서가 귀걸이를 빼지 않은 여린의 귓불을 빨면서 중얼거린다. 이미 뜨거워진 그의 숨결에 여린의 몸이 바르르 떨렸다.

한 팔로 여린의 허리를 꽉 옭아맨 준서의 손이 거침없이 니트 안으로 침입해 봉긋한 가슴을 한 손에 쥔다. 그 모든 것을 거울을 통해 보고 있는 여린의 입술 틈으로 어쩔 수 없이 가는 신음이 새어 나온다.

가슴을 조몰락거리던 준서가 여린의 목덜미에 이를 박아 넣었다. 그 색정적인 장면에 여린은 숨을 들이켰다.

거울을 쳐다보지 말아야 한다고, 눈을 감아야 한다고 스스로를 다그치는데도 반쯤 감긴 눈은 호기심을 이기지 못하고 거울 속에 들어가 있는 이들을 바라보고 있었다.

준서의 머리카락에서 똑똑 떨어지는 미지근한 물방울이 여린의 쇄골에 떨어져 가슴을 타고 흘러내린다. 물기를 머금은 그의 하체가 제 몸을 압박해 오자 야릇한 느낌에 소름이 돋는다.

"……예쁘다."

여린의 목덜미에 얼굴을 묻고 숨을 들이마신 준서의 음성이 갈라져 있었다. 그 말에 뭐라 대꾸하기도 전에 준서가 여린이 입고 있는 니트를 빠르게 벗겨냈다.

환한 욕실 안에서 나신이 되어버린 두 사람. 말로 형용할 수 없는 부끄러움에 온몸이 붉게 물든 여린이 그의 품에서 빠져나가려 해봤지만 역부족이었다.

준서의 입술이 여린의 몸을 타고 내려간다. 목에서부터 시작된 자잘한 입맞춤은 어깨를 거쳐 등골을 쓸고 골반을 훑는다.

거울에서 사라진 준서의 모습. 하지만 준서가 엉덩이를 살짝 깨물었을 때 진저리치는 제 모습을 보게 되는 것이 여린에게 충격과 알 수 없는 흥분을 안겨주었다.

양손으로 세면대를 꽉 붙잡고 있지만 떨리는 몸을 주체할 수가 없다. 자신의 허리를 쓰다듬던 준서의 손이 가슴을 향해 올라오는 것이 보임과 동시에 사라졌던 그가 거울 속으로 돌아온다.

"다리에…… 힘이……."

게슴츠레한 눈으로 준서를 쳐다보던 여린이 겨우 말을 뱉어냈다. 그녀의 정수리에 입을 맞춘 준서가 도와주겠다는 듯 다시 여린의 허리를 한 팔로 끌어안고 제 몸에 지탱하게 만든다.

거울이 이렇게나 야한 물건이었던가. 준서가 딱딱하게 변해 버린 가슴의 정점을 손가락으로 비틀자 여린은 심장이 멈춰 버리는 것 같았다. 쉴 새 없이 제 가슴을 주무르고 엄지로 정점을 강하게 눌렀다가 비벼대는 준서의 손놀림에 저도 모르게 거친 숨이 뿜어진다.

여린의 고개가 뒤로 젖혀지자 허리를 감고 있던 준서의 팔이 조

금씩 움직인다. 그의 손이 향하는 곳을 보고 있던 여린이 세차게
고개를 젓는다. 준서의 팔을 떼어내려 몸부림을 치던 여린에게서
교성이 터져 나온다.

"하웃!"

귓바퀴를 잘근잘근 물다가 혀로 핥아 올리면서 찌르르한 아픔
이 전해지는 가슴을 쉬게 해주곤 외면당했던 가슴을 애무하는 손
길. 보이지 않을 때도 거부하고 싶었던 장소에 와 닿는 그의 손이
빤히 보이자 여린은 눈을 감았다.

"하아, 하아…… 나…….."

준서의 어깨에 머리를 기댄 여린이 숨을 몰아쉰다. 욕실을 밝히
고 있는 불빛이 피부를 태우고 있는 것 같은 착각이 들 정도로 몸
이 뜨거워진다.

"눈 떠. 널 보고 싶다."

"흐윽!"

준서가 애원하듯 속삭였지만 여린은 대답하지도, 눈을 뜨지도
못했다. 수풀 속을 더듬던 그의 손가락이 꽃잎을 벌리며 자극하자
뜨거워진 몸이 비틀린다.

엉덩이에 닿아 있는 단단한 불기둥. 여린은 준서에게 완전히 기
댄 채로 그의 팔이 아프도록 세게 붙잡고서 부탁한다.

"싫…… 어. 흣! 밖으로…… 흡!"

가슴을 지분거리던 준서의 손이 여린의 턱을 잡아 돌렸다. 입술
로 그녀의 말을 막아버린 준서의 혀가 서슴없이 입안으로 들어가
강하게 휘몰아친다.

준서는 저에게 몸을 맡긴 채로 신음하는 여린 때문에 정신이 몽롱했다. 보들보들하고 촉촉한 그녀의 입안은 끊임없이 그를 잡아끌었고 손가락을 움직일 때마다 여린의 깊은 곳에서 새어 나오는 샘물이 더 깊은 곳으로 들어오라 강요하는 것 같았다.

한시도 떨어져 있고 싶지 않았다. 매일매일 여린을 품에 안고 잠들었으면. 낮이고 밤이고, 자신의 손길에 몸을 떨고 신음하는 여린을 볼 수 있다면 무슨 짓이라도 할 수 있을 것 같다.

"사랑…… 해."

준서는 여린의 입술에 대고 사랑을 속삭인다. 낯간지러워 도저히 건넬 수 없을 것 같았던 말. 이제껏 어떤 여자에게도 해보지 않았던 고백. 사랑한다는 말 한마디 때문에 울었던 여자들과 떠났던 여자들.

여린을 울리고 싶지 않았다. 떠나게 만드는 건 생각만으로도 끔찍했다. 지금껏 그래 왔듯이, 평생 여린과 함께 살아가고 싶었다. 더는 제 감정을 알아채지도 못하고 바보처럼 살아가는 일 따위, 하지 않을 것이다.

"하아, 하아."

꼭 감았던 눈을 뜬 여린이 밭은 숨을 몰아쉬었다. 그녀의 눈동자에 담긴 놀라움에 절로 미소가 지어진다.

"사랑해. 사랑한다, 양여린."

몇 번 눈을 깜박이던 여린이 준서가 방심한 틈을 타고 몸을 돌렸다. 그리고 그의 얼굴을 따스하게 감싸고서 똑바로 시선을 맞추어온다.

"이제……."

말을 늘이는 여린의 허리를 끌어안은 준서가 천천히 그녀의 말
을 기다린다.

"거울은 안 돼."

푸스스, 웃음이 터져 나오려는데 여린이 그의 입술을 제 입안에
머금었다. 주저없이 그녀의 키스를 받아들이는 준서의 눈에 숨길
수 없는 행복이 그려진다.

✽

"헉!"

상체를 벌떡 일으키는 우한 때문에 단잠에 빠져 있던 준휘까지
눈을 떴다.

"악몽이라도 꾼 거야?"

잠들어 있던 사이 더욱 낮아지고 허스키해진 준휘의 음성에 벌
써부터 우한의 몸이 반응한다. 하지만 우한은 다정하게 제 머리를
쓸어 올려주는 준휘를 쳐다보며 숨을 골랐다.

"싸, 쌍둥이."

버벅거리며 말을 내뱉는 우한을 준휘가 걱정스러운 시선으로
쳐다본다.

"갑자기 무슨 말이야? 쌍둥이라니."

자다가 봉창 두드리는 것도 아니고, 악몽을 꾼 사람처럼 벌떡
일어나더니 뱉어낸다는 말이 쌍둥이다. 괴물 쌍둥이가 덤비기라
도 했나? 아니면 귀신이 쌍으로 나왔다는 건가?

깜박깜박, 잠이 달아난 눈을 깜박이던 우한의 입술이 묘하게 늘어진다.

"분명히 쌍둥이다, 준휘야."

"그러니까 뭐가 쌍둥이냐고."

"백호가 두 마리. 하나는 암컷이고 하나는 수컷이었어."

우한을 뚫어지게 쳐다보던 준휘가 미간을 좁히며 연인의 이마에 큰 손을 올려놓는다. 이상하다, 열은 없는데.

"전화. 전화해야 돼."

후다닥, 이불을 젖히고 침대에서 빠져나가는 우한을 지켜보던 준휘가 그를 따라 침대에서 내려섰다. 그러다 우한이 저처럼 알몸이라는 사실을 깨닫곤 하얀색 트레이닝 바지를 껴입은 준휘가 검은색 트레이닝 바지 하나를 들고 거실로 나선다.

수화기를 들고서 버튼을 누르려는 우한의 어깨를 툭툭 친 준휘가 바지를 내민다. 그제야 바지와 제 몸을 번갈아 쳐다보던 우한이 서둘러 바지를 입고서 다시 수화기를 든다.

"어머님, 저 우한입니다."

누르는 번호가 어쩐지 낯익다 했더니 본가에 전화를 넣은 모양이다. 소파 팔걸이에 엉덩이를 걸치고 앉아 우한의 어깨를 쓰다듬는 준휘가 쫑긋 귀를 세웠다.

"쌍둥이예요, 쌍둥이."

또 쌍둥이 타령이다. 부모님께는 밤 12시가 그리 늦은 시간은 아니었지만 그래도 그렇지, 전화 걸자마자 쌍둥이라니. 저처럼 황당해할 부모님의 표정이 그려져 준휘가 피식 웃어버린다.

"확실해요. 태몽이라니까요. 느낌이 딱 그래요."

흠칫. 우한의 어깨에서부터 쇄골까지 훑고 있던 준휘의 손가락이 딱딱하게 굳어버렸다. 태몽이라니. 그럼 백호 어쩌고 했던 게 태몽을 꾸고서 꺼낸 말이라는 건가? 태몽? 누구의 태몽? 설마 30년 이상 차이나는 동생을 보게 되는 건가? 아니면 너무나 아이를 원했던 우한이 상상임신이라도?

순식간에 머릿속을 스쳐 지나가는 생각들에 준휘의 낯빛이 하얗게 바랬다. 아들뻘 늦둥이 동생도 끔찍하고 우한의 상상임신은 인생 최대의 고비가 될 것이다. 준휘는 일단 우한을 진정시켜야 되겠다는 생각에 그의 어깨를 힘주어 잡았다. 그때.

"예, 어머님. 계획을 조금 앞당기셔야 될 것 같아요."

씨익 웃으며 계획 운운하는 우한의 옆모습을 준휘가 뚫어지게 쳐다본다.

"그럼요. 준서 아니면 제가 누구 태몽을 꾸겠어요. 하하하!"

준서의 태몽이란 소리에 준휘의 입이 쩍 벌어졌다. 그 상태는 우한이 싱글벙글 웃는 낯으로 전화를 끊기 전까지 계속되었다.

"응? 얼굴이 왜 그래?"

수화기를 내려놓은 우한이 준휘의 놀란 얼굴을 부드러이 쓰다듬으며 한없이 다정한 눈길로 쳐다본다.

"태, 태, 태몽?"

어지간히 놀랐는지 안면근육이 마비된 것마냥 힘겹게 입술을 움직이는 준휘에게 우한이 고개를 끄덕인다.

"그럼, 준서가 임신을 했다고?"

"큭! 준서가 어떻게 임신을 해? 그럴 수 있으면 우린 진즉 축구단을 만들었을걸?"

"준서가 아니면 누가 임신을 했다는 거야? 준서 태몽이라며!"

아무래도 준서의 태몽 얘기가 굉장히 충격적이었던 모양이다. 우한은 버럭 소리를 지르는 준휘의 흐트러진 머리를 손가락으로 빗어 내렸다.

"봐. 지금 12시 넘었는데 준서 안 들어오지? 일 끝나면 피곤해서 곧바로 집에 들어왔던 사람이 준서야. 요즘 토요일마다 준서가 나한테 가게 맡기고 누구와 데이트하는지 몰라서 그러는 거야?"

생긋생긋 눈웃음을 치며 차분하게 설명한 우한이지만 조용히 그의 말을 듣고 있던 준휘의 표정은 충격을 넘어서 경악으로 흘렀다가 종국엔 분노로 바뀌어졌다.

"내……."

"준휘야?"

"내 이 자식을! 감히 누구한테 혼전임신을 시켜!"

씩씩거리며 방으로 향한 준휘가 성급하게 옷을 챙겨 입자 우한이 그의 팔뚝을 움켜쥔다.

"어디 가려고?"

"어디 가기는! 그 염치도 없는 자식 패주러 가야지! 어딜 감히 결혼도 하기 전에……. 에잇!"

손에 들고 있던 코트를 방바닥에 패대기치는 준휘를 보면서 우한은 한숨을 흘렸다. 이제 슬슬 준서가 불쌍해진다. 어찌 된 게 오롯이 자기편은 하나도 없나. 죄다 여린만 예쁘다, 예쁘다 하니 준서가 앞으로도 참 외롭고 힘겹겠구나 하는 생각에 마음이 짠해진다.

"자, 일단 진정해. 우리 커피 한 잔 마시자, 응?"

준휘의 가장 약한 부분인 귀에 후우, 하고 바람을 불자 예상대로 그가 부르르 몸을 떨었다. 그사이에 준휘를 끌고 주방으로 간 우한이 커피를 내린다.

준서와 여린이 함께 외박을 했던 날로부터 계획되어진 프로젝트. 그때부터 지금까지 양가의 어르신들은 짬짬이 시간을 내어 모종의 만남을 가지고 계셨다. 꼭 당사자들이 결정해야 하는 일들을 제외하곤 결혼에 필요한 준비들을 차곡차곡 진행하시고 계셨던 것이다. 그와 동시에 준서와 여린이 자연스럽게 결혼에 다가서게 만드시려고 작전을 세우고 계셨다. 찜질방도 그 작전의 일환이었고 말이다.

'가만 보자. 이제 남은 것 중에 가장 큰 게 결혼식장하고 웨딩드레스, 그리고 결혼 반지였나?'

준휘의 손을 잡고서 꾹꾹 누르며 지압을 해주던 우한의 머리가 바쁘게 움직인다. 자신이 꾼 꿈이 태몽이든 예지몽이든 간에 나중에라도 준서와 여린에게 아이가 생기는 건 당연한 일. 결혼을 서두른다고 해서 나쁠 건 없었다. 아니, 빠르면 빠를수록 좋았다. 큰아들에게서 손자를 보지 못하게 된 준휘, 준서 형제의 부모님께도 좋은 일이고 내색은 않으셔도 손녀 걱정에 애가 타시는 분들께도 좋은 일이지 않은가.

자신의 품에 안겨 옹알이를 할 천사 같은 아이가 떠오르자 우한의 얼굴 만면에 웃음꽃이 핀다.

✱

　우한이 태몽을 꾸었다고 좋아하던 날로부터 며칠 뒤. 통화를 끝내고 빙긋이 미소를 짓고 있는 우한의 곁으로 준휘가 다가와 섰다. 우한의 뒤에서 그의 허리에 팔을 두른 준휘는 새하얀 목덜미에 코를 박고서 숨을 들이마셨다. 우한의 꿈이 태몽이 맞는다면, 여린이 배가 불러오기 전에 결혼을 시켜야 하니 서둘러서 외출 준비를 해야 함에도 지금으로서는 귀찮기만 하다.

　"준비는 다 됐어?"

　우한이 묻는 준비가 외출복으로 갈아입는 것이 아님을 알고 있는 준휘가 눈웃음을 짓는다.

　"준서가 모르는 친구 후배들로 다섯. 그 정도면 충분하지?"

　"그냥 후배 다섯으로는 안 될 텐데."

　"경호학과 애들 다섯이야."

　"충분하네."

　씨익, 만족한 듯 우한의 입꼬리가 말려 올라간다. 조금 전에 우한이 통화를 했던 대상은 여린이었다. 그리고 그전에 통화를 한 대상은 여린의 할머니인 최 여사님이었다.

　진척은 있으나 뚜렷하게 결론이 지어지지 않는 여린과 준서 때문에 양쪽 집안 사람들만 바빠졌다. 연애만으로는 위험했다. 젊은 사람들이야 언제고 연애하다 헤어질 수 있는 일이니. 그렇다고 헤어질 수 있는 애들을 억지로 결혼시키자는 것은 아니었다. 준서와 여린은 헤어질 수가 없는 애들이니까. 양가의 가족들은 그저 그

시기를 앞당기자는 것뿐이다.

조금 전 우한은 오늘 밤에 만나기로 약속한 여린에게 에이로 올 때 성년식 때 선물한 반지를 가져다 달라고 했다. 디자인 영감을 얻으려 한다는 거짓을 여린이 알아채면 어쩌나 불안했지만 일이 잘 풀리려고 그러는 것인지 여린은 우한의 말을 철석같이 믿는 것 같았다. 그래서 우한은 최 여사와 손을 맞춘 것이다. 그 반지를 숨겨서 시간을 끌어달라고 말이다.

"우리는 알아서 잘했는데. 내 동생이지만 왜 그렇게 미련한지 모르겠다."

제 목덜미에 입을 맞추는 준휘의 말에 우한이 키득키득 웃음을 터트렸다.

"우리가 늦으면 도련, 여린이하고 둘이서만 데이트하겠다고 나설지 몰라. 빨리 가서 도련 붙잡고 있어야지."

우한은 억지로 준휘의 팔을 풀어내고 그의 턱에 쪽! 소리 나도록 입을 맞추어주었다. 그리고 준휘가 심통이 나지 않게 귓가에 속삭여준다. 오늘 밤은, 편안하게 사랑을 나눌 수 있을 테니 기대하라고.

음흉한 눈길로 쳐다보던 준휘가 미소를 지은 채 방으로 들어가자 우한의 눈동자에서 빛이 났다. 최 여사님과 머리를 맞대고 짜낸 오늘의 작전이 제대로 먹혀 들어가기만 한다면 준서와 여린의 관계는 더더욱 돈독해질 것이다. 그리고 우한은 그렇게 되리라 믿어 의심치 않았다. 이유없이 사랑받는 고전(古典)은 없으니.

"꺄아아이악!"

희미하게 여인의 비명 소리가 들려온다. 하지만 에이에서 사케를 마시고 있는 두 남자는 느긋하기 그지없었다. 이미 예측했던 비명이기에.

우한과 준휘가 동시에 시간을 살핀다. 여린이 늦으니 나가보라고 준서의 등을 떠밀어 내보낸 지 10분이 경과된 시간. 그러니 저 비명 소리는 여린이 끌려가며 지르는 게 아니라 준서가 맞고 있기 때문에 나온 것이리라.

"심하게 맞는 건 아니겠지?"

느긋한 자세와 행동과는 다르게 우한의 얼굴에 걱정의 빛이 스쳤다. 하지만 동생이 맞고 있다는 걸 알고 있는 준휘는 미소를 지었다.

"실감나게 하라고는 했지."

"준휘야."

우한이 미간을 좁힌다. 하지만 준휘는 도와주기만 하면 되는 거 아니냐는 표정으로 어깨를 으쓱해 보였다.

"우리는 한 5분쯤 뒤에 나가면 되겠다."

못 말리겠다는 듯 인상을 찡그리고 있는 우한의 입안에 야들야들한 회 한 점을 집어넣어 주는 준휘는 그답지 않게 참으로 능글맞아 보였다. 이젠 제압하기가 힘들어진 동생 녀석을 부모님의 허락하에 괴롭힐 수 있는 게 꽤나 즐거운 모양이었다.

우한은 준휘에게 회를 받아먹으며 보기보다 못난 준서를 향해 혀를 찼다. 최 여사님과 양두만 옹의 작품으로 이제 여린의 동네 사람들은 그녀만 보면 결혼 얘기를 꺼냈다. 그쪽 동네에서는 조만간 여린이 준서와 결혼을 하는 것이 확실시되어 있었다. 그건 다른 놈은 여린에게 접근조차 하지 말라는, 당신들의 손녀에겐 이미 임자가 있다고 광고하는 것과 마찬가지였다.

준서의 부모님은 사촌 조카의 바이올린 연주회에 여린을 초대해 대부분의 집안 식구들에게 그녀가 며느릿감임을 대놓고 자랑하셨다. 그런데도 준서는 여린에게 프러포즈를 할 기미조차 보이지 않았으니 양가 가족들은 얼마나 답답했겠느냔 말이다.

"5분 됐다."

준휘가 천천히 엉덩이를 털고 일어서자 우한도 몸을 일으켰다. 에이를 나서는 두 사람의 얼굴에는 꾸며낸 심각함이 그려져 있었다.

"오빠! 경찰, 119! 빨리!"

준휘와 우한이 가게를 나서자마자 하얗게 얼굴이 질린 여린이 준서를 부축하며 다가오고 있었다.

"무슨 일이야? 왜 이래?"

우한이 정말 놀란 것처럼 여린과 준서에게 다가간다.

"모, 몰라. 걸어오는데 갑자기 이상한 남자들이……. 준서가 나한테 오다가…… 그 사람들이 막 때렸는데……."

어지간히 놀랐는지 여린이 말을 더듬으며 준서만 쳐다본다. 입술이 살짝 찢어지고 오른쪽 눈가가 부어오르고 있는 것 빼고는 상한 구석이 없어(?) 보이는 준서를 준휘가 부축한다.

실감나게 하라고 했지, 어디 부러트리라고는 한 적이 없다. 부러트리고 싶었어도 도준휘 얼굴을 떠올렸다면 그럴 수 없었을 테고. 그러니 도준서의 영광의 상처는 지금 눈에 보이는 게 다일 것이다. 후배들이 더 다치지는 않았을까 걱정까지 되는데 여린은 곧이라도 준서가 죽을 사람마냥 겁을 내고 있었다.

준서와 여린을 에이 안으로 데리고 들어온 준휘와 우한은 각자 한 사람씩 맡았다. 준휘가 준서를, 우한이 여린을.

준휘는 구급상자를 찾아와 준서의 입가에 약을 발라주었고 우한은 여린의 손에 따듯한 우롱차를 쥐어주었다. 어차피 술 한잔하자고 여린을 불러 낼 때부터 술을 먹일 생각은 없었던 그들이다. 태몽이 맞는다면 여린이 홑몸이 아니라는 소린데 어떻게 술을 먹이나. 그냥 불러내려고 한 말이지.

"그냥 경찰에 신고하라니까 준서가 계속 덤볐어. 얼마나 무서웠는지 몰라."

조금 안정이 되었는지 여린이 준서를 걱정과 원망이 담긴 눈빛으로 쳐다보며 중얼거렸다. 작전 수행을 완벽하게 마친 우한은 그런 여린의 머리를 쓰다듬었다.

"여린아, 원래 남자는 그런 거야. 사랑하는 여자가 위험에 처했는데 눈 돌아가지 않을 남자는 없어. 내가 죽는 한이 있어도 내 여자는 지킨다는 거지. 여자들은 객기로 보이겠지만 남자들한테는 사랑하는 여자를 지켜야 한다는 생각이 먼저거든."

우한은 부러 사랑이라는 단어를 강조했다. 도준서는 제가 맞아 죽을지언정 사랑하는 너는 지킨다, 그 말을 세뇌시키고 있는 것이다.

우한의 말에 입을 꾹 다문 여린이 준서를 가만히 응시했다. 사랑하는 여자. 준서에게 사랑한다는 말은 들었지만 실감이 나지 않았는데 이제야 조금쯤 실감이 나는 것도 같다.

여린이 놀랐으니 집에 데려다 주어야 할 것 같다고 나서는 준서를 준휘 커플은 굳이 말리지 않았다. 아니, 어서 가라고 그들의 발걸음을 재촉했다.

"이모님은 정말 대단하신 것 같아."

여린을 어미 잃은 어린 새마냥 제 품 안에 넣다시피 끌어안고서 걸음을 옮기는 준서의 뒷모습을 바라보던 준휘의 말에 우한이 빙그레 미소를 지었다.

사실 최 여사가 이번 작전의 아이디어를 내놓았을 때, 준휘와 우한은 반신반의했었다. 7, 80년도에 제작된 영화에나 나올 법한 '거기, 그림 좋은데' 라며 시비를 거는 불량배 작전이 현재에도 먹혀들까, 하는 걱정이 앞섰었다.

'고전이 고전인 것에는 이유가 있는 법.'

최 여사는 준휘와 우한의 염려를 그 한마디로 일축해 버렸었다. 하긴 세월이 아무리 지난대도 바뀔 리가 있으랴. 제 여자를 지키려 하는 사내의 본능이 말이다.

"쟤들, 집에 갈까?"

준휘의 물음에 우한이 쯧쯧 혀를 찼다.

"우리 같으면 갔겠어?"

잠시 생각해 보는 것 같던 준휘가 고개를 절레절레 젓는다. 이토록 기막힌 기회를 놓칠 사내는 세상에 존재하지 않는다. 그리고 자신을 보호해 준 슈퍼맨 같은 남자에게 녹아들지 않는 여자의 마음도 존재하지 않으리라.

준휘는 엉큼한 미소를 지으며 우한의 어깨에 팔을 둘러 그를 에이 안으로 이끌었다. 술 취한 우한만큼 섹시한 인물이 없으니 얼른 남은 사케를 마시게 해야 했다.

"도준휘!"

고요한 아침. 둥근 해가 막 모습을 드러낸 시각, 준서가 내지르는 분노가 집 안 곳곳에 울려 퍼졌다.

여린을 집에까지 데려다 주마 나섰던 준서는 결국 아침이 되어서야 그녀를 집에 보냈다. 너무 놀란 것 같은 여린을 진정시키려고 등을 쓸어주다가 이마에 입맞춤을 하게 되었고…… 그 뒤에는 서로 불이 붙었다는 것이 맞는 말이리라.

서둘러 들어갔던 호텔에서 만족스러운 시간을 보낸 준서였지만 그는 잠든 여린의 곁에서 눈을 뜨고 있었었다. 아무리 생각해 봐도 여린에게 행패를 부리려 했던 불량배 중 한 명이 묘하게 눈에 익었던 것이다.

동네에서 마주친 적이 있었나, 생각에 생각을 더하던 준서는 결국 알아내고야 말았다. 딱 한 번, 도준휘의 친구가 아끼는 후배라며 그놈을 에이에 데려왔었다는 사실을. 그리고 그 후배가 도합 10단에 이르는, 경호학과에 재학 중이라는 남자였다는 것을.

"도준휘이!"

눈 흰자위에 핏발을 세운 준서가 다시 한 번 고함을 지르자 준휘의 방문이 스르르 열린다.

"누가 형 이름을 그렇게 마음대로 부르래?"

나른한 음성을 흘리며 걸어나오는 준휘를 보고 준서는 혈압이 솟구쳤다. 나는 뭐 같지도 않은 덫에 걸려서 입술이 찢어져 키스도 제대로 못하고 눈이 부어오르는 것도 모자라 따끔거리기까지 하는데, 게다가 여린은 놀라서 숨도 제대로 못 쉴 지경이었는데……. 형이라는 인간은 유유자적 사랑을 나눠?

준서는 땀으로 번들거리는 준휘의 상체와 그 상체에 또렷하게 남아 있는 붉은 흔적을 보고선 질끈 눈을 감았다.

"바빠. 용건만 간단히."

준휘가 땀에 젖은 머리를 쓸어 올리며 인상을 쓴다. 좋은 시간을 방해받은 게 여간 짜증난다는 표정이다.

"어제 일, 형이 꾸몄지?"

준서는 울긋불긋한 형의 몸을 보지 않으려 고개를 모로 돌리며 이를 갈면서 물었다.

"내가? 무슨 일?"

"그 깡패!"

"깡패?"

"모르는 척하지 마. 한 놈 얼굴 기억해 냈으니까."

"그럼 그런 거겠지."

태평한 준휘의 대꾸에 준서는 피가 거꾸로 솟았다.

"대체 왜들 그래! 이게 무슨 장난이야?"

"무슨 장난이긴. 다 너 잘되라고 하는 일이지."

"형!"

"형 부를 거 없다. 나중에 고맙다고 절이나 해."

"뭐?"

"이제 프러포즈하면 거절당할 일은 없을 거다. 그러게 왜 그렇

게들 답답하게 굴어? 사람 피곤하게. 들어가 쉬어라. 말했듯이 형
바쁘다.”

기가 막혀 입을 떡 벌리고 있는 동생을 외면한 준휘가 방으로 쏙
들어가 버린다. 이내 준휘의 방 안에서 웃음소리가 새어 나온다.

“……이사 가버린다!”

성이 난 준서가 유치하게 협박을 하자 준휘의 방에서 대답이 들
려온다.

“얼른 가라!”

그리고 다시 이어지는 웃음소리.

준서는 망연자실하게 서 있을 수밖에 없었다. 이사 간다고 할
때마다 가지 말라고 바짓가랑이 붙잡고 늘어지던 게 엊그제 같건
만. 이젠 아예 쫓아내려고 하니. 허, 참.

Rrrr. Rrrr. Rrrr.

황당함에 숨을 내쉬는 게 전부였던 준서가 주머니 속에서 울리
는 휴대폰을 꺼내 들고 한숨을 쉰다. 하지만 전화를 받는 그의 음
성은 달콤하기 짝이 없었다.

“어. 그래. 몸은 좀 괜찮고? ……나는 괜찮다니까. 무리한 거 아
니야?”

그날 아침 내내, 여린을 달래고 어르면서 앞으로는 꼭 경찰을
먼저 부르겠다고 몇 번이나 약속한 준서의 다크서클이 발끝까지
내려왔다.

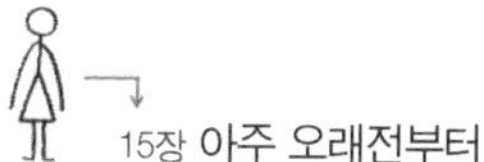

15장 아주 오래전부터

어찌 된 일인지 출장이 밀리고 밀려 크리스마스가 가까워지는 기간에 하와이의 호놀룰루로 향한 여린은 하루 일정을 마치고 들어와 끙끙거리고 있었다.

"이상해. 이상해."

벌써 몇 번이나 다이어리를 들춰가며 머릿속을 헤집었지만 당연히 있어야 할 것이 없는 것을 확인하자 여린의 얼굴에 수심이 가득 찼다.

준서와 연애를 시작한 이후로 정신이 없었다. 시간이 지날수록 바뀌는 그의 모습에 적응하는 것도 내심 어려운 점이 있었고 평일, 주말 가리지 않고 찾아오거나 만날 약속을 잡았던 준서라 다른 걸 챙길 여유가 없었다. 하필 그 다른 게 무엇보다 중요한 일이었다는 걸 제외하면 문제랄 것 없이 괜찮은 일상이었다.

"왜지? 너무 피곤했나?"

꼼꼼하게 살펴본 다이어리를 다시 한 번 체크하는 여린의 눈살이 찌푸려졌다. 준서와 연애를 시작한 게 10월 중순 정도. 지금이 12월 말을 향해 가고 있으니 못해도 한 번은 여자로서 마법을 부려야 했다. 그런데 없다. 마법을 부렸다는 흔적을 항상 다이어리에 남겨놨었고 생체리듬이 정확한 편이라 한 달에 한 번은 꼭 마법사가 되었었는데 지금까지 몸에 아무런 변화가 없었다.

굳이 변화를 찾자면 한 가지 있기는 했다. 신기할 만큼 식욕이 당기는 것. 지금 이 순간에도 치즈가 겹겹이 쌓여 있는 버거를 먹고 있는 여린이다. 바로 한 시간 전까지만 해도 사과를 두 알이나 먹고서.

"뭐, 곧 하겠지."

단순한 양여린답게 그녀는 이내 얼굴의 구김살을 펴고 버거를 한입 가득 베어 물었다. 어디선가 그랬었다. 갑자기 잦은 관계를 맺게 되거나 급격하게 스트레스를 받는 일이 생기면 생체주기가 달라질 수 있다고. 주워들은 말에 식욕이 당기는 이유를 가져다 붙이는 건 쉬웠다. 주말만 되면 도준서가 기다렸다는 듯 못 잡아 먹어 안달이니 체력이 남아나겠는가. 아마도 자신의 신체가 이전까지의 흐름을 기억하고 있어서 그것을 유지시키려 발악하고 있는 것이리라. 하지만 아무것도 아닐 거라고 자위하면서도 내심 걱정이 되는 건 어쩔 수 없었다.

아기. 언젠가는…… 그래, 언젠가는 양여린이라는 여자도 누군가의 아내가 되고 한 아이의 엄마가 될 것이다. 계속 해야 할 것을 건너뛰고 있었기에 자연스레 임신이라는 단어가 떠오르고 그러다 보니 결혼이란 단어도 뒤를 따른다. 원래 결혼 뒤에 아기여야 하는 건데, 처음부터 도준서가 순서를 뒤죽박죽으로 만들어놓더니 생각도 뒤죽박죽으로 하게 만든다.

아직은 결혼이 이르다고 생각했는데……. 그 생각이 틀린 걸까.

어르신들 말씀처럼 결혼하기에 이른 나이는 아니었고 준서나 자신이나 이미 양가 가족들에게 그들이 결혼할 거라는 확신을—자의는 아니었지만—드린 상태였다. 게다가 준서로 인해서 그와 결혼하면 행복할 것 같다는, 빨리 결혼하는 게 나쁘지만은 않을 것 같다는 생각을 자꾸만 하게 된다.

출장 오기 전 주였나. 준서는 영화에서나 볼 수 있을 법한 기사도로 여린을 감동시켰었다.

준휘와 우한이 오랜만에 넷이서 간단하게 술 한잔하자며 준서네 가게로 불렀던 날. 날씨는 추웠지만 바람을 쐬고 싶어 걸어갔었고 예기치 않게 가게를 코앞에 두고서 쌍팔년도에나 있을 법하던 불량배들을 만났었다.

무작정 어두운 골목으로 끌려가던 여린이 목이 쉬도록 준서의 이름만 외쳤고, 거짓말처럼 준서가 나타나 악당들을 물리쳤다. 영광의 상처를 얻은 준서를 끌어안고 눈이 퉁퉁 붓도록 울었었는데.

'울지 마. 내가 죽는 게 낫지, 너 다치는 꼴은 못 봐.'

위험하게 왜 그랬냐고, 그네들이 칼이라도 들고 있었으면 어쩔 뻔했냐고 울며 화를 내는 여린에게 준서는 그렇게 말했었다. 그

순간만큼은 준서가 세상 누구보다 멋있어 보였다는 걸 인정하지
않을 수 없다.

결혼이라…… 뭐, 프러포즈를 받아야 하든 말든 하지.

여린의 입술이 씰룩거렸다. 평생 지켜주겠다는 말로 프러포즈
를 끝낸 건 아닐 것이다. 뭔가 더 남아 있겠지. 설마. 남아 있을 것
이다. 남아…… 있겠지?

설마가 사람 잡는다는 말이 떠올라 얼굴을 구기던 여린이 고개
를 흔들더니 다시 버거를 한입 베어 문다.

"흐응. 겁내 맛있네. 똑같은 버거인데 왜 한국 버거와 외국 버거
는 맛이 다른 걸까?"

소스가 묻은 손가락을 쪽쪽 빨면서 중얼거리던 여린이 리모컨
을 잡고 전원 버튼을 눌렀다. 이내 날카롭게 생긴 금발의 앵커가
진지한 얼굴을 하고선 나타난다.

소파에 앉으려던 여린은 구부렸던 다리를 펴고 자그마한 테이
블에 올려두었던 감자튀김 봉지를 입에 물고 콜라를 들었다.

딩동!

한 손엔 버거, 한 손엔 콜라, 입에는 감자튀김 봉지를 문 채로
여린의 고개가 객실 문을 향해 돌아간다.

'호, 호, 혹시, 가, 가가가, 강도?'

음식을 버리지 않는 이상에야 무기라곤 다리밖에 남아 있지 않
은 여린이 얼어붙었다. 룸서비스를 시킨 적도 없고 하우스키퍼가
방문하기엔 적절치 않은 시간. 머리가 하얗게 비도록 이곳에 찾아
올 사람을 생각해 보지만 떠오르지 않는다. 누가 나한테 저주라도

걸었나. 요즘 불량배니, 강도니, 왜 나한테 이런 일이 생기는 거야!

딩동! 딩동!

초인종이 연달아 울려댄다. 여린의 머릿속엔 한국인 여성이 무식하게 침입자를 반갑게 맞이하여 끔찍한 죽음을 맞이했다는 기사가 빠르게 쓰인다.

"양여리인!"

쾅쾅쾅! 문 두드리는 소리와 함께 앳된 남자아이의 음성이 여린의 귓전을 때린다.

"문 열어주세요오!"

어린 남자아이의 고운 미성으로 추정되는 소리에 여린이 살짝 긴장을 푼다. 이곳은 한국이 아닌 하와이의 호놀룰루. 그런데 한국말을 하며 자신의 이름을 부르는 남자아이라.

두려움과 호기심이 동시에 찾아든다. 여린은 결국 호기심을 이기지 못하고서 천천히 걸음을 떼었다. 자그마한 구멍으로 밖을 내다보니 목소리의 주인공이 보였다. 양손에 무언가를 들고서.

죽더라도 호기심은 풀고 죽자는 생각으로 여린이 몸을 움직였다. 버거를 들고 있는 팔과 복부 사이에 콜라를 끼워 넣고 조심스레 문을 연다.

"……어, 느그니?"

감자튀김 봉지를 물고 있어 어눌하게 내뱉어진 말 때문일까? 윤기가 자르르 흐르는 새까만 머리카락으로 작은 머리통을 감싼 남자아이가 고개를 갸웃거린다. 그러다 고개를 살짝 돌려 누군가를 쳐다보는 것 같더니 금세 여린에게로 시선을 고정한다.

"결혼하자!"

남자아이가 양손에 들고 있던 물건을—그건 여린이 저 안에 총이나 폭탄이 들어 있지는 않을까 의심했던 케이크였다—쭉 앞으로 내밀며 제법 다부진 표정을 지었다.

여린이 좋아하는 초콜릿 케이크에는 아이러브유라고 만들어진 초가 불꽃을 일렁이며 빛나고 있었다. 그리고 초가 꽂혀진 자리 바로 앞에, 자그마한 사진이 화이트 초콜릿으로 만들어진 액자 안에 끼워져 있었다.

툭! 여린이 물고 있던 감자튀김 봉지가 결국 버림을 받는다.

"이거…… 뭐…….."

무릎을 꿇고 사진을 들여다보는 여린의 눈에 어느새 그렁그렁 눈물이 차오른다.

"그때부터 널 사랑했나 봐."

사진에서 눈을 떼지 못하던 여린이 귀에 익은 음성에 느릿느릿 고개를 돌린다.

"양여린, 내가 결혼해 줄게."

예상치 못했던 인물의 등장과 더더욱 예상치 못했던 이벤트. 아예 바닥에 주저앉아 버린 여린이 우는 것도 웃는 것도 아닌 얼굴로 준서를 바라본다.

"누구하고…… 결혼해야 되는 거야?"

남아 있던 정신을 긁어모아 남자아이와 준서를 번갈아 쳐다보던 여린이 미소를 머금고 장난을 친다. 그러자 남자아이가 슬금슬

금 준서 쪽으로 몸을 움직이더니 제 딴엔 여린이 안 들리게 말하
겠다고 작게 속삭였다.

"저기…… 나 꼭 저 아줌마랑 결혼해야 돼?"

가까운 거리라 토씨 하나 빠지지 않고 들린 아이의 말에 기분이
나빠야 할 여린조차 웃음을 터트린다.

"삼촌, 내가 삼촌한테 양보할게."

일곱 살이나 되었을까? 숱 많고 짙은 속눈썹을 팔랑이며 아이
가 입술을 앙다문다. 준서가 나도 싫으니 니가 결혼해라 한다면
울음을 터트릴까 봐 참아보려는 기색이다.

"나도 너 싫어, 애."

장난기에 희석되고 있던 물기를 손등으로 팔뚝으로 닦아낸 여
린의 말에 긴장으로 솟구쳐 올랐던 아이의 어깨가 축 내려앉는다.

"삼촌, 이제 됐지? 나, 갈게! 아줌마, 결혼 못해줘서 미안!"

아이는 누가 붙잡기로 할까 봐 짧은 다리로 다다다 뛰어간다.
여린은 저에게 다가가 몸을 일으켜 주는 준서를 걱정스런 눈빛으
로 쳐다본다.

"그냥 보내도 되는 거야?"

"걱정 마. 로비에 부모님들 있으니까."

여린을 소파에 앉혀놓은 준서가 문 앞에 놓여 있던 케이크를 들
고 들어왔다.

"그런데 쟤 누구야?"

케이크를 소파 앞 테이블에 올려놓은 준서가 여린의 옆자리에
앉아 자연스럽게 그녀의 허리를 끌어안는다.

“선배 아들.”

“그 선배는 여기서 사는 거야?”

“어. 재작년이었나? 원래 형수가 여기서 태어나서 살던 분이거든.”

여린이 고개를 주억거린다. 그러다 허리를 숙여 케이크에 꽂혀 있는 사진을 유심히 쳐다본다.

“이 사진…… 어떻게 구했어?”

“할머님께 도움받았지.”

“그럼 이벤트는 미스터 유 작품이겠네. 훗!”

웃음을 터트리는 여린이지만 그녀를 지켜보던 준서는 미간을 좁힌다.

“나도 같이 한 거야.”

내가 전부 다 생각해 냈다고 말하기엔 양심이 아프다. 우한이 내놓은 이벤트 작품 열댓 가지 중에서 하나를 고른 것뿐이니까. 하지만 여린이 가장 마음에 들어할 만한 사진은 준서의 기억력 덕분이었다. 기억력이 뒷받침되어 주지 않았다면 이번 이벤트는 제대로 했어도 감동은 절반이었을 테니.

준서의 음성에 묻어난 심통에 여린이 환한 얼굴로 그를 쳐다본다. 준서의 볼을 감싸는 여린의 눈엔 감출 수 없는 애정이 가득 담겨 있었다.

“도준서가 이런 걸 했다는 사실만으로도 충분히 감동이야.”

그제야 불편했던 심기가 풀리며 그의 얼굴에도 옅은 미소가 감돌았다.

"나 까맣게 잊어먹고 있었어."

다시 사진으로 시선을 돌린 여린의 말에 준서는 굳이 대꾸하지 않았다. 그조차도 기억하지 못하고 있던 삶의 한 부분. 프러포즈를 해야 한다고 결심한 순간 섬광처럼 떠오른 기억이었다.

"너하고는 중학생 때 처음 만났다고 생각했었는데. 중학생이 되어서 널 봤을 때, 낯익다고 생각했었어. 나한테 스스럼없이 다가오는 니가 그냥 편하고 좋기만 했었어. 그랬는데도 어떻게 몰라볼 수 있었을까? 왜 잊고 있었을까? 내 인생에서 가장 행복했던 시간이었는데."

준서는 독백하듯이 말을 흘리는 여린을 뒤에서 감싸 안았다.

"그때하고 같은 대답 할 거지?"

제 어깨에 턱을 받치고 묻는 준서 때문에 여린이 가볍게 웃음을 터트렸다. 그래, 그때는 무슨 생각이었는지 곧바로 대답을 했었더랬다.

초등학교 2학년. 수많은 친구들을 모두 불러놓고 열었던 생일 파티. 그 친구들 중에 도준서가 있었다. 그 나이 때 남자아이들 같지 않게 쉬는 시간이면 책을 봤던 아이. 유치하게 좋아하는 여자아이의 치마를 들추거나 괴롭히는 일을 하지 않았던, 잘생겼지만 조용했던 아이.

유일하게 생일 선물을 가져오지 않았던 아이가 준서였다. 하나하나 선물 포장을 뜯으며 환하게 웃던 여린은 마지막 선물까지 보고 나서 제 옆에 서 있던 준서를 쳐다봤었다.

여린이 준서를 쳐다보자 다른 아이들의 시선도 준서에게로 못

박혔었다. 선물을 가져오지 않은 아이는 준서밖에 없었기에 자리
는 금세 소란스러워졌었다.

준서를 초대하긴 했지만 같은 반에서 같은 조로 활동했던 게 전
부였던 여린이라 와줄 거란 기대도 하지 않았었다. 준서가 와준
것이 기뻤는데 괜히 선물 때문에 그를 화나게 만들었으면 어쩌나
걱정했던 기억도 찾아든다.

아이들을 지켜보던 여린의 부모님이 상황을 정리하려고 다가올
때, 조용히 서 있던 준서가 입을 열었다.

'양여린, 내가 결혼해 줄게.'

제법이라는 듯 생글생글 웃던 엄마. 팔짱을 끼고서 인상을 구기
던 아빠. 결혼을 선물로 내민 준서를 가만히 쳐다보던 여린이 대
답하자 그녀의 아버지는 화난 얼굴을 하곤 집 밖으로 나가 버렸었
다,

'응. 고마워.'

결혼하겠다고 한 것으로도 모자라 고맙다고까지 말했던 저 때
문에 엄마가 눈물을 흘려가며 웃으셨던 기억이 난다. 아무 걱정
없이 행복하기만 했던 시간. 그전에 보냈던 생일과 그 후로 보냈
던 생일을 통틀어 가장 행복했던 아홉 살 때의 생일. 하지만 부모
님이 돌아가시고 나서 여린은 그 행복한 기억까지 봉인해 버렸다.
열어보게 되면 부모님이 그리워져 눈물 없인 살 수 없게 될까 봐.

"내가 전학만 가지 않았어도 더 빨리 결혼했을 거야."

부모님 생각에 다시 눈시울을 붉히던 여린이 준서의 말에 그를
바라보았다.

"넌 모르겠지만 나, 초등학교 졸업할 때까지 부모님께 말 한마디 안 했어. 졸업식 날 너하고 같이 사진 찍고 싶었거든."

"……정말?"

"중학생이 돼서 널 다시 보게 됐을 때, 난 기억했는데 넌 못하더라."

"아…….""

"넌 함부로 기억을 지울 애가 아니니까 무슨 일이 있었겠지 싶었다. 그래서 일부러 아는 척 안 했어."

여린은 새삼 고마움이 밀려들었다. 자신에 대한 준서의 배려는 이미 그때부터 시작되었던 모양이다.

"그렇게 처음 만난 것처럼 지내다 보니까 나도 잊고 있었는데, 이번에 기억이 났어. 사진 찍기 좋아하는 니가 나하고만 찍겠다고 했었던 게."

맞다. 여린이 그랬었다. 준서하고 결혼하기로 했으니까 준서하고만 사진 찍겠다고. 그래서 사이좋게 손을 잡고 단둘이 사진을 찍었었다. 물론 인화한 사진을 앨범에 끼우던 아빠는 또다시 화를 냈었지만.

"푸훗! 우리 아빠가 너 되게 싫어했었다?"

웃음을 터트리는 여린의 말에 준서의 이마에 주름이 졌다.

"그때까지 아무도 나한테 그런 적 없거든. 난 이담에 크면 아빠하고 결혼할 거라고 했었으니까."

"그때는 그랬겠지만 지금은 좋아하실 거야."

"확실해?"

여린이 장난기로 두 눈을 반짝였다. 준서가 여린의 한쪽 어깨를 확 끌어당기며 자못 진지한 표정을 짓는다.

"우리 부모님, 너 딸처럼 예뻐하시지. 하나밖에 없는 형은 내 형이 아니라 네 오빠인 것처럼 굴지. 유우한은 벌써부터 너한테 좋은 형님이 되겠다고 설치지. 이만한 시댁 자리, 찾기 어렵다."

"피이. 시댁 보고 결혼하나? 남편 될 사람 보고 결혼하는 거지."

입술을 삐죽이 내밀고 항의하는 여린을 준서가 째려본다.

"남편 될 사람이 못마땅하시다?"

가라앉혔던 심통이 더 크게 부풀어져 올라와 준서의 볼이 빵빵해진다. 여린은 겨우 웃음을 삼키고 준서를 외면한 채로 조곤조곤 남편감에 대한 불만을 늘어놓았다.

"처음엔 듬직한 줄 알았는데 시간이 갈수록 삐돌이로 변하지. 시도 때도 없이 안으려고 해서 사람 힘들게 만들지. 다정한 말 한 마디면 풀릴 수 있는 싸움도 무조건 몸으로 때우려고 하지. 이만하면 못마땅할 이유가 충분…… 읍!"

일부러 준서의 약을 올리던 여린의 입술이 공격을 당했다.

'이거 봐. 또 몸으로 때우네.'

입막음 용도로 시작된 키스가 싫지 않은 여린이 그의 목에 팔을 둘렀다. 빵빵하게 부풀었던 그의 볼처럼 심통 맞았던 키스가 다정하면서도 부드럽게 변해간다.

단 한 번으로 여린을 녹다운시켰던 준서의 키스. 어느새 느끼고 있는 자신의 몸에 얼굴이 화끈거리게 만드는 키스. 키스를 이렇게 제대로 하는 남자가 도준서 말고도 있을지, 시도 때도 없이 일어나는 호기심에 여린은 또다시 웃음을 삼킨다.

손발이 찌릿찌릿할 만큼 여린의 입안에서 자유롭게 유영하던 준서의 혀가 빠져나간다. 여린의 윗입술과 아랫입술을 번갈아 살짝, 살짝 깨물던 준서가 그녀의 입술에 대고 속삭인다.

"키스, 잘하잖아. 부족해?"

뻔뻔하기까지 한 준서의 말에 여린이 인상을 찡그린다.

"도준서."

"왜."

"제발 니 입으로 그런 말 좀 하지 마."

준서의 눈썹이 치켜 올라간다. 솔직하게 말하는 건데 왜 하지 말라 하느냐고 묻는 듯한 표정에 여린은 이상하게도 웃음이 나온다.

"그런 말은 내가 할 테니까…… 넌 키스나 해."

여린이 준서를 끌어당겨 그의 입술을 머금었다.

그들은 크리스마스에 뜬 달이 지고 다음날 해가 방긋이 웃으며 나타날 때까지 객실에서 떠나지 못했다.

＊

한 달 뒤.

'아아. 쪽팔려 죽겠네.'

여린은 저를 쳐다보는 시선들에 얼굴이 시뻘게져서 고개를 푹 숙였다. 그런 여린과는 다르게 그녀를 둘러싸고 있는 사람들은 뭐가 그렇게 즐겁고 재미난지 한 사람이 말을 끝내면 다른 사람이 말을 잇는 릴레이를 하며 더욱더 시선을 끌어 모으고 있었다.

웨딩드레스를 고르러 갔던 날도 똑같았다. 출장에서 돌아오고 일주일 정도 지났을까? 어느 날 일요일, 무조건 같이 나가야 한다고 잡아끄는 조부모님 때문에 외출에 나섰던 날이었다. 차에서 내리니 웨딩드레스 샵이었고 놀란 여린이 뒷걸음질 쳤지만 빠져나갈 구멍은 없었다.

웨딩드레스 샵에 끌려왔다는 것도 충격이었건만 들어가서는 얼마나 놀랐던지. 샵에는 이미 준서의 부모님과 준휘와 우한, 준서까지 도착해 있었다. 준서를 무시무시하게 노려보며 이게 뭐 하는 짓이냐 눈빛으로 물었지만 그도 어깨를 으쓱해 보일 뿐, 모르쇠로 일관했었다.

한 샵에서 대충 네다섯 벌의 웨딩드레스를 입어보았나? 그렇게 세 군데의 샵을 돌고 나서야 여린은 웨딩드레스를 정할 수 있었다. 아침에 나가서 밤에 들어온 강행군이었다.

강행군이었다고는 해도 힘들지는 않았다. 샵에서 나와 점심을 먹고서 한참을 쉬었고 또 다른 샵에 갔다가 나와서는 차와 함께 케이크를 먹으며 또 한참을 쉬었다. 마지막 샵에서 웨딩드레스를 정하고 나와서는 맛이 깔끔해 만족스러웠던 한식집에서 배가 터지도록 저녁까지 먹었으니 힘들었다고 말할 수는 없다.

하지만 지금은 하와이에서 보낸 크리스마스 날, 대답 안 했다고 몰아붙이는 준서에게 결혼하마 애기를 한 것이 실수였을지도 모른다는 생각이 든다. 웨딩드레스를 고르고 그 다음 주에는 결혼반

지를 맞췄다. 그때에도 온 집안 식구들이 우르르 몰려가 요란빽적
지근하게 골랐었다. 신혼집으로 준비해 놨다는 아파트로 갈 때도
우르르. 예복을 맞추러 갈 때에도 우르르. 어떻게 일주일에 한 번
씩 우르르 몰려다닐 수 있는 걸까. 어떻게 결혼에 필요한 모든 것
이 저도 모르는 사이에 완벽하게 준비되어 있을 수 있는 걸까.

출장에서 돌아온 날로부터 한 달. 매주 일요일마다 에이의 본점
과 분점이 문을 닫았다. 우한은 당연히 샵에 나가지 않았고 준휘
는 무슨 수를 썼는지 매주 참석했다. 똘똘 뭉친다는 게 어떤 건지
이들은 제대로 보여주고 있었다.

'하지만 여기까지 똘똘 뭉쳐서 올 필요는 없잖아! 아니야! 아니
라고!'

여린은 밖으로 소리를 꺼내는 대신 주먹을 움켜쥐었다. 정말이
지 연기가 되어 사라지고 싶다. 아니라고 그렇게 말했는데도 왜들
이러시는 걸까.

"양여린님?"

간호사의 부름에 여린이 벌떡 일어섰다. 웅성거리던 가족들도
조용해졌다. 진료실로 걸음을 옮기는 여린의 뒤로 아기 오리가 어
미 오리를 뒤따르듯 가족들의 행렬이 이어진다.

홱! 여린이 몸을 틀어 가족일 수밖에 없는 사람들을 노려보았다.

"여.기.까.지. 밖에서 기다려 주시면 진심으로 감사하겠습니다."

누가 보면 양여린이 여덟 명인 줄 알겠다는 말은 빼놓았다. 가
까운 시일 내에 시댁 식구가 될 분들께 책잡혀 봐야 좋을 게 없으
니까. 책을 잡으라고 해도 안 잡으실 분들인 건 알지만 말이다.

그제야 산모가 스트레스를 많이 받으면 아이한테 안 좋다느니, 진료실까지 따라 들어가는 건 심하다느니, 한 사람씩 말을 내뱉으며 소파에 자리를 잡았다. 여린의 입장을 생각해 말해주는 것이었지만 그들의 표정에는 똑같은 아쉬움이 자리 잡고 있었다.

후우, 안도의 한숨을 쉰 여린이 다시 진료실로 향했다. 다른 이들과는 달리 준서만은 포기 않고 그녀를 뒤따랐지만 내버려 두었다. 그렇지 않아도 우르르 가족 때문에 힘든데 도준서까지 삐쳐 버리면 더욱 힘들어질 테니까.

여린은 조용히 진료실 안으로 들어갔다. 자애롭게 미소를 띠고 있는 여의사를 보니 마음이 편안해지는 게 아니라 불편함이 늘어나기만 한다.

손녀에 대해 속속들이 알고 있는 최 여사는 여린이 생리를 하지 않고 있다는 것도 알고 있었다. 마지막 생리가 언제였냐 따져 묻는 최 여사에게 여린은 피곤해서 지나친 것일 뿐이라고 변명했지만…… 먹혔을 리 없다.

결혼을 하기로 했다지만 그래도 결혼 전에 온 식구를 대동하고 산부인과에 오다니. 이런 예비 신부가 또 있을까.

창피함과 난감함에 벌받는 아이처럼 의사 앞에 앉았다. 의사와 대면하고 있자니 준서가 들어오는 걸 말리지 않은 것이 후회가 된다.

이런저런 질문을 받고 대답을 하던 여린은 급기야 초음파 검사를 받아야 하는 상황에 놓여졌다. 입덧도 없고—너무 잘 먹어서 탈인데 입덧은 무슨—생리만 하지 않을 뿐 신체에 아무런 변화가 없는데 왜 초음파 검사를 받아야 하는지 당최 이해할 수가 없었다.

하지만 또다시 혼자 오기에도 민망한 산부인과에 우르르 몰려오
는 일을 막으려면 확실한 게 좋을 것 같기도 하다.

복부에 다소 차가운 젤이 발라지고 마이크처럼 생긴 기계가 젤
위를 문질렀다. 작은 모니터 화면을 바라보는 여린은 아닐 거라고
믿으면서도 괜히 입안이 말랐다. 힐끗 준서를 쳐다보니 그도 긴장
을 했는지 정색을 하곤 화면만 쳐다보고 있었다. 여린의 손을 잡
은 준서의 손에 점점 힘이 들어간다.

그리고 잠시 후.

"축하드립니다. 쌍둥이네요. 여기 아기집이 두 개인 거, 보이시
죠?"

의사는 며칠 뒤면 임신 7주째에 접어들게 될 거라고 말했다. 입
을 떡하니 벌리고 모니터 화면을 응시하며 눈을 깜박이던 여린에
게서 갈라진 음성이 새어 나왔다.

"말도…… 안 돼."

"하하! 하하하하하!"

절망에 빠진 여린의 곁에서 들려오는 우렁찬 웃음소리. 딱 듣기
만 해도 환희에 벅차오르는 것이 빤히 느껴지는 웃음소리에 여린
의 볼 살이 경련한다.

"웃지 마!"

"하하하하하!"

"웃지 말라고! 이 호랑말코 같은 치질 환자야!"

"아하하! 사랑한다, 양여린! 하하하하!"

이젠 치질도 소용없구나. 여린의 몸이 축 늘어져 버린다. 양여린

나이 스물아홉이 된 해, 분함에 눈물 흘리며 신세계를 맞이하다.

뛸 듯이 기뻐하던 가족들이 오늘만큼은 둘만의 시간을 가지라며 배려 아닌 배려를 해준 덕분에 여린은 왕십리 포장마차에서 특제 떡볶이를 먹으며 분을 삭이고 있었다.

"천천히 먹어. 다른 거 먹고 싶은 건 없어?"

마주 앉은 것도 아니고, 옆에 찰싹 들러붙어서 이것저것 챙겨주는 도준서의 다정함이 마음에 안 든다. 닥치라고 빽 소리도 지르고 싶고 저 능글맞은 면상을 한 번만 세게 후려갈겨 봤으면, 하는 마음이 생기지만 여린은 대신 떡볶이만 입안에 쑤셔 넣는다.

아기 가졌을 때는 좋은 것만 보고 좋은 생각만 해야 한다는데. 완벽한 태교는 진즉 글러먹었다.

"물 마셔. 우동 국물 달라고 할까?"

플라스틱 물 컵을 편의점에서 사온 물티슈로 닦고 물을 따라 건넨 준서의 음성이 슈크림처럼 달달하다.

탁! 소리나게 젓가락을 내려놓은 여린이 팔짱을 끼고서 준서를 노려본다.

"너, 일부러 그랬어?"

무슨 말이냐는 듯 준서가 눈을 깜박인다.

"일부러 피…… 그거 안 했냐고!"

피임이라는 말을 내뱉을 수가 없어, 여린이 붉어진 얼굴로 소리 낮춰 윽박지른다.

"한다고 했는데."

저도 이렇게 될 줄은 몰랐다는 듯 준서가 검지로 이마를 긁는다.

'한다고 했지. 하려고 했는데 안 됐을 뿐이지. 홋!'

여린에게는 절대로 해서는 안 될 말을 준서가 속으로 중얼거린다. 하려고 했는데 서랍을 열어볼 정신이 없었을 뿐이고, 하려고 했는데 여린의 안에서 빠져나오기가 어려웠을 뿐이다. 하려고는 했었다. 정말로.

"이게 뭐야, 이게. 결혼식 할 때쯤이면 살쪄 있을 거 아냐."

임신에 대해서는 진실을 파헤치는 걸 포기한 여린의 얼굴이 울상이 되었다. 준서는 금방이라도 눈물을 뽑아낼 것 같은 여린의 어깨를 감싸 안고 토닥였다.

"아기 가진 거, 그렇게 싫어?"

"누가 그렇대! 그래도…… 그래도 결혼하고 가졌으면 좋았잖아!"

"왜, 신혼생활이 없어서?"

그걸 아는 놈이 그랬냐!

"아마 우리가 원하는 것보다 훨씬 더 오래 신혼생활을 즐길 수 있을 거야."

찔끔, 기어코 눈물 한줄기를 뽑아낸 여린이 그게 말이나 되냐는 표정으로 준서를 쳐다본다.

"생각해 봐. 할머님, 할아버님. 우리 부모님. 형하고 유우한까지. 난 걱정이다. 우리 아이가 부모를 몰라보는 상황이 생길까 봐."

깊게 한숨을 내쉬는 준서를 보면서 여린도 골똘히 생각해 보았다. 그러고 보니 하나도 아니고 동시에 둘을 낳아서 어떻게 키우나 하는 걱정은 하지 않았다. 그저 결혼 전에 아이를 가졌다는 민망함과 계획 없이 생긴 일이었기에 엄마가 된다는 것이 무서웠을 뿐이지, 아이가 생겨 힘들 거라는 생각은 하지 않았다.

준비라도 되어 있었다면. 엄마가 되고 싶다는 마음을 조금이나마 가지고 있었을 때라면 온 마음을 다해 기뻐하기만 했을 텐데. 그렇지 못했기에 아기들에 대한 미안함이 커진다.

"너 때문에 못 살겠어."

준서는 코를 훌쩍이며 칭얼거리는 여린의 이마에 입을 맞췄다.

"살아줘. 너 없으면 내가 못 사니까."

"만날 말만."

"말만 아닌데. 우린 이미 오래전부터 함께였어. 내가 너 없이 살 수 있을 것 같아?"

듣기 좋은 말만 골라 하는 준서 때문에 복잡했던 머릿속이 차분하게 가라앉는 것을 느끼는 여린이었지만 그녀는 그를 더 괴롭히기로 했다.

수많은 사람들이 결혼해서 행복하기만 한 건 딱 3년이라고 했다. 그리고 임신했을 때 단단히 부려먹어야 나중에 후회가 없다고도 했다. 그러니 여왕처럼 군림할 수 있는 이 기회를 날려 먹을 수는 없다.

"결혼해서 다른 여자 쳐다보면 죽을 줄 알아."

여린은 임신 중에 준서에게 약속받아 둘 수 있는 건 전부 약속받아 두기로 작정했다. 그리고 준서는 단박에 그녀가 원하는 대답을 해왔다.

"너 말고 내가 누굴 봐."

씨익. 속으로 사악하게 미소 짓는 여린을 알지 못하는 준서는 이제 그녀의 머리를 쓰다듬고 있었다.

"아기 낳고 뚱뚱해졌다고 구박하면 너 안 보고 살 거야."

"절대 안 그래."

"하루에 세 번, 사랑한다고 말해줘야 해."

"사랑해."

곧바로 실천에 옮기는 준서가 사랑스럽다. 오늘은 여기까지만 해야 할 모양이다. 여린은 눈을 반으로 접고 준서를 쳐다보았다.

"나 피자 먹고 싶다. 수타 피자."

"그래. 수타…… 응?"

자연스럽게 고개를 끄덕이며 대답을 하려던 준서가 난감한 표정으로 여린을 쳐다보았다. 여린은 몸을 배배 꼬면서 눈물을 머금고 있는 눈으로 준서를 바라본다.

"수타 피자아."

준서의 이마에서 삐질 식은땀이 흘러내린다. 어지간한 피자집들도 문을 닫았을 시간에 그냥 피자도 아니고 수타 피자를 어디서 구하나.

"아가, 아빠가 수타 피자는 안 되신대. 우리…… 굶자."

처량 맞은 표정으로 제 배를 쓰다듬는 여린의 말에 준서의 눈에 힘이 들어간다. 아가! 아빠가 수타 피자를 먹여주마!

서둘러 주머니에서 휴대폰을 꺼낸 준서가 단축 번호를 길게 눌렀다.

[왜! 무슨 일이야! 여린, 아니, 제수씨 배 아프대? 말을 해, 이

자식아!]

신호가 끊기자마자 버럭 소리부터 질러대는 준휘 때문에 준서
는 잠시 휴대폰을 귀에서 떨어트려 놓았다.

준서는 당연히 우한이 형을 진정시켜 주리라 믿으며 잠시 기다
렸다. 그리고 준서의 예상대로 점차 작아지는 준휘의 숨소리를 듣
다가 말을 뱉었다.

"형, 여린이가 수타 피자가 먹고 싶대."

[수타 피자만? 다른 건?]

"지금으로서는 수타 피자만."

[30, 아니, 40분이면 돼. 여린…… 에잇! 제수씨하고 같이 와라.]

준서가 고맙다는 말을 할 새도 없이 끊어진 전화. 입꼬리를 말
아 올리며 휴대폰을 주머니에 집어넣은 준서가 여린의 배에 손을
가져다 대곤 속삭였다.

"아가, 아빠가 세상에서 제일 훌륭한 수타 피자를 먹게 해줄게."

준서의 머릿속에 빛의 속도로 움직이고 있는 준휘와 그 옆에서
착실하게 보조 역할을 하고 있을 우한의 모습이 그려진다.

원하던 것을 쟁취한 여린이 준서의 품에 안기다시피 한 상태로
차가 세워져 있는 곳까지 걸어가 그의 부축을 받으며 조수석에 올
랐다. 다른 임산부가 본다면 유난스럽다고 눈꼴 시려할 준서의 과
한 보호가 여린은 굉장히 흡족했다.

차가 움직이며 느릿하고 감미로운 바이올린 선율이 여린의 귀
를 간질인다. 신호에 멈춰 설 때마다 꼭 잡고 놓지 않던 여린의 손
을 끌어당겨 손등에 입을 맞추는 준서. 그런 준서 때문에 여린은

행복에 겨워 눈물이 날 것 같았다.

"사랑한다고 말해줘."

멈춰 있던 차가 다시 움직이자 여린이 수줍게 부탁했다. 준서는 여린과 똑같이 행복에 젖은 얼굴로 그녀를 바라보았다.

"사랑해."

"한 번 더."

"여린아, 사랑해."

"언제부터?"

"아주 오래전부터."

심장이 간질거리고 가슴이 두근거린다. 마주 잡은 손에서 온기 뿐만이 아니라 사랑까지 전해진다.

"사랑한다는 말부터, 다시."

목적지에 도착해 주차장에 차를 세우고 엘리베이터에 올라 문이 열릴 때까지, 준서는 사랑한다는 말을 반복했고 여린은 한 번 더라는 말을 반복했다.

귀에 딱지가 앉을 정도로 들어도 질리지 않을 말. 아주 오래전부터 널 사랑해 왔다는 준서의 고백에 여린의 얼굴에 웃음꽃이 만개했다.

현관문 앞에서 초인종을 누르고 누군가 우당탕 달려오는 소리가 들릴 때, 여린이 까치발을 하고서 준서의 귓가에 입술을 가져갔다.

"사랑해, 준서야. 아주 오래전부터."

"으허허헝! 크흑! 어허헝!"

봄치고는 후텁지근한 날씨. 그에 시원한 소주를 찾아 나선 사람들이 통곡하는 여인을 힐끗거린다.

비가 오려는지 저녁 하늘을 온통 뒤덮은 먹구름이 꾸물거린다. 찐득한 공기가 살결에 착 달라붙어 불쾌지수가 상승하는 그때에 여린은 통곡하는 여인을 보며 자기성찰에 박차를 가하고 있었다.

'내 남편이지만 참 대단해. 이 꼴을 어떻게 봐주고 있었던 거지?'

소주를 와인처럼 홀짝이는 여린의 이마에 깊은 골이 패었다. 흔히들 내가 하면 로맨스, 남이 하면 불륜이라고 하는데 이건 내가 해도 진상 짓, 남이 해도 진상 짓이었다.

물론 여린은 통곡하는 여인의 심정을 백번 이해하고도 남았다. 저렇게라도 울어버리지 않으면 몇 날 며칠을 이불 끌어안고 끙끙 앓는 것밖에 할 수 있는 일이 없으니까. 하지만 내리 한 시간째 울고만 있는 사람을 지켜보고 있는 건 결코 쉬운 일이 아니었다. 상대방의 마음을 너무 잘 알고 있다 보니 섣부른 위로도 할 수가 없고 그만 울라고 타박할 수도 없다. 그저 스스로 울음을 멈추고 진정하길 기다릴 수밖에.

"쯧쯧. 뭐 좋은 거라고 이런 걸 닮나?"

몇 년째인지 따지고 드는 게 우스울 정도로 한결같은 모습으로 같은 자리를 지키고 있는 38년 왕십리 포장마차. 3년이라는, 짧다면 짧고 길다면 긴 시간이 흘렀지만 시간을 비껴간 것 같은 덩치 좋은 왕 사장이 퉁퉁 불어 터져 있는 우동 그릇을 치우고 그 자리에 김이 폴폴 나는, 방금 끓인 우동을 놓아준다.

왕 사장의 핀잔에 여린은 울지도, 웃지도 못하고 감사하다는 뜻으로 고개를 까닥해 보였다.

"뚝."

왕 사장이 천막을 열고 들어오는 새 손님을 발견하곤 반색을 하고 달려가자 여린이 정색을 하고서 앞에 앉은 여인을 쳐다본다.

"나도 한 시간 이상은 안 울었다."

천장에 매달려 있는 두루마리 휴지를 둘둘 손에 감아 툭 잡아 끊은 여린이 그것을 여인에게 내민다.

"우동에 콧물 흘리지 마. 아까 니가 흘려서 우동 못 먹었어."

위로는커녕 우동 못 먹었다고 툴툴대는 여린에게 상대방이 도끼눈을 뜨고서 콧김을 뿜어낸다.

"너는 지금 그깟 우동이 중요해?"

"그깟 우동이라니? 자고로 우동은 38년 왕십리 포장마차가 최곤데."

"야!"

하도 울어서 목이 잠긴 상대방의 버럭질은 웃기지도 않는다는 듯, 여린은 숟가락에 고여 있는 우동 국물을 식히는데 여념이 없다.

한참 여린을 노려보던 상대방이 소주를 물 컵에 따라 벌컥벌컥 들이켠다. 상대방이 빈속이라는 것도 알고, 빈속에 저렇게 술을 마시면 다음날 고생할 거라는 것도 알지만 여린은 굳이 말리지 않았다. 눈물 나게 고생을 해봐야 다음부터는 그 짓을 안 하기 마련이다.

"에잇! 어린것들만 대접받는 더러운 세상!"

플라스틱 테이블이 반으로 쪼개지도록 주먹을 휘두른 상대방 때문에 여린은 우동 그릇을 신주단지 모시듯 보호했다.

"야, 나 저녁 못 먹었어. 이러지는 말자."

"양여린!"

얼굴이 시뻘겋게 달아오른 상대방이 돼지 멱따는 소리를 질러 댄다. 그제야 여린은 씨익 웃어 보였다. 오늘치 눈물바람은 멈췄다 싶어서.

팽! 소리를 내며 코를 풀고 손바닥으로 얼굴을 비벼 눈물자국을 없애는 친구를 바라보며 여린이 한숨을 삼킨다.

조신하게 신부수업 받다가 일찌감치 결혼하겠다고 작정했던 오리안. 그런 리안이 이제 서른두 살이다. 세월아 네월아 놀고먹는 게 일이었던 리안이 서른을 넘긴 작년부터 어머니 회사에 나가 일을 하게 된 것도 결혼을 못했기 때문이었다.

여린이 결혼을 했던 그해부터 리안은 선 시장에 내던져졌다. 하지만 수확은 없었고 그녀의 부모님은 철부지 막내딸이 놀고먹는 걸 보고만 있을 수는 없으셨던 모양이다.

커플 매니저라는 그럴싸한 직함을 가지고 직업전선에 뛰어든 리안은 예상외로 일을 잘해냈다. 단 1년 만에 그녀가 결혼을 성사시킨 커플이 넷. 결혼을 전제로 만남을 이어가고 있는 커플이 여섯이었다. 하지만 그러면 뭐 하나. 남 좋은 일만 해대고 저는 짝사랑에 애달파 눈물만 뽑아대며 지내는 것을.

"그래서, 이번엔 몇 살이라고?"

소주를 반 모금 삼킨 여린이 우동 면발을 숟가락 위에 꼬아 올리며 묻는다.

"……셋."

"스물셋?"

자신과 앞의 숫자가 다른 여자의 나이를 크게 말하고 싶지 않아서 일부러 우물거렸다. 한데 여린이 친절하게 확인 사살을 해주신다.

저를 향해 눈을 부라리는 리안을 못 본 척, 여린이 눈동자를 굴린다.

"흐응. 거의 열 살 차이네?"

흥미롭다는 듯 미소를 짓는 여린 덕분에 리안이 폭발했다.

"그래! 열 살 차이다! 거기다 전직 레이싱 퀸이시란다! 요즘 애들은 왜 그렇게 발육 상태가 좋아? 어떻게 개미허리에 농구공만한 가슴을 달고 다닐 수가 있냐고! 그게 말이나 돼? 어?"

활활 타오르는 리안을 보며 여린이 담담하게 석유를 붓는다.

"너도 상태는 좋아. 걔보다 늙어서 그렇지."

리안은 이제 소리도 지르지 못하고 그저 바들바들 떨기만 한다. 저게 진짜 내 친군가, 내가 뭘 얻어먹자고 저걸 불러내서 이런 말이나 듣고 앉아 있어야 하나, 그렇게 후회해 보지만…… 어쩌겠는가. 황금 같은 주말, 연인이나 남편과 오붓하게 지내고 있어야 할 시간에 나와줄 사람은 여린 뿐인 것을.

"그냥 확 덮쳐 버려."

왕 사장을 향해 빈 소주병을 들어 보인 여린이 내뱉은 말에 리안이 얼굴을 구겼다.

"몸으로 밀어붙이는 거, 끔찍해하는 사람이야."

"쯧쯧. 누가 대놓고 덮치래? 우연을 가장해야지. 내 말은 그쪽이 덮칠 수밖에 없도록 만들라는 거야."

"그래서 책임지라고 하라고? 그게 먹힐 것 같았으면 내가 이러고 있겠어?"

리안의 말에 틀린 건 없었다. 놀랄 만큼 개방적이 된 현 시대에 몸 한 번 섞었다고 책임지라고 한다면 콧방귀 뀔 남자가 몇이나 될지 세어보고 싶지도 않다. 하지만 리안이 틀린 말을 한 것이 아님에도 여린은 친구를 한심스럽다는 눈빛으로 쳐다보고 있었다.

저러니 대학 졸업하자마자 결혼할 거라고 노래를 부르던 게 서른이 넘어서도 저러고 있지. 하나만 알고 둘은 모르는 미련퉁이.

"그래. 그 사람한테는 그게 안 먹히지. 그러니까 덮쳐지고 나서 쿨~하게 서로 실수했으니 잊자고 말해 버려. 그래야 뭔가 일이 되지 않겠어?"

살얼음이 녹아내리는 시원한 소주를 홀짝이는 여린의 말에 리안이 초조한 듯 입술을 깨문다.

"그러다 진짜 쿨해지면 어떡해?"

"구더기 무서워 장 못 담그다가 손가락만 빨고 살아라."

"너! 니 일 아니라고 그렇게 쉽게 말하지!"

초조해했다가 금세 펄펄 뛰는 리안을 보며 여린은 사악한 미소를 지었다.

"오리온. 나는 서른 전이어서 튕길 수 있었다지만…… 남자 쪽에서 좋다고 목매는 것도 아니고 너 혼자 짝사랑하면서 이것저것 따지기엔, 니 나이가 결코 어리진 않잖아?"

기가 막혀서 입을 쩍 벌리고 있는 리안을 웃음기 가득한 얼굴로 쳐다보던 여린은 테이블 위에서 시끄럽게 울기 시작하는 휴대폰을 집어 들었다.

[아직도 포장마차야? 왜 안 들어와? 뭐 하는데? 언제 들어올 거야?]

여보세요, 도 하기 전에 쏟아지는 말들. 여린은 평생의 연인이자 죽어서도 함께할 남편의 질문 공세가 끊길 때까지 기다렸다.

[보고 싶어 죽겠다고! 당장 들어와!]

피시식. 차마 숨기지 못하는 웃음이 입술 틈으로 삐져나온다.

"알았어. 들어가. 들어간다고. 나온 지 얼마나 됐다고 이래?"

[벌써 세 시간째잖아!]

"오늘 준이 린이 아주버님 댁에서 재운다고 하지 않았어?"

[지금 당장 안 들어오면 내일도 거기서 재우라고 할 거야. 지금 들어오는 거지?]

시간이 갈수록 앙탈만 늘어가는 남편의 귀여움에 여린의 눈빛이 반짝인다.

"응. 지금 들어갈게."

[사랑해.]

"사랑해."

전화를 끊은 여린은 무시무시하게 인상을 쓰고 있는 리안과 눈이 마주쳤다.

"너는, 나를 두고 그러고 싶냐?"

"오리안. 너도 내 남편 같은 남자하고 결혼해 봐. 집이 천국이야."

가방을 챙기던 여린은 매정하다고, 서운하다고, 너는 친구도 아니라고 쏘아붙이는 리안을 두고 일어섰다.

"이사우 씨한테 전해. 영계는 비리기만 하고 실속 없다고. 김치도 묵은 게 제맛이라고."

"너 지금 나한테 묵었……!"

"간다!"

악에 받쳐 고래고래 소리를 질러대는 리안을 뒤로하고 여린은 천국으로 날아간다.

✳

여러 차례 초인종을 눌러보지만 응답이 없다. 여린은 남편이 왜 문을 열어주지 않는지 궁금해하며 고개를 갸웃거리는 대신, 야릇한 미소를 지으며 열쇠를 꺼내 문을 열었다.

문을 열자마자 여린의 속눈썹이 파르르 떨린다. 현관부터 시작되어 집안 곳곳에 놓인 향초에서 앙증맞은 불길이 일렁인다.

귀를 간질이는 Blink의 Kiss me에 여린의 입술이 호선을 그린다. 키스는 시도 때도 없이 해주는데 뭘 노래로까지 부탁을 하는지.

리듬에 맞추어 가볍게 걸음을 옮기던 여린이 안방 문 앞에 멈춰섰다. 완벽하게 닫히지 않은 문틈으로 인기척이 느껴진다.

여린은 검지로 슬쩍 문을 밀었다. 문안에 펼쳐져 있는 그림을 보자 발끝에서부터 시작된 전율이 머리까지 타고 올라온다.

"늦었어."

깍지 낀 손을 뒤로 돌려 머리를 받치고 침대 헤드보드에 기대어 있는 남편의 눈빛이 뜨겁다. 흘러나오는 음성에도 불길이 녹아들어 있다. 여린의 눈길이 자연스레 남편의 골반에 아슬아슬하게 걸쳐져 있는 이불로 향한다.

"오늘, 무슨 날이야?"

여린은 마른침을 삼키며 남편을 응시했다. 3년이 지났어도 군

살이라고는 찾아볼 수 없는 완벽한 나신에 절로 입술이 마른다.

"방해꾼들 없는 날."

씨익, 미소를 지은 준서가 비스듬하게 기대고 있던 상체를 똑바로 세우자 이불이 흘러내린다. 조금만 더 흘러내리면 하루 걸러 하루 꼴로 그녀를 특1급 열락행 열차에 태웠던 그것이 실체를 드러낼 것이다.

"우리 준이 린이가 방해꾼이야?"

여린은 남편의 품에 뛰어들어 도준서라는 만찬을 즐기고 싶은 마음을 누르면서 눈웃음을 쳤다.

"저들 방에서 잘 자다가 꼭 중요한 때에 들어오니 방해꾼이지."

"그래서 우리 천사들이 미워?"

"전혀. 단지 내 아내를 더 사랑할 뿐이야."

단호하게 고개를 젓는 준서지만 사실 아주 가끔 눈치 없는 천사들이 미울 때도 있었다. 뭐, 밉다기보다는 원망스럽다고 해야 할까.

올해로 세 살이 된 도준, 도린 남매는 쟤네가 뭘 알고 저러나 의심이 갈 정도로 영악했다. 어떻게 하면 더 예쁨받을 수 있는지, 어떻게 하면 원하는 것을 쟁취할 수 있는지 빠삭하게 꿰고 있는 것 같다는 생각이 들 때가 한두 번이 아니었다.

엄마, 아빠의 화끈한 밤을 방해하고도 키스 세례를 받으며 그들의 사이에서 편안히 잠자는 아이들. 아이들이 자고 있는 모습을 보고 있노라면 온몸이 저릿해질 정도로 행복한 준서였지만 해갈되지 않는 갈증은 어떻게 한단 말인가. 그래서 준서는 항상 남매가 없을 때를 노렸다.

"이리 와."

준서가 여린에게 팔을 뻗는다.

"씻고……."

"나 급해."

자신의 말을 뚝 자른 준서를 보던 여린에게서 달뜬 웃음소리가
새어 나온다.

"이리 와."

재촉하는 남편을 쳐다보던 여린이 천천히 걸음을 옮긴다.

"사랑해. 사랑한다, 양여린."

다가오는 아내를 향해 끊임없이 사랑을 고백하는 남자의 눈 안
에는 전보다 더 짙어진 욕망과 소유욕이 번들거린다.

그렇게…… 그들의 연애는 계속되고 있었다.

THE END

내게도 이런 일이 생긴다면.
내가 이런 사랑을 받는다면.
내가 이런 연애를 하게 된다면.

저는 이런 생각들을 하다가 글을 쓰고는 합니다. 그런데 이 글은
'정말 미치게 연애가 하고 싶다' 라는 생각 때문에 쓰게 된 글 같아요.
친구가 연인이 되는 일. 제게는 한 번도 일어나지 않은 일이지만
준서 같은 남자가 친구였다면 충분히 일어날 수도 있는 일 아닐까요?
친구를 잃고 싶지 않은 여자와 그런 여자를 잃고 싶지 않은 남자
의 이야기. 유쾌하게 풀어가 보려고 노력했는데 그렇게 봐주셨는지
모르겠네요.
아마 여린이가 너무 철없다, 이기적이다 여기실 독자님들도 계실

테고 준서가 그리 멋지지는 않다고 생각하실 독자님들도 계실 거예요. 그래도…… 여린이와 준서 보면서 연애하고 싶다는 마음이 생기지는 않으셨나요?

제가 연애를 하게 된다면 하고 싶은 일들을 담은 글이 '누구나 한 번쯤 화끈한 연애를 꿈꾼다'가 된 것 같습니다.

놀이공원에 가서 신나게 놀며 사진도 찍고, DVD방에서 설레는 마음으로 상대방의 눈치를 살피고, 늦은 밤…… 조용한 놀이터에 앉아 커피를 마시는 그런 연애. 꼭 나이가 어리지 않더라도 누구나 한번쯤은 연애를 할 때 이런저런 데이트를 꿈꾸기 마련이니까요.^^

비록 이 글을 쓰면서 더 큰 외로움과 씁쓸함에 시달리며 '연애를 못하고 있는 1人'으로서 피눈물을 흘렸지만 독자님들은 마냥 유쾌하시기만 했으면 좋겠습니다.

열 번째 책. 열 번째의 작가 후기. 열 번째의 책을 출간하게 될 때면 제 자신이 기특하게 여겨질 것 같았는데 반성만 곱씹고 있습니다.

쭉쭉 성장하는 모습을 보여 드리고 싶었는데 꽉 막혀 버린 도로의, 그것도 맨 끝 줄에서 답답함만 토로하는 사람의 모습을 보여 드리는 것 같은 기분. 그래서 기쁜 마음보다는 죄송스러운 마음이 더 큰 지금입니다.

제게는 심적으로 잔인하기만 한 2010년이지만 그만큼 너무 많은 분들이 힘내라 응원해 주셔서 행복하기도 한 2010년이에요. 그러니 조만간 손톱만큼이라도 성장한 모습을 보여 드릴 수 있을지도 모르겠어요. 그 많은 분들의 힘을 빌어서요.^^

언제나 그렇듯 저는 제가 생각했던 것보다 훨씬 큰 사랑을 받고 있는 사람인지라 감사한 분들이 많습니다.

우선 우리 여린이와 준서가 세상의 빛을 볼 수 있도록 해주신 청어람 가족님들과 경화님, 여름이라 더워서 고생하실 텐데 제가 고생을 한몫 더 해드린 것 같아서 감사하고 죄송합니다.

막내라고 이것저것 챙겨주시는 우리 언니들. 아무것도 못해 드리는 막내인데 예뻐해 주셔서 늘 감사해요.

엄마, 아부지. 모자란 딸 믿어주셔서 감사하고 사랑합니다.

몇 안 돼서 더 소중한 내 친구들. 너희가 있어서 세상이 살맛난다. 사랑한다.

Kiss And Love 카페 작가님들과 가족님들, 얼굴 자주 비치지 못해 죄송하구요.(쿨럭;;) 깨으른여자의 작가님들과 가족님들, 정말 너무 감사드리고 애정합니다.

연애는 결코 쉽지 않지만 그래도 하지 않으면 왠지 서운한, 그런 것 같아요. 이 책을 읽으신 모든 분들께 연애를 하고픈 마음을, 연애 시절을 회상해 보는 시간을 드릴 수 있었을까요?

다음에 찾아뵐 때는 사랑하고픈 마음을 드릴 수 있도록 노력하겠습니다.

늘 애정합니다.

　　　　　－2010년 여름, 아직도 연애가 하고 싶은 이혜선 드림.